재일디아스포라
문학선집

5

—

연구

편자__ 재일디아스포라 문학의 글로컬리즘과 문화정치학 연구팀

김환기金煥基 동국대 일어일문학과 교수
유임하柳王夏 한국체대 교양과정부 교수
이한정李漢正 상명대 글로벌지역학부 교수
김학동金鶴童 동국대 일본학연구소 연구원
신승모辛承模 동국대 일본학연구소 연구원
이승진李承鎭 동국대 일본학연구소 연구원
한성례韓成禮 세종사이버대 겸임교수
한해윤韓諧昀 가톨릭관동대 VERUM 교양교육연구소 책임연구원
방윤제方閏濟 경희대 후마니타스칼리지 강사

필자__

고명철高明徹 광운대 국어국문학과 교수
김학동金鶴童 동국대 일본학연구소 연구원
김환기金煥基 동국대 일본학연구소 소장
마경옥馬京玉 극동대 일본어학과 교수
박광현朴光賢 동국대 국어국문문예창작학부 교수
소명선蘇明仙 제주대 일어일문학과 교수
신승모辛承模 동국대 일본학연구소 연구원
유임하柳王夏 한국체육대 교양과정부 교수
이승진李承鎭 동국대 일본학연구소 연구원
이영호李榮鎬 고려대 중일어문학과 박사과정
이한정李漢正 상명대 글로벌지역학부 교수
최범순崔範洵 영남대 일어일문학과 교수

재일디아스포라 문학선집 |5| **연구** 재일디아스포라 문학의 글로컬리즘과 문화정치학

초판인쇄 2017년 4월 15일 **초판발행** 2017년 4월 30일
엮은이 재일디아스포라 문학의 글로컬리즘과 문화정치학 연구팀 **펴낸이** 박성모 **펴낸곳** 소명출판
출판등록 제13-522호 **주소** 서울시 서초구 서초중앙로6길 15, 1층
전화 02-585-7840 **팩스** 02-585-7848 **전자우편** somyungbooks@daum.net **홈페이지** www.somyong.co.kr

값 26,000원
ISBN 979-11-5905-195-0 94810
ISBN 979-11-5905-190-6 (세트)
ⓒ 동국대 일본학연구소, 2017

이 책은 2013년도 정부(교육부)의 재원으로 한국연구재단의 지원을 받아 연구되었음(NRF-2013S1A5A2A03044781)

| 동국대 일본학연구소 연구총서 |

재일디아스포라

문학
선집
5

연구

—

재일디아스포라
문학의 글로컬리즘과
문화정치학

재일디아스포라 문학의 글로컬리즘과
문화정치학 공동연구팀 편

A Literature Collection
of Korean Diaspora in Japan

5 _ Research

 소명출판

일본에 거주하는 한국인, 즉 재일디아스포라의 역사는 한 세기를 훌쩍 넘어서고 있다. 결코 짧지 않은 시기를 그들은 타지에서 살았다. 그 삶이 어떠했는지는 재일디아스포라가 쓴 문학 작품을 비롯해 그들이 남긴 기록을 통해 알 수 있다. 문학 작품은 조국을 떠나 살아가는 자신들이 어디에서 왔으며, 어디로 향하고 있는지를 철저하게 되묻는다. 재일디아스포라 문학은 단지 조국 밖 재외 생활자의 애환을 담아낸 서사로 머물러 있지 않다. 디아스포라로 흩어진 한민족의 역사 유산이다. 나아가 세계가 하나의 지구촌으로 이어지는 오늘날 차별과 배타를 넘어선 다양성의 공존과 존중의 소중함을 일깨워준다. 지금까지 국내외에서 재일디아스포라 문학이 다각적으로 연구되어진 까닭이다.

그러나 재일디아스포라 문학이 탄생할 수 있는 수원지였던 재일디아스포라 잡지에 대한 연구는 그리 진척되지 않았다. 재일디아스포라의 기나긴 역사 속에서 그들이 발행한 잡지의 종수는 적지 않다. 특히 일본의 패전으로 일본에 남게 된 수십만 명의 재일디아스포라와 그 후손들은 미디어를 통해 자신들의 역사와 현실을 새기고, 자신들의 뿌리를 찾고, 조국에 대한 열렬한 애정을 표명하면서 자기 삶의 방식에 관해 서로 대화하고 논쟁을 벌였다. 그뿐만 아니라 재일디아스포라 잡지는 거주지의 일본인들과 소통하는 창구 역할도 수행했다. 이 연구총서에는 해방 이후부터 2000년대 초반까지 재일디아스포라가 창간한 주요 잡지 『민주조선』, 『진달래』, 『계림』, 『한양』, 『계간 삼천리』, 『계간 마당』, 『청구』, 『민도』, 『땅에서 배를 저어라』에 관한 연구를 실었다. 보론에는 이른 시기에 재일디아스포라 문학의 초석을 다진 김사량과 김달수에 관한 연구 성과를 담았다. 국내외 최초로 이루어지는 재일디아스포라 잡지의 대강을 파악할 수 있는 본격적인 연구서라 할 수 있다. 여기서 다루어지는 잡지 개요와 논지를 간략히 소개하면 다음과 같다.

먼저 제1장 「해방 후 재일잡지 미디어의 발아와 서클 운동의 전개」에서는 1960년 이전에 일본에서 재일디아스포라가 발행한 잡지 『민주조선』과 『진달래』, 『계림』을 다루고 있다.

『민주조선』은 1946년 6월에 창간되어 1950년 7월까지 총 33호를 발간했다. 소설가 김달수가 이 잡지의 발행과 편집에 주요 역할을 수행했으며, 그의 작품 다수가 여기에 게재되었다. 재일디아스포라가 일본어로 발간한 최초의 잡지다. 패전 후 일본에서 살아가는 재일디아스포라를 둘러싼 정치, 경제, 문화 등 생활 전반에 관한 논의가 이 잡지에서 펼쳐졌다. 특히 다수의 재일디아스포라 문학자의 문학 작품이 일본어로 게재되어 일본인에게도 읽혔다. 이들 문학 작품은 이제 일본에서 산다는 '재일' 의식을 담고 있었다. 『민주조선』은 '재일' 문학의 본격적인 전개를 알리는 잡지였다.

『진달래』는 1953년 2월에서 1958년 10월까지 총 20호를 발간했다.

시인 김시종이 이 잡지의 운영에 깊이 관여를 했고 양석일도 참여하고 있어서 후에 재일디아스포라 문학에서 두각을 나타내는 문학자 두 명의 초년을 엿볼 수 있는 잡지다. 언어는 일본어를 사용하면서도 일부 한국어 창작도 싣고 있으며 활자본이 아닌 등사본 형태로 찍었다. 『진달래』는 재일의 좌파 이념을 짙게 투영하는 면이 강했다. 하지만 차츰 '현실적 삶으로서의 재일'이라는 측면에 무게 중심이 옮아가면서 이념 노선에서 예술적 고양으로 발전해 나갔다. 『진달래』는 대중투쟁의 일환으로서 시를 게재한 잡지의 성격을 띠면서도 시인들은 재일 2세라는 명확한 인식에서 일본 거주자인 '유민' 의식을 시에 담고 있었다.

『계림』은 1958년 11월부터 1959년 11월까지 총 5호로 끝을 맺은 단명한 잡지였다. 김달수와 함께 작품 활동을 시작한 재일 1세대 문학자 장두식이 거의 홀로 발간했다. 『계림』은 1944년의 회람잡지 『계림』을 전신으로 한다. 잡지명 '계림'은 '계림팔도'라 했던 조선의 아명雅名에서 유래한다. 장두식이 발행한 『계림』은 48쪽에서 66쪽 분량의 소책자로 소설, 시, 수필, 평론, 독자의 목소리, 르포, 기록, 만평, 독서안내 등을 실었다. 당시에 이데올로기적 편향에 치우친 잡지가 주류였던 점을 감안하면 게재 작품의 양과 질을 떠나 문예잡지로서 충실한 면모를 갖추었다. 이후 재일디아스포라 문예잡지의 필요성에 대한 촉매제 역할을 수행했다.

제2장 「재일지식인 담론의 형성과 재일잡지 미디어의 비상」에서는 1960년대에서 1980년대까지 발행한 잡지 『한양』, 『계간 삼천리』, 『계간 마당』을 대상으로 하고 있다.

『한양』은 1962년 3월부터 1984년 4월까지 통권 177호를 발간했다. 짧지 않은 기간 동안 일본에서 한국어로 발간한 잡지다. 『한양』은 1960년대와 1970년대 국내에서는 통제되었던 언론의 사상적 자유를 일본에서 한없이 분출했다. 발행지가 일본이라고는 하나 '진보적 매체'로『한양』은 '중농주의重農主義'를 표방하면서 국내의 '민주회복'과 '빈곤의 극복'에 적극적으로 개입했다. 당시 국내 지식인의 담론 장을 새롭게 바라볼 수 있게 만든다. 1960년대의 한국 정치의 쟁점을 정면에서 다루고 있어서 '한국문학사의 결락지점을 채워주는 잡지'이며 재일디아스포라의 민족의식이 동시대의 정치와 역사 감각에서 투철하게 표현된 점이 특색을 이룬다.

『계간 삼천리』는 1975년 2월부터 1987년 5월까지 총 50호를 발간했다. 『한양』과 시기적으로 일부가 겹친다. 『계간 삼천리』의 창간호 특집은 시인 '김지하'였다. 이 잡지가 조국의 정치 상황을 주시하며 탄생했다는 것을 보여준다. 특기 사항은『계간 삼천리』에는 다수의 일본인 지식인이 필자로 참여하고 있다는 점이다. 한일관계를 다루는 특집도 적지 않게 꾸며졌다. 한국과 일본, 그리고 그 사이에 위치한 재일디아스포라의 정체성을 성찰하면서『계간 삼천리』는 내셔널리즘을 넘어선 인터내셔널리즘과 휴머니즘을 추구하는 '새로운 복합문화 창조자'로서의 '재일 인식을 모색했던 잡지였다.

『계간 마당』은 1973년 10월부터 1975년 6월까지 총 6호를 발행했다. 『한양』이나『계간 삼천리』에 비하면 단명한 잡지다. 잡지의 부제 '재일조선·한국인의 광장'이라는 말이 보여주듯이 재일디아스포라의 문화, 생활, 결혼, 교육 문제를 다루고 있다. 정치 문제에 중립적 입장을 취하면서 일반인들의 다양한 목소리에도 지면을 할애해 재일디아스포라 사회 내부를 들여다보는 내용으로 구성했다. 재일디아스포라 사회의 특수한 현실을 자각하고 차별의 주체로 일본을 묘사하며 이를 통해 재일디아스포라의 단합을 추구했다. 위안부 특집이 꾸며진 것도 이러한 차원에서 이해할 수 있다.

제3장 「문화 창작·소비주체의 세대교체와 재일잡지미디어의 향방」은 1980년대 후반부터 2010년대 초반에 걸쳐 발행된 『청구』, 『민도』, 『땅에서 배를 저어라』를 대상으로 하고 있다. 여기에 「재일한인 에스닉미디어의 계보와 현황」을 통해 재일디아스포라 미디어의 전체상을 보여준다.

『청구』는 1989년 8월부터 1996년 8월까지 총 25호를 발행했다. 『계간 삼천리』를 잇는 잡지로 냉전논리와는 거리를 두고 한일 교류사, 일본인의 왜곡된 역사인식, 한일관계, 남북한의 이념적 갈등, 재일디아스포라 사회의 역사성과 현재성 등을 다루고 있다. 이는 궁극적으로 동아시아 지역의 공생공존과 한일관계의 개선, 남북한의 평화통일, 재일디아스포라의 실존적 지위 확보를 추구하는 방향으로 이어졌다. 재일디아스포라 사회가 안고 있는 쟁점들을 공론화하여 그 문제해결을 모색하는 점도 주목할 수 있다. 또한 『청구』에는 한국문학의 일본어 번역이 실려 있고, 탈민족적이며 탈이념적인 문학 작품도 포함하고 있다.

『민도』는 1987년 11월부터 1990년 3월까지 총 10호를 발행했다. 재일디아스포라뿐만 아니라 남한과 북한, 일본, 중국, 사할린, 미국, 독일(서독), 팔레스타인 작가와 학자 등의 글도 담고 있다. 소설과 시, 인터뷰, 평론, 사할린 재주 재일디아스포라의 생활과 문화를 소개하는 글과 기행문, 르포르타주, 좌담회를 싣고 있다. 소설가 이회성이 발행과 편집을 주도했다. '민중문화(문예)운동'의 지향과 실천을 통해 재일 3세 중심의 '재일의 독자성'을 추구했다. 『계간 삼천리』나 『청구』에서 볼 수 없었던 재일디아스포라의 다양한 문화 변용 양상을 읽을 수 있는 잡지라 할 수 있다.

『땅에서 배를 저어라』는 2006년 12월부터 2012년 11월까지 총 7호를 발행했다. 재일디아스포라 여성들에 의한 최초의 본격적인 문예 잡지다. 재일 2세 여성 6명이 편집위원으로 참여해 일본 사회에서 마이너리티 중의 마이너리티라 할 수 있는 여성의 과거와 현재를 문예 작품과 앙케이트 등을 통해 알리고 있다. 또한 기존의 여성 작가의 글뿐만 아니라 문예상을 제정하여 '묻혀있는 재능'을 발굴하고, 이를 통해 '재일 여성의 문화적 힘'을 확장시키고 있다. 일본과 한반도의 현대사를 여성의 입장에서 추궁하려는 잡지로 여성의 체험과 역사를 기록한 내용은 큰 울림으로 다가온다.

「재일한인 에스닉미디어의 계보와 현황」에서 보면 재일디아스포라에 의한 잡지 미디어(학술지, 생활정보지 등 포함) 발행은 수십 종에 달한다. 각 시기별로 다양한 잡지가 생겨났다. 비록 1990년대 이후 잡지의 창간은 하향곡선을 그리고 있으나, 그럼에도 불구하고 2006년에 재일디아스포라 여성들이 주도한 잡지 『땅에서 배를 저어라』가 창간되었고, 최근 2015년 9월에는 『항로抗路』가 창간되어 2016년 12월에 3호를 발간하고 있다. 재일디아스포라 잡지가 시대의 변화에 맞춰 자신들의 목소리를 세상에 발신한다는 사실을 주시하지 않을 수 없다.

재일디아스포라 잡지가 남긴 발자취는 앞으로도 학술 논의에서 꾸준히 다루어질 필요가 있다. 이 책이 그 길잡이가 되기를 바란다. 이 총서는 한국연구재단의 2013년도 일반공동지원사업 「재일디아스포라 문학의 글로컬리즘과 문화정치학」의 연구 성과로 엮었다. 연구 총서 발간에 함께한 집필자와 총서 간행에 지원을 아끼지 않은 김종태 선생님께 깊이 감사드린다.

2017년 봄
재일디아스포라 문학의 글로컬리즘과 문화정치학
연구팀을 대표하여
김환기 씀

차례

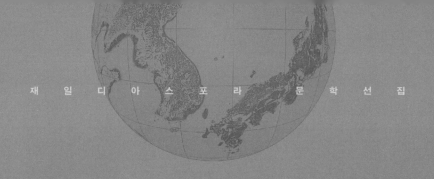

제1장

해방 후 재일잡지미디어의 발아와
서클운동의 전개

『민주조선民主朝鮮』과 '재일문학'의 전개

이한정

1. 서론

일본에 거주하며 활동하는 한국인·조선인 작가들의 문학을 '재일조선인 문학' 혹은 '재일한국인문학'이라 부른다. 이는 근래에 '재일문학'으로 통용되는데, 여기에서 말하는 '재일'은 '일본에 정주해 살아간다'는 의미를 담고 있다. '재일조선인 문학'의 범위는 식민지 시대에까지 거슬러 올라가며, 혹은 1945년 일본의 패전 이후를 기점으로 보기도 한다. 이 용어는 근래에는 '재일문학'으로도 불린다. '재일문학'은 '일본에 거주한다'라는 '재일' 쪽에 방점이 찍혀있다. '재일'은 '자이니치Zainichi'라는 일본어 음에서 유래하며, 이제 고유명사로도 통용되고 있다. 1980년대와 1990년대에 잡지 『계간 삼천리季刊三千里』와 『계간 청구季刊靑丘』 등에서 재일조선인 사이에서 이 말을 공유하기 시작했는데,[1] 이 '재일' 의식은 패전 직후 일본어로 간행된 『민주조선民主朝鮮』의 문학 공간에서 그 맹아를 엿볼 수 있다. 일본의 패전 직후는 식민지 시기를 막 지나온 시대라는 점에서 재일조선인에게는 식민지 '청산'이라는 과제가 놓여 있었고, 이와 더불어 일본에서 살아야 한다는 의식이 싹트면서 일본 생활을 옹호하는 태도가 암암리에 나타날 수밖에 없었다. 『민주조선』은 그와 같은 상반된 상황에 처한 재일조선인의 모습을 문학으로 담을 수 있는 공간이었다. 본고는 1946년에 일본에서 재일조선인에 의해 창간된 『민주조선』을 통해 식민지 시대를 거친 직후 재일조선인 문학이 어떻게 전개되고 있는지 그 양상을 '재일' 의식의 측면에서 파악하는 것을 목적으로 한다.

일본에 있는 재일조선인은 패전 직후 두 갈래 선택에 놓여 있었다. 하나는 일본에 그대로 남아 있는 것이고, 다른 하나는 해방된 조국으로 돌아가는 것이다. 『민주조선』에는 일본에서 재일조선인이 '조선인'의 정체성을 어떻게 견지할 것인가에 대한 고민이 담겨있다. '조선문화'를 소개하는 데 주력하고 '민족문화'란 무엇인가에 대한 성찰이 이 잡지에서 민족 정체성 탐구의 일환으로 이루어졌다. 아울러 문학 활동을 통해 식민지 시대를 청산하려는 의지를 내보였다. 그리고 일본에서 살아야 한다는 '재일' 의식을 투영하고 있는 점도 엿볼 수 있다. 이제까지 『민주조선』에 관한 논의는 두 방향에서 이루어졌다. 먼저 오미정은 『민주조선』에 소개된 북한문학을 살피고 있다. 북한문학의 소개가 "전후 재일조선인 문학

---

1 재일조선인의 '자이니치' 담론에 관해서는 이한정의 「'자이니치' 담론과 아이덴티티」, 『일본연구』 17호, 고려대 일본연구센터, 2012를 참고할 수 있다.

을 일본문학과는 다른 모습으로 태동시키는 중요한 계기로 작용했다"고 고찰하고 있다.[2] 그리고 이한창은『민주조선』은 재일조선인 작가가 문단에 진출할 수 있는 교두보 역할을 했다고 보았다. 이 잡지에는 일본인 필자의 참여도 돋보이는데 "이들은 대다수가 사회주의 운동을 하던 좌익성향의 작가들로서 해방 후 일본문단을 주도하던 이들의 도움으로 동포 작가들은 일본잡지에 작품을 발표할 수 있었다"고 말하고 있다.[3] 본고는 이와 같은 선행연구를 참고하면서『민주조선』이 창간사에서 밝힌 일본을 향한 조선문화 소개가 어떻게 이루어지고 있었는지를 검토하고, 이 잡지에 실린 문학작품의 전체상을 조망한 후 '재일조선인 문학'이 식민지 시기를 어떻게 뒤로 하고 일본에서 삶을 영위하는 '재일' 의식을 문학 작품 속에서 싹틔우고 있었는지를 살필 것이다.

2. 조선문화를 알리는 일본어 잡지

1946년 6월에 창간된『민주조선』은 1950년 7월까지 총 33호가 발행되었다. 패전 직후라는 혼란의 시기와 전쟁에 패배한 일본에 진주한 연합군총사령부GHQ의 검열이 엄했던 시대를 고려하면 4년에 걸친 잡지 행보는 특기

---

2   오미정, 「전후 일본의 북한문학 소개와 수용─잡지『民主朝鮮』을 중심으로」,『우리어문연구』40, 우리어문학회, 2011, 164쪽.
3   이한창, 「작품 발표의 장으로서의『민주조선』연구」,『일본어문학』제60집, 한국일본어문학회, 2014, 388쪽.

할만하다. 패전 후 일본에 남게 된 식민지 출신의 조선인 작가들이 일본어로 발간한 최초의 종합잡지라는 점에서도 그렇다.[4] 패전 직후 『민주조선』보다 먼저 재일조선인에 의해 발간된 잡지로는 『고려문예』(1945.11.27 창간호, 1946.1.15 제4호 발행), 『조선시』(창간호 불명, 1946.3.1 제1권 제2호), 『조련문회朝聯文化』(1946.4.5 창간, 1946.10.20 제2호 발행)가 있으나, 모두 한글로 발행된 잡지였다.[5] 『민주조선』이 유일하게 일본어 간행을 시도했고 그 실천을 감행했다. 창간호 편집후기에는 "저주받은 운명 아래에서 배웠다고는 하나 일본어를 이와 같이 구사하면서 이러한 잡지가 하나 둘은 존재하는 것도 우리 조선인에게나 또는 일본인에게도 꼭 필요한 것"이라는 신념에서 '일본어'로 간행했다고 쓰고 있다. 이왕 배운 '일본어' 구사 능력을 살려 식민지 시대부터 현재에 이르는 '조선'과 '조선인'에 대해 잘못 인식된 왜곡을 시정하려는 의도에서 일본어 잡지를 간행한다는 취지이다.[6]

『민주조선』은 좌담회에 출석한 인물까지 포괄하면 약 400여 명에 달하는 사람들이 관여했던 잡지이다. 재일조선인 216명, 본국의 한국인 75명, 일본인 103명, 중국인 14명, 러시아인 1명이 필자로 등장하고 있으며, 다뤄지는 내용은 정치, 경제, 사회, 문화 등 다방면에 걸쳐 있다. 12회의

---

4 잡지에 대한 전체적인 '개괄'은 1993년에 복간된 『復刻『民主朝鮮』前編『民主朝鮮』本誌別卷』(明日書店)의 朴鐘鳴, 「解說1『民主朝鮮』概観」에 상세하다. 또한 앞에서 언급한 이한창의 논문에서는 『민주조선』 창간 당시의 재일동포 사회의 동향, 창간 경위, 검열과 폐간 등에 대해서 살피고 있다.

5 호테이 토시히로, 「해방 후 재일한국인 문학의 형성과 전개—1945~60년대 초를 중심으로」, 『인문논총』 제47집, 서울대 인문학연구소, 2002, 85~87쪽.

6 「編集後記」, 『民主朝鮮』第一卷 第一号, 1946.4; 『민주조선』 본문 인용은 『復刻『民主朝鮮』前編『民主朝鮮』本誌』全四卷, 明日書店, 1993에 의하며, 앞으로는 一卷, 64쪽과 같이 복각판의 권수와 쪽수만을 명기한다.

특집호에서는 '소설특집'을 3회나 꾸미고 있으며, '3·1운동기념'(9호), '북조선의 교육과 문화'(19호), '조선의 현재 정세와 그 전망'(20호), '재일조선인교육문제'(1948년 6월 발간 예정이었으나 검열로 발금됨), '해방시특집'(21호), '3·1운동'(26호), '중국문제'(27호), '남조선 정부의 1주년'(30호), '조련·민청해산'(32호), '대일강화문제'(33호) 등 정치, 역사, 사회문화의 내용을 다루고 있다. 『민주조선』은 재일조선인의 지위와 일본과 조국의 경제상황, 남북한 정세는 물론 일본과 중국의 정치 동향까지를 시야에 두고 있다. 그런데도 『민주조선』에서 가장 두드러지는 내용은 3회의 소설 특집과 1회의 해방시 특집이 마련된 것에서 알 수 있듯이 문학이다. 창간호「편집후기」에서 밝히고 있듯이 이 잡지는 애초에 '문예잡지'의 성격을 띠고 출발했다.

이 잡지가 계획된 것은 도쿄가 최초로 대공습을 받았던 3월 10일보다도 훨씬 전의 일이었다. 공습이 있었던 밤에 우리는 이 잡지에 게재할만한 2천매가 넘는 원고를 잿더미로 잃었다. 당초 계획대로라면 이 잡지 이름은 지금대로가 아니라 문예잡지로, 종합잡지는 그 다음이라고 생각하고 있었다. 전쟁 중에 우리를 쫓아다니던 특고와 헌병의 감시는 특히나 성가신 것이었으나 결과는 알만했다. 우리는 다가올 결과를 예상하고 희망을 품고 일본어에 의한 이러한 잡지의 존재 가치를 검토하고서 착착 준비를 진행했던 것이다.[7]

『민주조선』은 해방이 되자 갑자기 창간된 잡지가 아니라, 해방 이전부터 기획되었던 잡지였다. 김달수는 전쟁 중에 이은직, 김성민, 장두식과 함께 회람回覽잡지 『계림鷄林』을 발간하고 있었다. 문예잡지를 목표로 했던 계획이 『민주조선』이라는 종합잡지로 발전된 경위는 김달수의 회고를 통해서도 알 수 있다. 『민주조선』은 본래 잡지명을 '조선인'이라고 할 생각이었다고 한다. 이는 "조선의 문화를 일본인에게 소개하는 것으로 조선·조선인에 대한 편견으로 가득 찬 인식을 바로 잡으려는 문제의식"에 서였다. '조선인'이라는 말을 전면에 내세워 "일본에서는 '조선'이라는 가치관이 전락, 상실"되고 있었기에 "'조선'이라는 것을 회복하자는 의식"에서 잡지명으로 '조선인'을 염두에 두었던 것이다. 그러나 조련의 한덕수 위원장이 김달수에게 "우리는 민주적 조국을 만드는 것이기에 잡지는 『조선인』보다는 『민주조선』으로 하는 쪽이 좋겠다"라고 말해서 그대로 '민주조선'이라는 잡지명을 택했다.[8] 이에 『민주조선』 창간사의 골자는 '민주적 조국' 건설과 일본인에 의해 '왜곡된 조선과 조선인'의 가치관 회복이다. 일본어로 발행해서 일본인에게 올바른 '조선문화'를 알리려는 취지에서 "일본어에 의한 이러한 잡지의 존재 가치"를 언급하고 있다.

그렇다면 『민주조선』에서 '민주적 조국' 건설과 '조선문화'의 소개라는 두 지향점을 어떻게 반영하고 있는지 우선 창간호를 통해 살펴보자. 창간호 맨 앞면을 장식한 창간사에서는 "우리가 나아가야 할 길을 세계에 표명하는 동시에, 과거 36년간이라는 오랜 시간 동안 왜곡된 조선의

---

8   金達寿, 「雑誌『民主朝鮮』のころ『季刊三千里』」 48号, 1986, 100쪽.

역사, 문화, 전통 등에 대한 일본인의 인식을 바로잡고, 앞으로 전개될 정치, 경제, 사회 건설에 대한 우리의 구상을 이 소책자를 통해 조선인을 이해하고자 하는 강호의 제현에게 그 자료로서 제공하려는 것이다"라고 말하고 있다. 창간호의 목차를 보면 「독립선언은 계속 쓰이고 있다」(백인－김달수 필명)를 시작으로 「신탁통치와 민족통일전선」(원용덕), 「3・1절이란 무슨 날인가」(김철－원용덕 필명), 「일본총선거에 대한 관심」(박태영－김달수 필명), 「재일본조선인연맹에 대하여」(임훈－원용덕 필명), 「나의 8월 15일」(한준), 「『조선소설사』 제1회」(김태준, 이은직 역), 「시, 클라이맥스, 쾌유기」(김종한), 「김종한에 대하여」(김문수－김달수 필명), '창작'「할머니의 추억」(손인장－김달수 필명), 「후예의 거리」(김달수)가 실려 있다. 대부분은 『민주조선』의 발행을 주도했던 조련의 외무부장 원용덕과 정보부장 김달수의 글로 메워졌다. 창간호에서 조선의 '역사, 문화, 전통'을 알리는 기사는 이은직이 번역한 김태준의 「조선소설사」에 불과하다. 그 밖의 기사는 '민주 조선' 건설을 표방하는 내용이다. 문학 작품인 김달수의 「할머니의 추억」과 「후예의 거리」는 『계림』 1944년 3월호와 2월호에 각각 게재되었던 것으로 『민주조선』에 처음 게재된 작품이 아니다. 창간호는 아직 패전 직후의 문학을 담지 못하고 있으며, 식민지 시대문학의 연장선상에 놓여 있었다. 제2호에 실리는 연재물 「후예의 거리」 2회 역시 『계림』 1944년 3월호에 발표된 것이고, 「후예의 거리」 3회부터가 『민주조선』에서 처음 게재되었다. 이와 같이 창간호에서는 '조선문화의 소개'라는 창간 취지를 담기보다는 '민주적 조국' 건설에 지면을 할애하고 있다.

그런데『민주조선』은 창간호 이후에도 조선의 '역사, 문화, 전통'을 알리는 기사를 풍부하게 담지 못하고 있다. 조선문화를 소개하는 글이라고 생각되는 조선인 필자의 글을 먼저 살펴보면, 제4호「조선민란사화朝鮮民乱史話」(김태준, 김철 역), 7호「조선부녀해방운동의 역사적의의」(한길언), 10호「조선근대혁명운동사」(원용덕 편역, 4회 연재), 13호「조선의 민요에 대하여」(윤자원), 18호「조선시의 방향」(김기림)과「조선연극의 역사적 단계」(안영일),「인민항쟁과 조선문학」(임화), 21호「조선문학의 특질」(김태준),「조선의 고락古樂에 대하여」(윤한학), 26호「조선음악사의 문헌」(홍이섭)과「조선 주자鑄字고찰」(김원근) 등을 들 수 있다. 김태준, 한길언, 김기림, 임화 등의 글은 한국에서 발표된 글의 번역이다.

일본인에 의한 조선문화 관련 글은 4호에 실린 식민지 조선에서도 활약했던 소설가이며 극작가인 무라야마 도모요시村山知義의「조선의 연극에 대하여朝鮮の演劇について」와 7호에 게재된 식민지 시대의 동양고고학자 우메하라 스에지梅原末治의「조선의 고적조사와 그 동아시아 고고학에 대한 기여朝鮮の古跡調査とその東亜考古学への寄与」와 조선학 연구자 가나자와 쇼자부로金沢庄三郎의「한자를 통해 본 조선漢字を通じて見たる朝鮮」이 있다. 그 밖에 8호에 실린 사카이 마쓰타로坂井松太郎의「조선의 야채절임朝鮮の漬けもの」, 9호에 실린 기무라 야스지木村靖二의「조선의 농민해방사朝鮮農民解放史」등이 있다. 조선인 필자나 일본인 필자에 의한 조선문화 소개는 총 33호를 발행한『민주조선』의 분량에 비하면 위와 같이 빈약한 편이다. 역사는 창간호의「3·1이란 무슨 날인가」(김철), 2호「광주학생사건이란 무엇인가」(김철), 3호「만보산사건과 그 배경」(정동문), 9호와 26호의

'3・1운동 특집' 등 주로 식민지 시기를 다루고 있다.[9] 『민주조선』은 '조선문화 소개'라는 의욕을 충분히 달성했다고 보기 어렵다. 그 이유는 잡지가 일본어로 간행되었다는 점을 들 수 있다. 김태준의 『조선소설사』와 같이 조선문화를 소개하기 위해서는 '번역'을 거쳐야 한다. 이 작업이 수월하지 않았을 것이며, 조선문화를 본격적으로 소개할 수 있는 일본어 필자를 구하는 것도 쉽지 않았을 것이다. 식민지 시기에 발표된 일본학자의 글을 다시 게재하고 있는 점에서도 엿볼 수 있다.[10]

반면에 '민족문화'를 둘러싼 논의가 『민주조선』에서 활발하게 이루어졌다. 6호에 「민족주의 민족전선」(원용덕), 「민족문화발전의 개관」(이원조), 「민족문화의 본질」(한효), 「새로운 성격의 창조」(한효)라는 글이 실리기 시작하면서, 12호 「민족문화 건설의 임무」(송완순), 17호 「진보적 민족주의의 추진」(岩村三千夫), 22호 「평화와 민족문화」(신홍식), 「민족, 민족문화 등」(松本正雄), 「문화반동에 대한 투쟁」(임화), 25호 「외국문화의 섭취와 민족문화」(김영건), 29호 「민족문화의 확립과 그 조류」(안함광) 등에서 '민족문화'를 논하는 글이 이어졌고, 제28호는 「'좌담회' 민족문화의 위기를 말한다」, 제29호는 「'좌담회' 민주민족문학의 제문제」를 마련하여 '민족문화'가 처한 상황과 나아갈 방향을 모색하고 있다.

위 기사들은 '민족주의'나 '민족문화'를 둘러싼 조선의 '민족문화'의

---

9 고영란은 『민주조선』에서 '3・1'운동을 거듭 강조하는 것은 "식민지의 독립이 식민지인 스스로의 손으로 획득되지 못했다는 부채감의 표현이다"라고 말하고 있다. 高栄蘭, 김미정 역, 『전후라는 이데올로기』, 현실문화, 2013, 232쪽.

10 김달수가 '일본 속의 조선문화'를 일본에 본격적으로 소개하는 것은 1970년에 들어서서이며, 『민주조선』에서는 아직 조선문화 소개의 글을 쓰고 있지 않다.

회복을 말하고 있지만, 구체적으로 '민족문화'가 무엇이며, 무엇이 조선의 문화라는 것을 말하는 글은 아니다. 즉 조선문화의 실체를 보여주는 '소개' 작업이 아니다.[11] '민주적 조국' 건설의 일환으로 '민족문화' 구현을 말하고 있는 데 그친다.『민주조선』의 주요멤버였던 김달수를 비롯한 재일조선인 작가들이 해방 이전부터 추구했던 '조선문화의 소개'와 조선과 조선인에 대한 편견 시정이라는 창간 취지는『민주조선』에서는 충분히 살아나지 못했다. 이는 고영란이 지적하듯이 『신일본문학新日本文学』(1945.12 창간준비호 발행)의 창간과 보조를 맞추면서『민주조선』이 일본의 새로운 민주적 문학 운동과 연대하는 방향[12]으로 기울어진 원인도 있지 않을까 생각한다. 그렇다면 본래 '문예잡지'를 지향했던 취지가 문학 방면에서는 어떻게 전개되었는지 다음 장에서 살펴보기로 하겠다.

3. 문학관련 기사와 수록 작품의 양상

김태준의『조선소설사』는 모두『민주조선』에 일본어로 번역되어 게재되었다. 이 책은 1933년에 초판이 나왔고, 증보개정판이 1939년에 출판되었다. 어느 쪽을 저본으로 삼았는지는 파악하지 못했으나,「편집후

---

11 『민주조선』에서 다루고 있는 '북한문학'을 조망하는 오미정의 앞의 논문을 참고할 수 있다.
12 高栄蘭, 김미정 역, 앞의 책 제6장「문학과 8월 15일」과 제7장「'식민지 일본'이라는 신화」에서는 김달수와 일본의 사회주의 문학잡지『新日本文学』의 관계 등을 비롯해 패전 직후 일본에서 펼쳐진 일본문학자와 재일문학자의 '연대'에 대한 고찰이 이루어지고 있다.

기」에 의하면 이은직은 해방 이전에『조선소설사』일본어판 출판을 목표로 이미 이 책을 일본어로 번역을 해두었다고 한다.『민주조선』에 13회에 걸쳐 연재된『조선소설사』는 서론 '소설의 정의'로부터 시작해 '삼국설화', '고려의 패관문학과 불교문예'와 조선시대의 소설 전반을 다루고, 당대의 이광수 소설까지 포괄하고 있다. 김태준의 글이『민주조선』이 표방한 '조선문화 소개'의 큰 줄기를 이루고 있다는 것을 알 수 있다. 그리고 그 '조선문화'의 줄기가 '소설', 즉 문학 쪽에 맞춰져 있다는 점도 흥미롭다. 이와 같이『민주조선』은 '문예잡지'의 성격을 띠고 있었는데, 문학과 관련된 기사가 다수 게재되었고, 소설과 시, 희곡 작품도 다수 발표되었다. 우선 문학 관련 기사를 살펴보면 그 내용을 다음 네 가지로 대별할 수 있다.

첫째 본국의 해방 공간에서 벌어지고 있는 문학 동향의 소개와 더불어 본국 작가의 글을 번역해 싣는 작업이다. 4호에 보면 편집부에서 쓴「신생조선문단의 동향」이란 글이 게재되었다. 김달수가 쓴 것으로 보이는 이 글은 해방 정국 조국에서 펼쳐지는 문학 소식을 전하고 있다. 9호에 게재된 김우석의「문학의 해방」과 손인장(김달수)의「조선문단의 현상」도 같은 맥락의 글이고, 16호「조선민족문학론」(임화), 18호「우리 조선시의 방향」(김기림), 「인민항쟁과 조선문학」(임화), 21호「조선문학의 특질」(김태준)은 한국에서 발표된 글을 번역 게재한 것이다.

둘째는 일본문학과 중국문학, 세계문학의 동향을 소개하는 글이다. 10호에는 당시의 저명한 일본 문예평론가 오다기리 히데오小田切秀雄의「중국문학의 경우」, 19호에는 일본 문예평론가 오하라 겐小原元의「전후 일본문학의 조감」, 27호에는 일본의 중국문학자인 오카자키 도시오岡崎俊夫의 「중국작가에 있어서 낭만적 심성에 대하여」가 게재되었고, 28호에는 염현철의 「현대세계문학의 동향」이 실렸다.

셋째는 일본에서 활동하는 재일조선인작가에 관한 글로 5호에는 일본인 필자에 의해 「조선작가에 대하여岩上順一」가 실렸고, 6호에는 당시에 창립된 신일본문학회新日本文学会에서 쓴 「조선의 작가에 대한 인사」와 오다기리 히데오의 「조선문학의 개화를 위하여」가 실렸다. 여기에서 말하는 '조선문학'이란 일본문학과 대칭되는 조선의 문학을 나타내며, 또한 일본에서 활약하는 재일조선인의 문학을 가리킨다. 일본의 문학자들이 바라보는 '조선문학'이란 재일조선인 문학자들의 활동을 통해 보이는 것이었다. 재일조선인 문학자는 일본인이 조선문학을 이해하는 데에 가교 역할을 담당했다. 11호에 게재된 문예평론가 아오노 스에키치青野季吉의 「조선문학에 대하여」도 『민주조선』에 게재된 재일조선인 작가에 대한 내용이다. 31호에는 일본 사회주의 작가 에구치 간エロ渙과 재일조선인 사회주의 운동가 김두용의 「조선 프롤레타리아문학운동의 역사적 전개」, 오하라 게이의 문예시평 「잃어버린 것의 회복」이 게재되었다. 재일조선인의 희곡에 대한 문예시평으로는 29호의 「『계절의 바람』을 읽고」(染谷格)도 들 수 있다.

넷째는 '민족문화'와 관련된 문학 담론이다. 15호에는 일본 문예평론가 이토 세이伊藤整의 「민족의 말과 문학」이 게재되었다. 그리고 앞에서 언급한 임화, 김기림, 김태준의 글이 문학과 민족문화의 관련성을 논한 글이다. 19호에 실린 재일조선인 문학자의 좌담회 「우리들의 방담」과

29호에 실린 재일조선인과 일본인 문학자에 의한 좌담회 「민주민족문학의 제문제」가 문학과 '민족문화'의 관련성을 다룬 내용이라 할 수 있다.

『민주조선』은 매호에 소설을 실었고, 시도 거의 매호를 채웠으며 희곡도 드문드문 게재했다. 편집자였던 김달수가 지향하고자 했던 '문예잡지'의 성격이 충분히 엿보인다. 다카야나기 도시오는『민주조선』이 "문학에 중점을 두고 있는 점"은 "하나의 특색"이라고 말했다.[13]『민주조선』에 실린 문학작품은 적지 않다. 식민지 시대에 재일조선인은『계림』과 같은 회람잡지 이외에는 일본인에 의해 간행되는 문예잡지나 학교 교지에 작품을 실었다. 장혁주와 김사량 등이 문예잡지에서 활동했고, 김달수, 이인직 등이 학교 교지에 글을 싣고 있었다. 그러나『민주조선』은 재일조선인 스스로 만든 잡지이며, 일본어로 간행하였다. 게다가 일본어로 문학작품을 발표하고 있다는 점에서 재일조선인 문학을 생각할 때 매우 의미 있는 잡지이다. 이러한 점에서 다소 길어질 수 있겠으나, 여기에『민주조선』에 실린 소설, 시, 희곡 작품의 전체 현황을 제시해 보고자 한다. 그 목록은 다음과 같다.

다음과 같이『민주조선』에는 소설 총 43편(연재물은 1편으로 셈), 시 39편, 희곡 6편이 게재되었다. 소설로는 재일조선인 작가 김달수(12편), 이은직(6편), 김원기(5편), 장두식(5편), 박원준(3편), 박찬모(2편), 엄흥섭, 송차영, 강현철, 허남기, 안동수, 홍구(1편)의 작품이 실렸고, 본국 작가 이태준과 안회남의 작품과 중국 작가 駱賓基와 趙樹理 등의 작품이 게

---

13 高柳俊男, 「『民主朝鮮』から『新しい朝鮮』まで」, 『季刊三千里』 48号, 1986, 107쪽.

〈표 1〉『민주조선』 수록 문학 작품 리스트

호,발행년월	장르	타이틀	저자	특기사항
1, 1946.4	詩	くらいまつくす・快癒期	金鐘漢	
	小說	祖母の思ひ出	孫仁章	김달수 필명 (초출)1944.3『鷄林』
	小說	後裔の街(第一回)	金達寿	(초출)1944.2『鷄林』
2, 1946.5	小說	姉の結婚	金元基	
	小說	仲人	張斗植	
	詩	海峡・地図	鄭芝溶	역자 韓峻
	小說	後裔の街(第二回)	金達寿	(초출)1944.3『鷄林』
3, 1946.6	詩	歡喜の日	趙碧岩	역자 미상
	小說	残骸	宋車影	
	小說	後裔の街(第三回)	金達寿	
4, 1946.7	詩	磯にて―Dedie a Mlle Sukill	許南麒	
	小說	李川氏についての二章	孫仁章	김달수 필명
	小說	床屋にて	金文洙	김달수 필명
	小說	後裔の街(第四回)	金達寿	
5, 1946.9	小說	立退き	張斗植	
	詩	蒼天	フォ・ナムキイ	허남기 필명
	小說	奉求の魂	金元基	
	小說	後裔の街(第五回)	金達寿	
6, 1946.12	小說	脱皮	李殷直	
	詩	歷史	李周洪	역자 黃景守
	小說	後裔の街(第六回)	金達寿	
7, 1947.1	詩	樹林	許南麒	
	戱曲	ボクトルの軍服	金史良	역자 金元基
	小說	後裔の街(第七回)	金達寿	
8, 1947.2 (小說特集)	小說	生きてありなば	李殷直	
	小說	弟の出奔	金元基	
	小說	塵(ごみ)	金達寿	(초출)1942.3『文藝首都』
	詩	大同江(その一)	尹紫遠	
	小說	後裔の街(第八回)	金達寿	
9, 1947.4	詩	階段	康玹哲	
	詩	燒跡	尹紫遠	
	小說	氷夜	厳興燮	
	小說	塵芥船後記	金達寿	(초출)1942.3『文藝首都』
	小說	祖父	張斗植	
	小說	後裔の街(第九回)	金達寿	
10, 1947.5 (『文化朝鮮』)	詩	風	許南麒	
	戱曲	壺屋の高麗人	姜魏堂	

	小説	後裔の街(終回)	金達寿	
	小説	孫チョムチの「天罰」	金元基	
11, 1947.6	詩	波濤	康玹哲	
	小説	雑草の如く	金達寿	(초출)1942.7『新藝術』
	詩	詩人	フォ・ナムキイ	허남기 필명
12, 1947.7	小説	断層	李殷直	
	小説	解放前後─或る作家の手記	李泰俊	역자 미상
13, 1947.8	小説	解放前後(下)─或る作家の手記	李泰俊	역자 미상
	小説	李萬相と車桂流	金達寿	
	詩	おらんけ花	李庸岳	역자 미상
14, 1947.9 (小説特集)	小説	石鏡説	許南麒	
	小説	脱走兵─同志Ｈのために	李殷直	
	小説	失える魂	朴元俊	
	小説	夢見る部落(上)	朴賛模	
15, 1947.11	小説	帰郷(上)	張斗植	
	小説	夢みる部落(終)	朴賛模	
	詩	階	許南麒	
16, 1947.12	小説	続・李萬相と車桂流	金達寿	
	小説	帰郷(下)	張斗植	
	詩	朝鮮風物誌(その一)　慶州	許南麒	
17, 1948.1	小説	星を抱いて	洪九	
	小説	夜	安懐南	역자 미상
	小説	族譜(長編連載第一回)	金達寿	(초출)1941.11『新芸術』
	詩	朝鮮風物詩(その二)　釜山	許南麒	
18, 1948.2	小説	金孃のこと	朴元俊	
	小説	族譜(長編連載第二回)	金達寿	(초출)1941.11『新芸術』
	詩	朝鮮風物詩(その三)　大邱	許南麒	
19, 1948.4	小説	隣人	李殷直	
	小説	族譜(長編連載第三回)	金達寿	(초출)1941.11『新芸術』
	詩	朝鮮風物詩(その四)　扶餘	許南麒	
20, 1948.5	小説	母	朴賛模	
	小説	族譜(第四回)	金達寿	(초출)1941.11『新芸術』
	詩	旗を下そう	林和	역자 フォ・ナムキイ
	詩	詩と文化に托するうた	金起林	역자 フォ・ナムキイ
21, 1948.8 (解放詩特集)	詩	惜春賦	金哲洙	역자 フォ・ナムキイ
	詩	角	李秉哲	역자 フォ・ナムキイ
	詩	火夫	趙仁奎	역자 フォ・ナムキイ
	詩	朝鮮風物詩(その五)　光州	許南麒	

	小説	族譜(第五回)	金達寿	(초출)1941.11『新芸術』
22, 1948.9	詩	おれたちわ知つていた──朝鮮の あらゆる同志に贈る	田中久介	
	詩	朝鮮風物詩(その六) 木浦港	許南麒	
	戯曲	モデル──作品と生活	姜魏堂	
	小説	族譜(第六回)	金達寿	(초출)1941.11『新芸術』
23・24, 1948.11 (小説特集)	小説	仲間	李殷直	
	小説	西塔界隈	康玹哲	
	詩	朝鮮風物詩(その七) 太白山脈	許南麒	
	小説	母の像	金元基	
	小説	にんにくを囓る男	朴元俊	
25, 1949.2	詩	映画	許南麒	
	小説	その前夜	安東洙	
	小説	族譜(第七回)	金達寿	(초출)1941.11『新芸術』
26, 1949.4	戯曲	三・一運動	金南天	
	小説	別離の賦	竹本員子	
27, 1949.5	小説	老女僕	駱賓基	역자 미상
	詩	童孩受難	薛貞植	
	小説	族譜(第八回)	金達寿	(초출)1941.11『新芸術』
28, 1949.6	詩	人間の土地	小野十三郎	
	詩	続・朝鮮風物詩1 ソウル詩集	許南麒	
	戯曲	季節の風	朴元俊	
29, 1949.7	小説	族譜(第一部最終回)	金達寿	(초출)1941.11『新芸術』
30, 1949.8	戯曲	恩賜の軍刀	姜魏堂	
	小説	枝川町一丁目(長編連載第一回)	李殷直	
31, 1949.9	小説	枝川町一丁目(長編連載第二回)	李殷直	
	小説	小二黒の結婚	趙樹理	역자 미상
32, 1950.4	詩	裁判詩抄	許南麒	
	詩	豆ノート	酒井真右	
	詩	朝鮮牛	張平	
	小説	枝川町一丁目(長編連載第三回)	李殷直	
33, 1950.7	詩	風・講演会	李錦玉	
	小説	運命の人々	張斗植	

재되었다. 그리고 허남기, 윤자원, 김종한, 강현철, 이금옥(이상 재일조선
인작가), 조벽암, 정지용, 이주홍, 이용악, 임화, 김기림, 김철수, 이병철,
조인규(이상 본국작가), 中田久介, 小野十三郎, 酒井真右, 竹本員子, 張平

(이상 일본작가) 등의 시와 강위당, 김남천, 박찬모, 김사량 등의 희곡이 게재되었다. 중국 작가의 소설과 일본 작가의 시를 소개하고 있는 것은 앞에서 언급했듯이 패전 직후 일본의 사회주의 작가를 중심으로 한 아시아의 문학 연대 상황에 따른 것이라 볼 수 있다. 이러한 창작 가운데 단연 김달수의 소설과 허남기의 시가 돋보인다. 김달수는 원용덕과 함께 『민주조선』을 창간했으며 편집인으로 이 잡지의 중심축에 서 있던 작가였다. 필명을 달리하면서 그는 또한 여러 기고문을 실었다. 소설 『후예의 거리』와 『족보』는 연재소설이었으며, 이후에 단행본으로도 출판되었다. 허남기는 본국 시인들의 시를 일본어로 번역하여 소개하면서, 조국의 풍물을 시로 담은 「조선풍물지」 등을 연재했다.

　『민주조선』은 8호와 14호, 23·24호를 '소설특집'으로 꾸몄다. 그리고 21호는 '해방시특집'으로 본국 작가들의 시를 번역하여 소개하고 있다. 순수 창작인 문학작품만 보더라도 재일조선인 작가를 위시로 하여 본국 작가는 물론이고 몇몇 일본 작가와 중국 작가의 작품도 싣고 있다. 본국 작가의 소설로는 이태준의 「해방전후」(12호, 13호)와 안회남의 「밤」(17호)이 번역 소개되고 있고, 희곡은 김사량의 「봇똘의 군복」(7호)과 김남천의 「3·1운동」(26호)을 번역하여 싣고 있다. 이태준의 「해방전후」는 해방을 기점으로 식민지 전후에 걸친 작가의 자전적 요소를 담고 소설이며, 「밤」 역시 해방 직전에 일본에 징용당한 작가의 체험이 서사구조를 이루고 있다. 이들 작품을 게재하고 있는 것은 다음 장에서 언급하듯이 식민지 '청산'이라는 문맥에서 일 것이다. 식민지 시기를 문학을 통해서 어떻게 그려, 이를 청산의 계기로 삼느냐는 본국 작가뿐만 아니라 패전 직후 일본에서 활동하는 재일조선인 작가에게도 부여된 과제였다. 「봇똘의 군복」과 「3·1운동」은 일제 강점기의 조선민중을 그린 희곡으로, 역시 일제 청산과 진정한 '민주적 조국' 건설을 위해 해방의 의미를 되새기게 하는 작품이다. 이들 작품은 조선의 문화를 알리는 취지와는 다른 방향에서 소개되고 있다. 식민지 '청산'을 강조하던 당시의 분위기를 반영하는 문학 작품인 것이다. 일제의 '청산'은 해방 정국을 맞이한 본국 작가와 패전의 일본에 남겨진 재일조선인 작가 모두에게 안겨진 피할 수 없는 과제였기에 이에 부응하는 본국의 작품으로 이태준과 안회남의 작품을 소개하고 있는 것이다.

4. 식민지 '청산'과 일본 생활을 담는 문학

서용철은 『민주조선』에서 활동한 재일조선인 작가들을 개괄하면서 김달수의 연재소설 「후예의 거리」에 대해 일제하 지식인의 "고뇌하는 모습을 그릴 뿐 자기비판은 이루어지지 않고 있다. 자기비판의 결여, 혹은 미숙과 빈약함은 실은 자기변호, 자기옹호로 쉽게 연결될 위험을 안고 있다"[14]라고 말하고 있다. 이는 『민주조선』에 게재된 작품이 대체적으로 '자기비판'의 요소를 결여하고 있다는 점을 지적한 것이다. 앞에서 언급한 이태준

---

14 徐龍哲, 「在日朝鮮人文学の始動－金達寿と許南麒を中心に」, 『復刻 『民主朝鮮』 前編 『民主朝鮮』 本誌別巻』, 54쪽.

이나 안회남의 본국 소설은 이러한 '자기비판'의 요소를 띠고 있었다.

한편 이한창도 "『민주조선』에 발표된 작품에는 이 기간에 동포사회의 커다란 문제로 대두된 재산세 문제와 외국인 등록사건, 한신 교육사건, 조련 해산 등에 관한 문제를 작품화 한 작품들은 나타나고 있지 않다. 오직 일본에 잔류하게 된 동포들이 식민지 백성이라는 숙명을 짊어지고 저임금 노동자로 살아가는 모습을 그리거나 조직과 조국에 관심이 없이 살아가던 동포들이 조직 활동가들의 노력으로 민족의식이 고취되어 조직의 필요성을 느끼며 적극 동참하는 과정을 그리고 있는 작품이 주류를 이루고 있다"[15]라고 논하고 있다. 이와 같이 『민주조선』의 문학 공간은 식민지 시대를 살아간 작가들 '자신'에 대한 비판이 철저하지 못했고, 해방 직후의 급변하는 재일조선인 사회의 현상을 제대로 짚어내지 못한 한계를 노출했다. 하지만 서용철과 이한창은 모두 『민주조선』이 앞으로 전개될 '재일조선인 문학'의 발판을 만들었고, '동포 작가들의 존재를 일본 문단과 사회에 알림으로써 문학 분야에 커다란 업적'을 남겨 놓았다고 평가하는 데에는 이견을 달리하지 않고 있다.

『민주조선』에서 펼쳐진 문학의 성과와 한계는 김달수가 말했던 "조선의 문화를 일본인에게 소개하는 것으로 조선·조선인에 대한 편견에 가득 찬 인식을 바로 잡으려는 문제의식"이 어떻게 잡지에 투영되었는지를 살펴보는 지점과도 맞닿아 있다. 그런데 문학 작품에 '조선의 역사, 문화, 전통'을 담을 여유는 녹록치 않았다. 이를 엿볼 수 있는 소재로 주

---

15 이한창, 잎의 글, 377쪽.

목해야 할 것은 『민주조선』 창간 2주년을 기념해 마련된 「좌담회 우리들의 방담放談」이다. 여기에 참석한 인물은 김원기, 박원준, 이은직, 허남기, 장두식, 김달수, 원용덕이다. 원용덕을 제외하고 모두 문학자들로 『민주조선』에 각각 작품을 발표하고 있다. 이들 '방담'에서 주고받은 몇 가지 내용은 『민주조선』에서 어떤 문학 활동이 이루어졌는지를 엿볼 수 있는 단서를 제공한다.

좌담회는 1937년에 제작된 이규환 감독의 〈나그네〉를 최근에 다시 본 소감을 피력하는 것으로 시작되었다. 〈나그네〉는 당시 식민지 조선의 가난한 농촌을 그리면서 돈으로 빚어지는 조선 민중의 비극을 잘 표현한 작품이다. 당시 평론가들로부터 우수한 작품이라는 찬사를 받아 1937년 4월 24일에 경성에서 상연된 후 5월에 도쿄에서도 개봉되었다.[16] 이은직을 비롯해 박원준, 김원기는 이 영화를 식민지 시대에도 보았고, 최근에 다시 본 소감을 말하면서 예전과는 달리 이 영화를 해방 후에 다시 보니 '여유'를 갖게 된다고 말하고 있다. 이들이 말하는 '여유'라는 것은 '해방'에서 오는 '자유'의 기쁨일 것이다. 그런데 아직 이들이 일본에 남아 생활하고 있다는 점에서 이 '여유'는 일본 생활에서 오는 '여유'라고도 말할 수 있을지도 모른다. 이 발언에 이어서 김달수는 '새로운 출발'은 '여유'로부터 시작해야 한다고 말하면서, 18호에 발표된 박원준의 「김양 이야기」라는 작품을 "매우 새로운 문제를 제기"하는 작품으로 꼽았다.

---

16 http://blog.naver.com/arari63?Redirect=Log&logNo=50012065040(2014.6.20 검색), 이화진, 「식민지 영화의 내셔널리티와 '향토색'―1930년대 후반 조선영화 담론 연구」, 『상허학보』 제13호, 상허학회, 2004, 379쪽.

이 작품은 전쟁 중에 간호사로 종군한 조선 여성이 패전 후 일본에 돌아온 후 김주득이라는 조선이름을 되찾으면서, 일본인으로 거짓된 삶을 살았던 자기 정체성에 번민하는 내용을 담고 있다. 김달수가 이 작품에 주목하는 이유는 무엇일까. 그는 이어서 "오늘날 우리가 당면하고 있는 문제는 우리 민족의 새로운 타입을 만드는 것, 이것이 우리의 최대 목적"[17]이라고 말하고 있다. 김달수가 말하는 '우리 민족의 새로운 타입'은 식민지 시기를 벗어난 조선인·조선민족의 '새로운 정체성'을 가리킨다. 이를 위해 좌담회에 출석한 문학자들은 '일본제국주의의 잔재를 청산'해야 한다는 의견에 동의를 표하고 있다. 패전 후 일본의 문학자들 사이에서 벌어졌던 전쟁책임 추궁과 마찬가지로 재일조선인 문학자 사이에서도 식민지 시기에 대한 '자기비판'이 패전 직후 일본의 재일조선인 사회에서 폭넓게 공유되고 있었다.

1949년 4월에 일본에서 간행된 『재일조선문화연감 1949년판』(조선문예사)에는 「문학자의 자기비판」이란 글이 실려 있다. 여기에서 『해방신문』에 실린 이은직의 「개새끼」를 주목할 만한 작품으로 다음과 같이 소개하고 있다.

그 內容은 實在 某新聞社長을 모델로서 日帝時代에 憲兵의 압제비를 하다가 解放後 日本官廳의 特配物資의 德澤으로 新聞社社長椅子에 앉어서 不良한 同胞靑年들을 꾸지고 歎息하는 僞紳士를 描寫한 短篇이라기보다 하

17/ 『復刻 『民主朝鮮』 前編』 第3巻, 27쪽.

나의 小品으로 藝術的인 形象化도 아무것도 없다. 그러나 우리 同胞社會에는 이러한 存在들이 假面을 쓰고 善良한 同胞들을 欺滿하야 民主祖國建設을 妨害하고 破壞하려드는 破廉恥輩가 許多한 것이다. 그리하야 「개새끼」의 일흠은 民族反逆者의 代名詞가 되어 朝連全組織體에 風靡되고 論文에도 많이 引用된 注目의 作品이었다.[18]

이은직의 「개새끼」라는 작품은 보잘 것 없는 소품이다. 그러한 작품이 주목받은 것은 일제에 협조했던 자가 해방이 되어서 다시 일본에 빌붙어 사는 것을 '개새끼'라는 욕설로 표현하는 데에서 비롯된 것이다. 당시 재일조선인사회에서 대단히 화제가 된 작품인 모양으로 「우리들의 방담」에서 김달수도 이 작품을 들면서 일제 '청산'을 운운하고 있다. 이 작품이 식민지 '청산'을 명시하는 소설로 주목받았던 것은 욕설로 붙여진 소설 제목이 '청산'의 의미를 명백하게 보여주기 때문이다. 그러나 『재일조선인문화연감』의 글에서는 앞의 인용에 이어서 "그러나 여기서 問題되는 것은 作者의 自己批判의 態度다. 作者自身이 意識的으로 하나의 轉機를 期하야 쓴 것이라면 自己批判이 너무나 消極的이며 貧弱한 것이라 아니할 수 없다"라고 문학자의 '자기비판과 참회'가 미진하다는 점을 질책하는 어투가 명시되어 있다. '자기비판'은 곧 '자기갱신'이자 '재출발의 한 방편'으로 삼아야 한다는 주장이다. 김달수가 김원기의 「김양의 이야기」를 언급하고 있는 것도 이 작품에 '자기갱신' '재출발'의 요소

---

18 朴慶植 編, 『在日朝鮮人關係資料集成 "戰後編"』 第5卷, 不二出版, 2000, 150쪽.

가 담겨있기 때문이다. 김양은 일본에서 살아가기 위해 식민지 시기의 '자기'를 '청산'하는 인물로 그려지고 있다. 하지만 좌담회에서 문학의 방향성을 논의할 때 앞의 인용에서 언급하는 문학자의 '자기비판과 참회'는 주된 관심사에서 약간 비켜나 있었다. 『민주조선』에서 주로 활동했던 작가들은 다음과 같이 문학의 새로운 방향성을 '조선적인 것'의 표출로 제시하고 있었다.

「우리들의 방담」에서 허남기는 "일본 제국주의의 잔재이든 아니든 현재 조선의 민족, 조선의 사람들이 갖추고 있는 모든 경향, 특질, 현상들을 우리들은 일단 가감 없이 제대로 쓸 필요가 있다"라고 말하고 있다. 반면에 김달수는 그런 것을 쓰기에는 '제재'가 없다고 토로하고 있다. 이제는 일본에서 살아가야 할 자신들의 삶을 어떻게 문학에 담아야할지, 그리고 그 '자신'이 '조선'사람이기에 그 조선적인 것을 어떻게 문학 작품에 살려야 하는지가 두 사람의 논점인 것이다. 「개새끼」의 저자 이인직은 조선인은 "절망 속에서 나오는 유모아, 골계"를 갖고 있다고 말하면서, 조선의 풍토와 기후까지 언급하면서 '삼한사온'은 조선인의 적당주의, 어느 정도 추워지면 또 좋아질 것이라는 사고방식에 영향을 미치고 있다면서 조선의 특질을 운운하고 있다. 장두식은 조선의 불행한 역사에서 민족을 말하고 있으며, 김달수는 조선인의 '끈기'를 들고 있는데, 박원준은 그 '끈기'는 적당히 때우려는 '비극'적 요소도 안고 있다고 자조적인 목소리를 내고 있다. 허남식은 조선인은 염세적이고 비극적이긴 하지만 "낙천적인 민족"이라고 말하고 있고, 박원준은 '향토를 사랑하는 낙천주의'가 조선인에게 있다고 한다.[19] 조선인을 어떻게 파악하고, 조선민족이 가진 정서를 어떻게 파악할 것인가가 주된 논점이지만, 그 초점은 제각기 다른 방향으로 나가고 있다. 좌담회에 참석한 문학자들은 모두 일본에서 활동하는 재일조선인 작가로서 현재 자기들의 삶을 문학 작품으로 쓸 때에 조선적인 것을 어떻게 투영시킬 것인가에 대해 고민하고 있는 것이다. 이들이 주고받는 '조선의 것'은 식민지 시기의 '청산'보다는 문학작품을 통한 조선문화의 소개에 초점이 맞추어져 있다. 그러나 좌담회 「우리들의 방담」은 아래와 같이 원용덕의 '자기비판'으로 끝맺고 있다.

> 말하자면 자기폭로이지요. 조선인이 가지고 있는 것은 좋은 것도 있을 터이지만 특히 나쁜 것을 폭로해서 이것을 대중의 면전에 내보여서 거기에서 모두의 비판을 취해서 새롭게 출발해야 하지 않을까라는 점을 김달수 군과 항상 말하고 있었지요. 또한 김군 자신도 항상 자기폭로라고 하는 것을 말하고 있지요. 마침 그러한 기회가 왔고, 그렇게 하지 않으면 안 되는 시기에 도달했다고 생각하고 있지요. 지금까지 36년간이라든가 37년간이라는 식으로 얼렁뚱땅 넘기려는 경향이 다분히 우리 안에 내재해 있는 것은 사실이었던 것입니다. 전부 자기를 상대에게 전가해서 36년간, 그렇게 당했다고 말하고들 있지요. 그것을 운운하는 경우에 문학을 운운하는 여러분들은 조선민족의 나쁜 점을 폭로하기 전에, 자기의 것을 대중 앞에 드러내길 바랍니다. 거기에 결합해서 조선민족은 이렇다는 것

---

19 第三卷, 28~29쪽.

을, 제국주의가 이렇게 했다는 장막을 걷어 내고 있는 그대로를 드러내는 확실한 태도를 가지길 바랍니다.[20]

결국 이 좌담회는 정치가 원용덕이 말하는 '자기폭로', 즉 '자기비판'으로 결론지어지는 듯 보인다. 그러나 원용덕의 말을 좀 더 음미해보면 '자기비판'이 단지 식민지 시기의 일제에 협조한 자기비판에 그치고 있지 않다는 점이다. 여기에서 말하는 '자기비판'은 '조선인'이 가지고 있는 '나쁜 것'까지도 드러내는 것으로 '조선민족'을 상대화할 수 있는 시야까지 포함한다. 김달수가 말했던 '우리 민족의 새로운 타입' '새로운 출발'은 바로 조선민족의 좋지 못한 점까지를 드러내고 거기에서 현재 자신들의 삶이 '출발'하는 것을 가리킨다. 이를 통해 조선민족과 식민지 시기를 직시하면서 일본이라는 공간 속에서 살아갈 수밖에 없는 '자신'을 '그대로 드러내는 확실한 태도'로 냉정히 돌아보는 계기를 갖는 것이 필요하다는 것이다. 이러한 점에서 하야시 고지가 『민주조선』에 연재된 김달수의 「후예의 거리」에 대해 다음과 같은 말을 하고 있는 점에 유의할 필요가 있다.

이 작품은 일본으로부터 미나미 지로 총독 지배 하의 '경성'으로 돌아간 청년 고창윤을 주인공으로 식민지 지배 하의 인텔리의 번민을 주제로 하고 있다. 조국을 지배하는 일본에 대한 반발심을 느끼면서도 실제로 조

---

20 『復刻『民主朝鮮』前編』第3卷, 38쪽.

국에 와 보고서는 조국의 실생활의 감각으로부터 동떨어져 있는 자신을 발견하게 된다. 모국어조차 자유롭게 구사하지 못하는 실정이다. 주인공은 매일 사촌동생에게 민족어의 읽고 쓰기와 발음을 배우지 않으면 안 되었다. 스스로 노력해서 학습하지 않으면 조선인이 될 수 없다. 일제 제국주의의 식민지 지배하라지만 일본에서 자란 고창윤과 조선 사람들과는 위화감이 있었던 것이다. (…중략…) 이는 훨씬 이후인 1988년에 발표된 이양지의 「유희」에까지 통하는 모티브이다.[21]

「후예의 거리」는 3회부터 『민주조선』에 초출이 연재되어 완결된 작품이다. 어린 나이에 일본으로 건너간 김달수는 조선어보다 일본어가 더 수월한 작가였다. 1세대라고는 하지만 「후예의 거리」는 이미 1980년대에 출현한 이양지와 같은 2세대 작가의 감각을 내포하고 있었던 것이다. 「후예의 거리」는 이양지의 「유희」와 마찬가지로 조선인과 일본인, 조선어와 일본어 사이에서 갈등하고 분열하는 재일조선인을 그리고 있다. 일본에서 살아간다는 '재일' 의식이 투영되어 있는 것이다. 그러므로 김달수에게 일본은 생활 터전이라는 감각이 있었다. 그는 『민주조선』 2호에 발표한 「이천씨에 대한 2장」에서 일본 생활을 위해 이천씨가 집짓는 이야기를 그리고 있으며, 14호에 실린 「이만상과 차계류」와 16호 「속 이만상과 차계류」에서는 일본에서 한약방을 차려 한탕 벌려다가 약사법 위반으로 체포되는 두 사람의 전말을 코믹하게 그리고 있다. 식민지 시기

---

21 김환기 편, 『재일디아스포라 문학』, 새미, 2006, 127쪽.

의 '청산'을 넘어서 일본에서의 삶을 사실로 받아들이는 재일조선인들의 모습이 김달수의 초기 작품에 나타나 있다. 또한 8호 소설특집호에 게재된 이인직의 「살아만 있다면」은 해방이 되어도 귀국할 수 없는 인물이 우리말과 역사를 공부하면서 일본에서 살아가려는 모습이 그려지고 있고, 역시 같은 호에 실린 김원기의 「동생의 출분出奔」은 빈곤을 참고 살아가는 재일조선인의 현실을 명확하게 투영시킨 작품이다. 장두식도 「중매쟁이」(2호), 「철거」(5호), 「운명의 사람들」(33호) 등에서 조국의 미래에 희망을 걸고 있으면서도 일본에서 굳건히 생활해 나가는 인물을 등장시키고 있다. 이러한 작품들은 앞에서 든 이한창의 연구에서 말해지듯이 "오직 일본에 잔류하게 된 동포들이 식민지 백성이라는 숙명을 짊어지고 저임금 노동자로 살아가는 모습"을 담고 있다.

패전 후 『민주조선』에는 식민지 시기의 '청산'을 중시하면서도 이제는 일본에서 살아가야 한다는 재일조선인의 '생활' 중시가 투영된 작품이 게재되어 있다. 일본어로 발행하는 잡지에서 재일조선인이 일본어로 작품을 발표한다는 의미는 식민지 시기와는 다를 것이다. 재일조선인 작가에게 일본어는 '일본'이라는 공간을 이제 삶의 터전으로 가꾸어가야 하는 자신들의 이야기를 담기에 적절한 언어였는지도 모른다. 그리고 『민주조선』에서 재일조선인 작가들은 비록 일본어로 쓰고 있지만, 조강희의 연구에서 알 수 있듯이 다수의 '한국 문화 관련' 어휘를 일본어 가타카나 표기로 노출시키고 있다.[22] 『민주조선』의 문학 공간은 해방 후 일

---

22 趙堈熙, 「解放直後 在日韓人 作家의 言語生活에 대한 一考察-『朝鮮文藝』『民主朝鮮』의 片仮名表記를 中心으로」, 『日語日文學』 제36집, 대한일어일문학회, 2007, 80~81쪽.

본에서 정주한다는 것을 전제로 하는 재일조선인 문학자들의 일본 생활 감각과 조선문화의 소개가 결합되는 곳이었다. 일본어는 '생활' 태도를 일본어로 터치할 수 있는 숨통과 같은 역할을 했으며, 그 일본어로 담는 조선문화는 '조선의 것'을 통해 자기 정체성을 확인하는 역할을 했을 것이다. '재일문학'의 진정한 의미가 언어와 생활 측면에서 명확히 표출된 문학 공간이『민주조선』에서 펼쳐지고 있었다는 의미이다. '저주받은 운명'으로 인해 터득한 '일본어'는 일본에 남게 된 재일조선인의 '생활'에서는 또 다른 삶의 해방구 역할을 하고 있었을 터이니, 식민지가 부여한 아이러니한 역사가『민주조선』에 반영되어 있고, 그 짐을 이제 짊어지게 되는 재일조선인의 삶이 이 잡지의 문학 공간에서 움트고 있었다는 것을 알 수 있다.

5. 결론

『민주조선』은 해방 직후 재일조선인에 의해 일본어로 간행된 최초의 종합잡지이다. 이 잡지를 통해서는 정치, 경제, 사회, 문화 등 당시의 재일조선인의 생활상과 사고방식을 조망할 수 있고, 일본과 중국, 조선의 '민족' 연대감도 엿볼 수 있다. 나아가 무엇보다도『민주조선』이 '문예잡지'의 성격에서 출발했고 그 요소를 강하게 띠고 있다는 점은 특기할만하다. 재일조선인이 일본어로 문학작품을 써서 일본사회에 발신한 점뿐만 아니라, 일본어라는 도구를 통해 해방 후 조국으로 돌아가지 못하고 일본에서 '정주'하며 살아야 한다는 의식이 『민주조선』의 문학 공간에 투영되어 있다.

조선문화를 소개하여 일본인들에게 올바른 '조선인'과 '조선문화'의 인상을 심어주려는 의도는, 바로 이제 일본에서 일본인과 더불어 살아야 한다는 '재일' 의식이 도사리고 있음에 기인한다. 하지만 조선문화는 풍부하고 다채롭게 소개되지 못했다. 식민지 시기의 조선문화에 대한 '왜곡의 시정'이라는 창간 취지의 한 꼭지가 『민주조선』에서 충분히 달성되었다고 보기 어렵다. 오히려 일본에서 생활한다는 의식이 표출되고 있다. 해방 직후 일제 잔재 청산 등의 슬로건이 조국이나 일본의 재일조선인 사회에서도 분출했으나, 『민주조선』은 그러한 '자기비판' 의식을 '조선민족'의 '나쁜 것'까지도 드러내 보인다는 자세를 나타낸다. 여기에서 '조선민족'을 대상화하는 시점을 확보하면서 일본에서 살아가려는 '재일' 의식의 발현을 엿볼 수 있다.

본고는 '재일문학'의 전개라는 측면에 초점을 맞추어 『민주조선』에서 펼쳐진 다양한 담론을 다각적으로 조망하지는 못했다. 수십 편에 달하는 작품을 정치하게 분석하지 못한 점도 없지 않다. 그러나 『민주조선』이 1990년대 이후부터 말해지기 시작한 '조선인'이나 '한국인'을 상대화한 '재일문학'의 출발을 알리는 작품을 싣고 있는 점은 확인할 수 있었다. 식민지 시대의 '청산'을 강조하면서도 단지 민족의식에만 사로잡히지 않고, 『민주조선』에서 펼쳐진 문학 공간은 일본에서의 생활의식을 옹호하는 방향에서 '재일문학'의 맹아를 보여주고 있었다.

참고문헌

高栄蘭, 김미정 역, 『전후라는 이데올로기』, 현실문화, 2013.

김환기 편, 『재일디아스포라 문학』, 새미, 2006.

오미정, 「전후 일본의 북한문학 소개와 수용－잡지『民主朝鮮』을 중심으로」, 『우리어문연구』 40집, 우리어문학회, 2011.

이한창, 「작품 발표의 장으로서의『민주조선』연구」, 『일본어문학』 제60집, 한국일본어문학회, 2014.

이화진, 「식민지 영화의 내셔널리티와 '향토색'－1930년대 후반 조선영화 담론 연구」, 『상허학보』 제13호, 상허학회, 2004.

趙坰熙, 「解放直後 在日韓人 作家의 言語生活에 대한 一考察－『朝鮮文藝』『民主朝鮮』의 片仮名表記를 中心으로」, 『日語日文學』 제36집, 대한일어일문학회, 2007.

호테이 토시히로, 「해방 후 재일한국인 문학의 형성과 전개－1945~60년대 초를 중심으로」, 『인문논총』 제47집, 서울대 인문학연구소, 2002.

『復刻『民主朝鮮』前編『民主朝鮮』本誌』全四卷, 明日書店, 1993.

高柳俊男, 「『民主朝鮮』から『新しい朝鮮』まで」, 『季刊三千里』48號, 1986.

徐龍哲, 「在日朝鮮人文学의 始動－金達寿と許南麒を中心に」, 『復刻『民主朝鮮』前編『民主朝鮮』本誌別卷』, 明日書店, 1993.

朴慶植 編, 『在日朝鮮人關係資料集成'戰後編'』 第5卷, 不二出版, 2000.

http://blog.naver.com/arari63?Redirect=Log&logNo=50012065040(2014.6. 20 검색)

문예지 『진달래ヂンダレ』에 나타난 '재일'의식의 양상

이승진

1. 들어가며

문예지 『진달래』는 재일 1세[1]를 대표하는 시인 김시종金時鐘을 중심으로 1953년 2월부터 1958년 10월까지 발행되었다. 최근 복각본이 출판[2]된 이 잡지는 50년대라는 이른 시기에 만들어진 본격적인 재일문예시집이면서, 김시종과 양석일梁石日 같은 재일작가의 문학적 시작을 엿볼 수 있다는 점에서 주목받기 시작했다.

주지하다시피 해방 이후 재일잡지는 문화적 공론장으로서 재일사회

---

1 이 글에서 재일조선인이라는 명칭은 재일로, 1세대, 2세대 등의 세대 구분에 대한 명칭은 1세, 2세로 약칭하여 사용한다. 재일을 둘러싼 명칭과 세대 구분에 대한 논의는 이 글에서 다루지 않는다.
2 人阪朝鮮詩人集団, 『復刻版 ヂンダレ・カリオン(全3巻・別冊1)』, 不二出版, 2008.

의 담론 형성을 주도하며 다양한 양상으로 전개되어 왔다. 재일이라는 특수한 역사적 환경 속에서 재일잡지는 재일의 공통적인 이해관계를 구현시키는 매개체로서 재일의 일상과 정치를 관통하는 관심사를 공공적으로 가시화시키는 역할을 담당해 온 것이다.

재일에게『진달래』가 발행되었던 1950년대는 6·25전쟁을 기점으로 분단 조국의 현실이 고착화되고, 그와 연동하여 임시적인 삶의 공간에서 정주의 공간으로 일본에 대한 질적인 의식변화가 시작되는 시기였다. 재일은 한편으로는 재일좌파조직의 노선변화에, 다른 한편으로는 2세를 중심으로 한 새로운 재일의식의 발현이라는 내재적 요구에 직면했고,『진달래』는 재일사회의 이러한 변화를 가장 첨예하게 비추는 공간으로 기능했다.

그렇지만 지금까지 문예지『진달래』에 관한 연구는 매우 미흡하다. 복각본 발간 이후 일본에서 일부 성과물이 나오고 있을 뿐,[3] 한국에서는 그 연구 자체가 전무한 것이 현실이다. 최근 재일잡지를 둘러싼 관심이 고조되는 가운데 50년대라는 이른 시기에 정치에서 일상사에 이르기까지 재일사회를 관통하는 다양하고 핵심적인 이슈를 담고 있는『진달래』에 관한 연구는 재일을 둘러싼 일종의 '원초성'에 접근하는 작업이라고 할 수 있다.

이에 이 글은 재일의식의 발현이라는 측면에 주목하여, 역동적인 공

---

3 일본에서는 '진달래연구회'를 중심으로『진달래』에 대한 연구가 점차적으로 진행되고 있다. 그 성과로는『진달래』복각본의 별책 해설(大阪朝鮮詩人集団,『復刻版 ヂンダレ・カリオン 別冊1』, 不二出版, 2008)과 '진달래연구회'가 발간한 저서(ヂンダレ研究会 編,『'在日'と50年代文化運動―幻の詩誌『ヂンダレ』『カリオン』を読む』, 人文書院, 2010)가 존재하며, 본론 또한 이들 선행연구를 참조하여 논을 진행함을 밝혀 둔다.

론장으로서 『진달래』의 역할과 의미를 규명하고자 한다. 50년대라는 편중된 정치 환경 속에서 정치선전을 위한 서클지로 탄생했음에도 불구하고, 애초의 목적에 정면으로 대치하면서 역설적으로 '재일의식'을 발아시켜가는 과정을 되짚어봄으로써, 문예지 『진달래』를 재일문학사라는 지평에서 조명해 볼 것이다.

2. 50년대 문화운동과 서클문예지 『진달래』의 창간

『진달래』의 창간은 해방 이후부터 6·25전쟁 무렵까지 재일사회를 둘러싸고 있었던 정치지형과 밀접한 관계를 맺으며 이루어진다.

> 민대(민족 대책부)중앙에서 내려온 지령은 "문화서클을 만들어 무정치적인 청년들을 조직하라", "서클지를 발행하여 조선전쟁을 수행 중인 공화국의 정당성과 우위성을 선전하라"와 같은 내용이었다고 생각됩니다만, 진달래가 민대 중앙에서 상의하달 방식의 지령에 의해 창간된 서클시지詩誌였다는 사실을 확인해 둘 필요가 있습니다.[4]

김시종의 언급을 통해 알 수 있듯이 『진달래』의 창간이 정치선전이라

---

4   ヂンダレ研究会 編, 『「在日」と50年代文化運動─幻の詩誌ヂンダレ 『カリオン』を読む』, 人文書院, 2010, 18~19쪽.

는 명확한 목적하에 이루어졌고, 나아가 민대[5]라는 조직의 직접적인 지령을 받아 추진되었다는 사실에 우선 주의해 둘 필요가 있다. 오규상은 "재일본조선인연맹(조련)[6] 안에는 공산주의를 신봉하고, 나아가 일국일당의 원칙이 존재했던 상황 속에서 일본공산당과 긴밀한 관계를 맺으며 재일조선인운동을 전개하려는 이들이 적지 않았다"[7]라고 지적하는데, 당시 재일좌파조직운동이 일본공산당과의 긴밀한 관계 하에서 전개되었다는 사실은 분명해 보인다. 이는 『진달래』의 이른바 초기-중기-후기에 이르는 내용적 변주를 이해하는데 중요한 단서를 제공하는데, 특히 잡지의 시작단계에서 일본 내 사회주의세력이 추구했던 방향성이 거의 그대로 수렴되고 있었다는 사실에 유의해 둘 필요가 있다.

이에 대한 이해를 위해서는 해방 이후 재일좌파조직과 일본공산당에 대한 GHQ의 이념적 탄압[8]을 조금 구체적으로 살펴봐야 한다. 1948년을 전후하여 미국의 대일정책이 일본 중립화 정책에서 반공기지화 정책으로 전환되는 과정에서, 단체등규정령団体等規正令[9]으로 상징되는 사회주의

---

5 민족대책부(민대)란 일본 공산당 하의 조선인 당원을 위한 섹션을 지칭한다.(在日朝鮮人運動史研究会 編, 『在日朝鮮人史資料集』 2, 緑蔭書房, 2011, 277쪽) 참조.

6 해방 이후 일본 각지에서 난립하였던 재일조직은 1945년 10월 15일, 16일 이틀에 걸친 결성대회를 거쳐 재일본조선인연맹(조련)으로 통합된다. 이 과정에서 조련의 초기 결성에 관여했던 일부 친일파와 반공주의자들이 배제되었고, 이들을 중심으로 조선건국촉진청년동맹(건청)과 신조선건설동맹(건동)이 결성된다. 그리고 1946년 10월 3일 이들 단체가 통합하여 만들어진 것이 재일본거류민단(민단)이다.

7 吳圭祥, 『ドキュメント 在日本朝鮮人連盟 1945~1949』, 岩波書店, 2009, 83~84쪽.

8 재일조선인의 대미 투쟁 경위에 대한 내용은 『진달래』 복각본의 별책 해설(大阪朝鮮詩人集団, 『復刻版 ヂンダレ・カリオン 別冊1』, 不二出版, 2008)과 앞에서 언급한 오규상의 저서(吳圭祥, 『ドキュメント 在日本朝鮮人連盟 1945~1949』, 岩波書店, 2009)를 일정부분 참조하고, 이를 보완・수정하였음을 밝혀둔다.

9 1949년 4월 4일 '폭력주의적, 반민주주의적'인 것으로 간주되는 단체의 규제를 목적으로 내려진 법

세력에 대한 탄압은 급격히 강화되어 갔고, 그 대상은 일본 내 좌익운동 세력 모두를 포함하는 것이었다. 그러한 압박 아래에서 당시 조련과 일본공산당은 공통된 대응을 모색할 수밖에 없었고, 조선반도가 제주 4·3 사건과 6·25전쟁 발발과 같은 사건을 경유하여 이념적 대립을 상징하는 공간으로 변질되는 과정에서, 비공식적인 반미실력투쟁으로 노선 전환을 꾀하게 된다. 특히 6·25전쟁의 발발은 두 단체가 실력투쟁으로 이행하는 결정적인 계기로 작용하는데, 이들이 일으킨 메이데이사건メーデー事件,[10] 스이타사건吹田事件,[11] 오스사건大須事件[12]은 1952년이라는 예민한 시대상황과 맞물려 미국과 일본정부의 강한 반발을 불러온다. 그리고 그 결과 1952년 7월 21일 일본 정부는 단체등규정령의 후속으로 파괴활동방지법破壞活動防止法[13]을 시행하게 되는데, 일본 정부의 엄정한 대처에 직면한 재일좌파조직과 일본공산당은 실력투쟁에서 문화운동으로 다시금 노선을 전환할 수밖에 없었다.[14]

령으로 재일본조선인연맹과 재일조선민주청년동맹이 이 법령으로 해산처분을 받게 된다.

10 1952년 5월 1일 도쿄에 위치한 천황의 거처에서 데모대와 경찰부대가 충돌한 사건이다. 일본좌익 단체가 무력혁명준비 실천의 일환으로 실행했는데, 해방 이후 첫 학생운동자 희생자를 비롯하여 수많은 중경상자가 나온 사건으로 일본에서는 '피의 메이데이 사건'이라 불린다.

11 1952년 6월 24~25일 이틀에 걸쳐 오사카 스이타시에서 일어난 소요 사건으로 한국 전쟁을 비판하며 일본 전국에서 반미, 반전 투쟁을 펼치고 있었던 재일조선인이 중심이 되어 일으켰다. 당시 마찬가지로 무장투쟁노선을 걷고 있던 일본 공산당 또한 이 투쟁에 동조했다.

12 1952년 7월 6일 일본 나고야 오스구에 위치한 오스야구구장에서 일본공산당원과 재일조선인 다수가 포함된 군중들이 미국군사시설과 경찰서를 습격한 사건이다. 표면상으로는 사회당을 중심으로 한 당국이 베이징에서 맺은 일중무역협상에 대한 항의를 목적으로 일어났으나, 당시 일본사회주의 세력의 무력실력투쟁의 일환으로 이해해야 한다는 견해가 일반적이다.

13 폭력주의적 파괴활동을 한 단체에 대한 규제조치 및 형벌규정을 보완한 법률로 메이데이사건에 대한 반향으로 입안, 시행되었다.

14 宇野田尚哉는『復刻版 チンダレ・カリオン 別冊(解説)』(不二出版, 2008, 9쪽)에서 "파괴활동방지법이 공포, 시행되면서 대규모의 실력투쟁이 어려워지게 된 후 실질적으로 수정되었다고 봐도 좋

문예잡지 『진달래』는 정확히 이러한 재일좌파운동의 전환점에서 문화운동의 일환으로 시작된다. 그리고 당시 『국제신문』 등 다양한 사회주의 계열 미디어 공간에서 비교적 활발하게 시 창작 활동을 하는 한편, 민족학교 부활운동에도 적극적으로 관여하였던 김시종에게 그 중심 역할이 주어지는 것은 자연스러운 과정이었다. 김시종은 『진달래』 창간 당시를 떠올리며 "완전한 비전문가들의 모임으로 나는 조금 선배역할만 하면 되겠다는 정도의 인식"[15]이었다고 언급하고 있는데, 실제로 창간호 발간에 관여한 구성원은 다른 이름으로의 중복 게재를 제외하면 7명에 불과했고, 그 중에서도 시 창작의 경험을 가진 이는 김시종과 권경택(창간호에서는 김민식과 권동택이라는 필명으로 발표) 2명뿐이었다.[16]

이처럼 『진달래』는 일본 내 사회주의 세력을 둘러싼 여건변화와 함께 시작되었다. 따라서 잡지의 창간을 추동한 정치적 목적이 재일좌파조직의 특수한 조건에 한정되어 있었던 것이 아니라, 일본 내 사회주의 세력의 공통된 이상 추구를 향해 있었다는 사실에 주의해 둘 필요가 있다. 이후 필연적으로 재일사회가 자신들이 처해 있는 특수성을 자각해가는 과정에서, 재일좌파조직과 일본공산당의 정치적 목적이 분기해 갈 가능성은 충분히 예기予期되어 있었고, 이는 단순히 두 세력 사이의 이념적 차이를 넘어 좌파조직운동 방식에 대한 재일 내부의 이견과 갈등으로 확산될

다……이 수정이 '실력투쟁에서 문화투쟁으로'라는 측면을 가지고 있었던 것은 명확하다"라고 지적하고 있다.

15 ヂンダレ研究会 編, 『「在日」と50年代文化運動—幻の詩誌『ヂンダレ』『カリオン』を読む』, 人文書院, 2010, 70쪽.

16 宇野田尚哉, 『復刻版 ヂンダレ・カリオン 別冊(解説)』, 不二出版, 2008, 10쪽.

여지가 충분했기 때문이다. 그리고『진달래』는 재일좌파조직을 둘러싼 이러한 변화를 가장 첨예하게 반영하면서 균열을 맞이하게 된다.

3. 재일사회의 변화와『진달래』의 변용

아무리 해방되어도 우리들의 현실은 노예와 같다. 우리들의 시가 아니더라도 좋다. 이러한 저항의 외침은 시 이상의 진실이 있다. 아리랑과 도라지는 너무 슬퍼서 노래가 아니다. 노래 가사에 변혁이 있어야 한다.[17]

아마추어들이 모인 정치적 시 창작집단이라는 김시종의 인식과 함께 『진달래』는 초기에 뚜렷한 방향성을 가지고 출발한다. 문화운동의 도구로 시작된 문예시집이라는 지향점 아래 초기의『진달래』는 크게 시 작품을 중심으로, 주장(사설적 성격), 안테나(소식), 르포르타주(취재기사), 편집 후기의 구성을 통해 재일의 정치적, 일상적 발언을 충실하게 담아내었다. 특히 이 시기에 실린 작품들의 특징을 살펴보면 잡지 구성원의 정치적 입장을 파악할 수 있는데, 일본공산당과의 우호적인 관계를 기반으로 사회주의 세력 전체를 아우르는 인민(노동자)의 시점에서 이들이 다양한 이슈들을 다루려 했음을 알 수 있다. 가령 5호(1953.12)에서 다수 등장하는 마

---

17   金時鐘,『復刻版 ヂンダレ・カリオン』第一卷 1号 創刊の言葉, 不二出版, 2008.

쓰가와사건松川事件[18]에 대한 글들이 그 대표적인 예라고 할 수 있는데, 일본정부의 사회주의세력에 대한 압박을 남한 빨치산의 고통과 같은 주제와 함께 교차적으로 등장시킴으로써 재일의 문제를 일본 내 사회주의 세력이 직면한 어려움과 연계시켜 파악하려는 태도가 강했음을 보여준다. 나아가 한국 전쟁에 대한 비판적 시선을 미국제국주의와 일본 파시즘의 재결합과 같은 이념적 구도에서 바라보려 한 작품들에서도 이러한 태도는 그대로 반복되는데, 이는 가급적 남한에 대한 직접적인 비판을 피하면서 남쪽의 인민들과 자신들이 동일한 노동자 계급임을 부각시키려 했음을 의미한다. 마찬가지로 이 시기에는 재일의 참혹한 일상을 소재로 삼은 작품들, 예를 들어 3호(1953.6)의 '생활의 노래 특집'과 5호의 '여성시인 특집', 그리고 그 외 「버프공의 죽음」(홍종근 : 5호)과 「오사카 길모퉁이」(김희구 : 5호) 등 일상생활에 밀착한 시작품이 다수 등장하기도 하는데, 재일의 힘겨운 삶을 자신들을 향한 일본사회의 차별구조가 아니라, 미제국주의와 자본주의가 만들어낸 노동자와 지배계급간의 불균형한 역학관계에서 바라보려 한 시선이 이들 글에서도 공통적으로 발견된다.

그러나 『진달래』의 이와 같은 기조는 6·25전쟁이 휴전을 맞으면서 서서히 균열되기 시작한다. 주지하다시피 6·25전쟁 이후 재일사회가 당면한 문제는 분단조국의 현실화와 정주의 대상으로서 일본에 대한 재인식이었다. 그리고 당시 재일좌파조직의 압도적인 영향력 아래 조국=

---

18 1949년에 발생한 철도 테러 사건으로 당초 일본 공산당 지지층인 도시바 마쓰가와 공장원들에 의해 저질러진 것으로 의심받았다. 이후 붙잡힌 인물들이 모두 무죄로 판명되면서, 이 사건이 공산당 탄압을 위한 일본 정부와 연합국 사령부에 의한 공작이었다는 설이 강하게 제기되었다.

조직이라는 인식이 지배적이었던 분위기에서, 돌아가야 할 고향의 상실은 현실이 아닌 '관념으로서의 조국'이 고착화됨을 의미했다.[19] 바로 여기에서 이후의 재일사회를 관통하는 물음이 떠오르게 되는데, '관념으로서의 조국'과 '현실로서의 재일' 사이에서 어떻게 자신을 규정해나가야 하는가라는 문제였다.

이 물음에 대해 당시의 재일좌파조직은 '관념으로서의 민족성'을 지속적으로 재일에게 주입시키는 방향으로 해답을 모색한다. 그 과정에서 일본공산당과 차별된 '민족' 지향적인 조직으로의 변모는 피할 수 없는 일이었고, 당시 조직의 강력한 영향 아래에 있었던 『진달래』가 이러한 노선변화에 직접적으로 노출되는 것은 자연스러운 일이었다. 그리고 일본 사회주의 세력과의 공통인식 아래, 동일한 인민(노동자)의 입장에서 재일의 삶을 바라보았던 초기 『진달래』의 성격은 이내 나이브한 민족허무주의라는 비판에 직면하게 된다. 반면 조직의 급격한 노선변화는 『진달래』 내부에 새로운 물음을 탄생시키는데, 이념이나 민족만으로는 해명 불가능한 '현실적 삶으로서 재일'이라는 과제가 그것이었다. 그중에서도 잡지의 중심이었던 김시종이 던진 파문은 이후 『진달래』가 겪게 될 변화를 징후적으로 드러내는 사건이었다.

조국을 너무 의식한 나머지 모든 관점을 여기에 연결시키고, 평화와

---

19 金英達·高柳俊男 編(『北朝鮮帰国事業関係資料集』, 新幹社, 1995, 250쪽)에는 1954년 8월 30일 북한외상이 발표한 재일조선인＝'공화국 공민'이라는 규정이 재일사회에 커다란 변화를 가져왔다는 내용이 소개되어 있는데, 남한 출신이 8, 9할을 차지하였던 다수 재일에게 조국 분단의 고착화는 실재하지만 당장은 돌아갈 수 없는 고향상실을 의미하였다.

승리를 절규하여 그 작품을 완성시키려는 공공연한 사고, 아니 그렇게 의식하려고 노력한 관점, 게다가 대부분 낯선 조국을 모티브로 삼았기 때문에 자칫하면 작품은 관념적으로 되기 쉽고, 격한 분노를 담은 작품이라도 그 절규는 허공에 울려 퍼졌다. 이 폐해는 단지 작품에 한정된 것이 아니라 진달래가 고민해온 대부분의 원인도 여기에 있던 것 같다. (…중략…) **우리집단의 정치색의 강함이다. 프로파간다를 강조한 나머지 그 필요성을 너무 강요한 것이 사실이다.** 그로 인하여 회원들은 일상을 쓴 작품을 보고 머뭇거릴 수밖에 없다. (…중략…) 거침없고 자유로운 집단이고 싶다. 거침없이 작품을 쓸 수 있고 발표 할 수 있으며 즐겁게 서로 다가설 수 있는 우리 집단이고 싶다.[20]

명확한 문화운동의 일환으로 시작한 『진달래』가 회를 거듭하면서 명실상부한 50년대 재일 문예시집의 중심으로 자리 잡게 되리라고는 누구도 예상하지 못했을 것이다. 하지만 6·25전쟁 휴전과 스탈린의 죽음을 계기로 재일좌파운동이 근본적인 전환점을 모색해 가는 과정에서, 정치적 시 창작 행위에 대한 구성원들의 동요는 점차 가시화되기 시작한다. 시(문학)의 정치 도구화가 '현실로서의 재일'이라는 문제를 일방적으로 소외시키는 방향으로 작동했기 때문이다. 물론 6호(1954.2)에서 제기된 김시종의 물음에 대해, 곧바로 "시는 전투의 무기"[21]라고 반발한 김민金民의 반응을 통해 유추할 수 있듯이, 당시 『진달래』의 구성원 다수가 여전

---

20 金時鐘, 「正しい理解のために」, 『復刻版 ヂンダレ·カリオン』第一巻 6号, 不二出版, 2008.
21 金民, 「いま一つの壁を突破ろう」, 『復刻版 ヂンダレ·カリオン』第一巻 6号, 不二出版, 2008.

히 재일좌파조직의 강력한 영향력 아래에서 많은 회의적 물음들을 봉인하고 있었음은 틀림없어 보인다. 모더니즘적 시 창작을 선호했던 정인鄭仁과 같은 신인이 7(1954.4)호부터 가담하여 10호(1954.12)에서 편집을 담당하면서 창작 방향의 전환을 모색하긴 했으나, 일본어 시 창작에 대한 비판의 일환으로 국어작품란(12호(1955.7)에서 시작)이 따로 구성되고 북한체재를 옹호하는 프로파간다 시 창작이 강화되었다는 것은, 『진달래』 구성원 다수가 조직의 방침을 무비판적으로 수용하고 있었음을 방증하기 때문이다.

1955년 재일본조선인총연합회(조총련)[22]의 결성 이후 재일좌파조직은 본격적으로 일본공산당과 차별된 노선을 걷기 시작한다. 특히 후루시쵸프의 스탈린 비판[23]을 계기로 북한과 러시아의 관계가 소원해지면서 조총련에 대한 북한 노동당의 영향력은 점차 커지게 된다. 그에 따라 김시종을 비롯하여 당의 방침에 대해 소극적이었던 일부 조직원들을 향한 비판은 점점 더 가혹해졌고, 잡지 내 역학관계 또한 일방적으로 기울게 된다.

한편, 당시 조총련의 조직운동은 김일성 우상화와 민족적 주체성 확립이라는 두 개의 축으로 진행되었는데, 양쪽 모두 일부 재일에게 쉽게 수긍할 수 없는 의문점을 내재하고 있었다. 가령 김시종과 같이 일제 식민지기에 '황국소년'을 경험했던 1세들에게 북한의 김일성 우상화 정책은 스스

---

22 1955년 2월 조일국교정상화를 촉구하는 움직임 이후, 종래 재일조직을 지도하던 일본공산당과 재일조직 모두 노선변화를 모색하게 된다. 1951년 결성된 재일조선통일민주전선(민전)의 재정비는 불가피한 작업이었고, 그 결과 현재까지 이어지고 있는 재일본조선인총연합회가 결성되게 된다.
23 1956년 2월 후루시쵸프는 스탈린에 의한 대숙청과 억압, 독재가 지나쳤다고 비판한다. 이후 정치범외 석방과 숙청되었던 인물들이 명예회복이 이루어졌다.(姜尚中,『在日』, 講談社, 2004, 34쪽)

로의 '원죄'(천황숭배)를 지속적으로 상기시키는 것이었다. 윤건차는 '초월자 혹은 공동환상'이라는 용어로 천황제가 식민지기의 조선인에게 기능했던 과정을 설명하는데,[24] 일부 1세들에게 김일성 우상화를 근간으로 한 주체사상은 그야말로 자신들이 경험한 황국신민이라는 '공동환상' 뒤에 숨겨진 허위를 떠올리게 하는 것이었다. 따라서 김일성 우상화는 역설적으로 이승만 독재정권의 대안으로 무조건적인 선망의 대상이라는 지위를 점할 수 있었던 북한체제에 대한 정시正視를 불러오는 것이었다.

또한 모국어를 능숙하게 구사하지 못하는 재일 2세들에게 '조선인은 조선어로 노래해야 한다'는 조직의 방침은 자신의 민족성 결핍에 대한 내적 물음을 지속적으로 상기시키는 것이었다.[25] 모국어에 대한 일방적인 강요는 다수 2세들에게 끊임없는 자기반성을 요구하는 것이었기 때문이다. 문제는 이러한 자기부정이 더 나아가 자신이 실존하고 있는 현실에 대한 근본적인 회의와도 연결될 수 있다는 사실이었다. 다시 말해 조총련의 조직운동은 한편으로는 재일에게 민족적 각성을 요구하면서, 다른 한편으로는 '현실로서의 재일'이라는 문제를 지속적으로 환기시키는 측면을 처음부터 내포하고 있었다고 볼 수 있다. 물론 해방 이후에도

---

24 尹健次는 『「在日」を生きるとは』, 岩波書店, 1992, 108쪽에서 "천황제가 현실 사회적 관계와 여러 가지 차별, 억압적 환경의 저편에 존재함으로서 인간의 생의 불안을 메꿔주는 "초월자" 혹은 "공동환상"이라는 장치로 기능한 가운데, 갈 곳 없는 비참함 속에 꼼짝 못하던 재일조선인은 자신들의 내적 모순을 덮어 줄 '절대 감정'에 의해 사고 질서의 변혁을 강요당했다고 봐도 좋다"라고 지적하고 있다.

25 호소미 가즈유키는 『디아스포라를 사는 시인 김시종』, 어문학사, 2013, 45쪽에서 "새로운 방침으로 좌파 재일조선인을 다시 결집하려는 의도로 『진달래』, 특히 그 중심에 있던 김시종은 '나쁜 사상의 표본'으로 지목되어 철저한 조직 비판에 직면했다. 애당초 일본어로 창작하는 것 자체가 '민족허무주의'라고 매도당했다"라고 지적한다.

구종주국에서 삶을 살아가야하는 상황에서, 대다수 재일들이 이와 같은 의문들을 봉인한 채 조직(조국) 아래로 집결할 수밖에 없었음은 부인할 수 없다. 적어도 50년대의 재일사회는 재일을 향한 다양한 부조리 앞에서 공동으로 대응해야 한다는 절박함 속에 있었고, 『진달래』 역시 예외는 아니었다.

그렇지만 『진달래』와 같은 첨예한 문제의식의 장에서 이러한 문제들은 어떤 방식으로든 다시 제기될 가능성이 있었는데, 김시종과 더불어 10호부터 본격적으로 잡지의 중심부에 위치하게 된 정인鄭仁의 등장은 6호 이후 수면 아래 가라앉아 있던 예술과 정치 논쟁이 다시금 전면에 부상하는 계기로 작용한다. 실제로 정인은 정치선전적인 시 창작이 지배적이었던 당시 『진달래』에 대한 적극적인 분위기 전환을 시도하는데, 10호에서 시 창작을 둘러싼 정례연구회를 시작하면서 잡지 전반에 걸쳐 예술적 고양을 재촉한다. 그리고 이 활동이 결과적으로 13호의 '시 평론'과 '개인 시 특집' 시리즈[26] 구성에 영향을 미치면서, 향후 『진달래』의 방향성을 결정짓는데 기여하게 된다.

뿐만 아니라 정인은 13호에서 자신과 아다치足立시인집단[27]과의 서신 왕래를 잡지에 소개하면서 스스로 그 논의를 중심에 서기도 하는데, 그 내용은 아다치 시인집단이 '대중투쟁'의 수단으로 시의 존재가치를 주장한데 반해 자신은 '시 본연의 감동'에 주목한 창작 활동이 필요하다는 것

---

26 13호의 권경택 작품 특집을 시작으로 14호의 이정자, 15호의 김시종 연구 특집이 이어진다.
27 도쿄 아다치구의 이시하라 병원 환자와 연계한 조선인과 일본인의 시인 그룹(호소미 가즈유키, 『디아스포라를 시는 시인 김시종』, 어문학사, 2013, 48쪽) 참조.

이었다. 이후 이 논쟁은『진달래』내부 구성원 간의 활발한 논쟁을 야기하면서, 이른바 서클문예지였던『진달래』의 성격을 근본적으로 혁신시키는 동인으로 작용한다. 소박한 사회주의 리얼리즘 내지는 당의 문화공작의 도구였던『진달래』가 나름의 자립성을 지닌 본격적인 동인지로 변용해 가는 과정이 여기서부터 시작되었다고 할 수 있다.

4. 재일의식, 그 원점

시 창작을 둘러싼 성찰을 통해 '재일', '2세'라는 문제가 처음으로 명확하게 정형화된 것, 그런 의미에서『진달래』에 재일문학의 원점이 있다는 사실이 가장 중요한 점이라고 생각됩니다.[28]

우노다 쇼야宇野田尚哉는 '재일'과 '2세'라는 재일의 고유성을 정형화시켰다는 점에서『진달래』에서 '재일문학의 원점'을 발견할 수 있다고 지적한다. 이른바 재일세대 전체를 관통하는 '재일의식'의 원초성으로서『진달래』를 평가하고 있는 것이다.

이 문제에 대해 보다 깊이 고찰하기 전에 우선 13호 이후 활발히 전개된『진달래』의 시 논쟁을 주의 깊게 살펴볼 필요가 있다. 그 시작은 앞서

---

28 宇野田尚哉, ヂンダレ研究会 編,『「在日」と50年代文化運動—幻の詩誌『ヂンダレ』『カリオン』を読む』, 人文書院, 2010, 28쪽.

언급한 정인과 아다치 시인집단과의 논쟁이었는데, 여기서 주의할 점은 이 시점에도 잡지의 주요한 기류가 '조국과 민족의 현실을 노래해야 한다'는 입장에 치우쳐 있었다는 사실이다. 13호의 권두언卷頭言이 "모국어를 모르고서는 진정한 조국을 모르고, 조선민족의 역사와 전통을 알고 동포를 사랑할 수가 없기 때문이다"는 내용을 담고 있다는 사실에서 확인할 수 있듯이, 『진달래』 구성원 다수는 여전히 대중투쟁의 일환으로서 시 창작을 선호하고 있었던 것으로 보인다. 이는 정인이 13호 편집 후기에서 아다치 시인집단에 대한 자신의 답변에 대해 "나의 대답이 진달래 전체가 아니라 나 개인의 의견이라는 사실은 다소 유감입니다"라고 밝히고 있는 데에서도 확인된다. 또한 정인이 같은 글에서 "향후 회원 제군이 이 문제에 적극적으로 참가해 주셨으면 좋겠습니다"라고 제기하자마자 14호(1955.12)에서 송익준宋益俊의 즉각적인 반론을 펼친 것도 이를 방증한다고 할 수 있다. 송익준은 13호에서 정인이 아다치 시인집단과의 서신에서 "우리는 '재일'이라는 특수한 조건하에 있고, 이것을 고려하지 않고 조국을 그리고 노래하라고 해도 슬로건 시나 유형범주로 끝난다"라고 언급한 것에 대해 다음과 같이 반응한다.

> 일찍이 우리는 재일조선인운동의 잘못된 지도이론에 의해 조국의 건설 사업에 직접 참여하는 투쟁보다도 일본에 있어서의 모든 모순을 폭로하고 소탕하는 것이 제1의 임무라고 생각한 시기가 있었습니다.[29]

---

29 宋益俊, 「詩の在り方をめぐって」 鄭仁君への反論」, 『復刻版 ヂンダレ・カリオン』 第二巻 14号, 不二出版, 2008.

주목할 점은 송익준의 정인 등을 향한 비판이, 단지 '재일하는' 태도에 대한 현 시점의 논쟁에만 맞춰져 있는 것이 아니라 초기 『진달래』의 창작 태도 전체를 가리키고 있다는 사실이다. 다시 말해서 이 시기의 조총련 안에는 기존의 조련을 중심으로 이루어졌던 문화운동과 확연하게 차별되는 방침을 모색하면서, 그동안 재일 좌파조직운동이 걸어온 발자취 전부를 부정의 대상으로 규정지으려는 움직임이 강했음을 보여준다. 따라서 조직의 운동은 점차 현실(일본)의 삶과 거리를 둔 방향으로 전개해 갈 수밖에 없었고, 필연적으로 일부 재일의 반발을 불러오게 된다. 그리고 14호 바로 다음에 이어진 홍윤표와 김시종의 '유민의 기억' 논쟁 (15호(1956.5), 16호(1956.8))은 이러한 『진달래』 내부의 반목을 결정짓는 사건이었다.

'유민의 기억' 논쟁은 김시종의 시집 『지평선』에 드러난 시적 감수성에 대한 홍윤표의 지적에서 촉발된 것인데, 이미 6호에서 징후를 보였던 김시종의 정치적 시 창작에 대한 회의적 태도가 이 논쟁을 통해 가속화된다. 중요한 점은 여기에서 촉발된 논의가 예술과 정치 논쟁이라는 범주를 뛰어 넘어 '재일'의 실존적 문제로 확장되어 간다는 사실이다.

김시종은 사회주의 리얼리즘을 지향하면서도 시집 『지평선』의 작품 저변에 흐르고 있는 것은 유민의 기억에서 벗어날 수 없는 시인의 감성이었다. 여기에 시인 김시종의 모순이 있고, 해결해야만 하는 문제가 있음에도 불구하고, 김시종은 그 내부에 유민적인 서정을 품은 채 현대시적인 시야에 들어가려 하고 있다.[30]

홍윤표의 탁월한 통찰력이 간파하고 있는 대로, 내 작품의 저류는 '유민의 기억'이다. 이것을 내 식으로 말하면 내 작품의 발상의 모체가 내 과거에 얽힌 민족적인 비애와 연결되어 있다는 것이다. 내 손은 젖어있다. 물에 젖은 자만이 갖는 민감함으로 어떠한 작은 전류조차 내 손은 그냥 지나치는 것을 거부한다. 설령 그것이 3볼트 정도의 전기 작용이어도 내 손은 본능적으로 그것을 감지하고 두려워한다. 여기에 내 시의 주된 발상의 장이 있다. 내가 놓인 일본이라는 현실조건 속에서 내가 굳이 현대시에 참가할 이유가 있다면 나는 이 민족적 경험을 제외하고는 아무것도 없다.[31]

'유민의 기억' 논쟁이 '재일하는' 현실과 조국 사이에서 갈등하던 재일의 관심을 끌었음은 의심할 여지가 없다. 김시종은 자신에게 유민의 기억은 '말살해야 할 주제가 아니라 오히려 새롭게 파헤쳐야 할 초미의 문제'라고 주장하는데, 이 무렵부터 잡지에 본격적으로 참여하기 시작한 양석일梁石日[32]과 같은 존재에게 김시종이 지적한 '유민의 기억'은 다른 무엇보다 시 창작의 원동력으로 작용했음이 틀림없어 보인다. 왜냐하면 2세들에게 1세의 '유민의 기억'은 본질적으로 자신들의 '재일하는 현재'로 환치 가능한 것이며, 지금 일본을 살아가는 방식과 직결되는 문제였기 때문이다.

---

30 洪允杓,「 流民の記憶について」,『復刻版 ヂンダレ・カリオン』第二巻 15号, 不二出版, 2008.
31 金時鐘,「 あたしの作品の場と「流民の記憶」」,『復刻版 ヂンダレ・カリオン』第二巻 16号, 不二出版, 2008.
32 양석일은 15호부터 종간호인 20호(1958.10)까지 참여하는데 15호부터 19호까지는 본명인 양정웅(梁正雄)으로, 종간호인 20호에는 필명인 양석일로 등장한다.

또한 확고한 민족적 정체성을 뿌리에 두고 조직 활동에 매진하였던 재일 1세가 '일본어'와 '모국어' 내지는 '조직(민족)'과 '재일'과 같은 첨예한 문제를 정면에서 제기했다는 사실이 당시 재일사회에서 얼마나 획기적이며 충격적인 파장을 불러왔는지 짐작하기 어렵지 않다. 그리고 그 파장의 크기만큼이나 강한 반발이 김시종과 그와 같은 입장에 섰던 잡지 구성원들에게 밀려 왔을 것이라는 사실도 쉽게 추측할 수 있다. 실제로 김시종과 조총련으로 상징되는 상반된 입장의 충돌이 이 시기부터 본격화되는데, 김시종은 17호(1957.2)의 「뱀과 맹인의 입씨름—의식의 정형화와 시를 중심으로」[33]의 시작 부분에서 조직의 잦은 노선 변화와 무조건적인 애국심 요구를 정면으로 겨냥하면서, 재일이 '일본어로 시를 쓴다'는 행위의 의미에까지 논의를 확장해 간다. 이른바 『진달래』의 내용과 형식, 표현수단을 둘러싼 두 세력 사이에 돌이킬 수 없는 결별의 시작이었다.

한편 이 시기에 그동안 다소 조심스러운 태도를 견지했던 일부 젊은 세대 또한 적극적으로 자신의 입장을 개진하기 시작한다. 조삼룡이 그 대표적인 예라고 할 수 있는데, 19호(1957.11)에서 그는 김시종이 제기한 '의식의 정형화'에 대한 비판을 이어받아 다음과 같은 글을 신기에 이른다.

우리들의 정형화된 의식의 근원은 우리들의 힘이 미치지 않는 어쩔 수 없는 것이었습니다. 그러나 현재에 이르러 우리들은 전혀 다른 조건

---

33 金時鐘, 「盲と蛇の押問答—意識の定型化と詩を中心に」, 『復刻版 ヂンダレ・カリオン』第二卷 18号, 不二出版, 2008.

안에 있습니다. 그럼에도 의식만은 한 시대 전에 형성된 것이 우리들을 지배하고 있기 때문에 헤아릴 수 없는 폐해를 입고 있는 것입니다. (…중략…) 당신도 나도 그리고 일본어로 시를 쓰는 많은 사람들도 일본어로 자신을, 세계를, 우주를 인식해온 것입니다. 그것은 엄연한 사실로 이것이 옳은 것인가 아닌가는 논할 문제가 아닙니다.[34]

흥미로운 것은 조삼룡의 의견이 재일 2세적인 시점에서 전개되고 있다는 사실이다. 실제로 조삼룡이 2세인지에 대한 여부는 확인할 수 없으나, 정형화된 의식, 다시 말해서 예술이란 조국을 미화하는 수단으로 기능할 때 가치 있는 것이라는 관점의 근원을 한 세대 전에 형성된 것으로 포착한다는 사실은 시사하는 바가 크다. 이는 일본어로 시 창작을 한다는 것이 '엄연한 사실로 이것이 옳은 것인가 아닌가는 논할 문제가 아닙니다'와 같은 태도에서 두드러지는데, 인간이 자립해가는 과정에서 의지할 수 있는 언어조차 잃은 채 구종주국을 살아가야 하는 재일세대의 '원초성'을 2세의 입장에서 정확하게 발언하기 시작했다는 점에서 주목할 필요가 있다.

진달래가 처음 비판받는 과정에서 내가 재일이라는 문제에 개안한 것은 정인과 양석일 같은 재일 2세 토박이와 만나고 나서였습니다. 이들이야말로 재일세대의 주인공이라는 생각에 이르렀기 때문입니다. 정인도 양석일도 자신의 조국어를 모르고 조국의 문헌조차 원어로 읽지 못하니

---

34 趙三竜, 「定型化された意識と詩について」, 『復刻版 ヂンダレ・カリオン』 第二巻 19号, 不二出版, 2008.

다. 그렇지만 그런 상황에서 자신의 출신을 마지막까지 집착하면서 조선인으로서 산다는 사실에 지치지 않을 것이라는 확신을 가지고 있습니다. 고유의 문화권에서 격리된 채 일본에서 태어나 자라며, 일본이라는 무권리 상태를 강요받는 차별구조 안에서 살고 있음에도 불구하고, 한층 조선인이라는 자신의 출신에 최후까지 집착하고 있는 것입니다. 조선인으로서의 삶의 방식을 굽히지 않는 긍지를 가지고있습니다. 이것이야말로 주체성이며, 재일문학의 원점이자 창작의 원점입니다.[35]

김시종이 정인과 양석일과 같은 2세를 만나면서 '재일이라는 문제에 개안했다'라고 증언하는 것 또한 같은 맥락에서 이해할 수 있다. 한 사람도 남김없이 '조국'으로 귀국하지 않는 이상, 재일에게 '유민의 기억'은 언제까고 규명해야 할 대상이다. 따라서 현존하는 재일의 삶을 포기할 수 없는 한, 현실적으로 조국에 대한 확고한 지향성만으로 재일이 당면하게 될 과제 전체를 해결하리란 불가능하다. 이것은 '재일하는 현재'를 어떠한 방식으로든 짊어지고 갈 수밖에 없다는 측면에서 1세에게도 공통되는데, 김시종은 2세들과의 만남을 통해 재일로서의 자신이 직면하고 있는 현실을 재인식했다고 볼 수 있다. 환언하면 일본이라는 현실을 한쪽에 짊어지면서도 자신의 근원을 지속적으로 응시하는 삶의 태도에야말로 재일의식의 '원초성'이 소재한다는 사실을 2세적인 시점을 발견함으로써 그는 역으로 포착할 수 있었던 것이다.

---

35 金時鐘, ヂンダレ硏究会 編, 『「在日」と50年代文化運動—幻の詩誌『ヂンダレ』『カリオン』を読む』, 人文書院, 2008, 76~77쪽.

이처럼 1950년대라는 이른 시기에, 문예시집 『진달래』는 이후 세대들이 직면하게 될 재일의식의 원형을 담아내는데 성공했다. 그것이 예민한 감수성을 무기로 한 시 창작을 통해 의도적으로 선취한 결과이든, 예술과 정치 논쟁이 불러 온 예기치 못한 부산물이든, 『진달래』는 전체 재일세대를 관통하는 시원始原적 물음을 제기한 것이다. 그리고 이러한 물음은 이후 『한양』(1962.3~1984.3), 『삼천리』(1975.2~1987.5), 『민도』(1987.11~1990.3), 『청구』(1989.8~1994.5) 등 다양한 문화적 공론장을 경유하면서 그 해답이 모색되는데 바로 여기에 50년대 재일문예지 『진달래』의 재일문학사적 가치가 존재한다고 할 수 있을 것이다.

5. 나오며

2008년 다시 우리 앞에 실체를 드러낸 문예잡지 『진달래』는 재일문학사를 조망할 때 중요한 위치에 서 있다. 재일잡지 미디어로서 재일 1세와 2세를 아우르는 재일담론과 시 창작의 장이었을 뿐 아니라, 문학과 정치를 둘러싼 알력을 경유하여, '재일의식'의 원형을 담아내는데 성공했기 때문이다. 『진달래』는 1950년대라는 시대의 변곡점에서 가장 첨예한 형태로 '재일의식'을 발아시켰을 뿐 아니라, 이들 문제에 대한 공론의 장으로서 충실히 그 역할을 수행했다.

해방 이후 분단 조국이 현실화되고, 일본이라는 공간이 정주의 대상으로 인식되는 과정에서 재일은 '관념으로서의 조국'을 선택할 것인가, '현실로서의 재일'을 선택할 것인가라는 해답 없는 질문에 직면해야 했는데, 『진달래』는 시 창작을 둘러싼 논의를 통해 그 단서를 모색했던 것이다.

1958년 20호를 마지막으로 그 역할을 다할 수밖에 없었던 『진달래』의 운명과는 달리, 정치라는 일방적인 논리 앞에서 치열하게 실존을 모색해야 했던 재일의 고뇌는 현재까지도 유효하다. 그런 의미에서 문예지 『진달래』에는 재일의 과거와 현재를 관통하는 다양한 문제들에 대한 실마리가 소재하며, 향후 그 문학사적 가치에 대한 지속적인 연구가 요구된다.

참고문헌

大阪朝鮮詩人集団, 『復刻版 ヂンダレ・カリオン(別冊)』, 不二出版, 2008.

吳圭祥, 『ドキュメント 在日本朝鮮人連盟 1945～1949』, 岩波書店, 2009.

金英達・高柳俊男 編, 『北朝鮮帰国事業関係資料集』, 新幹社, 1995.

姜尙中, 『在日』, 講談社, 2004.

在日朝鮮人運動史研究会 編, 『在日朝鮮人史資料集2』, 緑蔭書房, 2011.

ヂンダレ研究会 編(2010), 『「在日」と50年代文化運動―幻の詩誌『ヂンダレ』『カリ
オン』を読む』, 人文書院, 2010.

尹健次, 『「在日」を生きるとは』, 岩波書店, 1992.

호소미 가즈유키, 『디아스포라를 사는 시인 김시종』, 어문학사, 2013.

이 글은 2014년 『日本研究』 37집에 게재한 논문을 수정·보완한 것임을 밝혀둔다.

재일작가 장두식張斗植과 문예잡지『계림鷄林』

김학동

1. 머리말

장두식張斗植(1916~1977)은 제1세대 재일문학을 대표하는 김달수와 함께 작품 활동을 시작하여 재일동포사회를 형상화한 장·단편을 집필하는 한편으로, 문예잡지『계림鷄林』을 창간하는 등 다양한 행적을 남겼다. 그러나 장두식의 문학 활동은 생계를 위한 개인 사업과 병행하기 어려웠던 관계로 많은 작품은 남기지는 못하였으며, 김달수에 비해 당시에는 물론이고 사후에도 크게 주목받지 못하였다.

그러나 그가 남긴 6편의 단편,「중매쟁이仲人」(1946),「퇴거立退き」(1946),「조부祖父」(1947),「귀향歸郷」(1947),「운명의 사람運命の人々」(1950),「데릴사위婿養子」(1963)와, 두 편의 자전적 장편『어느 재일조선인의 기록ある在日朝

鮮人の記録』(1966), 『일본 속의 조선인日本のなかの朝鮮人』(1969)은 일제 패전 직후의 재일동포들의 삶을 치열하게 그려내고 있다는 특징을 지닌다. 즉 다작은 아니지만 적은 수의 작품에 재일동포 1세 작가로서의 민족적 정체성을 확실하게 부각시키고 있는 것이다.

또한 장두식은 작품 활동을 하는 한편으로, 『민주조선民主朝鮮』을 비롯한 일제 패전 직후에 발간된 여러 잡지에 관여하였으며, 1958년 11월에는 문예잡지 『계림鷄林』을 직접 발행하여 재일동포사회의 민족적인 삶과 문학을 소개함으로써 스스로의 정체성의 확립과 일본사회의 일원으로서의 존재감을 확인하고자 하였다. 그러나 큰 기대 속에 창간된 이 잡지는 이듬해인 11월에 발행한 5호를 끝으로 폐간됨으로써 아쉬움을 남기고 있으나, 장두식의 재일동포로서의 민족의식을 구현하고 계승하겠다는 의욕을 확인해 볼 수 있는 중요한 잡지라 할 수 있다.

그런데 이러한 장두식의 문학작품 및 잡지 발간 등의 활동에 대한 연구는 제대로 진행되지 못하고 있는 실정이다. 본격적인 선행연구로는 장두식의 단편에 대한 논문이 한 편[1] 있을 뿐이고, 문예잡지 『계림鷄林』과 그 문학에 관한 연구는 찾아보기 어려운 실정이다.

따라서 본고에서는 장두식이 발행한 재일동포 관련 문예잡지 『계림鷄林』을 중심으로 한 장두식의 문학 활동에 대한 고찰을 시도하고자 한다. 장두식의 재일작가로서의 생활과 문학을 개관하고, 재일동포와 관련된 잡지의 발행에 관한 행적을 확인한 뒤, 스스로가 발행인이 된 『계림鷄

---

1 졸고, 「재일작가 장두식(張斗植)의 문학과 민족의식의 형상화」, 『일본연구』 제52호, 한국외대 일본연구소, 2011.6.

『계림^{鷄林}』의 성격과 그 특징에 대해 집중적으로 조명하고자 한다.

이러한 연구는 그동안 주목받지 못하고 잊혀 있던 재일동포 제1세대 작가 장두식의 삶과 문학, 그리고 잡지『계림^{鷄林}』에 대한 구체적인 고찰을 통하여, 그가 지니고 있던 민족의식의 실체가 어떻게 발현되었으며, 그 한계는 무엇이었는지 확인해 볼 수 있다는 점에 그 의의가 있다 하겠다.

2.『계림^{鷄林}』발간의 배경

장두식이『계림^{鷄林}』창간호를 발간한 것은 1958년 11월이지만, 28세이던 1944년에 이미 회람잡지『계림^{鷄林}』을 김달수^{金達壽}, 이은직^{李殷直}, 김성민^{金聖珉}과 함께 3호까지 발행한 적이 있었다. 당시의 상황을 김달수는 다음과 같이 회고하고 있다.

전쟁이 격화되어 더 이상 동인잡지를 발행할 수 없게 된 탓도 있었지만, 잡지명은 조선시대까지 조선 전체를 가리켜 '계림팔도^{鷄林八道}'라고 했는데, 조선의 아명^{雅名}인 그것을 따서『계림^{鷄林}』이라고 했다. 어엿한 '민족주의자'가 되어 있던 나는 그 잡지명이 매우 마음에 들었다.[2]

---

2   金達壽,『わが文学と生活』, 青丘文化社, 1998, 122쪽.

따라서 장두식에 의해 발행된 같은 이름의 『계림鷄林』은 해방 이전의 혈기왕성한 민족정신을 계승하고 있는 것으로 볼 수 있다.

그런데 장두식의 문학과 문예잡지에 대한 관심은 김달수와 처음 만난 1937년부터 시작되었다. 당시 21세이던 장두식은 요코스카橫須賀에 있던 숙부의 고물상에서 일하면서 4살 연하의 역시 고물상에서 일하던 김달수를 만나게 되는데, 이 만남을 통해 두 사람은 자신들의 장래를 문학과 관련된 일을 하는 것으로 결정하게 된다. 이처럼 문학으로 의기투합한 두 사람은 처음 만난 해인 1937년에 『오타케비雄叫び』라는 등사판 회람지를 2호까지 만들었다. 김달수는 이 회람지에 장두식이 「서재書齋」라는 연재소설을, 자신은 「문학에 친숙해야文学に親しめ」라는 글을 썼다고 회고하고 있다.[3]

회람잡지 『계림鷄林』은 전쟁이 격화되고 있는 가운데 발행을 계속하기 어려워 중단하였다. 그러나 일제가 패전하던 해인 1945년에 결성된 '조련在日朝鮮人連盟'에 가입한 김달수와 장두식은 이때의 경험을 살려 이듬해인 1946년에 민주조선사民主朝鮮社를 설립하고 잡지 『민주조선民主朝鮮』[4]의 창간에 깊숙이 관여하였다. 즉 장두식은 민주조선사의 총무부장으로 일하면서 많은 작품을 발표하였으며, 김달수는 편집자로서 역시 많은 작품을 발표하였다.

---

3 上揭書, 63쪽; 이 내용은 장두식의 자전적 장편(『어느 재일조선인의 기록(ある在日朝鮮人の記録)』, 1966)에도 보이고 있다.
4 『民主朝鮮』은 인적관계만이 아니라, 판매, 자금 등의 면에서 '조련'과 깊이 관련되어 있었다. 河合修, 「『民主朝鮮』『朝鮮文芸』に見る形成期の在日朝鮮人文学」, 『国際日本学研究』第3号, 法政大学国際日本学研究所, 2007, 69쪽.

『민주조선民主朝鮮』은 김달수와 장두식이 일제 패전 직후에 결성된 '조련'에 적극적으로 가담하여 "조선과 조선인에 대한 일본인의 잘못된 인식을 바로잡기 위한 잡지"의 필요성을 인식하면서 그 간행을 모색하게 된다. 1946년 4월에 발간한 『민주조선民主朝鮮』 창간호에는 발행목적을 다음과 같이 밝히고 있다.

우리들이 나아갈 길을 세계에 표명함과 동시에 과거 36년이라는 긴 시간 동안 왜곡된 조선의 역사, 문화, 전통 등에 대한 일본인의 인식을 바로잡고, 앞으로 전개될 정치, 경제, 사회의 건설에 대한 우리들의 구상을 이 소책자에 의해 조선인을 이해시키려고 하는 강호江湖의 제현諸賢에게 그 자료로서 제공하려 한다.[5]

『민주조선民主朝鮮』은 1950년 7월에 폐간될 때까지 총 33호가 발행되었는데, 장두식은 이상과 같은 발행목적에 부응하기라도 하듯 그가 평생 집필한 단편 6편 중에서 5편을 이 잡지를 통해 발표하였으므로,[6] 그만큼 자신의 작가적 역량을 쏟아 부었다고 말할 수 있을 것이다.

여기에는 장두식이 김달수를 만나면서부터 엿보이기 시작한 문학적 관심과 민족적 자각이 바탕을 두고 있다고 할 수 있으나, 일제말기에 김달수와 함께 가나가와신문神奈川新聞사의 기자로 일하면서 본의 아니게 일

---

5 「創刊の辭」, 『民主朝鮮』 創刊号, 1946.4.
6 「중매쟁이(仲人)」(1946.5), 「퇴거(立退き)」(1946.8・9), 「祖父」(1947.3・4월호), 「歸鄕」(1947.10・11・12), 「운명의 사람들(運命の人々)」(1950.7).

제의 전쟁수행에 협력했다는 과거의 행적에 대한 참회가 문학작품으로 표출되고 있다고 볼 수도 있다.

실제로 장두식은 1942년 4월에 김달수의 소개로 가나가와신문사에 입사하여 1945년 6월 일제의 패전 직전까지 약 3년간 기자로 일하였다. 일제 패전 직후에는 김달수와 마찬가지로 재일조선인연맹 요코스카橫須賀 지부에서 정열적으로 일을 하고 있었으나, 전쟁에 협력한 신문사 기자였다는 과거의 행적에 대한 죄의식으로 괴로워하기 시작한다. 이러한 작가적 고뇌는 당시의 『민주조선民主朝鮮』에 게재되었던 단편 「귀향歸鄕」(1947)과 「운명의 사람들運命の人々」(1950)에 잘 묘사되어 있다.

이들 작품은 작가의 행적을 그대로 대변하는 주인공들이 등장하여 자신들의 과거 행적을 참회하는 한편으로, 동포들의 삶 속으로 들어가 그들을 위해 희생함으로써 죄 값을 치르겠다는 각오를 그려내고 있다. 이러한 작품들의 존재는 장두식이 비록 재일동포조직에서 일을 하고 있었다 하더라도 그러한 죄의식에서 결코 자유롭지 못했다는 것을 반증하는 것이라 하겠다. 그런데 이러한 작가의 심정은 "어제까지 경찰의 앞잡이 노릇을 하고 있던 인간이 마치 손바닥을 뒤집듯이 동포의 선두에 서서 제 세상인양 행동하는 무리가 있다는 것을 모르는 것은 아니었다"[7]는 「운명의 사람들」의 주인공 최승경의 독백에 잘 드러나 있다.[8]

이처럼 잡지 『민주조선民主朝鮮』은 부담스런 과거의 행적을 지닌 채 재일조선인 조직에서 일하는 장두식의 민족의식을 표출할 수 있는 장으로

---

7   張斗植, 「運命の人々」, 『運命の人々』, 同成社, 1979, 145쪽.
8   앞의 졸고, 216쪽.

서 중요한 역할을 하였다고 할 수 있으며, 잡지의 발행이야말로 재일동포의 생활과 문학을 대변할 수 있는 중요한 수단이라는 인식을 갖게 되었다고 할 수 있다.

그러나 재일조선인조직의 일과 작품 집필 등에 열을 올리던 장두식은 1948년 8월부터 갑작스럽게 도진 신경통 때문에 민주조선民主朝鮮사를 그만두게 된다. 이후에는 오사카로 이사하여 치료에 전념하게 되는데, 작품 활동 역시 1950년 7월『민주조선民主朝鮮』에 발표한「운명의 사람들」을 끝으로 오랜 공백 기간을 갖게 된다. 다행히도 1951년에는 신경통이 완치되어 단신 도쿄로 올라와 사업을 시작하였으며, 이후 7년 동안 문학 활동과는 담을 쌓고 오로지 사업에 전념하였는데, 그 보람이 있어 상당한 경제적 여유를 지니게 되었다.

이러한 경제적인 여력은 장두식으로 하여금 다시 한 번 문학에 대한 관심을 불러일으키게 만들었고, 결국 1958년 11월에 스스로가 계림사鷄林社를 설립하고 격월 잡지『계림鷄林』을 창간하였다. 창간호의「창간의 말創刊のことば」에는 그 발행목적을 다음과 같이 밝히고 있다.

지금 여기 일본에는 약 60만의 조선인이 살고 있고, 일본인들과 함께 일상을 영위하고 있다. 우리는 이 사이에 '상호이해'라는 하나의 다리를 놓고 싶다. 그리고 일의대수一衣帶水의 관계에 있으면서도 아직은 어두운 조선과 일본의 사이에까지 이 다리를 놓고 우리는 그 위의 조그마한 가로 등이 되고 싶다.[9]

또한 「창간의 말」에서는 『민주조선民主朝鮮』에 대해 언급하면서, 『계림鷄林』의 창간 정신은 『민주조선民主朝鮮』의 그것과 맥락을 같이하고 있으며, 당시의 경험을 살려 그 정신을 이어가겠다는 포부도 밝히고 있다.

그런데 여기서 주목을 끄는 것은 창간호에 실린 사고社告이다. 그 내용은 지사와 지국의 설치에 관한 사항을 공고하고 있는데, "종래의 출판물의 판매와 배포에서 행해지던 '의무감' '봉사정신'에 의존하는 것"이 아니라, 월간 잡지로 발전시켜 "지사·지국의 상당한 수입을 도모"[10]하겠다고 공언하고 있다. 그러므로 독자들로 하여금 체납을 허용하지 않겠다는 내용도 덧붙이고 있다.

참으로 야심찬 계획을 품고 발간에 임했던 장두식의 각오를 엿볼 수 있으나, 매월 발행할 것이라는 약속을 지키지 못한 것은 물론, 격월로 발행하는 것조차 버거워하다가, 창간 이듬해인 1959년 11월 제5호의 발행을 끝으로 중단되었다.

3. 『계림鷄林』의 성격과 그 특징

잡지 『계림鷄林』이 『민주조선民主朝鮮』의 창간목표인 "36년이라는 긴 시간 동안 왜곡된 조선의 역사, 문화, 전통 등에 대한 일본인의 인식을 바

---

9 「創刊のことば」, 『鷄林』, 鷄林社, 1958.11, 1쪽.
10 「社告」, 『鷄林』, 鷄林社, 1958.11, 41쪽.

로잡고, 앞으로 전개될 정치, 경제, 사회의 건설에 대한 우리들의 구상"을 계승하면서, 재일동포와 일본인들 사이에 '상호이해'라는 다리를 놓고, 더 나아가 조국과 일본 간의 다리를 놓겠다는 발행목적을 달성하기 위해서는 그에 상응하는 내용으로 구성되어야만 했다.

그러나 『계림鷄林』은 전체 분량으로 창간호 48쪽, 제2호 61쪽, 제3호 63쪽, 제4호 64쪽, 제5호 48쪽이라는 비교적 소책자로 발행되었다. 창간호의 내용 구성은 평론이 4편, 소설(번역 및 연재소설 포함)이 3편, 시 1편, 수필 4편을 기본적인 틀로 삼고, 창간의 변, 신간 서적을 소개하는 독서안내, 편집부의 만평, 지사와 지부를 모집한다는 사고社告가 실려 있는데, 소책자로 발간을 시작한 탓인지 내용적으로 조금 빈약한 느낌을 지우기 어렵다. 제2호부터 4호까지는 창간호와 같은 편성을 하고 있으나, 평론이 좀 더 길어지고, 독자의 목소리, 르포, 기록과 같은 내용을 추가하여 60쪽을 넘기고 있다. 그러나 종간호가 되는 제5호에서는 다시 평론의 양도 줄고, 시, 만평, 독서안내, 독자의 목소리 등이 생략되어 창간호와 같은 분량으로 발행되었다.

1) 평론의 내용과 성격

문예잡지 『계림鷄林』 전 5권에 수록된 평론은 총 17편으로, 각 호별로 3편 내지 4편씩 실려 있다. 필자는 배병두裵秉斗, 박진출朴進出, 박춘일朴春日, 조규석趙奎錫, 이찬의李贊義, 박종근朴宗根, 윤학준尹學準, 변재수卞宰洙의 8

인으로, 박춘일 조규석 배병두 윤학준은 2회 이상 게재하고 있다.

이 중에서 박춘일은 「근대일본문학에 있어서의 조선상近代日本文学における朝鮮象」이라는 제목으로 제1호부터 5호까지 연재하였다. 제1호에서는 요사노 뎃칸与謝野鉄幹의 「東西南北」와 고토쿠 슈스이幸徳秋水의 「경애하는 조선敬愛なる朝鮮」을, 제2호에서는 고스기 호안小杉放庵의 반전시 「돌아오라 아우야帰れ弟」와 기노시타 나오에木下尚江의 「조선의 부활기朝鮮の復活期」, 그리고 이시카와 다쿠보쿠石川啄木의 「9월 밤의 불평九月の夜の不平」을, 제3호에서는 나쓰메 소세키夏目漱石의 「만한 이곳저곳満韓ところどころ」과 다카하마 교시高浜虚子의 「朝鮮」을, 제4호에서는 나카니시 이노스케中西伊之助의 「적토에 움트는 것赭土に芽ぐむもの」을, 제5호에서는 관동대지진 당시의 조선인 학살과 관련하여 엣추야 리이치越中谷利一의 「어느 병사의 진재 수기一兵卒の震災手記」와 에구치 칸江口渙의 「기괴한 7가지 이야기奇怪な7つの物語」를 분석하여 일본문학 속에 묘사된 조선 및 조선인 관련 내용을 고찰하고 있다. 박춘일의 이러한 선구적인 연구의 시도는 이후의 일본문학 속의 조선 및 조선인의 연구에 많은 영향을 미치게 된다.

조규석은 「김사량의 등장 전후金史良の登場前後」라는 제목으로 제1, 2, 3호에 연재하였는데, 일본에서 자란 연유로 극심한 정체성의 혼란을 겪으며 자살까지 생각하고 있던 필자가 김사량의 「빛 속으로光のなかに」를 읽고 큰 감명을 받은 뒤 작가를 직접 대면하며 느낀 감상과 김사량의 일본에서의 문학적 행보 등을 추적하여 정리하고 있다.

배병두는 제1호에 「조선에 있어서의 국민경제의 발전―제1차 5개년 계획의 개요와 전망朝鮮における国民経済の発展―第一次五ヵ年計画のあらましと展望」, 제

2호에 「재일조선인의 귀국운동에 대하여在日朝鮮人の帰国運動について」를 각각 투고하고 있는데, 전자는 북한의 경제개발 상황을 논하고 있으며, 후자는 재일동포들의 북한으로의 귀환과 관련된 내용을 정리한 것이다.

윤학준은 제4호에 「피압박자의 문학被圧迫者の文学」이라는 제목으로 미국의 흑인 작가 랭스턴 휴즈의 작품을 소개하면서, 재일동포들도 단순한 향수적이고 내향적인 입장에서 탈피하여 보다 적극적인 문학투쟁의 필요성을 역설하고 있다. 제5호에 발표한 「돌아가는 자와 남는 자―재일조선인의 귀국帰る人・残る人―在日朝鮮人の帰国」은 일제에 의해 강제 징용된 노동자의 숫자 등의 확인을 시도한 뒤, 이들 중에 돌아가려는 사람들의 입장과, 남는 사람들의 입장을 비교 검토하고, 남는 사람들도 결국 언젠가는 돌아갈 것이라는 견해를 피력한다.

박진출은 제1호에 투고한 「일본의 예산과 조선인의 재정적 의무日本の予算と朝鮮人の財政的義務」라는 글을 통해 일본정부의 예산 집행 중에서 사회보장비 및 교육비 등의 지출은 재일동포들 역시 공평하게 그 혜택을 누려야 한다는 당위성을 주장한다. 그리고 박종근은 제3호에 실린 「조선의 지벌과 인간의 문제―그 역사적인 측면朝鮮における地閥と人間の問題」를 통해서 1910년대의 조선의 지주와 소작농의 실태를 확인하고 그 역사적인 연유와 저항 운동 등을 검토하고 있다.

또한 조금 색다른 논조를 보이는 것이 제5호에 실린 변재수의 「문학의 당파성과 작가의 창조적 자유―소련작가대회의 보고를 읽고文学の党派性と作家の創造的自由―ソ連作家大会の報告を讀んで」라 하겠는데, 대회를 주도하는 세력이 강조하는 '사회주의 리얼리즘'과 작가적 정신의 발현이 일치하지 않는다는 비판을 하고 있다.

　그런데 이찬의는 제3호에 「신국가보안법의 통과와 남조선新国家保安法 の通過と南朝鮮」이라는 글을 통해 1958년 말에 국회를 통과한 한국의 국가보안법을 문제 삼고 있다. 이러한 논조는 설사 남한 당국이 북한 정권과의 대결 차원에서 안보정책을 강화함으로써 조국의 분단을 고착화시키는 것처럼 보였다 할지라도, 남한 정권을 적극적으로 비판하는 글을 싣는 것은 '조국과 일본 간의 다리를 놓겠다'는 창간 목적을 달성하는 데 있어 여러 어려움을 예상하게 만드는 요소라 할 수 있을 것이다.

　한편 변재수의 글 「문학의 당파성과 작가의 창조적 자유―소련작가대회의 보고를 읽고」에서는 같은 사회주의 노선을 지향하는 작가라 할지라도 그 본연의 창조적인 가능성을 억제하려는 움직임에 대해서는 단호하게 반론을 펼치는 재일동포 작가의 기백이 엿보이고 있다.

　이상의 검토를 통해서 알 수 있듯이, 재일동포 사회를 대변하기 위한 잡지로서의 평론으로는 그 양도 적을 뿐만 아니라, 그 다루고 있는 내용이 빈약하다는 것을 알 수 있다. 오히려 문학평론이라 할 수 있는 박춘일의 「근대일본문학에 있어서의 조선상」에 대해서는 그 나름의 의미 부여를 할 수 있겠으나, 기타 평론에서는 재일동포가 지닌 현실적이고 사회적인 문제점을 제대로 담아내지 못하고 있다는 문제점을 지적하지 않을 수 없다. 이는 각각의 평론의 질적인 문제라기보다는 치밀하고 적극적인 방향성과 추진력이 결여된 편집부의 문제였다고 할 수 있을 것이다.

2) 소설의 내용과 성격

『계림鷄林』에 실린 소설은 단편이 4편으로, 김태생金泰生, 김달수, 변재수, 윤자원尹紫遠이 각각 한 편의 작품을 발표하고 있으며, 장편은 1편으로 장두식이 전호에 걸쳐서 연재하고 있다.

제1호에 실린 김태생의 「후예末裔」는 제주 4·3사건 당시에 빨갱이로 몰려 가족을 잃은 젊은이들이 투쟁을 위해 한라산 중턱의 아지트에서 만나 서로의 입장을 확인하고 투쟁을 다짐하는 내용을 담고 있으나, 그 이후의 내용이 연재 되지 않고 있어 아쉬움을 남기고 있다.

제2호에 실린 김달수의 「참외와 황제まくわ瓜と皇帝」는 일제 말기의 침략전쟁이 한창이던 당시에 주인공인 '나私'가 고종황제의 아들 영친왕이 일본육군중장의 제복을 입고 서울 시내를 자동차로 이동하는 모습을 본 감상을 그려낸 작품이다. '나'는 뒷자리에 홀로 앉은 영친왕이 굶주린 경성시민에게 시종일관 거주경례를 한 채 지나가는 모습을 지켜본 뒤 착잡한 심정으로 참외 하나를 사서 먹어보지만 그 맛을 제대로 느끼지 못한다는 내용을 그려내고 있다.

제4호에 실린 변재수의 「고학孤鶴」은 1946년 일제 패전 직후에 고등학교에 진학한 '나私'가 좋아하는 국어(일본어)선생님에게 재일동포라는 것을 숨기고 생활하면서 느끼는 마음의 갈등을 감동적으로 그려내고 있다. 국어선생님은 '나'의 작문실력을 높이 평가하고 여러 가지 문학서적 등을 빌려주었지만, '나'는 끝까지 일본인 행세를 하려고 애를 쓴다. 그러던 어느 날 선생님은 나에게 시마자키 도손島崎藤村의 『파계破戒』를 읽어

보라고 빌려준다. 천민 출신이라는 자신의 신분을 숨기고 살아가는 주인공의 고뇌를 그려낸 작품의 내용에 '나'는 선생님이 모든 것을 알고 계시다는 것을 느끼고 충격을 받지만, 선생님은 이후에도 아무런 내색을 하지 않고 평소처럼 자상하게 대해준다. '나'는 그런 선생님이 다른 사람과는 다른 '고학孤鶴'처럼 느끼게 되었다는 내용을 담아내고 있다.

제5호에 실린 윤자원의 「갓난아기의 첫 울음소리うぶこえ」는 일제의 패전을 맞이한 직후에 자신의 갓난아기가 태어난 재일동포 준길俊吉이 그동안의 방황에서 벗어나 새로운 삶의 의욕을 갖게 된다는 이야기를 그려내고 있다. 준길은 부모 형제와의 인연을 끊으면서까지 자신과 결혼한 일본인 아내 게이코螢子의 헌신적인 삯바느질로 연명을 하면서도, 조국으로 돌아가는 친구가 맡긴 책까지 팔아서 술을 마시려는 생각을 지닐 정도로 방탕한 생활을 보내고 있었다. 그러나 갓난아기의 탄생과 함께 어려운 환경에서도 가정을 지키기 위해 노력해온 게이코의 헌신적인 사랑을 되새기며 새로운 생활을 다짐하는 것으로 맺고 있다.

이상이 『계림鷄林』에 실린 단편들의 내용이라 할 수 있는데, 그 소재로 제주 4·3사건을 비롯하여, 일제말기의 인텔리 식민지 청년의 고뇌, 재일동포 2세로서의 정체성 문제, 그리고 일제 패전 직후의 일본에서 새로운 삶을 개척하려는 동포의 애잔한 삶을 다루고 있다는 점에서 잡지의 성격과 비교적 잘 맞는 작품들이라 할 수 있을 것이다.

그리고 소설 부문에서 주목할 만한 것은 발행인인 장두식 자신의 자전적 장편을 연재하기 시작한 점이라 할 수 있을 것이다. 즉, 「내가 걸어온 길私の歩いてきた道」은 제1호부터 5호까지 빠짐없이 연재되고 있었는데,

아쉽게도 『계림鷄林』의 폐간과 함께 일시적으로 연재를 중단하지 않을 수 없게 된다. 그러나 1962년에 '리얼리즘연구회'에 참가하면서 동연구회의 월간잡지 『현실과 문학現実と文学』에 「어느 재일조선인의 기록ある在日朝鮮人の記録」이라는 제목으로 투고를 시작하여 1964년 4월까지 24회를 연재하였으며, 1965년 7월부터 속편을 연재하여 9회로 완결한 뒤, 1966년 2월에 단행본 『어느 재일조선인의 기록ある在日朝鮮人の記録』(同成社)으로 출간하였다. 내용은 작가 장두식이 1923년 일본으로 건너올 때부터 1933년 17세까지의 고난에 찬 소년기를 다루고 있다.

그리고 1965년부터는 『民主文學』 창간호에 『어느 재일조선인의 기록』의 속편이라 할 수 있는 「일본 속의 조선인日本の中の朝鮮人」의 연재를 시작하여 1967년 1월호까지 총 14회로 완결하였으며, 1969년에 同成社에서 단행본으로 출간하였다. 작품의 내용은 1934년 무렵부터 태평양전쟁이 발발하는 1941년 12월까지의 가족의 부양과 학업의 병행이라는 짐을 짊어진 조선인 청년의 지난한 삶을 담고 있다.

이상과 같은 자전적 장편의 집필을 마친 뒤에는 이렇다 할 문학 활동을 찾아보기 어려운데, 이런 점에서 『계림鷄林』의 창간이 마치 자신의 자전적 장편을 집필하기 위한 하나의 터전이자 동기부여를 위한 수단이 아니었나하는 생각을 갖게 만든다. 비록 도중에 중단되었다고는 하더라도, 문학에 관심을 가진 재일조선인으로서 자신의 살아온 지난한 삶을 담아내고 싶다는 욕망이 문학잡지 『계림鷄林』을 창간하는 원동력으로 작용했으며, 이러한 원동력은 『계림鷄林』 폐간 이후에도 계속 그 힘을 발휘하여 결국은 두 편의 자전적 장편으로 완성되었다고 할 수 있을 것이다.

3) 번역소설

한국의 고전 중에서는 「양반전」(1호)과 「심청전」(2, 3호)이, 현대소설로서는 윤세중尹世重의 「상아의 파이프象牙のパイプ」(3호)와 김송金松의 「청사靑蛇」(4호)가 번역 소개되고 있다. 「양반전」은 시인인 허남기許南麒가 번역하였으며, 「심청전」은 소설가이자 극작가인 무라야마 도모요시村山知義가 라디오 드라마의 시나리오 형태로 바꾸어 번역한 것을 싣고 있는데, 무라야마는 일제말기에 「춘향전」을 일본어로 번역하여 당시의 조선 각지역을 돌며 공연하는데 일조한 인물이기도 하다.

4) 시

시는 단 세편만이 실려 있다. 허남기의 「조우遭遇」(1호), 홍윤표洪允杓의 「붐·타운ブーム・タウン」(2호), 황인수黃寅秀의 「그 남자에게その男に」가 각각 실려 있다. 세편 모두 재일동포들의 무겁고 힘든 생활상을 애잔하게 그려내고 있다는 특징을 지닌다.

5) 수필의 내용과 성격

잡지 『계림鷄林』에서 평론과 소설 다음으로 큰 비중을 차지하는 것은 수필이다. 장르의 성격상 무게감은 덜할지라도 전호에 걸쳐서 12편이 실렸으므로, 많은 사람들의 협력이 있었던 분야라 할 수 있을 것이다.

제1호에는 강위당姜魏堂의 「나의 신앙わが信仰」, '나의 고향 경성'이라는 소제목으로 이방랑李方郎의 「쫓겨난 도시追われた街」와, 장동원張東元의 「백운대의 뜀바위白雲台の飛び岩」를 싣고 있다.

제2호에서 강위당의 「나의 '조련' 시대私の「朝連」時代」, 도마 시코当間嗣光의 「오키나와의 장일육沖縄の張一六」, 윤학준의 「조선의 성씨 이야기朝鮮の姓氏のはなし」, 윤자원의 「(내 고향 울산) 강양의 봉근산わがふるさと・蔚山江陽の鳳根山」이 실려 있다.

제3호에는 수필을 싣고 있지 않다.

제4호에서 김태생의 「나의 고향・제주도わがふるさと・済州島」, 김달수의 「회람잡지의 무렵(계림에 대해서)回覧雑誌のころ鶏林のこと」이 실려 있다.

제5호에는 구보타 세이窪田精의 「잘 있거라 윤병갑さよなら尹丙甲」, 구원건具源健의 「타인의 밥他人の飯」이 실려 있다.

그런데 정확히 수필이라고 분류하기 어려운 글 중에 김달수의 「우리 집안의 귀국─재일조선인의 귀국에 임하여わが家の帰国─在日朝鮮人の帰国によせて」가 있다. 당시에 재일동포사회의 큰 관심사였던 북한으로의 귀국과 관련하여 동포 작가로서 널리 알려진 김달수 역시 많은 글을 통해 이러한 귀국운동을 적극적으로 지지하고 있었는데, 정작 당사자인 김달수 자신의 귀국과 관련된 문제에 대해 많은 질문을 받게 되면서 이에 대한 우회적인 답변을 하고 있는 내용이다. 그러므로 김달수 자신의 입장을 밝히는 기고문이라고 하는 편이 좋을 것이나, 어쨌든 그 자신의 입장은 명

확히 밝히지 않으면서 자신의 형님과 조카들이 귀국준비를 하고 있다는 식의 우회적인 답변에 그치고 있다는 점이 주목된다.

수필 중에서 눈에 띄는 것은 장두식이 발행을 시작한 잡지 『계림鷄林』의 원조라 할 수 있는 일제 패전 직전의 1944년에 장두식, 이은직, 김성민 등과 함께 만들었던 회람잡지 『계림鷄林』에 대한 김달수의 언급이다. 즉 장두식이 발행을 시작한 『계림鷄林』이 젊은 혈기를 바탕으로 시작된 민족의식을 토대로 삼고 있으며, 이제는 성숙된 작가정신을 바탕으로 그 사명을 다할 것이라는 각오와 염원을 간접적으로 담아낸 글이다.

그리고 『계림鷄林』에는 일본인의 글을 찾아보기 어렵다는 특징이 있는데, 유일하게 수필에서 두 명의 일본인의 글이 실렸다는 점이 주목되고 있다.

6) 기타

이밖에도 제5호에는 김달수의 심한 위궤양으로 입원했던 경험을 담아낸 기록으로서의 「병・입원 기록病気・入院の記」이 실려 있으며, 편집부의 취재에 의한 '르포ルポ', '공론사론公ろん・私ろん', '독서안내読書案内'란이 있다.

'르포'로는 「대학생과 아이들学生と子供たち」(2호), 「조선사연구회朝鮮史研究会」(3호), 「귀국하는 '일본인 처'들帰国する日本人妻たち」(4호)과 같은 내용을 다루고 있다. 「대학생과 아이들」은 도쿄의 대학에 재학 중인 동포

학생들이 같은 동포의 어린이들을 상대로 허름한 교실이지만 교육에 열중하고 있다는 내용이고, 「조선사연구회」는 일본의 각계각층의 지식인들로 구성된 '조선사연구회'에 많은 기대를 한다는 내용이다. 그리고 「귀국하는 '일본인 처'들」에서는 먼저 조국(북한)으로 떠난 남편과 아이들을 따라가기 위해 한국어 공부와 조선의 풍습 익히기에 여념이 없는 '일본인 처'들의 실상을 보고하고 있다.

'공론사론'에서는 잡지『계림鷄林』과 관련하여, 조련과의 관계라든가, 외부의 평가에 대한 편집부의 짧은 입장 등을 표명하는데 할애하고 있다.

'독서안내'에서는 발표 당시에 화제를 모았던 엔도 슈사쿠遠藤周作의 『바다와 독약海と毒薬』이라든가, 김달수의 『박달의 재판朴達の裁判』과 같은 신간을 소개하고 있다.

그리고 '편집후기'에는 잡지 발행과 관련된 상황과 심정 등을 짧게 정리하고 있어서, 잡지의 발행과 판매 투고 상황 등을 짐작할 수 있게 해준다.

이상과 같은 형식과 내용으로 구성된 잡지『계림鷄林』은 일본사회에서의 재일동포들의 위상을 확립하고자 노력한 흔적을 엿볼 수 있으나, 일본 각 지역에 독자적인 지사·지국을 설치하고, 독립적인 경영을 확립한 월간 잡지를 목표로 하겠다는 당초의 각오와는 달리, 1년 남짓한 기간 중에 제5호까지의 발행에 그치면서 많은 아쉬움을 남겼다.

4.『계림鷄林』의 재일문학사적 의의와 폐간의 배경

1)『계림鷄林』의 재일문학사적 의의

『계림鷄林』의 재일문학사적 의의는 말 그대로 재일문학에서 차지하는 잡지로서의 위상과, 제1세대 재일문학인으로서 활약한 장두식 개인의 문학적 활동에 미친 영향으로 크게 구분하여 살펴보는 것이 효과적이다.

장두식이 발행한 잡지『계림鷄林』이 재일문학사에서 차지하는 위상은 잡지에 실린 평론이나 소설 등의 평가에 의한 것이라기보다는, 일제 패전 직후에 창간된『민주조선民主朝鮮』이후의 공백기를 메우려는 노력에 의해 파생된 재일문학의 활성화에 있다고 해야 할 것이다.『민주조선民主朝鮮』이후에도『문화평론文化評論』,『조선문예朝鮮文藝』,『조선학보朝鮮學報』와 같이 동포들이 발행하는 잡지가 없는 것은 아니었지만, 편향된 이데올로기에 사로잡히지 않고 순수한 종합문예지를 추구하는 경우는 거의 없었다. 이런 점에서 비록 제5호로 폐간되는 바람에 많은 재일동포 문인들이 참가하지는 않았지만, 이러한 문학잡지의 필요성을 공감하게 만드는 촉매제 역할을 함으로써, 이후의 문예잡지의 창간에 많은 영향을 미쳤다고 할 수 있다.

『계림鷄林』은 건강과 가정의 경제적인 문제로 문학을 중단할 수밖에 없었던 장두식이 사업을 시작하여 어느 정도 경제적인 여유가 생기면서 다시 문학을 시작하는 방편으로 창간한 잡지였다. 그리고 이 잡지에 자신의 자전적 장편을 연재하기 시작하였다는 점에서, 현재의 재일문학사에서 중요한 위치를 차지하고 있는 장두식의 문학을 만든 토대라고 할 수 있을 것이다. 물론 자신의 작품만이 아니라 많은 동포 문인들의 작품의 게재를 통하여 재일동포의 위상을 확립하고 조국과 일본의 관계를 개선하겠다는 것이 창간의 목적이었지만, 가장 확실하게 그 목표가 달성된 것은 다름 아닌 작가 자신의 자전적 작품의 게재를 통한 문학욕구의 실현이었으며, 그 결과로서 재일문학의 발전에 일정한 기여를 하고 있다는 점이라 할 수 있을 것이다.

2)『계림鷄林』 폐간의 배경

잡지『계림鷄林』이 1958년 11월에 창간되었으나, 이듬해인 1959년 11월에 제5호로 폐간한 이유는 여러 가지로 생각해볼 수 있다.

먼저, '왜곡된 조선의 역사, 문화, 전통 등에 대한 일본인의 인식'을 바로잡겠다던 창간의 목적과는 달리, 독자층은 물론이고 투고에 있어서도 일본인의 협력을 얻지 못했다는 점이 가장 큰 문제점으로 들 수 있을 것이다. 그 이유는 이러한 문제점이 일본사회에서 제대로 인정을 받지 못하고 재일동포 내부의 잡지에 만족할 수밖에 없는 근본적인 한계로 작용했다고 보기 때문이다.

둘째로는, '조총련'의 협조를 얻지 못했다는 점을 들 수 있다. 제3호의 '공론사론'에는 1955년부터 '조총련在日本朝鮮人総連合会'으로 새롭게 출발한 구 '조련' 중앙선전부가 1959년 1월에 산하 기관에 내려 보낸 공문을 소개하고 있다.

> 잡지『계림鷄林』이라는 것이 발행되고 있다. 우리는 이 잡지에 대해서
> 도 역시, 기관으로서 취급한다든가, 동포에게 권유를 한다든가, 배포, 독
> 자의 획득, 재정협력, 그 외 일체를 하지 않을 것임을 명백히 한다.[11]

이에 대해『계림鷄林』편집부는 "본지가 그 지도를 거부하는 일이 있더라
도", "조총련의 맹원盟員인 우리들이 하는 일에 대해서 지도할 책임"이 있는
데, 현재의 조총련의 조치는 "그 지도책임을 완전히 포기"하고 있다며 비판
한다.

실제로『계림鷄林』은 독자적인 배급망의 구축을 위해 노력하는 한편,
잡지 대금의 선불제도 등의 완고한 영업 전략을 펼치고 있었으나, 이러
한 목표들이 제대로 실천되지 않아 외부의 적극적인 지원이 절실한 상황
으로 빠져들고 있었다. 따라서 표면적으로는 조총련의 간섭을 받지 않는
독자적인 노선을 추구하면서도, 실제로는 조총련의 지원이 필요한 상황
에 있었다고 할 수 있다. 즉 독자의 확보에 실패하여 경영난에 빠지면서
우수한 투고자의 확보에도 어려움에 처하는 이중고를 겪고 있었다고 해
야 할 것이다.

그리고『계림鷄林』폐간의 무엇보다 중요한 이유로는 조총련 산하의
'재일본조선문학예술가동맹文藝同'에서 새로운 문예잡지『문학예술文學藝

---

11 「公ろん・私ろん」, 『鷄林』, 鷄林社, 1959.3, 18쪽.

『術』의 창간을 준비하고 있었다는 사실과 관련이 있다.『계림鷄林』편집부는 제4호의 편집후기에서 '각 단체의 기관지·지誌가 계획되고 있다'고 언급하고, 계획보다 한참 늦게 발행된 제5호에서는 '우리는 잡지를 그만둘 수는 없다'고 각오를 새롭게 하고 있으나,『계림鷄林』은 더 이상 간행되지 못했다.『계림鷄林』편집부가 말하는 '각 단체의 기관지·지誌'가 무엇인지 정확히 알 수는 없지만, 이 시기에 창간된 주목할 만한 잡지로서는 조총련의 기관지로서의 성격을 지닌『문학예술文學藝術』(1960년 창간)이 있으며, 이후 많은 동포문인들의 참여 속에 간행을 계속해왔으므로, 이 잡지를 가리키는 것으로 생각된다.

결국,『계림鷄林』의 폐간은 조총련의 지원을 확보하지 못함으로써 장두식 개인의 힘으로 간행을 계속할 수밖에 없는 처지에 놓였음에도 불구하고, 그 돌파구를 찾지 못한 것이 직접적인 원인이 되었다. 늘 함께 해오던 김달수와 몇몇의 지인들의 도움이 있었으나, 김달수 역시 잡지가 발행되던 시기에 많은 중단편을 발표하면서도『계림鷄林』에는 거의 투고하지 않았다. 김달수가 투고한 몇 편의 글 중에서 제대로 된 것은 단편「참외와 황제まくわ瓜と皇帝」라 할 수 있는데, 이마저도 잡지『一日』에 투고한 것을 중복 게재한 것에 불과하였다.[12] 즉, 친한 지인들마저 잡지『계림鷄林』의 간행에 찬동을 하면서도 이의 존속을 위해 최선을 다하지는 않았던 것으로 보인다. 이것은 잡지 창간자로서의 장두식 개인이 가지고 있

---

12 김달수는 "장두식과 함께『鷄林』을 일으켰다"(金達寿,「張斗植·人と作品」,『張斗植の想い出』, 23
    쪽)고 언급하고 있음에도, 실제로는 거의 글을 싣고 있지 않고 있는데, 그 원인에 대해서는 앞으로
    의 연구과제로 삼고자 한다.

었던 한계[13]라 할 수 있을 것이다.

5. 맺음말

본고에서는 제1세대 재일문학을 대표하는 김달수와 함께 문학 활동을 시작하였으나, 경제적인 이유 등으로 지속적인 집필활동을 하지 못하여 비교적 적은 수의 작품만을 남김으로써, 연구자들의 주목을 받지 못했던 장두식의 문학을 개략적으로 확인해 보았다. 그리고 그가 창간한 문학잡지 『계림鶏林』에 대한 집중적인 고찰을 통하여 재일문학사적 의의를 정립하고자 노력하였다.

장두식의 문학작품은 6편의 단편 「중매쟁이仲人」(1946), 「퇴거立退き」(1946), 「조부祖父」(1947), 「귀향帰郷」(1947), 「운명의 사람運命の人々」(1950), 「데릴사위婿養子」(1963)와, 두 편의 자전적 장편 『어느 재일조선인의 기록ある在日朝鮮人の記録』(1966), 『일본 속의 조선인日本のなかの朝鮮人』(1969)이 있다. 이들 작품은 모두 일제 패전 직후의 재일동포들의 삶을 치열하게 그려내고 있는데, 다작은 아니지만 재일동포 제1세대 작가로서의 민족적 정체성을 확실하게 부각시키고 있다는 특징을 지니고 있다.

---

13 여러 가지 원인이 있을 수 있지만, 장두식 개인의 내성적인 성격 역시 무시할 수 없을 것이다. 고토 나오루(後藤直)는 '장두식은 평소에도 거의 말이 없었는데, 편집회의 석상에서도 거의 발언을 하지 않았다'고 회고한다. 後藤直, 「張斗植さんの想い出」, 張斗植を偲ぶ会, 『張斗植の想い出』, 同成社, 1979.9, 80쪽.

한편, 장두식은 1958년 11월에 문예잡지『계림鷄林』을 직접 창간하여 재일동포사회의 민족적인 삶과 문학을 소개함으로써, 스스로의 정체성의 확립과 일본사회의 일원으로서의 존재감을 확인하고자 하였다. 그러나 큰 기대 속에 창간된 이 잡지는 이듬해인 11월에 발행한 5호를 끝으로 폐간됨으로써 아쉬움을 남기고 있으나, 장두식의 재일동포로서의 민족의식을 구현하고 계승하겠다는 의욕을 확인해 볼 수 있는 중요한 잡지라 할 수 있다.

　『계림鷄林』의 폐간은 조총련의 지원을 확보하지 못함으로써 장두식 개인의 힘으로 간행을 계속할 수밖에 없는 처지에 놓였음에도 불구하고, 그 돌파구를 찾지 못한 것이 직접적인 원인이 되었다. 그러나 비록 제5호로 폐간되는 바람에 많은 재일동포 문인들이 참가하지는 않았지만, 이러한 문학잡지의 필요성을 공감하게 만드는 촉매제 역할을 함으로써, 이후의 문예잡지의 창간에 많은 영향을 미쳤다고 할 수 있다.

　또한『계림鷄林』에 자신의 자전적 장편을 연재하기 시작하였다는 점에서, 현재의 재일문학사에서 중요한 위치를 차지하고 있는 장두식의 문학을 있게 만든 토대가 되었다고 할 수 있을 것이다.

참고문헌

김학동, 「재일작가 장두식(張斗植)의 문학과 민족의식의 형상화」, 『일본연구』제52
　　　호, 한국외대 일본연구소, 2012.6.

『鷄林』제1호, 제2호, 제3호, 제4호, 제5호.

「創刊のことば」, 『鷄林』, 鷄林社, 1958.11.

「社告」, 『鷄林』, 鷄林社, 1958.11.

「公ろん・私ろん」, 『鷄林』, 鷄林社, 1959.3.

「創刊の辭」, 『民主朝鮮』創刊号, 1946.4.

金達寿, 『わが文学と生活』, 青丘文化社, 1998.

張斗植, 「運命の人々」, 『運命の人々』, 同成社, 1979.

河合修, 「『民主朝鮮』『朝鮮文芸』に見る形成期の在日朝鮮人文学」, 『国際日本学研究』第
　　　3号, 法政大学国際日本学研究所, 2007.3.

後藤直, 「張斗植さんの想い出」, 張斗植を偲ぶ会, 『張斗植の想い出』, 同成社, 1979.9.

제2장

재일지식인담론의 형성과
재일잡지미디어의 비상

1960년대의 『한양』에 실린 소설의 문제의식*

『한양』의 매체사회학적 위상을 중심으로

고명철

1. 『한양』의 매체사회학적 위상

최근 한국문학과 관련한 제도적 관점의 연구가 진전되면서[1] 종래 낯익은 연구의 문제틀, 즉 '작가론-작품론-주제론'만으로는 온전히 해명할 수 없는 면들이 새롭게 밝혀지고 있다. 특히 어떤 작가의 작품이 유의미한 개별적 가치를 지니되, 그것이 특정 매체의 장 속에서 갖는 심미적 혹은 사회학적 가치가 새롭게 획득되는 것을 염두에 둘 때, 제도적 관점

---

* 『한국문학이론과 비평』 제46집, 2010 및 『문학, 전위적 저항의 정치성』, 케포이북스, 2010.

1 식민지 시기 근대문학에 대한 제도 연구의 주목할 만한 연구 성과로는 민족문학사연구소 기초학문연구단 편, 『제도로서의 한국근대문학과 탈식민성』, 소명출판, 2008; 박헌호 외, 『작가의 탄생과 근대문학의 재생산 제도』, 소명출판, 2008; 최수일, 『『개벽』연구』, 소명출판, 2008 등을 들 수 있고, 1960년대의 문학에 대한 제도 연구로는 민족문학연구소 편 자료집, 『망각당한 매체, 복원된 문학담론—1960년대 잊혀진 잡지를 찾아서』, 200/을 주목할 수 있다.

을 고려한 문학 연구의 성과를 주목하지 않을 수 없다.

여기서 1960년대의 한국문학사를 매체와 관련한 연구로써 해당 시기의 문학적 실재를 정치(精緻)하게 탐구하는 가운데 한국문학사의 온전한 지형도를 파악하는 것은 중요한 일이다. 1960년대의 다양한 매체 중 일본에서 발행한 월간 종합 교양지 『한양』[2]에 대한 학적 관심은 바로 이와 같은 이유 때문이다.

『창작과비평』(1966년 발행)보다 먼저 발행된 『한양』은 창간호부터 1960년대 내내 진보적 문제의식을 첨예히 드러낸 바, 잡지의 선명한 이

---

2 『한양』은 1962년 3월 1일 일본의 동경에서 창간호가 발행되었고(김인재가 발행인과 편집인을 겸함), 1968년 8·9월호부터 격월간 체제로 전환된 이후 1984년 3·4월호(통권 177호)로 종간되기까지 한국어로 발행되었다. 창간호의 '창간사'와 '편집후기'에서 뚜렷이 밝히고 있듯, 『한양』은 한국과 일본에서 대학 이상의 고등교육을 받은 비판적 지식인들에게 실천적 담론의 장을 제공해줄 뿐만 아니라 재일조선인들과 한국의 문화적 유대를 공고히 해내는 역할을 하도록 민족주의 계몽적 요소를 편집의 일관성으로 기획하였다. 특히 한국의 상당수 지식인들이 5·16에 대한 지지와 참여를 보이고 있을 때, 『한양』은 그것들과 거리를 두면서 군정에서 민정으로 정권이 평화적으로 이양되어야 한다는 점을 일관되게 주장하였다. 그 편집의 일환으로 눈에 띄는 것은, 1960년대 농촌이 겪는 온갖 문제들을 인식하고 해결할 수 있는 방안을 지속성을 갖고 집중적으로 논의하는, 이른바 『한양』식 '중농주의'를 통해 박정희 정권 일변도의 관주도 민족주의 근대화론(로스토우 근대화론 및 내포적 공업화론)을 견제하였다. 그런가 하면, 재일조선인들의 민족애를 앙양하고, 한국의 역사를 몰각하지 않기 위해 '한국의 명승고적', '한국의 인물열전', '한국의 명산(名産)', '한국의 자연 부원(富源)' 등을 비롯하여 한국의 고전, 민속, 구비문학 등을 매호 지속적으로 소개하고 있다. 『한양』의 일관된 편집방향에 대해서는 고명철, 「민족의 주체적 근대화를 향한 『한양』의 진보적 비평정신」, 『한민족문화연구』 19집, 2006을 참조.
이처럼 『한양』은 1960년대에서 간행되는 다른 매체들에 비해 뚜렷한 이념과 방향성을 갖고 편집의 일관성을 보인바, 1960년대 한국의 지식인 독자층에게 큰 관심을 받았다. 이후 박정희의 유신체제 아래 조작된 '문인간첩단사건'으로 인해 한국에서는 『한양』을 공식적으로 접할 수 없게 된다. 이 사건의 전말에 대해서는 장백일, 「세칭 문인간첩단 사건」, 한국문인협회 편, 『문단유사』, 월간문학출판부, 2002; 한승헌, 「『한양』지 사건의 수난」, 『장백일교수 고희기념문집』, 대한, 2001; 임헌영, 「74년 문인간첩단 사건의 실상」, 『역사비평』, 1990.겨울 참조.

넘과 방향성에 토대를 둔 실천적 담론을 지속적으로 제출해왔다. 정치경제 분야를 비롯한 문학 분야에서 구사되고 있는 담론의 수준도 높고, 잡지의 편집 체계를 비롯하여 독자의 반응 또한 『창작과비평』과는 비교가 되지 못할 압도적 우위를 점유하고 있다. 특히 일본뿐만 아니라 한국 내에서 활동하는 진보적 지성들이 『한양』을 통해 제기한 각종 문제의식은 1960년대의 진보적 지성사에서 결코 가볍게 넘길 수 없는 주요한 매체적 지위를 확보한다. 1960년대의 시대정신을 응축시킨 4·19혁명의 정신에 대한 역사적 성찰과 그 실천적 구체성을 담론화하는 과정에서 민족의 주체적 역량을 발견하고, 서구식 근대화를 추수하는 게 아니라 그것을 부정하며, 법고창신法故創新의 정신에 기반한 전통의 창조적 갱신과 결합된 근대적 계몽 의지로써 주체적 근대화를 추구하고 있다는 점은 『한양』을 주목해야 할 이유다. 따라서 그동안 한국의 지성사 혹은 한국의 진보적 지성사에서 그 가치를 소홀히 간주해온 『한양』을 새롭게 인식함으로써 한국의 진보적 매체의 역사를 재평가하고, 진보적 매체의 맥락을 재정립함으로써 그동안 특정 매체가 배타적으로 점유해온 진보적 전통의 상징권력을 발전적으로 해체시켜 그 역사적 위상을 온전히 세워야 할 것이다. 이것은 『한양』을 연구하는 현재적 의의이기도 하다. 그러면서 진보적 지성사를 풍요롭게 이해해야 할 것이다.[3] (강조-인용자)

비록 『한양』은 일본에서 발행되었지만, 『한양』이 1960년대에 명확

---

3   고명철, 앞의 글, 250~251쪽.

히 드러낸 정치사회학적 입장은 한국에서 발행된 진보적 매체의 그것에 결코 뒤처지지 않은, 도리어 더욱 진보적 입장을 뚜렷이 견지하였다.[4] 『한양』은 이중의 과제를 해결하는 데 혼신의 힘을 쏟는 바, 하나는 '미완의 혁명'으로 스러진 4·19의 민족적·민주주의적 근대를 실현하는 데 박차를 가하는 것이고, 다른 하나는 '재일在日의 삶'을 사는 '재일조선인'[5]이 당면한 문제적 현실을 슬기롭게 해결하는 데 온힘을 모으는 것이다. 이것은 달리 말해 한국이란 국민국가가 짊어진, '분단극복'의 민족문제와 '민주회복'의 민주주의 문제에 『한양』이 적극적으로 개입함으로써 4·19의 미완의 과제를 해결하고자 하는 실천 의지이며, 일본제국의 피식민지의 역사적 상처가 고스란히 남아 있는 채 남과 북으로 나뉜 분단의 고통을 앓고 있는 '재일의 삶'을 극복하고자 하는 역사적 실천 의지를

---

4   1960년대의 한국에서는 『사상계』가 대표적인 진보적 매체였으나 이른바 '오적 필화사건'에 휘말리게 되면서 1970년 이후 잡지등록이 말소된다. 이 외에 『청맥』이 1960년대의 두드러진 진보적 매체의 역할을 맡았지만 통혁당 사건으로 인해 1967년 6월호까지 통권 27권을 내고 폐간되는 등 1960년대의 엄혹한 정치적 탄압 속에서 한국에서는 진보적 매체의 활동이 순탄하지 않았다. 이러한 정치 국면 속에서 『한양』의 존재는 염무웅의 "선명한 진보적 색채를 띠었다는 점에 특색이 있다"(염무웅, 「5,60년대 남한문학의 민족문학적 위치」, 『혼돈의 시대에 구상하는 민족문학의 논리』, 창작과비평사, 1995, 361쪽)와 구중서의 "굉장히 민족적이고 민주적인 정신을 가지고 내는 잡지였어요"(구중서·강진호, 「대담─1960, 70년대와 민족문학」, 강진호 외, 『증언으로서의 문학사』, 깊은샘, 2003, 361쪽)라는 술회에서 단적으로 드러나듯, 1960년대 진보적 갈증을 해갈시켜주었다.

5   '재일조선인'이라는 명칭 외에 '재일한국인', '재일코리안', '재일동포(혹은 교포)', '자이니찌(在日)'라는 명칭이 병행하여 그 쓰임새에 따라 자의적으로 사용되고 있다. 필자는 그들의 역사적 존재를 고려하여, '재일조선인'이란 명칭을 사용하기로 한다. 여기에는 "국적에 관계없이 조국의 분단 구도 자체를 부정하며 그 어느 쪽의 정부 산하 단체에도 가담하지 않고 통일된 조국을 지향하는 사람들도 적지 않다. 따라서 재일조선인이란 냉전적 사고방식에서 벗어나 국적을 초월해 있으면서 일본에 살고 있는 한민족을 총칭하는 용어"(한일민족문제학회 편, 『재일조선인 그들은 누구인가』, 삼인, 2003, 216쪽)로서, "역사적 개념으로서는 역시 '재일조선인'으로 부르는 것이 정확하다고 생각"(윤건차, 박진우 외역, 『교착된 사상의 현대사』, 창비, 2009, 163쪽)되기 때문이다.

동시에 내포한다. 따라서 "『한양』은 60년대 한국문학사의 재구성이나 재일지식인·문학인의 사유구조를 밝히는 데서 결정적 의미를 갖는 잡지"[6]인 바, 『한양』에 대한 연구의 중요성은 새삼 강조할 필요도 없다.

그런데 『한양』에 대한 기존 연구의 대부분은 시[7]와 비평[8]에 초점을 맞춘 것으로, 『한양』에 실린 소설에 대해서는 충분한 연구가 진행되고 있지 못한 실정이다. 무엇보다 『한양』의 매체사회학적 위상을 정교히 고려하지 못한 채 『한양』이 지닌 특정한 일면, 가령 재일조선인의 현실을 다루고 있는 면에만 초점을 맞추고 있는 게 문제다. '재일한인 생활사 소설'[9]과 '재일지식인들의 문제의식'[10]으로 국한시켜 『한양』 소재 소설의 주제를 읽어내고 있다. 문제는 이와 같은 연구가 『한양』의 매체사회학적 위상에 대한 부분적 이해에 머물 뿐, 『한양』의 전체를 온전히 이해할 수 없다는 점이다. 여기서 다시 한 번 『한양』이 지닌 이중의 과제를 상기할 필요가 있다. 『한양』은 재일조선인에 의해 발행된 매체로서 창간호의 창

6　조현일, 「『한양』지의 장일우, 김순남 평론에 나타난 민족주의 연구」, 『한국문학이론과 비평』 43
　　집, 2009, 543~544쪽.
7　하상일, 「1960년대 『한양』소재 재일한인 시문학 연구」, 『한국문학논총』 47집, 한국문학회,
　　2007; 하상일, 「재일한인 잡지 소재 시문학과 비평문학의 현황과 의미」, 『한국문학논총』 42집,
　　한국문학회, 2006; 하상일, 『한국문학과 역사의 그늘』, 소명출판, 2008; 박수연, 「1960년대의
　　시적 리얼리티 논의－장일우의 『한양』지 시평과 한국 문단의 반응」, 『한국언어문학』 50집, 한국
　　언어문학회, 2003.
8　조현일, 앞의 글; 하상일, 『1960년대 현실주의 문학비평과 매체의 비평전략』, 소명출판, 2008;
　　고명철, 앞의 글; 김유중, 「장일우 문학비평 연구」, 『한국현대문학연구』 17집, 한국현대문학회,
　　2005; 허윤회, 「1960년대 참여문학론의 도정－『비평작업』, 『청맥』, 『한양』을 중심으로」, 상허
　　문학회 편, 『희귀잡지로 본 문학사』, 깊은샘, 2002.
9　이헌홍, 「에스닉 잡지 소재 재일한인 생활사 소설에 양상과 의미」, 『한국문학논총』 47집, 2007.
10　한승우, 「『한양』지에 드러난 재일지식인들의 문제의식 고찰」, 『어문논집』 36집, 중앙어문학회,
　　2007.

간사와 편집후기에서 명확히 그 창간의 입장을 밝히고 있듯, 한국과 일본에서 대학 이상의 교육을 받은 비판적 지식인들에게 "모름지기 연구의 발표와 논단의 터전을 제공함과 아울러 교포사회 및 조국과의 문화적인 유대를 더욱 공고화하는 데 기여하고자 하는 것"[11]으로, 재일조선인의 현실뿐만 아니라 한국의 현실에 대해서도 적극적인 참여를 모색하고 있다.

여기서, 1960년대의 『한양』에 실린 소설의 경우 그 대부분이 한국의 현실에 대한 문제를 다루고 있는 것을 간과해서 곤란하다.[12] 그렇다면, 1960년대의 『한양』에서는 어떠한 문제의식을 다룬 소설들이 발표되고 있을까. 이들 작품에 대한 검토를 통해 『한양』이 갖는 매체사회학적 위상은 물론, 1960년대의 한국문학사가 이른바 4 · 19세대 주도로 구성된 데 대한 새로운 문제제기를 통해 1960년대의 진보적 지성사에 대한 총체적 이해를 새롭게 하였으면 하는 바람이다.

---

11 「편집후기」, 『한양』, 1962. 3, 156쪽. 이후 본문에서 『한양』에 실린 글을 인용할 때는 각주에서 필자, 「글 제목」, 발간 년 월, 쪽수만을 밝히기로 한다.

12 지금까지 『한양』 소재 소설을 연구한 두 논자들(이헌홍과 한승우)도 "『한양』의 소설 중에서 재일한인 생활사를 그리고 있는 작품의 숫자는 그 비율이 매우 낮다. 반면에 이들은 국내 문제를 훨씬 더 많이 다루고 있"(이헌홍, 앞의 글, 114쪽)으며, "재일한국인이 만든 잡지임에도 불구하고 막상 『한양』에는 재일동포들의 이야기가 첨예하게 진행되어 있지 않을 뿐만 아니라, 그 편수 역시 많지가 않다. 이는 그들이 지향했던 바가 지금 그들이 처한 (일본에서의) 타자로서의 위치를 적극적으로 타파하기보다는 고국(한국)의 현실과 상황에 대한 성찰과 개혁이 더 중요하다고 생각했음을 보여준다".(한승우, 앞의 글, 254~255쪽)는 데서도 여실히 알 수 있다.

2. 빈곤의 극복과 '중농주의 서사'의 정치성

한국전쟁으로 피폐화된 국토는 자립경제의 기반이 송두리째 붕괴됨으로써 미국의 원조경제에 전적으로 의지할 수밖에 없었다. 전후 한국사회에 팽배한 절대빈곤은 한국사회가 당면한 제일의 해결과제였다. 그 단적인 실례로써 한국전쟁 이후 분단시대를 맞이하면서 남과 북의 1인당 국민총생산을 비교해볼 때 1961년 한국은 82달러임에 반해 조선민주주의인민공화국은 195달러로 2배 이상 앞서 있는 데서 알 수 있듯,[13] 1960년대의 한국 경제는 이루 말할 수 없는 궁핍함 그 자체였다.

『한양』에 실린 소설 역시 이 문제를 외면하지 않는다. 『한양』 소재의 소설들은 1960년대 한국사회의 절대빈곤의 문제를 외면하지 않는 가운데 그와 같은 문제와 밀접히 연동된 실업 문제를 주목하는가 하면, 박정희 정권의 근대화론에 대한 정치적 비판의 성격과 관련한 농업에 대한 주제의식을 선명히 드러낸다.

지금은 군중의 시대, 그리하여 민주民主의 깃발이 나부끼는 시대인데, 그것이 아니었다. 지금은 가난과 굴욕에 눌리워 어둠을 먹고 사는 서민庶民의 시대, 서양산西洋産 드라큘라들이 그 마지막 여명을 위해 그 앞잡이를 세우고 골목골목을 뒤지는 시대, 그리하여 마지막 제물로 옥동자를 바치고 통곡하는 시대였다.

---

13 황의각, 「남북한 경제의 구조와 역량」, 박기덕·이종석 편, 『남북한 체제 비교와 통합모델의 모색』, 세종연구소, 1995 참조.

훈은 다시 층계를 올랐다. 그는 그러한 심정을 이 층계를 오를 때마다 느끼곤 했다. 아닌게 아니라 이 층계 위에는 잡다한 빈민가들이 게딱지처럼 도사리고 있었다. 아우성, 웬 애들이 이리도 우글거릴가. 발을 마음놓고 딛을 틈도 없이 골목에는 아이들 천지였다. 헐벗은 골목, 훈이 느꼈던 어릴 때의 이 고장의 모습은 눈꼽만치도 찾아낼 도리가 없었다. 그리하여 높은 것 대신에 낮은 것, 깨끗한 것 대신에 더러운 것, 선한 것 대신에 악한 것만이 이 층계 위에 도사리고 있었다.[14]

작중인물 훈이가 힘겹게 오르는 층계 위에는 "빈민가들이 게딱지처럼 도사리고 있"는 "헐벗은 골목"의 세상이다. "가난과 굴욕에 눌리워 어둠을 먹고 사는 서민의 시대"일 뿐, "민주의 깃발이 나부끼는 시대"가 아니다. 경제적 궁핍이 얼마나 심한지, 이 암울한 절대빈곤에서 벗어나는 일은 요원하기만 하다. 『한양』의 1962년 8월호 '편집후기'에서, "우리는 무엇보다도 우선 '빈곤'으로부터 해방되어야 하겠다"고 언급하듯, 1960년대에 당면한 과제 중 가장 우선시되는 사회적 현안은 상대적 빈곤이 아닌 절대빈곤의 상태를 하루속히 극복하는 것이다. 절대빈곤의 극한적 현실은 김철수의 「어머니의 눈」(1962.8)에서도 읽을 수 있다. 남편과 맏아들을 잃고 하나 남은 아들을 키우는 여인은 아들의 중학교 입학금을 구하고자 자신의 피를 팔려고 한다. 하지만 "당신은 피를 뽑기는커녕 피를 넣어야 될 형편이오"[15]라는 말을 들을 만큼 그녀의 건강은 빈곤으로

---

14 박용숙, 「젊은 그들」, 1965.5, 207쪽. 박용숙은 1935년 함남 함주에서 출생. 1959년 『자유문학』을 통해 등단하여 한국에서 활동한 작가이다.

인한 영양실조로 피를 팔지 못하게 된다. 그러자 그녀는 어떻게 해서든지 자식의 입학금을 마련해야 한다는 일념 아래 자신의 눈을 팔려고까지 하지만, 이 역시 법적인 이유로 눈을 팔 수 없다. 얼마나 경제적으로 궁핍한지, 그녀가 자식의 입학금을 구할 수 있는 것으로 선택한 길은 그녀의 신체의 부분을 매매하는 일이다. 이렇게 1960년대 한국의 궁핍한 경제의 현실은 『한양』의 소설에 의해 적나라하게 그려지고 있다.

이 같은 1960년대 한국사회의 절대빈곤의 문제와 실업 문제는 밀접한 연관을 맺는다. 여기서 『한양』의 소설이 각별히 주목하고 있는 것은 이와 같은 경제적 어려움을 낳게 한 사회적 원인을 천착하는데, 그것은 절대빈곤의 문제를 (신체의 부분에 대한 매매를 통한 비정상적 방식을 통해서가 아닌) 정상적으로 해결하기 위해서는 무엇보다 일할 자리를 마련함으로써 스스로 경제적 궁핍을 극복할 수 있는 삶의 계기를 제공해주어야 한다는 점이다. 하지만 1960년대의 한국사회는 일할 능력을 갖춘 우수한 인재들에게 일할 기회를 균등하게 제공해주지 못하는, 사회적 권력을 소유한 자들의 역학 관계에 의해서 일자리가 제공되는 사회의 후진성이 지배한다. 『한양』은 바로 1960년대 한국사회의 이 같은 전근대성과 후진성을 신랄히 꼬집는다.

"그거 일이 아주 맹랑하게 됐는 걸"
필조는 그 다음 말부터는 귀에 똑똑히 인식되지 않았다.

---

15 김철수, 「어머니의 눈」, 1962.8, 182쪽. 작기의 이력을 확인할 수 없음.

"이런 말이 밖에 새나가면 큰 일이라고 총무께서 내 입에 뜸부터 놓데 만은…… 시험은 형식이었다는 걸세, 한사람은 시험 성적으로는 백 이십 몇째고 한사람은 이력서만 내었지 숫제 시험장엔 콧배기도 안 내민 사람이 뽑혔어, 시험 전에 이미 내정이 되었다는 걸세 허."

필조는 이 마지막 말에 정신이 바짝 난다.

"그럼 뭣 때문에 백삼십여 명 사람을 농락하는 건가요? 이력서를 써낸다. 시험준비를 한다 한동안 등이 달아 덤비게 하는 이유가 뭔가요?"

"회사측은 이유라면 이유, 필요라면 필요가 있다는 걸세"

"무슨요?"

"들어 뭘 하겠나, 불쾌만 하지, **아뭏든지 앞으로는 시험응모보다 빽을 운동하게**, 나따위 하급사원은 애초에 모르는 것만 못하게 됐네"

(…중략…)

"그러니 요즘 입사시험입네 뭡네 하는게 다 알 징조 아닌가. 저희 이 면치레 때문에 그 숱한 그사회에 처음 나서는 순진한 청년들 그 목 마른 구직자들을 마음대로 희롱하는 것 아니고 뭐겠나"[16] (강조 - 인용자)

1960년대 한국사회의 경제적 궁핍의 사회적 이면에는 이처럼 유능한 인재들이 고용 시장에서 정식으로 진입하지 못한 채 사회 전체에 만연돼 있는 이른바 '빽 문화', 즉 사회적 권력의 유무에 따른 부당한 방식에 의해 사회 진출이 결정되는 후진성을, 『한양』은 응시하고 있다. 능력

---

16 박영일, 「취직전말」, 1963.6, 174~175쪽. 작가의 이력을 확인할 수 없음.

을 갖췄음에도 불구하고 일자리를 얻지 못해 사회 변두리로 소외당한 사람들이 갖는 사회적 박탈감과 그것으로부터 빚어진 경제적 궁핍감은 서로 맞물린, 그리하여 1960년대 한국사회의 절대빈곤의 문제는 『한양』에 의해 부정부패가 사회 기저로 작동되는 사회구조적 차원으로 인식되고 있다.

그렇다고 『한양』이 이러한 경제적 궁핍으로 인한 사회의 부정한 문제를 고발하는 차원에서만 자족하는 것은 아니다. 『한양』 소재 소설에서 특히 눈에 띄는 주제는 농업과 관련한 작품들이 한 부류를 이루고 있다는 점이다. 대표적으로 천승세[17]의 「물꼬」(1963.12)와 「맥령」(1964.6), 김송[18]의 「백석고개─어느 귀농자의 수기」(1964.6), 강금종[19]의 「유전」(1964.8), 이동희[20]의 「공전」(1964.11), 이경희[21]의 「닭」(1965.11) 등과 같은 작품을 들 수 있다. 『한양』 소재의 소설에서는 비교적 많은 수의 작품이 농업과 관련한 주제를 다루고 있는데, 이것은 『한양』이 견지하고 있는 정치사회학적 입장과 매우 밀접한 관계에 있다. 『한양』은 창간 이후 지속적으로 한국사회의 '민주회복'의 문제를 중요하게 다뤘다. 무엇보다 『한양』은 조속한 시기 안에 5·16으로 인한 군정을 종식하고 민정으로 정치권력이 정상적으로 이월돼 한국사회의 민주주의의 기틀이 정립되기를 희구하였다. 왜냐하면 『한양』에게 '민주회복'과 '빈곤의 극복'

---

17 천승세. 1939년 전남 목포 출생. 1958년 『동아일보』 신춘문예를 통해 등단. 한국에서 활동한 작가.
18 김송. 1909년 함남 출생. 일제시대 연극운동에 투신. 희곡창작에 몰두하다가 1943년부터 소설창작에 전념. 1945년 순수 종합 문예지 『백민』을 창간. 한국에서 활동한 작가.
19 강금종. 1917년 제주 출생. 1963년 『자유문학』을 통해 등단. 한국에서 활동한 작가.
20 이동희. 1938년 충북 영동 출생. 1963년 『자유문학』을 통해 등단. 한국에서 활동한 작가.
21 작가의 이력을 확인할 수 없음.

은 동시에 추구해야 할 근대 기획의 쌍생아이기 때문이다.[22]

　하지만 한국사회는 1963년 12월 17일 제3공화국이 출범하면서 그
토록 희구하던 민정으로의 정치권력이 정상적으로 이월되지 않은 채 박
정희 정권의 '관주도 민족주의'에 의한 근대화론(로스토우 근대화론 및 내
포적 공업화론)의 열풍에 휩싸이고 만다. 『한양』이 경계한 것은 박정권의
일방적 근대화론에 의해 그 희생양이 되고 있는 농촌과 농업의 현실인
바, 『한양』은 "박정권의 근대화론에서 사각지대에 놓여 있는 농업의 근
대화론에 상대적으로 많은 비중을 두면서 박정권의 근대화론을 정치적
관점에서 비판적으로 성찰한 시각을 견지"[23]한다. 그래서 『한양』은 상당
수의 시론時論을 농업 문제와 관련한 성격의 글로 의도적으로 배치한 것
이다.[24] 말하자면, 『한양』은 박정권의 근대화론을 이른바 『한양』식 '중
농주의重農主義'로써 비판적으로 견제하면서 한국사회의 '민주회복'의 과
제를 동시에 실천하고 있는 것이다.[25]

　따라서 『한양』에서 보이는 일련의 농업 문제와 관련한 소설의 경우
이와 같은 『한양』의 매체사회학적 입장을 적극 고려해볼 때, 개별 작품이

22　"한국은 우선 민주주의를 재건하고 빈곤에서 탈피해야 할 긴급 요청을 받고 있다."(「권두언-자주
　　에의 모색」, 1962.8, 5쪽)
23　고명철, 앞의 글, 260쪽.
24　농업과 관련한 대표적 시론으로는 다음과 같은 것을 들 수 있다. 박형태, 「농업생산과 토지이용문제」,
　　1964.12; 주경균, 「한국농업정책의 회고」, 1965.5; 박영철, 「식량증산 7개년 계획」, 1965.5;
　　박형태, 「농업증산과 관개사업」, 1965.5; 박영철, 「외곡도입과 한국농업」, 1965.7; 정현종, 「한국
　　의 자립 안정농가 조성문제」, 1965.8; 박영철, 「한국농민들의 소득과 생활」, 1967.10; 임경암,
　　「한국의 도시와 농촌」, 1967.10; 박영철, 「미국원조와 한국농업」, 1967.11; 김경진, 「한국경제와
　　농업생산」, 1968.6; 박영철, 「농가소득과 농가부담」, 1968.6; 임경암, 「한국의 천수답 문제」,
　　1968.9.
25　이에 대해서는 고명철, 앞의 글, 258~260쪽 참조.

갖는 미적 가치를 두루 포괄한 매체의 장 속에서 또 다르게 확보되는 소설의 사회학적 의미를 가볍게 간과해서 곤란하다. 다시 말해『한양』소재 '중농주의 서사'는 한국사회의 농촌과 농민의 현실을 주목하면서 농업의 근대화를 추구하고자 하는 문제의식의 소산이 아닌, 박정권의 산업화(혹은 공업화) 일변도의 맹목적 근대화론을 경계하면서 '민주회복'의 과제를 동시에 추구하고자 하는『한양』의 근대적 기획의 산물로 인식해야 한다. 그것이『한양』에 실린 소설의 '중농주의 서사'가 지닌 정치성이다.

3. 한국사회의 정치쟁점과 '민주회복'의 서사

『한양』은 '민주회복'의 과제를 매우 중요한 사회적 의제로 설정하고 있다. 이것은 한국사회가 한국전쟁 이후 직면한 정치적·경제적 혼돈 속에서 자칫 민주주의의 기틀을 정립하기 어려울 수 있는 점을 염두에 둔 『한양』의 정치철학적 기조基調이다. 무엇보다『한양』은 일본에서 발행하는 현실적 여건으로 인해 한국과 정치적 거리를 둠으로써 한국사회의 '민주회복'의 장애물로 작용하고 있는 온갖 반민주적 행태와 구조에 대한 냉철한 비판의 목소리를 낼 수 있는 특장特長을 지니고 있다. 따라서 『한양』의 이러한 면모는 1960년대 한국의 진보적 지성사에서 그동안 결락돼 있던 진보적 매체의 위상을 재정립한다는 차원에서도 주목하지 않을 수 없다.

한국사회의 '민주회복'을 염원하는 『한양』의 정치철학은 소설에서 뚜렷이 읽을 수 있다. 그런데 이 같은 거시적 문제의식을 다루고 있는 1960년대 『한양』의 소설에서 각별히 눈에 띄는 것은 그 당시 한국사회에서 이렇다 할 실천을 하지 못한, 일본제국의 식민 지배에 적극 협력한 친일파의 문제를 본격적으로 언급하고 있다는 점이다. 1960년대에 한국에서 씌어진 소설들이 이 문제를 다루고 있지 못한 것을 고려해볼 때 『한양』의 소설이 친일파와 관련한 한국사회의 부정적 양상을 정면으로 다루고 있다는 것은 1960년대 한국문학사의 결락된 지점을 채워주기에 충분하다. 가령, 다음과 같은 부분을 보자.

일인 경제시찰단원들은 무심코 두 사람 쪽으로 시선을 돌렸다. 바로 그 순간이었다. 이쪽으로 눈길을 돌리던 일본인 중 한 사람이 김대부 씨의 얼굴을 유심히 보다가 그의 사팔뜨기 눈에 시선이 닿자 돌연 앞으로 한걸음 나섰다. 그리하여 조그만 소리로 불렀다.

"오—이 가네모도군자 나이까? 고레와 히사부리라다네"(여 가네모도군이 아닌가 퍽 오래간만일세!)

대머리통을 엇비슷이 세워 근엄한 얼굴에 무겁게 발걸음을 옮기던 김대부 씨는 자기를 보고 소리친 사람의 얼굴을 보자마자 그 자리에

"핫!"

하며 갈구리코가 땅에 닿도록 절을 하는 것이 아닌가.

(…중략…)

알고 보니 그 일인 시찰단의 한 사람은 바로 8 · 15직후 김대부 씨가

한복을 입혀 부산까지 데려다 주었고 밀선에 태워 보내준 '다쓰마'라는
그 사장이었다.

(…중략…)

이 비서는 오늘 저녁 일인들을 위하여 베풀어진 그 파아티를 피뜩 상
상해 보는데 자꾸만 반도 호텔 현관에서 연출하던 김대부 사장의 그 모습
이 그리로 덮쳐 간다.

처음에는 제법 뽐내듯이 머리를 엇세워 가다가 그네들이 그 어떤 말
한마디에 코가 땅에 닿던 타이가의 모습이.[26] (강조-인용자)

작중 인물 김대부는 일제시대부터 이승만 정권에 이르기까지 기회주
의자의 전형적 모습을 보여주면서 성공 가도를 달려온 인물이다. 그의 성
공에는 그의 일본인 사장 다쓰마를 몰래 일본으로 도피시켜주고, 미군정
의 도움으로 다쓰마의 재산을 고스란히 불하받았기 때문이다. 이후 그는
이승만 정권의 권력에 편승하여 부를 축적시키는데, 어느날 일본인 경제
시찰단원을 맞이하는 자리에서 바로 지금의 그가 성공하게 되는 데 바탕
이 된 일본인 다쓰마를 우연히 만나면서 무심결 일본제국의 피식민자로
서 굴종의 태도를 보인다. 김대부의 비서는 이와 같은 웃지못할 장면을
목도하는 가운데 한국사회에 침강돼 있는 식민의 역사적 치욕에 맞닥뜨
린다. 다쓰마의 가벼운 인사에 대해 김대부는 자동적으로 '핫!'이란 제국
의 노예로서 복종의 언어를 내뱉고 그것도 모자라 "코가 땅에 닿도록 절

---

26 성철, 「사상님과 비서」, 1963.1, 223~224쪽. 작가의 이력을 확인할 수 없음.

을 하"는 충복스러운 노예의 모습을 순간 재현한다. 그런데 더욱 심각한 문제는 김대부가 그러한 자신의 언행에 대해 스스로 대단히 만족하고 있다는 점이다. 김대부로서는 만족할 수밖에 없는 게 일본제국은 패망했지만, 그 패망의 결과 그는 일본인의 재산을 무상으로 불하받아 개인의 부와 명예를 달성한 것으로 족할 뿐, 제국주의 식민 지배에 협력한 친일파로서 역사적 반성을 해야 할 인식에 이르지 못하고 있다. 따라서 『한양』의 문제의식은 준열하다. 김대부의 비서의 눈에 비쳐진 친일파의 역사적 수치스러움을 부각시킴으로써 한국사회의 제대로 된 '민주회복'을 위해서는 일본제국의 식민 지배에 협력한 친일파의 문제를 한국사회가 주체적으로 해결해야 한다는 역사적 깨우침을 시사하고 있는 것이다.[27]

이와 같은 『한양』의 정치철학은 1960년대 한국사회가 당면한 정치적 쟁점들(3 · 15부정선거, 4 · 19혁명, 5 · 16군사쿠데타, 6 · 3한일협정)을 직접적으로 다룬 일련의 소설에서 읽을 수 있다. 1960년대 『한양』의 소설들은 한국사회의 첨예한 정치적 현안을 에돌아가지 않고 정면으로 다루고 있다는 점을 눈여겨보아야 한다.

---

27 한국사회에서 친일파에 대한 역사적 반성을 촉구하는 것은 힘든 일이다. 최근 괄목할 만한 성과가 있는 바, 민족문제연구소는 2009년 11월 8일 백범 김구 선생의 묘소 부근에서 8년간의 작업을 통해 일제시대 식민지 지배에 협력한 인사들의 친일행각과 해방전후 행적을 담은 『친일인명사전』 총 3권을 발간하여 공개했다. 한국근대사 전공 연구자 180여 명의 치밀한 고증과 연구의 집적체인 『친일인명사전』은 중국과 일본에 있는 문헌자료는 물론, 조선총독부직원록을 포함하여 관보 · 잡지 · 신문 등 3,000여 종의 문헌자료를 수집 · 분석하여, 친일행위자 4,389명의 명단을 밝힌 것이다. 여기서 분명히 해둘 게 있다. 우리가 냉철히 그리고 준열히 성찰하는 것은 우연한 계기를 통해 친일행위를 한 모든 사람들을 친일파로 단죄하는 게 아니라, 일본제국의 식민 지배의 내적 논리를 철저히 내면화함으로써 일본제국의 지배 권력에 적극적으로 협력한 사람들을 친일파로 호명한다는 사실이다. 가령, 정철의 「사장님과 비서」에서 김대부와 같은 인물이야말로 전형적인 친일파인 셈이다.

㉮ 별안간 거리 끝쪽에서 함성이 일어났다. 여러 사람이 외치는 함성이었다. 차도는 큰 걸음걸이로 행군해 오는 일대 시민들의 노도로 범람했다. 각자 목을 쳐들고 팔을 뻗쳐 휘저으며 소리소리 외친다. 하나하나 외치던 함성이 결국은 한 소리로 합쳐져 나중에는 전체의 고함으로 변했다.

"부정선거 타도하자!"

빼앗긴 민권을 되찾기 위한 데모였다. 아니 빼앗긴 자기 표와 권리를 되찾기 위한 투쟁이었다.[28] (강조 – 인용자)

㉯ "박선생님!"

고씨는 다시 와락 박교수의 손을 잡는다.

"저녀석이 무엇 때문에 죽었단 말입니까? 이나라 자식들은 길바닥에 먼지나 재자구 뿌린 피였더란 말입니까?"

고씨에게 있어 아들의 임종은 회상이 아니라 언제나 현재로 눈과 귀 앞에 되살아났다. 전우들이 들어주는 이승만의 하야下野 신문 호외를 바라보며 그 살신성인자殺身成仁者의 영원한 안도의 미소!

"어머니! 아버지! 신문에서 보셨지요?"

'만세! 만세! 방방곡곡 만세소리! 8 · 15 광복을 다시 만난듯, 이제는 살았다고 감격 또 감격!'

"우리나라도 인전 좋아집니다! 기쁘게 사십시오. 제가 누릴 행복까지 다 누려주십시오!"

---

28 오찬식, 「추회(追懷)」, 1965.6, 240쪽. 1938년 전북 남원 출생. 1959년 『자유문학』을 통해 등단. 한국에서 활동한 작가.

아들은 마지막 숨으로 이렇게 말하였던 것이다.

고씨의 우묵한 눈속에서는 눈물이 아니라 기름인듯 불꽃이 일었다.[29] (강조-인용자)

㉠ 강 구창은 아들을 찾는 동시에 6·3데모를 구경하려고 나왔다. (…중략…)

그러나 군인들은 보이지 않고 트럭을 탄 학생들이 고함을 지르고 메꾸고 달려가고 달려오며 구호를 웨치고 있었다.

그 구호란 것은 한일회담 반대니, 부정부패 제거니, 뭐니뭐니 그런 것이 아니고 노골적인 반정부 구호였다. ××권 타도, 가자가자 ×××로, 이런 따위로 듣기만 하여도 소름이 끼쳤다. 허줄그레한 어떤 사람은 담벼락에 오줌을 싸면서 욕설을 퍼붓고 실업자를 구제하라! 네가 잘나 일색이냐 하고 울분과 욕설을 터뜨리고 있다. 식후에 약주잔이나 기울인 모양이었다.

이 모든 풍경은 무저항 데모가 아니고 폭언·폭력 데모로 변질한듯 더구나 학생 속에는 일부 시민이 가담한 모양이므로 강 구창은 깊이 생각하지 않을 수 없었다. 어찌하여 한일회담 저자세 반대로 시작한 데모가 6·3에 와서 울분과 욕설로 발전하였을가? 군중심리라고만 볼 것인가?[30] (강조-인용자)

---

29 정철, 「생활의 아침」, 1964.5, 200쪽.
30 김송, 「무능자」, 1964.12, 213~214쪽.

위의 인용은 '㉠ 3 · 15부정선거, ㉡ 4 · 19혁명, ㉢ 6 · 3한일협정 반대 데모'와 직접 연관된 소설의 부분이다. 인용된 부분을 통해 알 수 있듯, 『한양』의 소설은 1960년대 한국사회에서 '민주회복'을 향한 강렬한 사회운동의 제양상을 정확히 응시하고 있다. 1960년대 한국에서 씌어진 소설들인 경우 ㉠, ㉡, ㉢와 같은 사회적 현안을 직접적으로 다루기에는 정치적 억압과 시련을 감당하기 쉬운 일이 아니었고, 이른바 4 · 19세대들은 4 · 19의 역사적 산물인 근대 시민의식의 각성을 내면화하면서 서구의 합리주의를 지탱시켜주는 '개인의 발견'에 초점을 두다보니, 사회적 근대성에 의한 '민주회복'의 정치적 욕망을 달성하는 문제에 대해서는 소홀히 하였다. 그리하여 '미완의 혁명'으로 끝난 4 · 19의 근대 시민의식의 구체성에 주목하였는가 하면, 5 · 16으로 인해 민주주의의 열망이 스러진 가운데 현실로부터 소외되었거나, 현실에 대한 허무주의로 귀착될 수밖에 없는 인물에 대해 탐구하면서 그들의 서사적 관심사는 소설적 주체의 "자기세계를 스스로 구축해내는 일에 정신의 방향을 기울"[31]였다.

이처럼 1960년대 한국의 현실 정치와 4 · 19세대가 추구한 서사적 방향을 염두에 둘 때, 『한양』의 소설이 보인 '민주회복'을 향한 욕망과 정치 의지는 결코 과소평가할 수 없는 『한양』 소재 소설의 사회학적 문제의식이다. 그동안 1960년대의 한국문학은 이들 4 · 19세대에 의한 문학사적 인정투쟁의 과정 속에서 『한양』의 소설이 보증한 진보적 문제의

---

31 정다비, 「사기 정립의 노력과 그 전망」, 『우리 세대의 문학』 1집, 문학과지성사, 1982, 233쪽.

식을 애써 외면하였다. 그러는 가운데 1960년대의 한국문학사, 특히 소설사는 양대 계간지『창작과비평』과『문학과지성』에서 주로 활동한 4·19세대의 미학으로만 점철되었다. 1960년대의 한국소설사를 특정 매체의 미학적 위상으로 독점적으로 이해하는 것은 이제 발본적으로 수정되어야 한다.

여기서 주목해야 할 또 다른『한양』의 소설은 남정현의「혁명이후」(1963.10)[32]이다. 남정현의 이 작품은 대단히 문제적인 작품으로, 한국사회 내부에서는 그 누구도 군정의 폭압 속에서 5·16에 대해 쉽게 문제를 제기할 수 없는데, 그는 특유의 풍자적 형식을 통해 5·16으로 정권을 장악한 군정의 정치적 횡포를 풍자한다. 그가 풍자하는 것은 군정이 헌법을 자신의 정치적 권력을 유지하기 손쉬운 쪽으로 제멋대로 간주하려 하는 현실이다. 그리하여 그는 "헌법은 우리 아기 잡기장雜記帳. 생각날 때마다 지우고 또 쓰고 하면 되는 것이다"[33]라고 풍자한다. 헌법이 정치군인의 정권 장악과 유지를 위한 차원으로 그 숭고한 가치가 스러졌다는 것을 말해준다.

그렇다고 군인軍人들의 말씀을 거역할 자유까지가 다 허용되어 있는 것은 아닌 것이다. 어쩌다가 군인들의 말씀에 한번 말참견을 하고 보면 이상하게도 칼 자루에서는 칼이 빠지고 그 총구銃口에서는 그만 걷잡을

---

32 이 작품은 한국에서 발행된『청맥』1964년 12월호에「혁명후기」란 제목으로 바꿔 발표되기도 하였다.
33 남정현,「혁명이후」, 1963.10, 247쪽. 1933년 충남 당진 출생. 1958년『자유문학』을 통해 등단. 한국에서 활동한 작가.

수가 없이 총알이 튀어 나온다니 이건 도무지 보통 이야기가 아닌 것이
다. 제대로 목숨을 유지할 수가 없다는 것이다. 뿐더러 나라의 기강紀綱이
흔들린다니 큰 일이 아닐 수 없는 것이다.

그래서는 못쓴다.

조그마한 인간이 그렇게 큰 일을 저지르며는 벌 받는다.

추종하여라. 좀 불쾌한 일이 있더라도 진득하게 참아야지. 추종하여
라. 군인들의 말씀을 하나님의 말씀인줄 알고 추종하여라.

그러나 나는 불행하게도 신자信者가 아닌 것이다.

하나님의 말씀이라고 해서 덮어놓고 신임할 수가 없는 것이었다.[34] (강조
－인용자)

초헌법적 절대권력을 소유한 정치군인을 상대로 한 작가의 풍자적 저
항 정신이 신랄히 드러나고 있다. 이 정치군인이 누구를, 그리고 어떠한
세력을 지칭하는지 독자들은 잘 알고 있다. 이러한 5·16 정치군인 세력
에 대한 소설적 풍자가 『한양』에서 만날 수 있는 것은, 거듭 강조하건대,
『한양』 고유의 정치철학에 바탕을 둔, 한국사회의 '민주회복'을 염원하
는 매체사회학적 위상을 간과할 수 없다.

---

34 남정현, 「혁명이후」, 248쪽.

4. 재일조선인의 민족의식과 역사감각

지금까지 살펴본 게 『한양』의 이중의 과제 중 한국이란 국민국가가 해결해야 할 '미완의 과제'인 4·19의 근대적 기획을 추구하는 데 역점을 둔 것이라면, 나머지 한 과제, 즉 '재일在日의 삶'을 사는 재일조선인이 당면한 문제적 현실에 대한 『한양』의 소설적 대응은 어떠한 것일까.

재일조선인은 "역사 서술의 주체 세력 입장에서 볼 때, 대부분 무학에 빈곤했던 이들은 계급적 약자였으며, 영토 밖에 거주하는 이들은 공간적 약자였고, 일본 문화에 어설픈 형태로 동화된 이들은 문화적 약자였다. 무엇보다도 민족적 범주의 변방에 위치한 그들은 민족적 약자였다."[35] 『한양』 소재 소설에서 이러한 재일조선인의 삶과 현실을 구체적으로 다룬 작품들을 만날 수 있다. 김철수의 「금부처」(1962.7)와 「떠나온 사람들」(1962.9), 강금종의 「혈맥」(1964.2)과 「낙조」(1967.11), 이학영[36]의 「곡」(1966.10), 김경식[37]의 「지도」(1967.8), 박영일의 「야화夜話」(1967.9), 김학영[38]의 「얼뜨기」(1967.11)와 「산 밑의 마을」(1968.12), 박일동[39]의 「악몽」(1968.8) 등이 대표적 작품이다.

이들 작품에서 우선 눈여겨 보아야 할 것은 재일조선인으로서 생존을 유지해야 하는 절박한 삶의 현실이다. 재일조선인은 '계급적 약자'이고

---

35 이붕언, 윤상인 역, 『재일동포 1세, 기억의 저편』, 동아시아, 2009, 9쪽.
36 작가의 이력을 확인할 수 없음.
37 작가의 이력을 확인할 수 없음.
38 김학영(1938~1985), 본명은 광정. 1938년 군마현(群馬縣) 출생. 1966년 처녀작 『얼어붙은 입』을 발표하면서 '문예상'에 입선. 제1세대 저명한 재일조선인 작가.
39 작가의 이력을 확인할 수 없음.

'공간적 약자'이며 '문화적 약자'이면서 '민족적 약자'인 4중의 고통을
감내하고 있다.

　　"경찰관도 신이 아니라 인간들이니까……자네는 자네 말대로 범인이
아니라치세, 그러나 자네 말만으로는 증거가 안 돼. 우리가 인정할 수 있
는 증거를 붙들때까지는 자네는 피의자로 지목 당해도 하는 수 없네. (…
중략…) 시말서 한장으로 자네를 선방 하려는 것은 자네 정상을 참작해
한다는걸 알란 말일세, 알겠나?"

　　(…중략…)

　　"군에 대한 정상참작이라니까! 외국 청년, 그것도 앞날이 있는 학생에
대한 경찰의 아량이며……정신 시말서를 못 쓸까?"

　　"죄 없는 사람에게 죄를 뒤집어 씌우지 마십시요!"

　　"좋다! 그러면 너이 모자를 수용소로 보내 버릴테니 그리 알아야."

　　필근은 귀에 비수가 스치는듯 선뜻하였다. 그러나 다음 순간 하도 어
이가 없어 서장의 얼굴을 쏘아보았다.

　　"수용소로요? 사람을 위협하지 마십시오. 나는 당신네가 말하는 소위
불법 입국자는 아닙니다.

　　"**흥 수용소란 불법 입국자만 가다덴줄 아느냐? 우리 일본 국민들과 한
사회에서 공동생활을 하기에 부적당하다고 인정되는 한국인은 수용소로 보
낼수도 있다**"

　　하고 서장은 다시 형사를 불러 정 필근을 도로 유치장으로 끌어가게
하였다.[40] (강조─인용자)

"무슨 팔자에 빠찡꼬 점방에 오면 다 만나게 되는지 원……."

할머니는 쯧쯧 혀를 차면서 영호의 아래 위를 살핀다.

"저런 것들까지 밀항을 하니 쯧쯧. 부모들 속이 얼마나 타겠니……"

또 한 여인이 고개도 들지 않고 짐을 꾸리면서 혼잣말 비슷이 한다.

"아저씨는 뭘 하세요?"

"허허, 하긴 뭘 해, ─그래 일은 힘들지 않니?"

그이는 지팡이를 겨드랑에 물린채 담배를 꺼내 문다. 그리고는 역시 옆을 살핀다. 그의 하나밖에 없는 발에는 어둠속에 유난히 희게 보이는 게다를 신고 있었다.

"조심해야 한다. 이렇게 게다를 신고 다녀도 위험하다."

자기의 발밑을 살피는 영호의 시선을 눈치챈 그이는 난감한듯한 표정으로 말하면서 담배 연기를 길게 내 뿜었다. 그리고 혼잣말로 "─비러 먹을 놈의"하고 뱃속에서 하던 그 홧기 뿜은 말을 중둥막음 하였다. 그 말은 늘 거기서 끝났다. 그만큼 그 말에는 많은 내력과 무게를 느끼게 하였다.[41]

(강조─인용자)

「금부처」에서 치과 의학도인 작중 인물 필근은 지난 날 일본제국의 조선총독부 고관이었던 집을 드나들다가 식민지 침탈 시기 조선에서 유입한 신라의 유물 금부처를 훔쳤다는 혐의를 받고 경찰 조사를 받는다. 그 과정에서 금부처를 훔친 사람이 고관댁 식구라는 사실이 밝혀졌음에

---

40 김철수, 「금부처」, 1962.7, 186쪽.
41 김철수, 「떠나온 사람들」, 1962.10, 172쪽.

재일디아스포라 문학의 글로컬리즘과 문화정치학

도 불구하고 차마 일본인이 물건을 훔쳤다는 치부를 드러내지 않기 위해 일부러 필근에게 혐의를 강제하고 잘못을 인정하는 시말서를 받아내려고 한다. 그러면서 일본 경찰은 서슴없이 일본과 국적이 다른 외국인과 함께 살 수 없다는 정치적 발언을 한다. 여기에는 과거 제국의 식민 지배자의 통치 욕망이 현재 진행 중에 있다는 것을 노골적으로 알 수 있다. 일본제국의 식민 지배자는 피식민자들보다 모든 면에서 우월한 가치를 지닌 존재로서,[42] 이것을 피식민자들이 인정 못할 경우 식민 지배자와 피식민자는 주종관계를 지니기에 함께 살 수 없음을 확인하는 것이다. 이러한 제국주의 논리는 일본제국의 패망 후에도 여전히 일본 사회에 침강돼 있다. 「떠나온 사람들」의 위 인용 부분에서 짐작할 수 있듯, 일본제국의 패망 후 상당수의 조선인들이 조국으로 귀환하였으나 조국에서 생존을 유지하기 어려운 자들은 또 다시 일본으로 밀항하여 재일조선인으로서의 험난한 삶을 살게 된다. 그들은 일본 사회에서 "죠센진노 쿠세니(조선 놈들이)!"[43]라는 모욕적 호칭과 온갖 천대를 받으면서 억척스럽게 생계를 꾸려나간다. 따라서 "비러먹을 놈의"라는 말에 담겨진 것은 이와 같은 재

---

42 일본인의 한국에 대한 우월의식은 제국의 식민 지배자로서 다음과 같은 왜곡된 인식에서도 확인할 수 있다. "식민지로서 지배했던 조선인에 대한 일본인의 지배의식, 우월자의식은 오늘날에도 여전하다. 이 왜곡은 중국에 대한 것보다도 지독하다. 예를 들어 오늘날 일중우호운동에 참간한 일본인은 이전에 중국생활 경험자가 새로운 중국의 거대한 힘을 인정하고 그 과거를 반성했다고 하는 경우가 많다. 그러나 일조우호운동에 참가하는 일본인은 조선생활을 경험하지 못한 일본인이 많고, 한편으로 옛날 조선에서 지배민족으로서 경험을 가진 일본인은 식민지 지배에 대한 반성을 하는 사람은 적으면서 또 오늘날 한일회담 지지자가 되어 있는 사례가 많다."(후지시마 우다이, 「38선의 형성과 우리 국민감정」, 『아사히 저널』, 1965.6.27; 윤건차, 『교착된 사상의 현대사』, 256쪽 재인용)

43 김철수, 「떠나온 사람들」, 171쪽.

일조선인의 고통, 즉 4중의 고통을 드러낸 그들의 실존적 언어라 해도 과언이 아닐 터이다.

이렇게 재일조선인으로서 생존을 연명하는 것 자체가 가장 큰 삶의 문제였고, 그 다음으로 중요하게 부각된 문제는 일본 사회에 정착하는 과정에서 부딪친 일상의 문제다. 그런데 1960년대 『한양』의 소설에서 예의 문제의식은 민족의식을 강하게 표방하는 것으로 드러난다.

> "흥 다 알고 있었군. 그럴 테지. 내가 미리 얘길 했으니까. 집에서도 얘기했거니와 난 당신네(한국사람)가 싫어졌단 말야. 난 일본여성과 결혼을 했어. 자식도 생겼고. 그리고 귀화 수속도 끝났단 말야. 필요하다면 위자료 얼마 줄 용의가 있으니 얘길 허슈."
>
> (…중략…)
>
> 美愛는 빨갛게 충혈된 눈망울로 淳平을 쏘아 보며
>
> "당신같은 철면피가 내 조국을 망치는 거야. 우리의 조국, 우리 한민족이 뭐가 잘못이고 나쁘단 얘기오. 나쁘다면 이 美愛 한 사람이라면 모르거니와 전체의 한국사람이 나쁘다니 이유가 뭐요 뭐냔 말요. 얘길 하시오 얘길 해!"
>
> (…중략…)
>
> "당신을 벌써부터 날 속이고 딴 여자와 결혼을 한 것이 안난 말이오, 한국이란 조국의 밉고 그 민족인 제가 밉다면 정정 당당히 나와는 이혼을 해얄 게 아니겠오. (…중략…) 당신에게도 한국이라는 조국의 피가 흐르고 있으니 아예 조국이 있다는 것만은 잊지 말아 주십시오."

美愛의 말은 잔소리처럼 길었으나 그녀의 말끝마다엔 숭고한 조국의 넋이 유유히 흐르는 애국심 그것이었다.[44] (강조-인용자)

작중인물 순평과 미애는 일본에서 부부사이인데, 순평이 미애 몰래 일본 여성과 결혼을 하였고 일본으로 귀화하여 재일조선인으로서의 삶에 종지부를 찍으려 한다. 이에 미애는 일본 우월주의(일본=근대 문명)에 사로잡힌 순평을 향해 조국과 민족을 배반한 행위를 신랄히 질책한다. 미애의 순평을 향한 원망은 남편이 외도를 한 것 자체를 문제 삼는 게 아니라 남편의 외도를 한 원인이 다름 아니라 재일조선인으로서 차별적 대우를 감내하며 사는 데서부터 벗어나, 아예 일본 국적을 취득함으로써 일본에서의 안정적 삶을 살기 위한 선택이 바로 반민족적 결단에 기인하기 때문이다. 1960년대까지는 이러한 재일조선인의 민족의식이 재일의 삶을 지배하는 일상의 논리로 작동하고 있었다.[45] 그리하여 1960년대 『한양』 소재 소설에서는 투철한 민족의식을 표방하는 작품이 곧잘 눈에 띈다.[46] 이것은 『한양』이 줄곧 견지한 정치철학의 입장이며 역사감각과

---

44 강금종, 「낙조」, 142~143쪽.
45 "재일조선인은 식민지 시대, 그리고 일본 패전 후 약 1960년대부터 70년대까지는 상당한 정도 명확한 민족의식을 가지고 있었다고 보인다. 시기적으로 언제까지라고 엄밀히 말할 수는 없지만 일본의 고도경제성장과 더불어 '조선인 부락'이 해체되고 대다수가 중산층화되기까지는, 일본인과는 분명히 다른 역사감각과 자기의식을 지녔다. 이것은 '일본', '일본인'에 대한 대항적인 자세를 취했다는 점에서 민족에 얽힌 가치의식, 요컨대 '민족의식'이었다고 할 수 있다."(윤건차, 이지원 역, 『한일근대사상의 교착』, 문화과학사, 2003, 319쪽)
46 이러한 주제의식을 표출한 작품 중 강금종의 「혈맥」과 박일영의 「야화」는 반민족적 작태에 대한 강렬한 저항을 드러낸다. 강금종의 「혈맥」의 끝부분에는 일제말 더욱 기승을 부리는 황국신민의 서사 암송과 경방단 훈련을 강제하는 일본군과 부일(附日) 협력자를 향해 저항의 행동을 보여주며, 박일영의 「야화」에서는 창씨개명을 강요하는 데 대한 격렬한 부정의 항변을 다음과 같이 거침

맥락을 함께 한다. 『한양』은 서구식 근대화 담론에 대한 맹목화를 경계하고 한국의 주체적 근대화를 이뤄내기 위한 담론적 실천을 강구하였다. 더욱이 조국을 떠나 일본 사회에서 재일의 삶을 살 수밖에 없는 재일조선인들에게 민족주의적 성향을 표방함으로써 민족적 정체성을 잃지 않으려고 하는 것은 『한양』이 창간호부터 우직하게 지켜온 매체사회학적 입장이기도 하다.

5. 정리 및 과제

지금까지 『한양』에 실린 소설의 문제의식을 살펴보았다. 일본에서 발행되었기에 『한양』은 한국사회의 온갖 정치적 금기와 억압으로부터 자유로울 수 있었다. 이것은 『한양』이 지닌 가장 큰 특장特長으로 1960년대 진보적 지형도에서 결코 과소평가할 수 없는 매체사회학적 위상을 지닌다. 이러한 『한양』의 매체사회학적 위상은 『한양』에 실린 소설을 통해서도 확연히 읽을 수 있다.

없이 보여준다 : "욕에 마지막 욕이 성을 갈라는 말이며 맹서에 마지막 맹서가 성을 갈겠다는 다짐이다. 이 욕을 우리더러 먹으라며 이 다짐에 우리더러 굴종하라는 것은 우리 민족의 마지막 체모, 마지막 지조, 마지막 정조를, 요즘 문자로 말하면 우리의 최후 저항선을 점거하자는 술책이다. // 이 점령을 당하고도 어느 입으로 다시 조상을 말하며 다시 자손을 말할 수 있단 말이냐? // 바로 우리 입에서 다시는 그런 말이 못나오게 만드는 수단이다. // 단 한명이 남아도 좋다! 우리 조상을 말할 수 있고 우리 자손을 말할 수 있는 사람이 남자! 나 죽은 뒤에라도 구니모도 녀석들과 기무라 녀석들은 우리 선조들과 내 무덤에는 근처에도 얼씬 못하게 하리라."(246쪽)

우선,『한양』의 소설은 한국전쟁 이후 자립경제의 기틀이 붕괴된 현실에서 곳곳에 만연된 절대빈곤의 현실을 직시하며 이러한 빈곤을 극복하는 데 걸림돌로 작용하고 있는 한국사회 내부의 후진성과 전근대성을 예각적으로 짚어낸다. 그러면서 빈곤과 민주회복은 쌍생아의 관계로 파악하여, 박정권의 관주도 민족주의에 입각한 공업화 중심의 근대화론에 대한 정치적 비판의 성격을 띤 또 다른 근대의 기획, 즉 중농주의를 뒷받침하는 농업과 관련한 소설이『한양』을 통해 발표된다.

『한양』의 이러한 정치철학은 민주회복의 염원과 그 맥락을 함께 하는 바, 이를 이루기 위해서는 일본제국의 식민 지배의 역사를 제대로 인식하여 그것을 슬기롭게 극복해야 한다. 또한 1960년대의 일련의 정치적 쟁점들(3·15부정선거, 4·19혁명, 5·16군사쿠데타, 6·3한일협정반대)에 대한 역사적 응시를 통해 한국사회의 주체적 역량으로써 민주회복의 과제를 해결해야 한다는 의지가 소설을 통해 드러나고 있다.

뿐만 아니라『한양』의 소설은 재일조선인으로서 재일의 삶을 살고 있는 현실적 문제들에 대한 서사적 성찰을 하고 있다. 물론 여기에는 1960년대의 시대가 갖는 역사감각을 몰각할 수 없다. 이 시기에 재일조선인 사회를 지배하고 있는 강렬한 민족의식은 재일조선인의 민족적 정체성을 견인하는 데 핵심적 역할을 맡는다. 1960년대 재일조선인에게 민족주의는 그들이 일본 사회에서 억척스럽게 살아갈 수 있는 삶의 원동력을 제공해주었다는 점을 주목하지 않을 수 없다.

그런데『한양』소재 소설을 검토하면서 앙금처럼 남아 있는 문제는 몇 작가를 제외하고는 작가의 정확한 실체를 확인할 수 없다는 사실이다. 『한양』의 정치철학과 매체사회학적 위상에서 이들 작가의 작품이 갖는 문제성이 결코 평가절하할 수 없는데, 아쉽게도 『한양』 소재 작가 중 그 실체를 확인할 수 없는 작가들이 존재한다. 이후 『한양』에 대한 연구는 다각도로 진행되겠지만, 무엇보다 『한양』에서 발표되고 있는 작가의 존재에 대한 연구가 반드시 이루어질 필요가 있다.[47] 이것은 『한양』에 대한 진전된 연구뿐만 아니라 재일조선인 문학을 온전히 이해하는 데도 큰 몫을 담당하기 때문이다.

끝으로 이 글의 서두에서도 언급했듯, 최근 『한양』에 대한 연구 성과가 축적되고 있는 만큼 1960년대의 진보적 지성사에서 결락된 채 인식된 지성사의 지형도를 발본적으로 수정하고, 특히 1960년대 이후 『창작과비평』으로 수렴된 진보적 매체사회학의 위상을 재정립해야 할 것이다. 그것이 바로 『한양』과 『한양』에 대한 연구가 갖는 현재성이다.

---

47 『한양』에 대한 기존 연구자들이 대체적으로 수긍하듯, 『한양』의 필자들은 명확히 한국과 일본에서 활동하는 경우를 제외하고는 대부분 실명이 아니다. 또 한국의 필자이지만 실명을 거론하는 게 정치적 부담이 되는 경우 역시 실명이 아닐 가능성이 농후하다. 이에 대해서는 『한양』의 발행인인 김재인을 일본에서 직접 만나 필자를 확인하려고 한 이재홍과 하상일의 언급을 통해 알 수 있다. 김재인은 아직까지 그들 필자에 대해서는 구체적 정보를 어느 것 하나 확인해줄 수 없다고 한다. 그런데 필자는 어느 우연한 자리에서 중앙승가대 김령 교수와 자리를 함께 하게 되었는데, 그로부터 놀라울 만한 얘기를 전해들었다. 『한양』의 창간사를 직접 집필한 사람이 자신의 아버지이며, 자신이 그때는 몰랐지만 『한양』에 게재할 국내 필자들의 원고를 직접 심부름했다는 사실이다. 창간사를 직접 집필할 정도면, 모르긴 모르되, 『한양』의 창간과 깊숙한 연관을 맺고 있을 뿐만 아니라 『한양』의 국내 필자의 원고를 딸에게 심부름 시킬 정도면 더욱 깊숙한 연관을 맺고 있을 가능성이 짙은 것으로 보인다. 그러면서 『한양』이 박정권의 정치적 탄압을 받게 되면서 그의 집안 역시 정치적 어려움을 겪었다고 한다. 그는 그동안 험난한 삶을 반추하면서 그의 지금 이름은 원래 이름이 아니고, 몇 차례나 이름을 바꾸었다고 한다. 그는 자신이 죽은 이후 그의 부친이 행한 활동에 대한 모든 것을 공개해도 무방하다고 그 자식들에게 말했다고 한다. 『한양』의 발행과 관련된 것은 여전히 직접 관련자의 증언이 뒤따르지 않는 한 자욱한 안개에 갇혀 있는 셈이다.

『계간 삼천리季刊三千里』의
민족정체성과 이산적 상상력

최범순

1. 시작하며

본 논문은 재일조선인들이 일본어로 간행한 『계간 삼천리季刊三千里』라
는 자료를 소개하는 데 일차적인 목적이 있다. 최근 재일조선인 문학에
대한 관심이 높아지는 가운데 개별 작가 단위의 연구는 진척을 이루었지
만 개별 작가들이 공유했던 언설 공간에 대한 연구는 부족한 부분이 많
다.[1] 이에 1975년 2월에 창간되어 1987년 5월에 종간될 때까지 당시 재

---

1   주요한 선행연구로는 유숙자, 『在日한국인 문학 연구』, 월인, 2000; 나카무라 후쿠지, 『김석범
  화산도 읽기―제주 4 · 3 항쟁과 재일한국인 문학』, 삼인, 2001; 홍기삼, 『재일한국인 문학』, 솔,
  2001; 김환기, 『재일디아스포라 문학』, 새미, 2006; 한승옥 외, 『재일동포 한국어문학의 민족문
  학적 성격연구』, 국학자료원, 2007; 김학렬 외, 『재일동포 한국어문학의 전개양상과 특징연구』,
  국학자료원, 2007; 전북대 재일동포연구소 편, 『재일동포 문학과 디아스포라』, 제인앤씨, 2008
  등이 있다. 이 가운데 『재일동포 한국어문학의 민족문학적 성격연구』와 『재일동포 한국어문학의

일조선인들의 주요한 언설 공간이었던『계간 삼천리』를 소개하는 것은 매우 의미 있는 작업이라고 생각한다.

총 50호에 걸친『계간 삼천리』는 당시 한일 양국의 사회상황, 한일 관계사, 한일 문화사, 일본사, 재일조선인 역사, 재일조선인 문학 등의 다양한 내용을 담은 매체였으며 유수의 일본 지식인들이 대담 및 기고 형태로 적극 참여했던 공간이다. 문제의식의 폭, 구성원들의 다양성, 간행 기간 등의 측면 등을 고려하면 재일조선인 연구에서 중요한 위치를 차지하는 잡지로 평가할 수 있다.

『계간 삼천리』의 문제의식은 창간사가 잘 보여준다.

조선을 가리켜 '삼천리 금수강산'이라고도 한다. '수려한 산하의 조선'이라는 의미이다. 잡지『계간 삼천리』에는 조선민족의 염원인 통일의 기본방침을 밝힌 1972년의 '7·4 공동성명'에 입각한 '통일된 조선'을 실현하기 위한 절실한 염원이 담겨 있다.

가느다란 강줄기 같은 거리밖에 떨어져 있지 않은 조선과 일본은 아직 '가깝고도 먼 나라'이다. 우리는 조선과 일본 사이에 복잡하게 엉킨 실타래를 풀고 상호 이해와 연대를 꾀하기 위한 가교 역할을 하고자 한다.

이와 같은 염원을 실현하기 위해 재일동포 문학자 및 연구자와 교류

전개양상과 특징연구』는『조선신보』,『문학예술』,『겨레문학』과 같은 정기간행물을 기초자료로 삼았으나『계간 삼천리』를 언급한 연구로는 이소가이 지로〔磯貝治良〕,「재일조선인 문학 세계(在日朝鮮人文学の世界)」를 인용한 소재영의「재일동포 문학의 민족문학적 성격 연구」정도이다. 이 논문은 2009년에 발표한 글을 수정·보완한 것이다. 발표 이후 관련 연구는 참고문헌 부분에 보충했다.

를 넓혀 갈 것이다. 또한 많은 일본인 문학자 및 연구자와도 연대를 강화해 갈 것이다. 더불어 우리는 독자의 목소리를 존중하며 그것을 본지에 반영할 생각이다.

지금까지의 경험에 비추어 우리에게는 여러 가지 곤란이 예상된다. 하지만 우리는 그러한 곤란을 뛰어넘어 우리의 염원을 실현시켜 갈 것이다.

창간사에서 가장 먼저 눈에 띄는 것은 한반도 통일에 대한 '절실한 염원'이다. 이는 7 · 4 남북 공동성명이 『계간 삼천리』 창간에 중요한 요인으로 작용했기 때문이다.[2] 인용한 창간사는 7 · 4 남북 공동성명이 당시 재일조선인 사회에 얼마나 큰 기대를 안겨주었는지를 보여주는데, 이러한 기대는 이후의 남북관계를 지켜보는 가운데 적지 않은 혼란과 실망감으로 이어졌을 것이다.

한반도 통일에 대한 『계간 삼천리』의 기대감은 7 · 4 남북 공동성명이라는 직접적인 계기와 더불어 재일조선인들이 겪었던 역사적 경험에서 비롯된 것이기도 하다. 잡지에 실린 많은 글들이 보여주듯이 재일조선인들은 자신들이 처한 상황을 분단 상황과 연동시켜서 인식했다. 이러한 인식은 1945년 이후 한반도 상황이 재일조선인 사회에 끼친 영향을 감안하면 당연한 결과이다. 분단 상황은 해방 직후 한반도로 돌아가려던 많은 재일조선인들을 일본에 머물게 만들었고 이후의 남북관계는 재일조선인 사회에 적지 않은 갈등을 야기했다. 이러한 경험들을 통해 재일조선인들

---

2   창간호 편집후기를 보면 준비기간이 2~3년 있었다고 적고 있다. 따라서 1975년 창간을 기준으로 역산하면 7 · 4 남북공동성명이 발표된 시기와 일지한다.

은 한반도 상황을 자신들 문제의 중요한 요인으로 파악하게 되었고 분단 상황 해소가 문제 해결과 직결된다고 인식하게 되었던 것이다.

창간사가 언급하고 있지는 않지만 『계간 삼천리』 창간의 또 하나 중요한 요소는 재일조선인 사회의 변화이다. 8호에 게재된 강재언의 「재일조선인의 65년」은 1974년 현재 65만 재일조선인 가운데 40세 미만이 73%를 차지하며 일본 출생자가 75.6%에 달한다는 사실을 지적하는데, 이는 『계간 삼천리』가 왜 1975년에 창간되어야 했는지를 잘 설명해 준다. 재일조선인의 역사에서 1970년대가 지니는 중요성은 바로 이러한 변화에 근거한 것이며 당시 『계간 삼천리』 창간 멤버들 또한 이와 같은 상황을 간과할 수 없었던 것이다. 재일조선인 특집은 창간 후 2년이 경과한 제8호에서 처음 꾸려지지만 이후 해당 특집은 적어도 1년에 1회 정기적으로 기획된다.[3]

창간사가 예견했듯이 13년에 걸친 『계간 삼천리』의 행보는 결코 순탄하지 않았다. 예를 들어 김석범은 창간호에 게재한 「당파를 싫어하는 것이 당파적이라는 사실」이라는 글을 통해 '비당파성'을 표방한 민단 계열 잡지 『계간 마당』의 태도를 비판하는데 이로 인해 명예훼손 혐의로 고소를 당하게 된다.[4] 재판에서 피고소인은 김석범 개인이었지만 이는 결코 그에만 국한된 사건이 아니라 『계간 삼천리』와 『계간 마당』이 추구하는 정치적 지향성의 차이에서 비롯된 것이었다. 『계간 삼천리』는 이

---

3 5호 편집후기란을 보면 독자들이 '과거 10년간의 '한일조약' 체제', '오늘날의 재일조선인 문제', '교과서에 보이는 조선 이미지' 등의 문제를 특집으로 기획할 것을 요구했음을 확인할 수 있다.

4 김석범은 본문에서 소개한 문장으로 인해 고소를 명예훼손 혐의로 고소를 당하며 일련의 재판 상황을 6호~13호에 걸쳐 「왜 재판인가(なぜ裁判か)」라는 제목으로 알리다가 중단한다.

밖에도 조총련계 신문인『조선신보』와도 갈등을 겪는데,[5] 이와 같은 일
련의 사건은『계간 삼천리』가 지향하고자 했던 방향성을 단적으로 보여
준다. 1960년대까지 격렬한 이데올로기 갈등을 거친 재일조선인 사회는
앞서 제시한 1970년대의 변화된 상황에 직면해서 새로운 정체성 확립의
필요성을 절감했고 그에 따른 모색작업이『계간 삼천리』를 통해 이루어
지기 시작했던 것이다.

『계간 삼천리』는 구체적인 실천의 거점이기도 했다. 제4호에는 'NHK
한국어강좌' 개설을 요구하는 글이 실려 있는데 이후 7여년에 걸친 활동
을 통해 마침내 소기의 목적을 달성하며, '교과서 안의 조선' 연재와 교과
서문제 시민강좌를 통해 일본사회의 조선 인식에 대해 지속적으로 문제
제기를 한다. 또한『계간 삼천리』는 현대 한국사회를 이해하는 데에도 중
요한 참고자료가 된다. 한국현대사의 중요한 정치적 사건들에 대해 당시
한국에서는 자유롭게 발언할 수 없었지만 일본에서 간행된『계간 삼천
리』에서는 상대적으로 자유로운 발언이 가능했기 때문이다.[6] 이 밖에 당
시 한일 관계를 다룬 글에는 '일한 유착'이라는 단어가 심심치 않게 등장
하는데 이는 현대 한일 관계의 한 측면을 정확하게 지적한 것이다.

이상에서 제시한 문제의식과 창간배경을 지닌『계간 삼천리』에 대한

---

5 『조선신보』는 1979년 8월 10일자 기사에서『계간 삼천리』를 일본어로 간행하는 것과 김달수와
   김석범이 각각 자신들의 작품인『비망록(備忘錄)』과『왕생이문(往生異聞)』을 일본 잡지에 게재한
   것을 비난하는 기사를 싣는다. 이에 대해『계간 삼천리』는 20호에「조총련 한덕수 의장에게 묻는
   다(総連·韓徳銖議長に問う)」라는 좌담회 기사와 함께 針生一郎와 김석범의 반박문을 게재한다.
   반박문은 각각「비판은 정당한가(その批判は正当か)」,「「민족허무주의의 소산」에 대해서」.(「民族
   虚無主義の所産」について)
6 『계간 삼천리』에는 인혁당 사건과 제주 4·3 관련 논문, 평론, 수필이 게재되어 있다.

연구는 최근 본격적으로 시작되었다. 이에 본고는 먼저 잡지의 전체적인 틀과 내용을 개략적이나마 소개하고, 이어서 재일조선인 관련 특집에 초점을 맞추어 『계간 삼천리』가 추구했던 새로운 정체성의 내용을 확인함과 동시에 그것이 문학적으로는 어떻게 구현되어 있는지를 잡지에 게재된 소설을 중심으로 살펴보고자 한다.

2. 『계간 삼천리』의 외형적 틀과 '특집'란의 문제의식

앞서 밝혔듯이 재일조선인들이 일본어로 간행한 『계간 삼천리』는 1975년에 창간되어 매해 2월(봄), 5월(여름), 8월(가을), 11월(겨울)에 발간되었으며 1987년 5월의 50호를 마지막으로 종간되었다. 편집위원의 한 사람이었던 윤학준尹学準은 창간호 편집후기에서 "우리들의 공동 작업으로는 마지막 작업이다"라고 선언하는데 이는 그를 포함한 창간 멤버들이 재일조선인 사회를 둘러싼 시대상황의 변화 속에서 어떤 마음가짐으로 임했는지를 잘 보여준다. 더불어 종간을 앞둔 49호 편집후기에 실린 「종간 예고문」은 창간 당시의 문제의식을 다시 한 번 되새긴 후 "일찍이 설정한 목표대로 50호로 종간한다"고 밝힌다. 13년에 걸친 잡지 발간 작업은 애초에 시한을 설정한 작업이었던 것이다. 이러한 시한 설정 또한 편집위원들이 지녔던 진지함과 사명감을 보여주는 것이다.

『계간 삼천리』에는 재일조선인들뿐만 아니라 많은 한국인과 일본인도 참여했는데 잡지의 기획과 발간은 7인으로 구성된 편집위원회가 담당했다. 창간호 '편집후기'란 밑에는 강재언姜在彦, 김달수金達寿, 김석범金石範, 박경식朴慶植, 윤학준, 이진희李進熙, 이철이 편집위원으로 이름을 올리고 있다. 강재언, 박경식, 윤학준, 이진희는 역사 연구가이고 김달수와 김석범은 재일조선인 문학의 제1세대를 대표하는 문학자이며 이철 또한 시 창작을 중심으로 한 재일조선인 문학자이다. 이렇게 구성된 편집위원들이 『계간 삼천리』의 틀을 잡았고 그 기본 목차와 편집 순서는 다음과 같다.

- 가교架橋 : 주로 일본인 필자들의 한국 체험과 감상
- 특집란 : 각 호의 특집관련 대담, 논문, 수필
- 연재란 : 한일 근대사·교류사, 한국문화, 재일조선인 역사 관련
- 문학란 : 소설, 시, 문학평론, 한국문학 소개
- 온돌방 : 재일조선인 및 일본인의 독자투고
- 편집후기

이 밖에 기본 목차 중간에는 '연재'란 및 '문학'란과 관련된 평론, 수필, 논문 등이 배치되었다. 9호까지는 210여 페이지, 10호 이후부터는 250에서 300페이지 분량으로 간행되었다.

『계간 삼천리』의 외형적 틀에서 먼저 주목을 끄는 것은 '가교'란의 위치이다. 창간호를 제외한 모든 호에서 '가교'란은 제일 첫머리에 자리 잡고 있다.[7] 편집위원들은 창간사에서 "한일 간의 상호 이해와 연대를 위한

가교 역할을 하고자 한다"고 밝혔는데 '가교'란의 위치는 이와 같은 문제의식을 구현한 것이다.

잡지의 외형적 틀에서 또 하나 흥미로운 점은 창간사를 매우 의식적인 주기로 반복 게재했다는 사실이다. 창간호 다음으로 창간사가 게재되는 것은 10호(1977.5)인데 이후 17호(1979.2)부터는 매해 봄호에 게재되며 그와 동시에 10호 단위마다 정기적으로 게재된다. 이는 창간 당시의 문제의식을 주기적으로 상기시켜 긴장감을 유지하려는 편집위원들의 태도를 보여주는 동시에 잡지 간행을 지속하는 것이 결코 순탄치만은 않았음을 말해주는 것이기도 하다.

13년에 걸쳐 간행된 『계간 삼천리』의 기본 목차는 거의 변화를 보이지 않는다. 그 가운데 '나에게 있어서 조선, 일본'란이 13호(1978.2)부터 신설된 것이 유일한 변화이다. 이러한 신설란의 등장은 앞서 언급한 1970년대 후반부터 현저해진 재일조선인 사회의 변화와 연동된 것이다. 문경수는 39호(1984.8)에 게재된 「재일에 대한 의견」이라는 글에서 "'정주화' 문제가 자각적으로 논의되기 시작한 것은 1970년대 중반 이후부터"라고 지적한다. 이와 같은 지적을 참고하면 '나에게 있어서 조선과 일본'란 신설에는 한국과 일본 양자의 의미를 재고찰하려는 재일조선인들의 의식이 작용했던 것이다. 이러한 문제의식은 제18호(1979.5)에 게재된 김석범의 「'재일'이란 무엇인가」에서도 확인할 수 있다. 1970년대 중반 이후에 재일조선인들은 자신들의 정체성을 새롭게 고민해야 할 필요

---

7   유일하게 창간호만 김지하 관련 '대담'을 제일 첫머리에 놓고 있다. 이는 당시 김지하 사건에 대한 관심의 정도를 보여주는 것으로 이해할 수 있다.

〈표 1〉 특집란 주제 일람

호수	간행 연월	특집 주제	비고
1	1975.2	金芝河	
2	1975.5	朝鮮と「昭和五十年」	
3	1975.8	江華島事件百年	
4	1975.11	日本人にとっての朝鮮	
5	1976.2	現代の朝鮮文学	
6	1976.5	今日の日本と韓国	
7	1976.8	古代の日本と朝鮮	
8	1976.11	在日朝鮮人	재일조선인 관련 특집
9	1977.2	近代の朝鮮人群像	
10	1977.5	韓国の民主化運動	
11	1977.8	日本人と朝鮮語	
12	1977.11	在日朝鮮人の現状	재일조선인 관련 특집
13	1978.2	朝鮮の友だった日本人	
14	1978.5	歴史の中の日本と朝鮮	
15	1978.8	八・十五と朝鮮人	
16	1978.11	朝鮮を知るために	
17	1979.2	三・一運動六〇周年	
18	1979.5	在日朝鮮人とは	재일조선인 관련 특집
19	1979.8	文化からみた日本と朝鮮	
20	1979.11	在日朝鮮人文学	재일조선인 관련 특집
21	1980.2	近代日本と朝鮮	
22	1980.5	「四・一九」二十周年と韓国	
23	1980.8	朝鮮・二つの三十六年	
24	1980.11	いま在日朝鮮人は	재일조선인 관련 특집
25	1981.2	朝鮮人観を考える	
26	1981.5	朝鮮の統一のために	
27	1981.8	朝鮮の民族運動	
28	1981.11	在日朝鮮人を考える	재일조선인 관련 특집
29	1982.2	高松塚古墳と朝鮮	
30	1982.5	朝鮮の芸能文化	
31	1982.8	十五年戦争下の朝鮮	
32	1982.11	教科書の中の朝鮮	
33	1983.2	東アジアの中の朝鮮	
34	1983.5	近代日本の思想と朝鮮	
35	1983.8	今日の在日朝鮮人	재일조선인 관련 특집
36	1983.11	関東大震災の時代	

37	1984.2	江戸期の朝鮮通信使	
38	1984.5	朝鮮語とはどんなことばか	
39	1984.8	在日朝鮮人と外国人登録法	재일조선인 관련 특집
40	1984.11	朝鮮の近代と甲申政変	
41	1985.2	日本の戦争責任とアジア	
42	1985.5	在日外国人と指紋押捺	
43	1985.8	朝鮮分断の四十年	
44	1985.11	海外在住朝鮮人の現在	
45	1986.2	再び教科書の中の朝鮮	
46	1986.5	'80年代・在日朝鮮人はいま	재일조선인 관련 특집
47	1986.8	植民地時代の朝鮮	
48	1986.11	戦後初期の在日朝鮮人	재일조선인 관련 특집
49	1987.2	「日韓併合」前後	
50	1987.5	在日朝鮮人の現在	재일조선인 관련 특집

성을 절감했던 것이다.

『계간 삼천리』에서 편집위원들의 노력이 돋보이는 부분은 매호 기획된 '특집'란이다. 3개월마다 간행되는 잡지로서 다양한 내용을 담아내는 것만으로도 쉽지 않았을 터인데『계간 삼천리』는 매호 특집을 기획해 당시의 중요한 이슈와 역사적 테마를 다루었다. 각 특집란의 주제는 위 표와 같다.

특집란 주제는 '김지하, 일본의 전쟁책임과 아시아, 아시아 속 조선, 해외거주 조선인의 현재' 등을 제외하면 한일관계 약 19회, 한국 관련 약 16회, 재일조선인 관련 11회 꼴로 꾸려졌다. 이와 같은 특집의 내용 안배는 창간사에서 표방한 한국사회에 대한 관심과 새로운 한일관계에 대한 열망을 잘 나타내준다고 할 수 있다. 재일조선인 관련 특집의 경우는 8호 이후 정기적으로 기획되었음을 확인할 수 있는데 이와 더불어 마지막 특집을 '재일조선인의 현재'로 기획한 것은 종간 시점에서『계간 삼천리』가 어떤 문제를 가장 고민했는지를 잘 보여준다.

개별 특집의 기획의도와 배경을 파악하는 데는 편집후기가 좋은 참고가 된다. 예를 들어 한일관계 관련 특집의 경우 2호에서 '조선과 쇼와 50년'이라는 주제를 다루고 있는데 편집 후기에서 그 기획 의도를 다음과 같이 밝히고 있다.

1926년부터 시작된 쇼와라는 시간의 전반부는 전쟁으로 점철된 시간이었고 이어지는 후반부는 일본에서 1945년 이후를 의미하는 전후의 시간이다. 그런데 이러한 전반부와 후반부 어느 시간대에서도 한국은 일본이라는 강력한 자장에서 자유롭지 못했다.

인용문은 2호 특집이 어떤 문제의식에서 기획되었는지를 잘 보여주는 동시에 『계간 삼천리』가 무비판적으로 한일 관계 개선을 추구했던 것이 아님을 확인시켜 준다. 『계간 삼천리』는 역사적 검증과 비판적 고찰을 전제한 한일관계 개선을 지향했던 것이다. 이는 2호에 이어진 3호 특집 주제를 보아도 잘 알 수 있다. '강화도 사건 100년'이라는 문제설정은 편집후기도 밝히고 있듯이 근대 이후 한일관계의 출발점을 강화도 사건으로 규정하고 강화도 사건에 드러난 양자의 관계가 이후의 관계 양상을 규정했다는 인식에서 비롯된 것인데, 이는 당대 시점의 한일관계를 조명한 2호 특집과 유기적으로 연결된 것이다. 『계간 삼천리』는 비판적 역사인식에 기초한 한일관계를 지향했던 것이다.

특집란은 7호까지 '김지하'와 '현대의 조선문학'을 제외하면 일관되게 한일관계 관련 주제를 다루었다. 이는 『계간 삼천리』가 한일관계 개선에 얼마나 많은 관심을 기울였는지를 잘 말해준다. 이러한 가운데 4호 편집후기가 당시 미 국방장관의 방한과 방일, 이어진 한일 각료회담 등과 같은 상황을 '오늘날의 위험한 한일관계'라고 규정한 대목이라든가 록히드 사건을 계기로 불거진 한일 '유착관계'에 대한 문제의식에서 6호 특집을 기획했다고 서술한 대목은 한일관계에 대한 『계간 삼천리』의 비판적 인식태도를 잘 보여준다.

잡지의 또 다른 외형적 틀 또한 『계간 삼천리』가 어떤 관점에서 한국의 역사, 문화, 문학을 바라보았는지를 잘 보여준다. 창간호 특집을 '김지하'로 잡은 것은 한국관련 특집을 기획한 의도를 단적으로 보여주는데 이와 같은 태도는 5호 이후 표지 변화에도 나타나 있다. 5호 표지는 이전 호들과 달리 혜원 신윤복의 그림을 싣고 있는데 이후 신윤복의 그림은 12호까지 이어지며 13호부터는 단원 김홍도의 풍속화가 실린다. 이와 같은 표지 디자인의 변화에 대해 5호의 편집후기는 신윤복의 그림이 "서민생활을 담고 있기 때문"이라고 설명하는데 이어진 김홍도의 풍속화 또한 같은 맥락에서 이해할 수 있다. 강상중은 『계간 삼천리』 종간호에서 이후 재일조선인 사회가 힘써야 할 방향으로 '민중문화로서의 민족문화' 창출을 제안하는데 이와 같은 지향성의 단초는 이미 빠른 단계에 『계간 삼천리』에 내재해 있었다고 할 수 있다. 그리고 잡지의 외형적인 틀과 특집란은 이와 같은 새로운 정체성 모색과 맞물려 있었던 것이다.

3. '재일조선인 특집'의 민족정체성과 이산적 상상력

『계간 삼천리』는 재일조선인 관련 특집을 총 11회 기획했다. 전체 50회 특집에서 차지하는 비중을 보면『계간 삼천리』가 해당 문제를 얼마나 중시했는지를 알 수 있으며 이는 당연한 현상이기도 하다.

『계간 삼천리』가 재일조선인 관련 특집을 통해 추구했던 것은 다름 아닌 재일조선인의 새로운 정체성 모색이었다. 이렇게 새로운 정체성을 모색하게 한 주요 요인은 두 가지를 꼽을 수 있다. 하나는 내적 요인으로서 앞서 언급한 1970년대 이후 재일조선인 내부의 세대구성 변화이며 또 하나는 외적 요인으로서 1982년에 개정된 '출입국관리 및 난민 인정법'이다. 1970년대에 접어들어 일본 출생 재일조선인 비율이 압도적으로 높아지는 가운데 1982년의 출입국관리 및 난민 인정법 시행은 재일조선인들에게 영주자격을 획득할 수 있는 기회를 부여했으며 이와 같은 상황 속에서 새로운 정체성 문제가 제기되었던 것이다.

『계간 삼천리』는 1975년이라는 창간 시점에 이미 새로운 정체성 모색이라는 과제를 떠안을 수밖에 없었다고도 할 수 있는데 해당 문제를 구체적인 자료에 입각해 본격적으로 제기한 이는 앞서 소개한 강재언이다. 그는 재일조선인 관련 첫 번째 특집(8호)에 실린 「재일조선인의 65년」이라는 글에서 재일조선인 사회 내부의 변화와 관련된 다양한 통계[8]

---

8   강재언은 해당 논문에서 '재일조선인의 인구동태', '재일외국인 및 조선인 수', '일본내 거주지별, 출신지별 재류 조선인', 일본과 조선을 기준으로 한 '출생지별 구성', '재일조선인의 직업', '혼인 건수' 등의 통계 자료를 표로 정리해서 제시하고 있다.

를 제시하면서 "일본사회로부터도 소외되고 조국 또한 모르는 젊은 세대의 미래와 운명"이 중요한 문제로 부상하고 있다고 지적한다. 강재언은 '민족의식의 풍화와 민족적 입장의 고수 가능 여부, 증가하는 일본인과의 결혼, 남북통일이 재일의 문제를 해소시킬 것인가에 대한 의문과 회의' 등을 구체적인 문제로 꼽았다.

강재언의 문제의식은 12호(1977.11)에 이르러서는 7·4 남북 공동성명 이후 상황에 대한 비판으로 이어진다. 강재언은 「조국, 역사, 재일동포」라는 글에서 재일사회 내부의 반목과 갈등을 비판하는 한편 7·4 남북 공동성명과 한국사회에 대한 기대감을 본격적으로 재고해야 한다고 제기한다. 앞서 「나에게 있어서 조선과 일본」란이 13호부터 신설된다고 소개했는데 이와 같은 『계간 삼천리』의 지면 변화는 강재언의 지적과 연결된 것이었을 수 있다.

『계간 삼천리』의 특집을 살펴보면 재일조선인 사회가 1980년대에 접어들어 새로운 정체성 문제를 더 한층 절감했음을 확인할 수 있다. 예를 들어 24호(1980.11) 「가교」란에 실린 독자 투고문에는 "묘하게 초조함을 동반하면서 앞으로 어떻게 살아야 할지에 대한 새로운 각오를 요구하는 때로 여겨진다"라는 문장이 있는데 여기에는 새로운 정체성 문제를 절감하는 한 재일조선인의 내면이 짙게 배어나 있다. 그리고 같은 문장을 통해 당시 '기로에 선 재일조선인'이라는 말이 유행했다는 사실 또한 확인할 수 있다. 새로운 정체성의 문제는 결코 특정 개개인에 한정된 것이 아니었던 것이다.

1980년대 접어들어 『계간 삼천리』는 연속해서 '지금 재일조선인은'(24호), '재일조선인을 생각한다'(28호,1981.11), '오늘날의 재일조선인'(35호,1983.8)과 같은 주제로 재일조선인 특집을 꾸린다. 특히 35호의 경우는 특집과 별도로 '대담'란에서 「재일조선인의 현재와 장래」를, '좌담회'란에서 「지금 재일을 생각한다」라는 주제를 다루었다. 일련의 특집과 대담 및 좌담회 주제는 재일조선인 사회가 1980년대에 접어들어 어떤 문제에 직면했었는지를 잘 보여준다. 예를 들어 35호 특집 대담에 참여한 오누마 야스아키大沼保昭는 "재일조선인의 민족성에 대해 완전히 새롭게 다양한 장에서 재논의해야 한다. 그렇지 않으면 되돌릴 수 없는 상황에 처하게 된다"는 법학자로서의 의견을 제시하는데 이는 앞서 지적한 외국인 등록법 개정에 기초한 일본정부의 '귀화정책'을 염두에 둔 발언으로 당시 상황의 절박함을 잘 전해준다.

새로운 정체성 확립이 필요하다는 인식과 함께 『계간 삼천리』에는 관련 의견들이 활발하게 개진되었는데 본고는 강상중의 「'재일'의 현재와 미래 사이에서」(42호), 「방법으로서의 '재일'」(44호), 「'재일'에게 미래는 있는가」(50호 종간호)라는 글에 주목했다. 앞의 두 문장은 '강상중·양태호 논쟁'[9]과 관련된 문장으로 이와 관련된 양태호의 글은 「사실로서의 '재일'」(43호)과 「공존·공생·공감」(45호)이다. 하지만 두 사람의 글을 살펴보면 양태호가 강상중의 수사법을 오해한 부분도 적지 않다. 이에 본 장에서는 강상중의 글을 중심으로 재일조선인들의 새로운 민족정체

---

9 이것은 이소가이 지로[磯貝治良]가 46호에 실린 「'재일'의 사상과 삶의 방식을 읽는다('在日'の思想·生き方を読む)」라는 글에서 명명한 것이다. 이소가이[磯貝]씨는 두 사람의 논쟁을 "재일론의 초점이 집약되어 있다"고 평가하면서 2세 재일론의 대두를 알리는 중요한 논쟁으로 평가했다.

성 모색 과정을 살펴보도록 하겠다.

강상중이 「'재일'의 현재와 미래 사이에서」에서 문제 삼은 것은 '소수민족으로서의 정주화'라는 인식태도이다. 이는 1980년대에 접어들어 '민족적 마이노리티로서의 '재일''이 회자되는 상황을 염두에 둔 것이다. 강상중은 당시 상황에 대해 다음과 같이 우려를 표한다.

우선 지적해야 할 것은 일본사회를 향해서 '이질적인 것'과의 공존을 외친다고 하더라도 일본적 문화로 착실히 용해되어 가는 현재, 과연 2세와 3세 혹은 그 이후 세대가 '이질적인 것'을 자신들 존재와 의식 속에서 생활태도로서 확보하고 발전시켜 갈 수 있는지 여부이다. 근본적으로 '이질적인 것'으로서의 자기 각성이 곤란한 상황에서 대전제가 되어야 할 '이질적인 것'이 불안정하고 애매한 관념일 경우 공생은 성립할 수 없는 것이 아닌가라는 의구심을 떨쳐버릴 수 없다. 더욱이 부모양계주의를 채용한 개정 국적법 아래에서는 민족적 마이노리티라는 존재 자체가 뿌리부터 흔들릴 수 있을 것이다.

인용문에서 강상중은 '소수민족으로서의 정주화'라는 인식이 간과한 측면 내지 그러한 구호의 허구성을 지적하고 있는데 이와 같은 지적은 다문화 논의가 활발한 현대 한국사회도 귀 기울일 대목이다. '이질적인 것'의 '공생'이라는 구호는 매우 이상적이지만 그 한편에서 과연 이질적인 존재들이 이질적인 존재로서 존재할 수 있는 사회인식과 시스템이 갖추어져 있는지에 대한 반성적 검토가 반드시 수반되어야 하기 때문이다.

강상중이 '소수민족으로서의 정주화'에 대해 우려를 표하는 또 하나의 이유는 일본의 단일민족신화에 기초한 정신구조이다. 강상중은 하나의 민족이 하나의 국가를 형성한 경우는 근대에서도 매우 이례적인 경우라고 지적하면서 이러한 "일본사회와 국가의 정신구조를 포함한 근원적 전환이 없는 한" 이질적인 "'조선계 일본인'으로서의 '정주화'"는 결코 쉽지 않다는 현실 인식을 피력한다. 이와 관련해 그는 '국제화'라는 구호 아래에서 일본의 '국수주의화'가 진행되는 기묘한 일이 벌어지고 있다고 지적한다. 그리고 "재일과 일본, 그리고 분단조국 쌍방이 공통의 역사적 과제로서 안고 있는 것들을 정해서 그에 대한 태도 결정을 발판으로 삼아 간접적으로 조국을 지향"할 필요가 있다는 주장을 덧붙인다. 강상중이 이어지는 「방법으로서의 '재일'」에서 '조국'을 정위시킬 필요가 있다고 주장한 것은 이상과 같은 맥락에서 이해할 수 있다.

　강상중은 '정주외국인'이라고 할 때 '정주'에 무게중심을 두느냐 '외국인'에 무게중심을 두느냐에 따라 '정주화'의 뉘앙스가 미묘하게 혹은 결정적으로 달라진다고 지적하면서 양태호의 '사실로서의 재일'이라는 인식은 '정주성'을 과도하게 강조한 나머지 재일이 외국인이며 조국이 있다는 또 하나의 자명한 사실을 덮어버릴 위험성이 있다고 반박한다. 강상중이 '외국인'과 '조국'이라는 측면을 강조한 이유는 다음과 같다.

　　양태호씨가 '재일'을 소여의 '사실'로서 시인해야 한다고 할 때 그의 뇌리에서는 우리들 '재일'조선인이 국경과 국경을 뛰어넘는 매우 특이한 존재라는 사실이 누락되어 있는 것이 아닐까. 만일 양태호씨처럼 이러한 이중성을 짊어진 우리의 존재를 일본사회의 범위에만 폐색閉塞시켜 그 틀에서 '정주화' 문제를 파악하고자 한다면 그것은 처음의 의도와는 달리 '재일'조선인이 '자기소멸'＝동화로 향하는 길을 닦는 것이 될 것이다. (…중략…) '재일'을 조국으로부터 떼어내어 일본 국내의 차별문제로만 해소시켜 버리는 논법은 표견表見적으로는 생활의 실감에 기초한 자연스러운 경향인 것처럼 보이지만 실제로는 국경을 뛰어넘는 생활공간과 의식을 계속 지켜내기를 원하는 사람들의 리얼리티와 유리되어 있다고 할 수 있다.

이와 같은 강상중의 인식은 기존의 '조국' 편향과는 분명히 다르다. 그 차이는 재일조선인을 '국경을 뛰어넘는 생활공간과 의식'을 지닌 존재로 규정한 것에 담겨 있다. 강상중은 새로운 민족정체성을 모색하는 과정에서 '이산離散상태＝디아스포라'적 상상력을 발휘함으로써 재일조선인이 지니는 특수성을 살려내고자 했던 것이다.

종간호(1987.5)에 실린 강상중의 「'재일'에게 미래는 있는가」는 결코 비관적이지 않다. 강상중은 앞서 확인한 인식에 기초해 세 가지 방법론을 제시한다. 첫째는 '민족성의 공연화公然化'인데, 이는 "'정주외국인'으로서의 '재일조선인'이 지역적 정착성을 살려가며 교육, 복지, 생활, 자치 등의 문제에서 민족성을 공연화하면서 주변적 집단과 연대를 강화해 가는 것을 의미"한다. 둘째는 '민족문화의 창조적 육성'이다. 강상중은 이러한 토대 위에서 민족성을 공연화하면서 지역에 정주하는 외국인으로 살아가는 것을 지향해야 한다고 제안한다. 그리고 세 번째로 재일의 독자성에 뿌리를 둔 민족문화를 민중문화의 지평으로 넓혀가야 한다고 지적한다.

강상중의 의견은 민족성의 견지와 그에 기초한 민중 문화운동으로서의 민족문화 창출이 핵심인데 이러한 인식은 일본정부의 귀화정책으로 인한 '정주화' 상황 속에서 오히려 민족정체성의 존재의미를 밝히면서 이산적 상상력이 가미된 문화운동이라는 방향성을 제시했다는 점에 역사적 의미가 있다. 돌이켜보면 1945년 이후 재일조선인 역사에서 민족정체성은 주로 국적을 통해 발현되고 확인되었다. 이는 1952년의 샌프란시스코 조약 발효와 1965년의 한일협정이 국적 선택을 강요한 것에서 비롯된 것인데 이후 1970년대에 접어들어 재일조선인 사회의 세대 간 비율이 변하고 1982년에 출입국관리 및 난민법이 개정되는 상황에서 재일조선인의 정체성 근간은 국적에서 민족성으로 이동했다고 이해할 수 있다. '문화'의 중요성은 이러한 맥락에서 거론되었던 것이다. 『계간 삼천리』 종간호에는 강상중 외에도 '새로운 복합문화 창조자'로 재일조선인을 평가한 서용달徐龍達의 「'재일' 2세·3세의 활로」라는 글도 있다. 서용달은 '복합문화'가 한반도와 일본, 남한과 북한을 시야에 넣으면서도 그 사이에 가로놓여 있는 국경을 뛰어넘으려는 의지를 담고 있다는 점에서 새로운 문화활동이 차세대 재일조선인의 정체성 형성에서 중요하다고 주장한다. 그리고 바로 이러한 것들이 13년에 걸쳐 『계간 삼천리』가 모색해온 새로운 정체성의 내용과 방법론이었다고 평가할 수 있다.

4.『계간 삼천리』게재 소설의 민족정체성과 이산적 상상력

『계간 삼천리』에서 문학이 차지했던 위상은 재일조선인 문학 1세대를 대표하는 김석범과 김달수가 일곱 명으로 구성된 편집위원회에 참여했다는 사실과 창간호부터 적극적으로 현상 작품 공모를 실시했다는 사실을 통해 짐작할 수 있다. 실제로 창간호 세부 목차를 보면 다음과 같은 내용과 순서로 구성되어 있다.

> 김지하 관련 대담ㅡ김지하 시 소개ㅡ김지하 관련 평론ㅡ'김지하 등을 돕는 모임' 소개ㅡ방한 보고서 5편ㅡ한국문학 소개문ㅡ시평時評ㅡ창간 축하문ㅡ시조의 세계 : 황진이ㅡ아쿠타가와상 수상작품 관련 글ㅡ창작시ㅡ연재 : 일본의 조선문화유적, 조선 근대사, 통신사가 걸었던 길, 재일조선인 운동사, 장편시 '이카이노猪飼野 시집'ㅡ제1회 현상작품 공모 규정ㅡ편집후기

인용한 목차 구성을 보면 특집으로 구성된 '김지하' 관련 부분을 빼더라도 문학관련 내용이 절반 가까이 차지하고 있음을 확인할 수 있는데 이와 같은 목차 구성은 한동안 큰 변화를 보이지 않는다.

『계간 삼천리』가 문학에 대해 적극적인 태도를 취했던 이유는 김석범이 창간호에서 발언한 내용에서 찾아볼 수 있다. 시평 성격의 「당파를 싫어하는 것이 당파적이라는 사실」이라는 문장에는 다음과 같은 구절이 있다.

정치적이면서 동시에 그로부터 자유로울 수 있는 방법이 있다면 그것을 찾을 수밖에 없다. 그 방법이란 결국 상상력의 세계밖에 없다고 해야 할 것 같다. 나에게는 정치적이면서도 그것을 뛰어넘은 하나의 독립된 공간 즉 픽션의 세계야말로 정치로부터 해방되는 길인 것 같다.

해당 시평은『계간 삼천리』보다 조금 앞서 1974년 10월에 창간된『계간 마당』의 '비 당파성' 표방을 비판한 글[10]인데 그 과정에서 김석범은 자신이 생각하는 문학의 의미를 설명하고 있다. 김석범은 같은 글에서 "정치적이면서도 그것을 뛰어넘어야 비로소 문학"이라는 문학관 또한 피력한다. 그에게 있어서 상상력의 세계, 즉 문학은 삶을 지탱해주는 존재이자 삶의 궁극적인 지향점이었다고 할 수 있는데 이와 같은 그의 태도는 당연히『계간 삼천리』에 영향을 끼쳤다고 본다.

실제로 '소설'란을 중심으로『계간 삼천리』의 전개과정을 살펴보면 주목을 끄는 하나의 변화가 있다. 그것은 소설란이 28호(1981.11) 이후부터 현저하게 위축된다는 사실인데 이는 김석범의 편집위원회 탈퇴와 연결된다. 김석범의 편집위원회 탈퇴는 김달수, 강재언, 이진희 세 명의 편집위원이 1981년 3월에 한국을 방문한 것을 둘러싼 입장 차이에서 비롯된 것이었다. 사건의 정황을 구체적으로 설명하면 김달수 이하 세 편집위원은 당시 한국에 투옥되어 있던 재일조선인 유학생들의 석방을 요

---

10 김석범은『계간 마당』이 정치적 중립이라는 입장하에 김대중 납치사건이나 김지하 사건에 대해서는 전혀 발언하지 않으면서도 당시 팬클럽 소동을 일으켰던 한국 팬클럽 회장 백철씨와 비밀리에 접속하는 등의 징치적 행보를 취하고 있다고 비판했다.

구하기 위해 방한을 결행했다. 하지만 결과적으로 이들의 방문은 전두환 정권에게 정치적으로 이용되었다. 당시 많은 한국 언론이 '재일반한국계 좌익인사'들에게 방한을 허락했다는 점을 들어 정권의 포용력을 미화했다. 이러한 상황 전개는 방한 이전부터 예견되었던 것으로 재일조선인 사회 및 『계간 삼천리』 내부에서도 방한 중지를 요구하는 목소리가 높았다. 김석범이 편집위원을 그만둔 것은 이러한 일련의 상황에서 비롯된 것으로 앞서와 같이 『계간 마당』의 정치적 행보를 비판한 김석범의 입장에서는 받아들일 수 없는 상황이었던 것이다.[11]

김석범이 편집위원회를 탈퇴한 28호 이후 『계간 삼천리』에 게재된 소설은 김정한의 「사하촌」 번역(32호, 1982.11)과 원수일의 「귀향」(33호, 1983.2) 두 작품뿐이다. 28호 이전까지 19작품이 총 34회에 걸쳐 게재되었던 것과 비교하면 김석범의 편집위원회 탈퇴는 소설란 쇠퇴로 직결되었다고 할 수 있다. 이는 김석범이 『계간 삼천리』의 문학 부문에 얼마나 큰 영향력을 끼쳤는지를 보여주는 것이기도 하다.

그렇다면 『계간 삼천리』에는 구체적으로 어떤 소설들이 게재되었을까. 먼저 잡지 『계간 삼천리』에 게재된 소설을 표로 정리하면 다음과 같다.

표를 보면 황석영, 김원일, 김정한 등의 한국작가 작품이 일본어로 번역 소개되었다는 사실과 일본인 작가의 작품도 소개되었다는 사실이 주목을 끈다. 소설 이외에는 김시종金時鐘의 장편시 「이카이노 시집猪飼野詩集」이 1호부터 10호까지 총 10회 연재되었고, 이 밖에 이철李哲의 시가

---

11 김석범의 편집위원회 탈퇴 시기와 관련 사항은 종간호에 실린 針生一郎, 「あとに続くものを信ず」, 275쪽 참조.

<표 2> 『계간 삼천리』 게재 소설 일람표

일련번호	작가	작품	게재 호	비고
1	김석범 金石範	「驟雨」	2	
2	고사명 高史明	「邂逅」	3	
3	김태생 金泰生	「少年」	4	
4	김사량 金史良	「乞食の墓」	5	
5	강양자 姜洋子	「わが家の三代」	5	
6	황석영 黃晳暎	「駱駝の目」	5	「낙타누깔」 번역
7	정승박 鄭承博	「ゴミ捨て場」	6	
8	김원일 金源一	「暗闇の魂」	7	「어두움의 혼」 번역
9	이정순 李貞順	「わが家の三代」	9	
10	정승박 鄭承博	「亀裂のあと」	10	
11	김태생 金泰生	「童話」	11	
12	김영종 金英鐘	「ある日の事」	12	
13	김달수 金達寿	「行基序章」	13	연재 역사소설1
14	김달수 金達寿	「行基の出家」	14	연재 역사소설2
15	김달수 金達寿	「法興寺の行基」	15	연재 역사소설3
16	김달수 金達寿	「葛城山の行基」	16	연재 역사소설4
17	김석범 金石範	「結婚式の日」	16	
18	김달수 金達寿	「行基の破戒」	17	연재 역사소설5
19	가네코 도시코 金子利子	「むくげ」	17	
20	김달수 金達寿	「行基の放浪」	18	연재 역사소설6
21	정승박 鄭承博	「丸太橋」	18	
22	김달수 金達寿	「遊行の行基」	20	연재 역사소설7
23	김달수 金達寿	「道昭の死」	21	연재 역사소설8
24	김달수 金達寿	「第二の出発」	22	연재 역사소설9
25	김달수 金達寿	「変容」	23	연재 역사소설10
26	김달수 金達寿	「行基集団」	24	연재 역사소설11
27	야마시로 도모에 山代巴	「トラジの歌」	24	연재 1
28	김달수 金達寿	「弾圧前夜」	25	연재 역사소설12
29	야마시로 도모에 山代巴	「トラジの歌」	25	연재 2
30	김달수 金達寿	「俗諦と真諦」	26	연재 역사소설13
31	야마시로 도모에 山代巴	「トラジの歌」	26	연재3
32	김달수 金達寿	「行基終章」	27	연재 역사소설14
33	야마시로 도모에 山代巴	「トラジの歌」	27	연재4
34	야마시로 도모에 山代巴	「トラジの歌」	28	연재5
35	김정한 金廷漢	「寺下村」	32	「사하촌」 번역
36	원수일 元秀一	「帰郷」	33	

32호까지 매호 실렸다. 시의 경우도 32호 이후에는 지면에서 완전히 사라졌다가 종간호에 이철의 작품 한 편이 실린다. 김석범의 편집위원 탈퇴는『계간 삼천리』에서 소설 부문뿐만 아니라 문학 영역 전반의 위축을 불러왔다고 할 수 있다.

위에서 표로 제시한 소설들은 김달수의 역사 연재소설과 한국작가의 번역작품을 제외하고는 대부분 식민지 시기 내지 전후 일본사회 속 재일조선인들의 삶을 소재로 한 작품들인데 그 가운데『계간 삼천리』가 추구했던 새로운 정체성 모색과 관련해 주목한 작품은 김석범의 「소나기驟雨」(2호)와 가네코 도시코의 「무궁화むくげ」(17호)이다.

김석범의 「소나기」는 조총련과 민단이라는 이른바 '조직' 문화 사이에서 고향 제주도와 한 번도 찾아가지 못한 부모님의 산소를 떠올리면서 한국에 갈 것인지를 고민하는 주인공의 모습을 그리고 있다. 그리고 이러한 주인공의 주변에는 자신과 달리 '한국' 국적을 가진 제주도 출신의 아내와 조총련 활동가인 친구 진문주가 있다. 아내는 함께 한국을 방문할 것을 권유하고, 친구 진문주는 어머니의 부고를 접하고도 한국을 방문하지 않은 채 옷으로 장례식을 대신하는 모습을 보인다. 그러던 중 주인공은 진문주 어머니의 문상을 마치고 돌아오는 길에 비에 떨어지는 벚꽃을 보면서 제주도에서는 벚꽃을 '사오기'라고 부른다는 사실을 떠올리고 그 말을 되내이면서 조금은 가벼워진 마음으로 집으로 돌아온다.

이와 같은 작품의 구조는 앞서 소개한 "정치적이면서도 그것을 뛰어넘은 하나의 독립된 공간 즉 픽션의 세계야말로 정치로부터 해방되는 길인 것 같다"는 김석범의 말을 떠올리게 하면서 작가가 조총련이나 민단이라는 '조직' 문화와 고향이나 부모를 그리워하는 인간의 자연스러운 감정 사이에서 겪었을 갈등을 짐작케 한다. 주인공은 자신의 식당 간판을 '조선요리 고려원'에서 '불고기燒肉 고려원'으로 바꾼 사실과 한국에 가기로 결심한 사실을 친구 진문주에게 결국 말하지 않으면서도 한편으로는 한국에 가도 되는 것인지를 작품의 마지막까지 되묻는데, 이러한 주인공의 모습은 당시 재일조선인 사회 내부에 강하게 자리 잡고 있던 조총련과 민단이라는 경계에 대한 문제의식을 그리고 있다. 이는 『계간 삼천리』가 추구했던 '제3의 길'이라는 방향성과도 닿아 있다.

김석범의 「소나기」가 재일조선인 사회 내부에 존재하는 경계에서 고민하는 인물을 그렸다면 가네코 도시코의 「무궁화」는 일본과 한국이라는 국적의 경계, 달리 표현하면 재일조선인 사회와 그 외부와의 경계에서 고민하는 인물을 그리고 있다.

작품의 주인공인 재일조선인 무철은 일본인과 결혼하려는 딸이 국적을 바꾸겠다고 말한 것을 계기로 딸과 일본인 아내로부터 소외감을 느낀다. 그리고 동시에 하나뿐인 자식을 '조선인'으로 키우지 못한 자신의 무력함에 괴로워한다. 하지만 결국 자신과 아내의 결혼 과정과 2년 전 귀화했다는 이유로 절연한 가나오카의 말을 떠올리면서 "딸이 결코 일본인 남자를 고른 것이 아니다. 고른 상대가 우연히 일본인이었던 것이다"라는 생각의 변화와 함께 딸의 결혼을 허락한다. 그리고 작품 마지막에서 딸이 선물로 가져 온 무궁화 모종을 마당 뒤편에서 현관 옆으로 옮겨 심는다.

이 작품은 『계간 삼천리』가 실시한 제4회 응모작품 공모의 가작으로 뽑힌 작품으로 작품 자체의 완성도와는 별도로 당시 재일조선인 사회가 고민하던 '국적'을 둘러싼 문제를 리얼하게 그리면서 결국 딸의 결혼을 허락하는 과정을 매개로 재일조선인 사회 내부의 변화 또한 드러내주고 있다. 특히 결혼 이야기를 하러 온 딸이 아버지가 부탁한 무궁화 모종을 선물로 가져온다는 설정과 주인공이 처음에는 딸에 대한 감정 때문에 마당 뒤편에 아무렇게나 심었던 무궁화를 현관 옆으로 옮겨 심는다는 설정은 국적과는 다른 차원에서 정체성을 모색하려는 모습으로 이해할 수 있다.

이상의 두 작품은 공통적으로 재일조선인 사회 내부의 경계와 국적의 경계에서 부유하는 재일조선인들의 이산적 상황을 그렸는데 이와 같은 내용적 측면과 더불어 재일조선인 문학이 겪어야 했던 또 하나의 경계는 소설 언어의 문제였다. 이 문제에 대해서 이소가이 지로는 『계간 삼천리』 20호가 기획한 재일조선인 문학 특집에서 재일조선인 문학이 "조선적인 것의 형상화를 일본어로 써야 한다는 근원적 모순과 대치"해야만 했다고 지적하면서, 이와 같은 '근원적 결여의 상태'를 언어에 대한 '긴장감'을 통해 문학적 역량으로 전환시킨 재일조선인 문학을 높이 평가한다. 이처럼 소설 언어의 문제는 재일조선인 문학 앞에 가로놓인 경계의 하나였던 것이다. 그리고 이렇게 다양한 경계야말로 재일조선인 문학의 특징을 구성하는 요소들이라고 할 수 있다.

5. 마치며

13년에 걸쳐 간행된『계간 삼천리』는 1970년대에 접어들어 부각된 재일조선인 사회 내부의 변화와 1982년에 개정된 출입국관리 및 난민 인정법이 상징하는 외부 상황의 변화 속에서 새로운 민족정체성을 모색한 집적물의 하나라고 할 수 있다. 그리고 이러한 모색의 잠정적 결론은 종간호(1987.5)에 잘 드러나 있다.

서정우徐正禹는 종간호가 기획한 '재일을 어떻게 살 것인가'라는 란에서 1965년에 체결된 한일협정에 대해 "이전까지 동일한 역사를 살아왔던 재일조선인 사회를 법적 지위에 있어서 분단"시켰다는 역사적 평가를 내리면서 "재일은 재일로서 자립적인 자세로 스스로의 입장과 삶의 방식을 모색하는 수밖에 없다"는 말로 민족 개념에 대한 비판적 재인식을 촉구한다. 강상중 또한 1980년대부터 불기 시작한 일본의 '국제화' 붐은 지역 간의 격차 심화, 경제 부문에서의 중심과 주변의 확연한 '분극화'를 초래할 것이며 이러한 상황 속에서 재일조선인 사회는 주변부로 밀려남과 동시에 그 내부에서는 "재일조선인이라고 자각할 수 있는 공통 기반이 상실되어 갈 것"이라는 지적을 덧붙인다. 이러한 서정우와 강상중의 인식은 1987년 시점에『계간 삼천리』가 지향하고자 했던 방향의 두 축을 보여주는데 이와 같은 인식은 비단 재일조선인 지식인들에게만 한정된 것이 아니었다. 거슬러 올라가면 제일 처음 재일조선인 특집이 기획된 것도 독자투고란을 통해 전달된 많은 재일조선인들의 요구에서 비롯된 것이었고,[12] 44호(1985.11) '독자투고란'에 이르러서는 '2세와 3세의 재일론'을 요구하는 목소리와 재일조선인 사회의 다양함을 논한 글들을 발견할 수 있다. 마찬가지 움직임은 46호 독자투고란에서도 확인된다. 이는 1982년의 출입국관리 및 난민법 개정과 그 이후 전개된 지문날인 거부 운동, 외국인등록 대량 갱신기(1985년)라는 구체적인 상황 속에서 "지문을 찍어야 하느냐 말아야 하느냐"라는 문제로 촉발된 정체성 모색의 움직임이 큰 흐름을 형성했다는 사실을 말해준다. 그리고 이러한 상황을 다른 측면에서 보면 일본정부의 귀화 정책과 '국제화' 정책은 재일조선인 사회의 '소멸'을 의도한 것이었지만 아이러니하게도 그러한 의도는 그것을 극복하려는 이산적 상상력을 낳았다고 할 수 있다.

'새로운 복합문화 창조자'로서의 재일이라는 인식은 『계간 삼천리』가 13년간 모색해 온 새로운 정체성의 핵심적인 내용이라고 평가할 수 있다. 여기서 문화는 민족문화이면서 동시에 민중문화의 성격을 띠는 것인데 이는 달리 표현하면 내셔널리즘을 넘어선 인터내셔널리즘과 휴머니즘을 추구하려는 의지를 담고 있다고 할 수 있다. 이소가이 지로는 재일조선인 문학에 대해 "언어의 보편성과 이미지의 초월성을 구사하여" "부조리를 짊어진 민족의 상징과 같은 인물들을 역으로 중후하고 강렬한 리얼리티를 지닌 문학적 인물로 형상화"함으로써 '문학적 인터내셔널리즘'과 같은 지평을 개척했다고 평가했는데 이러한 문학세계는 '새로운 복합문화 창조자'로서의 가능성을 잘 보여준다고 할 수 있다.

발리바르는 '경계들의 민주화'가 현대 민주주의의 새로운 과제 가운데

---

12 주석 3 참고.

하나라고 지적하면서 '세계정치'와 '관국가적 시민권'의 필요성을 주창했다.[13] 발리바르의 개념은 경계 지점에 서 있는 재일조선인 문제를 이해하고 해결하는 데에 매우 유효하다. 실제로 많은 재일조선인 문학에는 다양한 경계에서 고민하는 인물들이 등장하는데 이는 바꾸어 말하면 재일조선인 문학이 새로운 시대의 문제를 선취했다고 평가할 수 있을 것이다.

---

13 최원, 「'충분한 민주주의' 이뤘다는 수장은 반민수석이다」, 『한겨레신문』, 2009.2.13 참조.

참고문헌

『季刊三千里』1~50号(1975.2~1987.5)

김학렬 외, 『재일동포 한국어문학의 전개양상과 특징연구』, 국학자료원, 2007.

김환기, 『재일디아스포라 문학』, 새미, 2006.

나카무라 후쿠지, 『김석범 화산도 읽기-제주 4 · 3 항쟁과 재일한국인 문학』, 삼인, 2001.

박정의, 「『季刊三千里』の立場 ①-総連との決別」, 『일본문화학보』 제48집, 2011.2.

_____, 「『季刊三千里』の立場 ②-金日成主義批判による北韓との決別」, 『일본문화학보』 제50집, 2011.8.

_____, 「『季刊三千里』と韓国民主化-日本人に知らせる」, 『일본문화학보』 제54집, 2012.8.

_____, 「『季刊三千里』の統一論-南の民主化との関連から考える」, 『일본문화학보』 제57집, 2013.5.

_____, 「『季刊三千里』が語る在日の日本定住-日本国籍否定から定住外国人」, 『일본문화학보』 제62집, 2014.8.

손동주 외 3인, 「재일한인의 커뮤니티 구축-계간 삼천리』를 통하여 본 정책변화를 중심으로」, 『동북아문화연구』 제35집, 2013.6.

유숙자, 『在日한국인 문학 연구』, 월인, 2000.

이영호, 「재일조선인 잡지『계간 마당(季刊まだん)』연구-『계간 삼천리(季刊三千里)』와의 비교를 중심으로」, 『일본문화연구』 제61집, 2017.1.

전북대 재일동포연구소 편, 『재일동포 문학과 디아스포라』1~3, 제인앤씨, 2008.

한승옥 외, 『재일동포 한국어문학의 민족문학적 성격연구』, 국학자료원, 2007.

홍기삼, 『재일한국인 문학』, 솔, 2001.

이 글은 2009년『일본어문학』41집에 게재한 논문을 수정 · 보완한 것임을 밝혀둔다.

재일조선인 잡지 『계간 마당季刊まだん』 연구

『계간 삼천리(季刊三千里)』와의 비교를 중심으로

이영호

1. 서론

1970년대는 많은 재일조선인 작가들이 일본 문단에서 활동하며 '재일조선인 문학在日朝鮮人文学'[1]이라는 명칭이 알려진 시기이다. 해방 이후

---

[1] 1970년대 일본에서 재일교포들의 문학 활동을 처음 지칭했을 당시, 재일조선인 문학(在日朝鮮人文学)이라는 용어를 처음 사용하였고 이후 일반적인 용어로 정착되었다. 실제로 재일조선인 문학이란 용어가 분단 이전의 조선을 지칭하는 것이며 동시에 남북을 포괄함에도 불구하고 조선이라는 표기에 근거해 북한(북조선(北朝鮮))으로 인식하는 경우도 존재한다. 재일한국인(在日韓国人)이라는 용어의 경우 대한민국 국적만을 지칭하는 지엽적 의미를 지니며 정치적 이해관계가 개입된 용어로 인식될 수 있다. 한국에서는 재일문학(在日文学)이나 재일의 일본어 발음 그대로 자이니치(在日)라는 용어를 사용하기도 하는데 이 경우 일본에 거주하는 외국인 문학 전체를 지칭해 버리는 수용범위의 문제가 발생한다. 때문에 재일한인(在日韓人)이라는 용어를 사용하거나 최근 디아스포라 문학 연구에서는 재일코리안이라는 용어를 사용하기도 한다. 본 글에서는 1970년대를 배경으로 삼고 있고 당시 일본에서 재일교포들의 문학을 지칭했던 동시대 용어인 재일조선인 문학이라는 표현을 사용한다.

김달수金達寿를 비롯한 소수 문인으로 명맥을 유지하던 재일조선인 문학은 조총련의 영향에서 문학 활동을 이어갔다. 그러나 1967년 7월 이후 북한에서는 개인숭배가 심해지고 조총련 내부가 경직되며 문학, 역사학을 정치적 선동 도구로 이용하기 시작한다. 이를 계기로 문학자들은 대거 조총련을 이탈했으며 이후 재일조선인 문학은 침체기를 맞이한다. 조총련을 벗어난 재일조선인 작가들은 일본문단을 대상으로 활동을 시작한다. 1966년 김학영金鶴泳은 「얼어붙은 입凍える口」으로 문예상文藝賞을 수상하며 처음으로 재일조선인 작가가 일본의 문학상을 받으며 등장한다. 1968년에는 이회성李恢成이 군조신인문학상群像新人文学賞을 수상하며 일본 문단에 등장했으며 1971년 「다듬이질하는 여인砧をうつ女」으로 재일조선인 최초이자 외국인 최초로 아쿠타가와상芥川賞을 수상한다. 이후 김석범金石範, 김시종金時鐘, 김창생金蒼生, 고사명高史明, 정귀문鄭貴文, 정승박鄭承博, 양석일梁石日과 같은 작가들이 대거 등장하며 일본에 재일조선인 문학이라는 명칭이 알려지기 시작한다. 재일조선인 사회에서는 1970년대에 『계간 마당季刊まだん』(이하 마당), 『계간 삼천리季刊三千里』(이하 삼천리)가 연이어 창간되며 재일조선인 문학은 잡지면에서도 전성기를 맞이한다.

해방 이후 출간된 재일조선인 잡지는 140여 종에 달하지만 지금까지 연구 상당수는 유명 작가가 편집위원인 대규모 잡지 중심으로 연구됐다. 때문에 해방 이후의 『민주조선民主朝鮮』, 1960년대의 『한양漢陽』, 1970년대의 『삼천리』, 1990년대의 『청구青丘』가 중심이었다. 1970년대 잡지 연구의 경우 『한양』은 한글로 출간된 잡지였기 때문에 한국 국문학계에서 활발히 연구되었다. 『삼천리』는 규모면에서 1970년대 출간된 재일조선인 잡지의 대표성을 지니고 있기 때문에 한일 양국에서 활발히 연구되었다. 이처럼 1970년대 재일조선인 잡지 연구는 『한양』과 『삼천리』 위주로 진행되어 『마당』만을 다룬 연구는 부재했다. 간혹 『마당』이 언급되는 경우에도 잡지 계보 연구에서 1970년대에 잡지가 출간된 사실을 언급하는 정도였다. 소명선은 1970년대에 『마당』이 발행된 사실을 한 줄로 기술한 것이 전부였다.[2]

일본의 상황도 마찬가지였다. 마치무라 다카시町村敬志[3]는 재일조선인 문학이 1970년대부터 남북대립의 해소와 재일조선인에 관한 차별 철폐를 주제로 다루었다고 설명하며 『삼천리』, 『계간 잔소리季刊ちゃんそり』, 『마당』을 소개했다. 그러나 『마당』에 관한 세부 고찰은 없었으며 『삼천리』, 『계간 잔소리』와 함께 1970년대 출간됐었다는 사실 소개 기술이 전부였다. 나카노 가츠히코中野克彦[4]는 일본에서 출간된 에스닉 잡지 계보를 정리했다. 그러나 『마당』에 관한 소개는 1973년 사건 일람에 창간사실 기입이 전부였다. 호소이 아야메細井綾女[5]는 『마당』에서 처음 「재일한국·조선인在日韓国·朝鮮人」이라는 호칭을 사용했다고 기술했다. 그러나 용어의 변천에 초점을 맞춘 연구였기 때문에 잡지에 대한 분석은 없었

---

2 소명선, 「재일한인 에스닉 미디어의 계보와 현황─에스닉 잡지를 중심으로」, 『일어일문학』 30권, 대한일어일문학회, 2006, 163~183쪽.
3 町村敬志, 「エスニック・メディア研究序説」, 『一橋論叢』 109輯, 一橋大学一橋学会一橋論叢, 1993, 191~209쪽.
4 中野克彦, 「エスニック・メディアと日本社会─1896~1999年の考察」, 『立命館言語文化研』(1991), 立命館大学国際言語文化研究所, 1999.11, 141~157쪽.
5 細井綾女, 「「コリアン・ジャパニーズ」・「プール」の呼称の変遷と国籍問題」, 名古屋大学大学院国際言語文化研究科日本言語文化専攻 編, 『言葉と文化』 11, 2010, 81~98쪽.

다. 2010년 출간된『재일코리안 사전在日コリアン辞典』[6]에도『마당』이 소개 됐으나 사전의 특성상 편집위원과 각 호의 특집 제목 나열이 전부였다.

이처럼『마당』은 동시대 다른 잡지와 차별되는 특성이 있었음에도 불구하고 연구자들의 관심을 받지 못했다. 이러한 상황은『마당』이 지속적으로 연구 대상에서 배제되는 상황을 야기했다. 또한 재일조선인 잡지사를 정의할 때『마당』을 배제한 채『한양』과『삼천리』만으로 1970년대 잡지 특성을 일반화 할 우려가 있었다. 따라서 본 연구에서는『마당』을 분석하고 지상논쟁紙上論爭을 벌였던 동시대 잡지『삼천리』와 비교하고자 한다. 이를 통해『마당』만의 고유한 특성을 파악하고 향후 재일조선인 문학에 끼친 영향을 분석하고자 한다.

2.『마당』서지고찰 및 분석

1)『마당』의 구성 및 특성

『마당』은 1973년 10월 김주태金宙泰를 주필로 창간된 종합잡지이며 1975년 6월에 6호를 마지막으로 종간했다. 편집위원은 시인 김주태, 비교문화학자 김양기金両基, 평론 및 번역가 이승옥李丞玉, 화가 오병학吳炳学이었으며 발행인은 박병채朴炳采, 윤학기尹学基였다. 잡지의 가격은 580엔

---

6 国際高麗学会,『在日コリアン辞典』, 明石書店, 2010, 87쪽.

이었으며 주식회사 창기방신사創紀房新社[7]에서 발행되었다. 『마당』은 잡지의 부제를 「재일조선·한국인의 광장在日朝鮮·韓国人のひろば」으로 정하며 재일조선인들의 문화, 생활, 결혼, 교육문제를 다루었다. 『마당』이 주안점을 둔 부분은 남북 어디에도 기울지 않는 정치적 중립이었다. 이를 위해 『마당』은 이데올로기 문제를 지면에서 배제했으며 재일조선인 사회 계승문제와 같은 사회 내부적 담론 위주로 잡지를 구성했다. 『마당』의 이러한 취지는 창간간행서에서 확인할 수 있다. 다음은 창간간행서의 일부이다.

수십 년에 걸친 재일동포의 생활은 내용·형식이 굴절을 거듭해 본질을 바로잡는 것이 지극히 어렵다. 이러한 특수한 사회환경에서 자란 재일동포는 공유의 원점을 세우고 함께 말하고, 논하고, 동시에 즐기고 싶은 충동을 참기 힘들고 이러한 욕망은 노도처럼 넓은 하나의 「마당広場」을 찾고 있다. 우리는 이러한 재일동포들의 바람을 충족하고 상호불신을 없애는 작업을 통해 일본이라는 환경에서 살고 있는 동포사회의 현실을 찾고 국제적 시야를 세워 이웃과 연대하고 하루라도 빨리 조국통일의 날을 맞이하고 싶다.[8]

인용문에서 확인할 수 있는 것처럼 『마당』은 재일조선인들이 화합할

---

7 인쇄소는 도쿄도 신주쿠구 시모오치아이 2-13-11(東京都新宿区下落合二ノ十三ノ十一) 주식회사(株式会社) 상문당인쇄소(祥文堂印刷所).
8 金宙泰 外, 「季刊'まだん'の刊行趣意書」, 『季刊まだん』 創刊号, 創紀房新社, 1973, 9쪽.

수 있는 지면을 만들고자했다. 이를 위해 이데올로기와 정치문제를 배제하고 재일조선인의 삶과 직결된 문제를 다루는 방식을 택했으며 동시에 후속 세대에게 전할 수 있는 문화유산을 만들고자했다. 때문에 유명한 작가가 아닌 일반인들의 다양한 목소리를 지면에 수록하려했다.

『마당』은 모든 문제를 이데올로기적 측면에서 접근해 정치문제로 수렴되어 기존의 여타 재일조선인 잡지처럼 될 것을 가장 우려했다. 때문에 『마당』은 이데올로기 문제의 배제라는 방식을 택했다. 이를 통해 재일조선인 사이의 갈등을 최소화하고자했으며 동시대 재일조선인 잡지와 구별되는 잡지를 만들고자했다. 다음은 1979년 『계간 잔소리』에서 언급된 『마당』에 관한 내용의 일부이다.

> 지금까지 우리들의 사회라는 것은 북인가 남인가 혹은 반박(반 박정희)과 같은 정치적 입장으로만 질문받았다. 이것이 나에게 일상적이고 흔한 일이었고 잡지, 신문에도 항상 그러한 입장을 전제로 한 것들뿐이었다. 그것이 『마당』에서는 재일이라는 공통항을 전제로 하는 것으로 그 소박함이 나에게는 매우 신선한 것으로 느껴졌다.[9]

『계간 잔소리』 창간호에서 편집위원 오덕수吳德洙는 특정한 정치적 입

9　これまでわれわれの社会というのは北か南か, あるいは反朴かというような政治的立場でしか問われることがなかった. これが僕の周辺の日常茶食飯で, 雑誌, 新聞も常にその立場を前提にしたものだったわけね.　それが『まだん』では'在日'という共通項を前提しということでその素朴さが僕には非常にフレッシュなものに感じられたわけです. 吳德洙, 「ちゃんそり」に託したい同胞への想い」, 『季刊ちゃんそり』創刊号, ちゃんそり舍, 1979, 2~3쪽.

장을 요구받던 당시에 『마당』이 이데올로기 문제가 아닌 세대문제에 초점을 맞춘 것이 신선했다고 말한다.[10] 이 대목에서 당시 『마당』이 주안점을 두었던 다른 재일조선인 잡지와의 차별화에 성공했음을 알 수 있다. 『마당』의 이러한 특성은 특집 구성에서도 확인할 수 있다. 다음은 『마당』 각 호의 특집 목록을 정리한 표이다.

⟨표 1⟩ 『마당』의 특집 목록

호수	간행연월	특집명
1호	1973.11	공통의 광장을 찾아(共通の広場をもとめて)
2호	1974.2	재일조선인의 육성(在日朝鮮人の肉声)
3호	1974.5	요구받는 재일청년상(問われる在日青年像)
4호	1974.8	해방의 원점을 모색하다(解放の原点を求めて)
5호	1975.3	민족교육의 내일을 내다보다(民族教育の明日をさぐる)
6호	1975.6	결혼(結婚)

위의 표에서 확인할 수 있는 것처럼 『마당』은 재일조선인의 삶의 문제와 직접적으로 연관된 테마로 각 호를 구성했다. 구체적으로 2호에서는 재일조선인 1세대와 2세대의 단절 문제를, 3호에서 재일조선인 청년의 결혼문제와 귀화 문제를 다루었다. 4호에서는 해방 이후의 재일조선인들의 생활 양상에 대한 분석 및 반성을, 5호에서는 민족교육의 문제, 6호에서는 결혼을 테마로 특집을 구성했다.

『마당』의 또 다른 구성적 특징은 민속적 요소로 지면을 채운 점이다. 김양기는 1호부터 3호까지 「한국의 민화韓国の民話」를 연재했는데 1호에

---

10 오덕수는 『계간 잔소리』의 편집위원이지만 『마당』의 출간 당시는 잡지와 무관했다.

서「도깨비의 요술방망이トケビのふしぎなかなぼう」, 2호에서는「도깨비의 돌다리トケビの石橋」, 3호에서「도깨비와 구두쇠영감トケビとけちけちじいさ」을 연재했다. 이 특집은 한국의 고전 설화를 일본어로 번안한 것인데 1호의 「도깨비의 요술방망이」에서는 흥부놀부 이야기와 혹부리 영감이 결합한 형태의 줄거리를 취하고 있으며,「도깨비의 돌다리」에서는 신라 진흥왕眞興王의 아들 비형鼻荊이 도깨비들과 함께 돌다리를 만든 설화를 소개한다. 이 외에도『마당』은 1호부터 6호까지「조선의 완구朝鮮の玩具」를 연재하며 조선의 옛 공예품을 소개했으며 3호에서「고려자기의 수난비화高麗磁器の受難秘話」를 통해 고려자기 역사를 소개했다. 이처럼『마당』은 과거 통일 국가였던 신라, 고려, 조선을 활용해 민속적 내용으로 지면을 채우는 방식을 활용했다. 이러한 구성의 이면에는 정치적 문제를 배제함과 동시에 통일시대의 역사를 활용해 재일조선인 사회의 단합을 도모했던 것으로 추측된다.

그러나『마당』이 무조건 정치 문제를 배제한 것은 아니었다. 일본에 관련된 경우에는 일본을 가해자이자 피해를 주는 주체로 묘사하며 노골적인 정치성을 드러냈다.『마당』에 수록된 소설에도 이러한 양상이 드러난다.『마당』의 작품 구성에서 특이한 점은 창간호부터 종간호까지 두 편의 소설만이 수록된 점이다. 창간호에 세가와 이치瀬川いち의「안녕히 아버지アンニョンヒアボジ」와 2호에서 배몽구裵夢亀의「무화과無花果」를 제외하고 3호부터는 창작소설을 수록하지 않았다. 창간호에 수록된「안녕히 아버지」의 경우 재일조선인 아버지 박한식朴漢植과 일본인 어머니 사이에서 태어난 딸 사다요貞世가 일본에서 겪는 차별과 귀화를 소재로 다루고

있다. 작품에서는 각종 역사문제와 교육의 문제에서 재일조선인이라는 이유로 일본인들이 사다요에게 차별적 발언을 일삼는 것을 묘사한다. 작가는 결론에서 가족과 민족을 지키며 귀화하지 않고 재일조선인으로 계속 살아갈 것을 제시하며 작품을 마무리한다. 「안녕히 아버지」는 귀화 문제를 다루는 동시에 재일조선인을 타자화시키는 가해자 일본인이라는 이중적 구조를 보인다.

2호에 수록된 「무화과」 역시 「안녕히 아버지」와 비슷한 구조를 보인다. 「무화과」의 줄거리는 다음과 같다. 재일조선인 주인공이 다니고 있는 일본 학교에서 도난 사건이 발생한다. 그 시각, 주인공이 교실에 들어가는 걸 보았다는 익명의 제보와 함께 주인공은 국적이 재일조선인이라는 이유로 가해자로 몰린다. 담임선생님은 주인공에게 해명의 기회도 주지 않고 자백을 받기위해 폭력을 가하고 주인공은 이에 굴복해 지갑을 훔쳤다고 거짓 자백을 한다. 작품 종반부에 주인공은 자신이 훔친 증거를 만들기 위해 자신의 집 아궁이에서 지갑을 태우고 불에 그슬린 지갑 단추를 선생님에게 제출한다. 이후 주인공은 전학을 가고 소설은 마무리된다. 「무화과」도 「안녕히 아버지」와 마찬가지로 재일조선인은 국적 때문에 일본인에게 차별받는 존재로 묘사된다. 이처럼 『마당』에 수록된 두 편의 소설은 재일조선인으로서 받는 차별, 귀화, 교육의 문제를 다루는 동시에 일본을 차별을 가하는 주체로 묘사하는 공통점을 보인다. 이러한 양상은 소설 외에도 『마당』의 전반적 구성에서도 나타난다.

『마당』의 일본에 대한 비판적인 태도는 인권차별운동에 관한 내용의 편성에서도 거듭 확인할 수 있다. 2호에서는 김희로金嬉老사건[11]의 당사

자 김희로의 「옥중에서 민족으로獄中から民族へ」를 수록했으며 3호에서는 히타치투쟁사건의 당사자 박종석의 「차별이라는 것은 사람을 죽이는 일이다差別とは人を殺すことだ」를 통해 인권 문제를 다뤘다. 여기에 그치지 않고 4호에서는 히타치투쟁사건을 논평한 「박군은 이긴것인가?朴君は勝ったか?」와 같은 특집을 연이어 편성했다. 『마당』은 이러한 문제를 다루며 민족 안에서 재일조선인으로 계속 살아가는 것을 해답으로 제시한다. 김희로의 옥중기에서 김희로는 민족의 언어와 문자를 잊고 사는 것은 인간으로서의 존엄을 잃은 것이며 한글공부를 열심히 하는 것만이 민족에서 살아가는 것이라고 말한다.[12] 박종석 역시 재일조선인은 민족에서 살아가야 한다고 주장하며 해답으로 민족을 제시한다.

『마당』의 일본에 대한 비판적 태도는 위안부 특집에서 절정에 이른다. 3호에서 김일면金一勉[13]은 「세칭 「일본군대의 위안부」의 구상世称「日本軍隊の慰安婦」の構想」으로 재일조선인 최초로 위안부 문제를 다룬다. 위안부 특집은 잡지가 종간하는 6호까지 계속된다. 4호의 「세칭 「일본군대의 위안부」의 발생世称「日本軍隊の慰安婦」の発生」, 5호의 「일본군대의 조선인 위안부日本軍隊の朝鮮人慰安婦」, 6호의 「「군대위안부」의 변용―일본군의 붕괴

---

11 김희로(본명―권희로(権禧老))는 1968년 2월 20일 시즈오카현 시미즈시에서 폭력배 간부 두 사람이 조선인에 대한 모욕적인 발언을 했다는 이유로, 두 사람을 살해하고 인근 온천여관에서 여관주인과 투숙객 13명을 인질로 잡고 88시간동안 "재일교포에 대한 차별철폐"를 요구하며 인질극을 벌인다. 이 사건을 계기로 '재일조선인'의 인권과 차별문제는 일본의 사회적 문제로 부상하게 된다.(김환기 2011 : 170)

12 金嬉老, 「獄中から民族へ」, 『季刊まだん』 2号, 創紀房新社, 1974, 29쪽.

13 김일면은 1921년 진주에서 태어났으며 1939년 도일한 재일조선인 1세대이다. 1950년 호세이대학(法政大学) 철학과를 졸업한 이후 사학가, 평론가로 활동했다. 생전 총 18권의 저서를 발간했으며 그 중 세 권의 저서에서 위안부를 다루었다.

후「軍隊慰安婦」の変容−日本軍の崩壊のあとに−」의 제목에서도 알 수 있듯이 4회에 걸쳐 위안부의 존재조차 몰랐던 당시의 독자들에게 위안부의 개념과 전개 과정을 설명한다. 3호에서는 정절로 대표되는 조선인 부녀자의 이미지를 없애기 위해 일본이 어떤 시도를 했는지 설명한다. 아편을 합법적으로 허용한 이후 사람들이 정신적으로 어떻게 망가졌으며 이후 일본이 어떠한 제재를 가했는지 설명했다. 4호와 5호에서는 본격적으로 군위안부의 개념과 구체적 전개 양상을 상세히 서술했으며, 6호에서는 해방 이후 위안부 처리와 당사자들의 진술을 소개했다. 일본에서 처음 위안부의 존재가 대중에게 알려진 것은 1973년 센다 가코千田夏光가『목소리 없는 여성 8만 명의 고발, 종군위안부声なき女8万人の告発・従軍慰安婦』를 발표하면서였다. 센다의 저서에서는 "군위안부제도"의 전체상을 규명하고자 시도하고 군위안부를 일본 군국주의의 희생자로 보는 시각으로 군위안부(극소수), 업자, 병사, 군의관을 취재해 전체상을 조망하려했다.[14] 김일면은 센다와 달리 가해자 일본 / 피해자 조선의 구도를 만들어 민족적 관점에서 기술했으며 위안부를 '조선 민족 멸망을 위한 일제의 방책'으로 설명하며 일본에 비판적인 태도를 보였다.[15] 이처럼 일본이 가해자 입장인 경우『마당』은 정치성을 여과 없이 드러냈다. 더 나아가 각 남북 단체에 비판적 태도를 보였다.

---

14 윤명숙, 최민순 역,『조선인 군위안부와 일본군 위안소 제도』, 이학사, 2015, 41쪽.

15 이후 김일면의 저서는 1976년 단행본『천황의 군대와 조선인 위안부(天皇の軍隊と朝鮮人慰安婦)』로 출간되었고, 이 책은 1981년 한국에서 임종국의 이름으로『정신대 실록』으로 출간되어 한국의 위안부 연구에 큰 영향을 끼쳤다. 또한 한국 최초의 위안부 소설인 윤정모의『에미 이름은 조센삐였다』출간에 직접적인 영향을 미쳤다.

3호의 「문제시되는 재일청년상問われる在日青年像」에서는 청년들의 국적 취득, 결혼, 민족관을 다루며 귀화 일본인, 혼혈인의 수필을 수록한다. 대표적으로 아오키 히로즈미青木宏逞純는 「일본국적을 가진 조선인으로서 日本国籍をもつ朝鮮人として」에서 조총련, 민단 두 조직은 귀화하는 재일조선인들을 위해 대체 무엇을 했냐고 비판하며 조직의 해체를 촉구했다. 이처럼 『마당』은 민단, 조총련 중 어느 쪽도 지지하지 않는 태도를 보였다. 또한 일본을 가해자로 설정하고 민속적 요소로 잡지를 구성함으로써 재일조선인들이 남북을 초월하여 민족을 바탕으로 화합하도록 유도했다.

2) 『삼천리』와의 비교

1975년 2월 창간하여 1987년 5월 1일 종간한 『삼천리』는 『마당』과는 확연히 다른 성향을 보였다. 탄생 과정에서부터 한국과의 유대를 지향했고[16] 고국의 정세, 한일관계와 같은 대외적 요소에 초점을 맞추었다. 『삼천리』는 1972년 7월 4일 7·4 남북 공동성명의 정신에 따라 하루빨리 통일을 이룩해야한다는 이념을 가졌으며 시대 상황에 지식인들이 적극적으로 발언해야한다 생각했다. 다음은 『삼천리』의 「창간사」의 일부이다.

---

16 삼천리는 『일본 속의 조선문화(日本のなかの朝鮮文化)』라는 잡지의 야유회에서서 만남을 가진 이진희(李進熙), 이철(李哲), 윤학준(尹學準), 서채원(徐彩源) 등이 고대를 중심으로 『일본 속의 조선문화』와 달리 근대 한일 관계를 다루는 잡지를 간행하는 것이 어떻겠냐는 김달수(金達壽)의 제안에 따라 창간되었다. (이미주 2012 : 52)

우리는 조선과 일본 사이에 복잡하게 엉킨 실타래를 풀고 상호 이해와 연대를 위한 가교 역할을 하고자한다. 이와 같은 염원을 실현하기 위해 재일동포 문학자와 연구자와의 교류를 넓혀갈 것이다. 또한 일본의 많은 문학자와 연구자와의 연대도 강화해갈 것이다.[17]

위 대목에서 확인할 수 있듯이『삼천리』는 남북과 일본을 연결하는 가교역할을 표방했다. 때문에 고국의 정세와 한일관계에 많은 관심을 나타냈으며 일본인 연구자만이 아닌 김윤식, 백낙청과 같은 한국문학자와도 교류했다. 또한 7 · 4 공동성명에 따라 조선의 평화적 통일을 추구하고 일본인의 조선관을 올바로 세우고자했다. 또한 계몽 잡지가 아니며 일본의 매스컴과 당당히 논쟁할 수 있는 수준을 유지할 것, 일본인 집필자에게 사사로운 개인의 감정을 이입시키지 말 것, 원고료는 이와나미출판사岩波出版社 수준으로 책정할 것, '친목회' 수준의 원고가 되지 않도록 노력할 것, 광고는 편집위원들이 추천할 수 있는 서적으로 제한할 것, 오자가 나오지 않도록 주의할 것과 같은 원칙을 정하며 지향점을 분명히 했다.[18]

두 잡지의「창간사」에서도 확인할 수 있는 것처럼『마당』과『삼천리』는 1970년대 출간된 재일조선인 잡지라는 공통점에도 불구하고 상이한 지향점을 나타냈다. 이는 잡지의 특집 구성의 비교를 통해 확인할 수 있다.『삼천리』의 특집 목록은 다음과 같다.

---

17 金石範 外,「創刊のことば」,『季刊三千里』創刊号, 三千里社, 1975, 1쪽.
18 이미주,「잡지 미디어를 통해 본 재일한인 문학−『계간 삼천리』를 중심으로」, 고려대 석사논문, 2012, 52쪽.

호수	간행연월	특집명
1호	1975.2	김지하(金芝河)
2호	1975.5	조선과「쇼와50년」(朝鮮と「昭和50年」)
3호	1975.8	강화도 사건 백 년(江華島事件百年)
4호	1975.11	일본인에게 있어 조선(日本人にとって朝鮮)
5호	1976.2	현대의 조선문학(現代の朝鮮文学)
6호	1976.5	오늘날의 일본과 한국(今日の日本と韓国)
7호	1976.8	고대의 일본과 한국(古代の日本と韓国)
8호	1976.11	재일조선인(在日朝鮮人)
9호	1977.2	근대의 조선인 군상(近代の朝鮮人群像)
10호	1977.5	한국의 민주화운동(韓国の民主化運動)
11호	1977.8	일본인과 조선어(日本人と朝鮮語)
12호	1977.11	재일조선인의 현황(在日朝鮮人の現状)
13호	1978.2	조선의 친구였던 일본인(朝鮮の友だった日本人)
14호	1978.5	역사 속의 일본과 조선(歴史の中の日本と朝鮮)
15호	1978.8	8·15와 조선인(八·一五と朝鮮人)
16호	1978.11	조선을 알기 위해(朝鮮を知るために)
17호	1979.2	3·1운동 60주년(三·一運動六〇周年)
18호	1979.5	재일조선인이란(在日朝鮮人とは)
19호	1979.8	문화에서 본 일본과 조선(文化からみた日本と朝鮮)
20호	1979.11	재일조선인 문학(在日朝鮮人文学)
21호	1980.2	근대 일본과 조선(近代日本と朝鮮)
22호	1980.5	'4·19' 20주년과 한국('4·19'二十周年と韓国)
23호	1980.8	조선 두 개의 36년(朝鮮二つの三十六年)
24호	1980.11	지금 재일조선인은(いま在日朝鮮人は)
25호	1981.2	조선인관을 생각하다(朝鮮人観を考える)
26호	1981.5	조선의 통일을 위하여(朝鮮の統一のために)
27호	1981.8	조선의 민족운동(朝鮮の民族運動)
28호	1981.11	재일조선인을 생각하다(在日朝鮮人を考える)
29호	1982.2	다카마쓰 고분과 조선(高松塚古墳と朝鮮)
30호	1982.5	조선의 예능문화(朝鮮の芸能文化)
31호	1982.8	15년 전쟁 하의 조선(十五年戦争下の朝鮮)

32호	1982.11	교과서 속의 조선(教科書の中の朝鮮)
33호	1983.2	동아시아 속의 조선(東アジアの中の朝鮮)
34호	1983.5	근대일본의 사상과 조선(近代日本の思想と朝鮮)
35호	1983.8	오늘날의 재일조선인(今日の在日朝鮮人)
36호	1983.11	관동대지진의 시대(関東大地震の時代)
37호	1984.2	에도기의 조선통신사(江戸期の朝鮮通信史)
38호	1984.5	조선어란 어떤 것인가(朝鮮語とはどんなことばか)
39호	1984.8	재일조선인과 외국인 등록법(在日朝鮮人と外国人登録法)
40호	1984.11	한국의 근대와 갑신정변(韓国の近代と甲申政変)
41호	1985.2	일본의 전쟁책임과 아시아(日本の戦争責任とアジア)
42호	1985.5	재일외국인과 지문날인(在日外国人と指紋押捺)
43호	1985.8	조선분단의 40년(朝鮮分断の四十年)
44호	1985.11	해외 재일조선인의 현재(海外在日朝鮮人の現在)
45호	1986.2	다시 교과서 속의 조선(再び教科書の中の朝鮮)
46호	1986.5	80년대 재일조선인(80年代在日朝鮮人)
47호	1986.8	식민지 시대의 조선(植民地時代の朝鮮)
48호	1986.11	전후초기의 재일조선인(戦後初期の在日朝鮮人)
49호	1987.2	일본병합 전후(日本併合前後)
50호	1987.5	재일조선인의 현재(在日朝鮮人の現在)

위 표에서 드러나는 것처럼 『삼천리』는 한반도의 문제, 한일관계, 동아시아의 문제와 같이 재일조선인 사회와 외부를 연결지어 특집을 구성했다. 또한 교육, 교과서 문제처럼 재일조선인 사회와 직접적으로 관련된 문제의 경우에도 일본인 문학자가 함께 참여하는 방식을 취했다. 이와 같은 『삼천리』의 편집 방향은 재일조선인 사회 문제가 재일조선인만의 문제가 아닌 한국, 북한, 일본이 함께 개입된 공통의 문제로 인식하는 태도를 확인할 수 있다. 더 나아가 중앙아시아의 고려인, 중국의 조선족과 같이 해외 동포까지 포괄하는 넓은 수용 범위를 나타냈다.

『마당』이 재일조선인 사회 내부 담론 형성에 주력했다면『삼천리』는 재일조선인 사회와 외부를 연계하여 담론을 형성했다. 이처럼 두 잡지는 명확한 성향 차이를 보였으며 두 잡지가 공존했던 1975년에는 지면에서 서로를 언급하기도 했다. 그러나 상호언급은 지상논쟁이라는 부정적 형태로 나타났다. 이들의 논쟁 배경에는 각 잡지의 성향과 당시 한국의 정황과 관계가 있으며 복합적인 요소를 관계지어 살펴보아야 한다.

3.『마당』과『삼천리』의 논쟁과 영향

1) 한국의 상황과 언쟁의 발생

한국에서는 1961년 박정희의 쿠데타가 발생하고 이후 3선 개헌을 통해 장기집권의 움직임을 보였다. 1972년에는 국회 해산, 유신 선포와 같은 독재 행보를 보였으며 문학계 역시 탄압을 피해가지 못했다. 1953년 3월 장준하를 발행인으로 창간된 월간 종합잡지『사상계』[19]는 1970년 5월 김지하金芝河[20]의 담시「오적五賊」을 게재한 것이 문제가 되어 통권 205

---

19 1953년 3월 장준하를 발행인으로 창간되었던 월간 종합잡지. 1970년 5월 김지하의「오적」을 게재한 것이 원인이 되어 폐간된다.

20 1941년 출생. 1970년대 한국의 대표적 민주화 시인. 1970년『사상계』5월호에 특권층의 권력형 부정, 부패상을 판소리 가락을 통해 비판한「오적(五賊)」을 발표한다. 이후 신민당 기관지『민주전선(民主前線)』에 작품 전문이 게재되고 박정희 정권은 김지하를 반공법 위반으로 체포·투옥한다.『민주전선』은 전권 압수처분을 당하고『사상계』는 판매금지 조치 이후 등록취소를 당한다.

호로 폐간된다. 『사상계』 폐간 직후인 1970년 9월 신민당 의원이었던 김상현金相賢을 지주로 『다리』가 창간되고 학생운동, 정론투쟁, 시민항쟁 담론을 지면에 담아내며 문학을 통한 정치투쟁적 모습을 보인다. 그러나 박정희 정권은 『다리』지를 1971년 2월 프랑스의 극좌파 학생운동(콩방디)과 미국의 극좌파인 뉴레프트 활동을 긍정적으로 언급하고 정부 타도를 암시하여 반국가 단체인 북괴를 이롭게 하는 내용이라는 혐의로 저자는 물론 주간 윤형두, 발행인 윤재식을 구속하고 1972년 10월 『다리』지는 폐간된다.[21]

1960년대 이후 한국문학계는 조연현과 서정주를 필두로 한 『현대문학』과 『문학과지성』, 『창작과비평』이 주축이 된다. 많은 작가들은 친권력 지향 성향의 『현대문학』보다 『문학과지성』, 『창작과비평』을 선호했다. 『문학과지성』, 『창작과비평』은 4·19세대를 중심으로 문단권력에 대한 대응전략으로 출발한 성격이 강했다.(박대현 2016 : 437) 정치 투쟁 성향을 가진 『사상계』, 『다리』가 문학을 통한 문학계 외부 비판을 지향했다면 『문학과지성』, 『창작과비평』는 비판이 문학계 내부를 향해있었다. 이처럼 1970년대 한국문학계를 대표했던 『문학과지성』, 『창작과비평』는 『사상계』, 『다리』와는 명확히 다른 성향을 보였고 『다리』의 폐간 이후 1970년대에 『사상계』, 『다리』의 역할을 수행하는 지면은 부재한다.

1972년 4월 김지하는 가톨릭계 잡지 『창조』에 「비어(蜚語)」를 발표했으나 이후 『창조』지는 자진 폐간의 형식으로 사라지고, 김지하는 이후 반공법 위반으로 기소, 사형신고를 받는다.

21 1973년 1월호에 다시 복간되기는 하지만 복간 이후의 『다리』지는 기존과는 전혀 다른 길을 걷는 다.(박대현, 『다리』誌의 현실참여와 행동주의의 의미, 『한국문학이론과 비평』 60, 한국문학이론과 비평학회, 2013, 460쪽)

1970년대의 대표적 문학계 탄압은 문인간첩단 사건[22]으로 대표된다. 1973년 10월 2일 서울대 문리대의 시위를 시작으로 4일에는 고려대를 비롯한 각 학교에서 대학생들의 반대시위가 발생한다. 또한 언론 매체에서는 언론자유선언이 발표된다. 구중서 등 문인 61명은 1974년 1월 7일 개헌지지성명을 발표하고 보안사는 이 성명에 참가했던 이호철, 임헌영, 김우종, 정을병, 장병희(장백일) 등 5명을 간첩죄 및 국가보안법 혐의로 체포한다.[23] 이 사건을 계기로 재일조선인 종합지 『한양』은 불온서적으로 낙인찍혀 한국에 반입이 금지되고 『한양』의 인적·물적 네트워크가 완전히 단절됨으로써 존립자체가 위태로워진다.(손남훈 2016 : 38) 문인 간첩단 사건 외에도 박정희 정권의 언론사 탄압으로 동아일보사 직원 180명은 직장을 잃었고 장준하, 김상진을 비롯한 인혁당 사람들은 목숨을 잃었다. 이처럼 박정희의 유신 정권은 1970년대 문학계를 비롯한 각종 미디어를 탄압했으며 한국에서 문학과 언론을 통한 정권 비판, 정치 투쟁은 불가능한 상황에 처한다.[24]

사회적으로는 1970년 11월 13일 전태일全泰壹이 분신하고 이후 수많은 노동 운동이 발생했으며 1973년 김대중 납치사건[25]과 1974년 대통

---

22 일명 '문인간첩단'이라는 이름으로 알려진 이 사건은 작가들이 재일조선인 문예지 『한양』에 글을 기고했다는 이유로 체포된다. 이호철, 임헌영은 간첩죄 및 국가보안법 위반 혐의, 김우종, 정을병, 장병희는 국가보안법 혐의로 체포된다. 보안사는 이들에게 『한양』이 반국가단체의 위장지이고 이들이 잡지 편집위원과 만나 원고료를 받고 금품을 수수했다는 이유로 구속한다. 이들은 재판을 통해 유죄를 선고받고 실형을 살았으나, 2011년 이후 법원은 무죄를 선언했다.

23 개헌서명자인 이호철과 임헌영은 간첩으로 비서명자인 김우종, 정을병, 장병희는 국가보안법 혐의를 받은 대목에서 개헌서명이 문인간첩단의 빌미가 된 것을 추정할 수 있다.

24 이영호, 「1970년대 일본에서의 조선문학 연구 경향 분석—조선문학의 회(朝鮮文学の会)의 등장과 재일조선인 작가의 활동을 중심으로」, 『일본학보』107권, 한국일본학회, 2016, 102~104쪽.

령 특별조치²⁶가 자행되며 독재는 절정에 이른다. 이런 상황에 대해『마당』은 무관심한 태도를 보였고『삼천리』는 심각한 문제로 인식했다. 이런 두 잡지간의 상이한 인식은 갈등의 직접적 원인이 되어 지상논쟁으로 이어졌다. 논쟁의 시작은『삼천리』의 편집위원 김석범이『마당』을 비판하며 시작된다.

2) 언쟁의 전개 양상

1975년 2월 김석범은『삼천리』창간호에서「당파 혐오자의 당파적이라는 것党派ぎらいの党派的ということ」을 통해『마당』을 비판한다. 다음은 글의 일부이다.

『마당』은 창간이래 요 일 년간, 김대중씨의 납치사건과 김지하씨의 사건에 일절 언급 없이 지나갔다.『마당』이 정치적 중립을 간판으로 하는

---

25 1973년 8월 8일 김대중이 도쿄에서 한국 중앙정보부 요원 5명에게 납치되어 선박 용금호에 감금된 채 동해로 강제 압송되었다가 129시간만인 8월 13일 서울의 자택 부근에서 풀려난 사건. 사건을 조사하던 일본 경찰청은 당시 중앙정보부 요원 김동운의 지문을 채취하는 등 증거를 확보하여 관련자 출두를 요구했다. 그러나 한국 정부는 사실을 부인하고 협조를 거부했으며 이후 한일 간의 외교문제가 발생하고, 북한은 8월 28일 남북회담 중단을 발표하는 등 한일 외교 문제만이 아닌 남북관계에도 큰 영향을 미친 사건.

26 유신헌법에 규정되어 있는 대통령 권한으로 헌법상의 국민의 자유와 권리를 잠정적으로 정지할 수 있는 특별조치. 1974년 1월 8일 대통령 긴급조치 제1호, 2호 발표, 1월 14일 국민 생활의 안정을 위한 대통령 긴급조치 발표, 4월 3일 대통령 긴급조치 제4호 발표, 8월 23일 대통령 긴급조치 제1호와 제4호의 해제에 관한 긴급조치 발표, 12월 31일 대통령 긴급조치 제3호의 해제조치 발표, 1975년 4월 8일 대통령 긴급조치 제7호 발표, 5월 13일 대통령 긴급조치 제7호의 해제조치, 국가안전과 공공질서의 수호를 위한 대통령 긴급조치가 발표된다.

것은 좋지만 그러한 논리대로라면 조국의 남쪽에서 일어난 이들 사건은
편향된 '정치적'사건에 지나지 않기 때문에 무시하고 지나쳐온 것인가?
정치의 가장 구체적 형태인 권력에 의해 인간이 존재를 부정당할 때 그것
에 대처하는 것이 단순히 정치적인 것에 지나지 않는 것일까? 여기에는
인간적인 비참과 공포 그리고 용기도 존엄이 걸린 것이 아닐까? 만약 그
것마저 '중립'적 견지에서 보고 정치적 사건이 되는 거라면 내가 군말할
필요는 없다.[27]

김석범은 한국에서 발생한 김대중 납치사건, 김지하 사건과 같이 인
간의 기본권이 유린당하는 상황에서 이를 외면하는 것이 정치적 중립을
지키는 것이냐며 『마당』측을 비판한다. 더 나아가 일본 잡지 『세계世
界』도 김지하 사건을 대서특필하는 상황에서 동포사회 잡지인 『마당』이
한국 민중을 외면하는 태도는 오히려 정치적 편향성을 보이는 것이라 말
한다. 김석범은 이 외에도 『마당』의 편집위원 중 한 명이 한국 펜클럽[28]
회장 백철白鐵을 만나 정치적 행보를 보였다고 말하며 『마당』은 실제로
정치적 행동을 하고 있으면서 비정치라는 간판으로 자신들의 행위를 가
리고 있다고 비난했다.

이에 대해 『마당』측은 1975년 3월 1일 출간된 5호에서 「계간 삼천리

---

27 金石範, 「党派ぎらいの党派的ということ」, 『季刊三千里』 創刊号, 三千里社, 118쪽.
28 정식 명칭은 국제펜클럽 한국본부로서 세계의 문학자들이 친교를 맺고 국제 간 이해 증진을 목적
으로 만들어진 조직으로 1954년 10월 23일 창설된 한국 펜클럽은 1955년 6월 제27차 세계연차
대회에서 정식 회원국으로 가입하고 7월 인준을 받았다. 세계에 알려지지 않은 우리 민족의 예술
과 문화를 소개함으로써 세계 각 국민들과 문화적으로 국제친선을 도모함을 목적으로 한다.

의 창간을 맞아季刊三千里の創刊によせて」라는 글로 곧바로 대응한다. 다음은 글의 일부이다.

김대중, 김지하의 문제를 『마당』이 다루지 않은 것에 관해 김씨가 어떻게 해석하고 논단하는 것은 자유이다. 하지만 그것과 명예훼손이 걸린 문제와 본질적으로 별도의 문제이며 혼동하면 안 된다. 하물며 사실무근의 중상과 명예훼손은 허용될 수 없다. (…중략…) 그것은 『삼천리』의 주장에 준하는 것으로 생각되어진다. 따라서 우리는 필자인 김씨와 게재지인 『삼천리』에 구체적 사실을 명확히 해줄 것을 요구한다.[29]

『마당』측은 김석범이 자신들을 비판하는 것이 자유인 것처럼 김지하와 김대중의 문제를 다루지 않은 것 역시 자유라 말한다. 또한 김석범의 발언이 명예훼손인 동시에 자신들에 대한 중상모략이라 말하며 세 가지의 사실을 확인해줄 것을 요구했다. 요구사항은 ① 백철과의 관계로 정치적 행동을 한 편집위원이 누구이며, ②. 정치적 행동이 무엇인지, ③ 그 정치적 행동이 어떠한 형태로 『마당』에 반영되어 자신들의 초심이 바뀌었는지에 대해 『삼천리』의 지면을 통해 답해줄 것을 요구했다.

김석범은 곧바로 8월 출간된 『삼천리』 3호에서 「『마당』의 질문에 답하다『まだん』の質問に答える」라는 글로 대응한다. 김석범은 ① 백철과의 정치적 행동을 한 편집위원이 김양기金両基이며, ② 당시 「동아시아의 고대문

---

29 まだん編集委員会, 「季刊三千里の創刊によせて」, 『季刊まだん』 5号, 創紀房新社, 1974, 133쪽.

화를 생각하는 모임東アジアの古代文化を考える会」의 위원장 스즈키 다케쥬鈴木武樹를 백철과 만나도록 요구했던 것이 정치적 행동이라 설명한다. 당시 일본 펜클럽의 후지시마 다이스케藤島泰輔, 시라이 고지白井浩司는 김지하 체포 이후 박정희 정권을 옹호하는 발언을 한다. 이를 계기로 이들은 일본에서 엄청난 비난을 받았는데 당시 한국 펜클럽 회장 백철이 이들을 두둔하기 위해 급히 일본에 온 것이었다. 김석범은 백철의 이러한 행동은 박정희 정권을 두둔하기 위한 행동이며, 김양기가 백철을 만나 스즈키 다케쥬의 한국행을 권유하는 것은 지극히 정치적이고 박정희 정권을 옹호하는 행위라 비난한다. 또한 김석범은 세 번째 질문에서 『마당』의 정치적 행동이 구체적으로 어떻게 지면에 반영되었는지에 관해서는 애초에 서술한 적이 없으며 김대중, 김지하에 관한 자신의 질문에 『마당』은 본질적으로 답하지 않고 피해가고 있다고 재차 비난한다. 이에 덧붙여 김석범은 『삼천리』가 아닌 『마당』의 지면에 글을 게재하고 싶었지만 『마당』측에서 자신의 요청을 거부해 『삼천리』에 실을 수밖에 없었다고 밝히며 거듭 『마당』의 태도를 비판했다. 김석범의 반박 이후 『마당』의 대응은 잡지가 재정적인 어려움으로 종간하는 바람에 끝내 확인할 수 없었다. 그러나 이 사건을 통해 『마당』과 『삼천리』의 명확한 성향 차이를 확인할 수 있었다.

재일조선인 사회 내부 문제에 집중했던 『마당』과 외부와의 연대를 지향했던 『삼천리』는 '정치성'에 대해 명확히 다른 원칙을 가졌다. 『마당』의 입장에서 한국에서 발생한 일들은 재일조선인 사회 내부 문제가 아니었으며 동포사회에 이데올로기 갈등이 발생할 수도 있는 민감한 문제였기 때문에 의도적으로 다루지 않는 선택을 했다. 그러나 조국과 재일조선인 사회, 일본과의 연대를 지향하는『삼천리』에게 한국의 상황은 반드시 참여해야하는 문제였다. 이처럼 두 잡지의 상이한 성향은 갈등의 원인이 되었으나 결과적으로『마당』은 재일조선인 사회 내부의 담론을, 『삼천리』는 외부 담론을 형성하며 1970년대 재일조선인 문학잡지가 폭넓은 스펙트럼을 형성하는 결과를 만들었다.

4. 결론

1970년대는 재일조선인 작가들이 조총련의 영향에서 벗어나 일본문단에서 활동하며 재일조선인 문학 장르를 구축한 시기였다. 또한『마당』,『삼천리』가 탄생하며 다양한 목소리를 가진 지면이 나타났다.『삼천리』는 1987년에 종간하기까지 12년 동안 다양한 담론을 형성하고 외부와의 연대를 통해 재일조선인 문학에 많은 영향을 끼쳤다.『마당』은 1973년부터 1975년까지 2년간『한양』과『삼천리』와 구분되는 명확한 특성을 보였다.

『마당』은 정치적 중립을 표방하며 재일조선인들의 문화, 생활, 결혼, 교육과 같은 문화계승 문제를 다루며 재일조선인 사회의 단합을 추구했다. 또한 과거 통일국가였던 신라, 고려, 조선과 관련된 민속적 내용으로 지면을 채웠다. 소설과 각종 특집에서는 차별을 가하는 주체로 일본을 묘사하는데 주력했으며 민족에서 자신의 정체성을 찾을 것을 강조했다. 이러한 『마당』의 성향이 나타난 위안부 담론은 1970~80년대 한일 위안부 연구에 영향을 끼쳤으며 임종국에 의해 번역되어 소개된다. 더 나아가 한국 최초의 위안부 소설인 윤정모의 『에미 이름은 조선삐였다』의 탄생에 직접적인 영향을 끼쳤다.

　『마당』이 재일조선인의 삶에 밀착된 내부적 문제에 집중했다면『삼천리』는 한일관계에 입각한 외부적 문제에 치중하며 서로 상이한 담론을 생산했다. 두 잡지 간의 이러한 성향차이는 지상논쟁의 발단이 되었다. 그러나 두 잡지 모두 동포 사회의 화합과 조국통일이라는 공통된 지향점을 가졌다. 이를 통해 1970년대 재일조선인 문학은 내부 내실을 다지는 동시에 외부를 함께 아우르는 긍정적 결과를 만들었으며 1970년대 재일조선인 문학이 가진 넓은 스펙트럼을 확인할 수 있었다.

참고문헌

김환기, 「전후 재일코리안 문학의 변용과 특징」, 『일본학보』 86권, 한국일본학회, 2011.

박대현, 「『다리』誌의 현실참여와 행동주의의 의미」, 『한국문학이론과 비평』 60권, 한국문학이론과 비평학회, 2013.

소명선, 「재일한인 에스닉 미디어의 계보와 현황-에스닉 잡지를 중심으로」, 『일어일문학』 30권, 대한일어일문학회, 2006.

손남훈, 「『한양』 게재 재일한인 시의 주체 구성과 언술 전략」, 부산대 박사논문, 2016.

이미주, 「잡지 미디어를 통해 본 재일한인 문학-『계간 삼천리』를 중심으로」, 고려대 석사논문, 2012.

이영호, 「1970년대 일본에서의 조선문학 연구 경향 분석-조선문학의회(朝鮮文学の会)의 등장과 재일조선인 작가의 활동을 중심으로」, 『일본학보』 107권, 한국일본학회, 2016.

최범순, 「『계간 삼천리(季刊三千里)』의 민족정체성과 이산적 상상력」, 『일본어문학』 41권(본학보 107권), 한국일본어문학회, 2009.

まだん編集委員会, 『季刊まだん』6號, 創紀房新社, 1975.

金嬉老, 「獄中から民族へ」, 『季刊まだん』2号, 創紀房新社, 1974.

まだん編集委員会, 『季刊まだん』創刊号, 創紀房新社, 1973.

国際高麗学会, 『在日コリアン辞典』, 明石書店, 2010.

細井綾女, 「「コリアン・ジャパニーズ」・「プール」の呼称の変遷と国籍問題」, 『言葉と文化』 11, 名古屋大学大学院国際言語文化研究科日本言語文化専攻, 2010.

町村敬志, 「エスニック・メディア研究序説」, 『一橋論叢』109輯, 日本評論社, 2013.

中野克彦, 「エスニック・メディアと日本社会-1896~1999年の考察」, 『立命館言語文化研』, 立命館大学国際言語文化研究所, 1991.11.

呉德洙, 「ちゃんそり」に託したい同胞への想い」, 『季刊ちゃんそり』創刊号, ちゃんそり
　　舎, 1979.
編集委員会, 「創刊のことば」, 『季刊三千里』創刊号, 三千里社, 1975.
金石範, 「党派ぎらいの党派的ということ」, 『季刊三千里』創刊号, 三千里社, 1975.

이 글은 2017년『일본문화연구』제61집에 게재한 논문을 수정·보완한 것임을 밝혀둔다.

제3장

문화 창작·소비주체의 세대교체와
재일잡지미디어의 향방

『청구靑丘』와 재일코리안의 자기정체성

문화텍스트를 중심으로

김환기

1. 들어가는 말

지금까지 재일코리안 문학은 일제강점기의 김사량과 장혁주 문학을 비롯해 해방 전후의 1세대, 중간세대, 현세대의 문학에 이르기까지 다양한 관점에서 조명되었다. 특히 재일코리안 작가 / 작품을 대상으로 한일 문학사에서 차지하는 문학사적 위치, 시대 / 세대별로 경향을 달리해온 문학적 변용, 개별적인 작가 / 문학텍스트에 대한 고찰을 중심으로 전개되어 왔다. 하지만 기존의 많은 연구 성과에도 불구하고 연구의 경향은 여전히 몇몇 인기 작가의 문학텍스트에 집중되면서 자기(국가)중심적인 해석에서 탈피하지 못한 한계를 드러낸 것도 사실이다. 이는 한정된 텍스트와 타자화 된 재일코리안의 역사성을 감안하면 어쩌면 당연한 결과

일 수 있다. 한편 근래의 글로벌주의는 재일코리안 문학의 다양한 주제의식과 문학텍스트에 대한 다층적 연구를 촉진시킴으로써 한층 확장된 세계관을 통해 문학의 보편성과 객관성을 확보하고 있다. 예컨대 국가 / 민족주의와 역사 / 이데올로기 중심의 담론과는 차별화 된 주제의식, 즉 코리안디아스포라의 탄생과 이동, 초국가적인 월경과 생산, 생활문화 중심의 현실주의, 공생철학, 중층적 아이덴티티와 같은 시좌가 그러하다. 최근 재일코리안 문학 연구가 통시적인 관점에서 각종 잡지(『民主朝鮮』, 『三千里』, 『漢陽』, 『統一評論』 등)와 문예지(『계림鷄林』, 『진달래チンタレ』, 『민도民濤』 등)에 주목하고 있는 것도 이러한 주제의식과 무관하지 않다. 이에 본고는 글로컬리즘Glocalism의 관점(탈냉전 이후 '탈중심적이면서도 다중심적인' 글로컬리즘의 관점은 인종·민족·종교·문화 간의 갈등과 대립을 넘어선 세계관과 공존의 가치를 적용한다는 점에서 주목됨)에서 1980년대 전후에 발간된 재일코리안 잡지 『靑丘』의 정체성을 발간목적과 내용구성을 주목함으로써 당대의 시대성과 잡지의 성격을 규명하고자 한다. 구체적으로는 『靑丘』에서 기획한 '특집주제'와 개별적인 형태로 발표된 연구논문을 통해 재일코리안 사회의 자화상 및 재일코리안을 향한 주류 / 중심사회의 시선 등을 살펴보고, 특히 『靑丘』에 게재된 문학텍스트(소설, 평론 등)의 의미를 재일코리안 문학사의 맥락에서 고찰해 보고자 한다.

2. 재일코리안 사회 / 문화와 『靑丘』

1) 잡지 『三千里』에서 『靑丘』로

주지하다시피 1965년 한일 국교정상화와 1972년 남북 '7·4공동성명'은 일제강점기의 '負'의 역사와 남북한의 역사적 질곡을 일단락 짓고 새로운 출발을 알린 사건이었다. 한일 양국은 실질적인 동반자 관계를 열어가기 시작했으며 남북한 당국은 '자주적' '평화적' 통일과 '민족적 대단결'[1]을 강조함으로써 표면적으로나마 질곡의 과거사를 넘어 새로운 관계를 열어가야 한다는 인식을 공유하게 된다. 하지만 한일관계와 남북관계는 실질적으로 해결해야할 과제가 적지 않았으며, 당국 간의 첨예한 대립 / 갈등 구도로 인해 복잡하게 얽혀 전개되기 일쑤였다. 국제정세 역시 냉전시대의 연장선에서 완전히 벗어날 수 없었고 일본의 내셔널리즘적 배타주의도 여전히 존재했다. 그리고 오히려 글로벌 경제가 구체화되면서 주류 / 중심사회와 비주류 / 주변사회 사이로 변주되는 갈등과 대립구도가 재일코리안 사회를 한층 복잡하게 만드는 경향도 없지 않았다.

계간잡지 『三千里』(1972년 창간)는 첨예하게 반목을 거듭했던 당대의 한일관계, 남북문제, 재일코리안 문제를 공론화하면서 근원적으로 문제해결에 앞장선다는 취지를 실천한 사례일 것이다. 특히 『三千里』는

---

1   7·4남북공동성명에서 남북한은 조국통일의 원칙으로서 "첫째 통일은 외세에 의존하거나 외세의 간섭을 받음이 없이 자주적으로 해결하여야 한다. 둘째 통일은 서로 상대방을 반대하는 무력행사에 의거하지 않고 평화적 방법으로 실현해야 한다. 셋째 사상과 이념, 제도의 차이를 초월하여 우선 하나의 민족으로서 민족적 대단결을 도모하여야 한다"고 합의했다.

1970, 80년대의 한일관계, 남북문제, 재일코리안의 문제를 "재일이 중심이 되어" 이에 대한 관심과 변화를 촉구하게 된다. 『三千里』가 '창간사'에서 "통일조선을 향한 절실한 염원"과 "조선과 일본 사이에 복잡하게 뒤얽힌 실타래를 풀어내고 상호이해와 연대를 이루기 위한 하나의 가교"[2]역을 강조했다는 점은 그러한 시대적 사명감을 읽을 수 있는 대목이다. 예컨대 『三千里』의 '특집' 주제 '조선'의 역사성과 일본과의 역사적인 교류,[3] 일제강점기의 모순 / 부조리, 동아시아의 공존공생, 재일코리안의 자화상이라는 주제의식은 그러한 취지를 상징적으로 표상하는 지점이다. 그 중에서도 재일코리안 지식인들이 주류 / 중심 권력에 맞서며[4] 인류의 보편성과 평화주의에 입각해 한국의 민주화운동('김지하'와 '김대중' 사건), 재일코리안 사회의 핵심쟁점들(참정권, 법적지위, 인권문제, 지문날인, 교육문제 등)을 집중적으로 공론화 하고 문제해결을 위해 노력했다는 점은 주목된다.

이러한 '경계인'의 주류 / 중심사회를 향한 투쟁의 역사는 『三千里』

2　「創刊のことば」, 『三千里』, 1987.여름, 1쪽.

3　『三千里』에는 한일양국의 전통과 역사적 교류지점을 특집주제로 삼은 경우가 적지 않다.(「日本人にとっての朝鮮」(4), 「現代の朝鮮文学」(5), 「古代の日本と朝鮮」(7), 「近代の朝鮮人群像」(9), 「日本人と朝鮮語」(11), 「朝鮮の友だった日本人」(13), 「歴史の中の日本と朝鮮」(14), 「八・一五と朝鮮人」(15), 「朝鮮を知るために」(16), 「三・一運動六〇周年」(17), 「文化からみた日本と朝鮮」(19), 「近代日本と朝鮮」(21), 「四・一九」二十周年と韓国」(22), 「朝鮮人観を考える」(25), 「朝鮮の民族運動」(27), 「高松古墳と朝鮮」(29), 「朝鮮の芸能文化」(30), 「教科書の中の朝鮮」(32), 「近代日本の思想と朝鮮」(34), 「江戸期の朝鮮通信使」(37), 「朝鮮語とはどんなことばか」(38), 「朝鮮の近代と甲申政変」(40), 「朝鮮分断の四十年」(43), 「再び教科書の中の朝鮮」(45) 등)

4　1960~70년대 재일코리안 사회는 주류 / 중심사회인 일본 / 일본인의 차별에 대해 다양한 형태의 목소리(투쟁)를 보여준다. 예컨대 1968년 김희로 사건(재일코리안 차별의 사회문제화)을 비롯해서 1970년 히타치 제작소를 상대로 한 박종석의 소송(취직 차별에 대한 사회문제화), 1976년 교토(京都) 다마히메전(玉姫殿)의 민족의상 차별 사회문제화 등은 대표적인 투쟁의 소리였다.

이후의『靑丘』에서도 계속된다.『靑丘』역시 첨예했던 냉전논리와는 차별화된 관점에서 기본적으로 한반도의 역사성과 한일 교류사, 일본 / 일본인의 잘못된 역사인식, 타자화된 재일코리안 사회를 공론화하며 해결을 촉구한다는 점에서 그러하다. 특히『靑丘』가 '88서울올림픽' 이후의 한일관계, 남북문제, 재일코리안 사회를 둘러싼 핵심현안들(역사성, 참정권, 지문날인, 민족교육, 인권문제 등)을 직접 거론했다는 점은 주목할 만하다. 물론 여기에는 1990년대를 전후해 일본인들이 "재일조선인들의 연구에 자극을 받는" 분위기였고 "재일조선인 문제를 자신들의 과제로 인식"[5]하기 시작했다는 점이 크게 작용한 것도 사실이다. 아무튼 재일코리안 사회가 '객'이 아닌 주체적인 입장임을 강조하고 그에 상응하는 실질적인 목소리를 적극적으로 개진하기 시작한 것이다.

그러나『三千里』와『靑丘』의 시대를 거쳐 현재에 이르기까지 재일코리안 사회를 둘러싼 역사적 논쟁지점(영토문제, 위안부문제, 신사참배 문제 등)은 여전히 탈출구를 찾지 못한 채 반목을 거듭하고 있다. 주류 / 중심과 비주류 / 주변으로 변주되는 일본사회의 계급 / 수직적 구도가 온존하고 있으며, 주류 / 중심사회의 자기(자국)중심적 논리 또한 인류의 보편성과 수평주의와는 여전히 거리가 멀다.『三千里』와『靑丘』가 종간된 이후, 재일코리안 사회를 중심으로 각종 일간지, 계간잡지, 문예지, 단행본 등이 계속해서 발간되고 실천의 목소리가 쏟아지는 이유도 여기에 있다.

5　「『三千里』と『靑丘』の20年」,『季刊靑丘』20, 1994.여름, 76쪽.

2) 잡지 『靑丘』의 형식과 내용상의 특징

범박하게 『靑丘』의 형식과 내용구성을 짚어보면, 먼저 도입부에는 예외 없이 '특집주제'를 꾸몄고 뒤이어 '수필', '대담', '그라비어gravure', '연구노트', '만화', '글과 그림絵と文', '르포', '창작소설', '가교架け橋', '나의 주장', '서평書架', '독자의 광장' 등을 차례로 기획했다. 여기에서 『靑丘』의 '특집주제'[6]를 비롯해서 수록 내용을 장르별로 개괄해 보면, '특집주제'가 25회, 대담・좌담회 26회, 수필과 '가교'('나의 주장' 포함) 178편, 그라비어 25회,[7] 개별연구 411편('특집주제' 128편 포함), '만화'와 '글과 그림' 40편, 계록季錄 21회,[8] 르포 16회,[9] 창작소설 및 번역 문학작품 34회, 서평 67회, 그리고 심포지엄(21호)과 인터뷰(23호)가 각각 1회씩 게재되었음을 확인할 수 있다. 내용적으로는 대체로 한일 양국의 사회문화적 현상과 역사적 교류, 일본/일본인의 잘못된 역사인식(임진왜란, 일제강점기), 전후의 한일관계, 남북한의 정치/이념적 갈등구조, 재일코리안 사회의 역사성과 현재적 지점 등을 다루었고, 궁극적으로는 동

---

6 『靑丘』의 '특집주제'는 「昭和を考える」(창간호), 「吉野ヶ里と藤ノ木」(2), 「中国・ソ連の朝鮮族」 (3), 「国際化と定住外国人, 三つの視点」(4), 「冷戦下の分断四十五年」(5), 「積み残しの戦後責任」 (6), 「動き出した朝鮮半島」(7), 「室町・江戸期と朝鮮」(8), 「燐国愛の日本人」(9), 「太平洋戦争と朝鮮」(10), 「文禄の役から四百年」(11), 「いま朝鮮半島は」(12), 「在日韓国・朝鮮人」(13), 「朝鮮王朝五百年」(14), 「地域に生きる韓国・朝鮮人」(15), 「いま日韓条約を考える」(16), 「八・一五解放と分断」(17), 「在日朝鮮人文学の現在」(18), 「いまなぜ戦後補償か」(19), 「転換期の在日韓国・朝鮮人」(20), 「'在日'の50年1~4」(21~24), 「朝鮮観の系譜」(25)로 구성되어 있다.

7 '그라비어'는 「濟州道」(창간호)라는 제목을 비롯해서 「マッパラム」(2~25)이란 제목으로, '글과 그림'은 「韓くにを行く」라는 제목으로 『靑丘』의 창간호에서 종간에 이르기까지 빠짐없이 소개된다.

8 '계록(季錄)'은 「みる・きく・よむ」라는 제목으로 1~10, 11~19, 21, 22, 25호에 소개된다.

9 '르포'는 「在日を生きる」라는 제목으로 2~10, 12~15, 18, 20, 23호에 소개된다.

아시아 지역의 공존공생, 한일관계의 복원, 한반도의 평화적 통일, 재일코리안의 실존적 지위를 확보하는데 방점을 두었다.

여기에서 조금 더 '특집주제'와 개별연구를 바탕으로 『靑丘』의 주제의식과 특징을 짚어보면 다음과 같다. 첫째는 한국의 역사 / 전통의식을 비롯해서 한일 양국의 역사적 교류지점을 조명하면서 재일코리안의 주체성과 아이덴티티를 분명히 하고자 노력한다는 점이다. 한국 / 한국문화의 역사성과 양국의 교류사에 대한 학문적 접근은 잡지 『三千里』부터 『靑丘』에 이르기까지 일관되게 진행되어 왔다. 잡지 『三千里』도 그러했듯이[10] 『靑丘』는 학문적 관점에서 「무로마치室町 · 에도기江戶期와 조선」 (8), 「임진왜란부터 400년」(11), 「조선왕조의 500년」(14) 등을 특집주제로 삼았고 개별적인 형태의 「한국의 민속 조사기행1~10」(14~24), 「근대조선시선 1~10」(1~9, 11), 「압록강 · 환인桓仁을 간다」(9), 「강릉 단오제를 간다」(11), 「발해의 고도를 간다」(14), 「체험적 한국어용어해석 1~7」(15~22), 「한국의 전통예능 판소리」(21), 「진도농촌의 정월행사」(21), 대담 「『일본 속의 조선문화』21년」(10), '글과 그림' 란에서 「가라쿠니韓くに를 간다 1~25」(1~25), 만화 「한국시사만평」(7~20)과 같은 연구 / 조사지점을 통해 한국 / 한국문화의 역사성과 양국 간의 문화적 교류지점을 짚는다. 이러한 한반도의 정체성과 양국 간의 교류지점에 대한 학문적 접근은 "일본 속의 조선문화"를 명확히 살펴보는 것임과 동

---

10 『三千里』에서는 「古代の日本と朝鮮」(7)을 비롯해서 「日本人と朝鮮語」(11), 「歴史の中の日本と朝鮮」(14), 「高松塚古墳と朝鮮」(29), 「朝鮮の芸術文化」(30), 「教科書の中の朝鮮」(32), 「東アジアの中の朝鮮」(33), 「近代日本の思想と朝鮮」(34), 「江戶期の朝鮮通信使」(37) 등을 특집주제로 삼고 한국분화의 역사성과 양국의 문화적인 교류현장을 학문직으로 조명하였다.

시에 재일코리안 사회의 민족적 아이덴티티를 확립하는 계기로 작용한다는 점에서 의미가 크다.

둘째는 일제강점기 식민 / 피식민, 지배 / 피지배, 주류 / 비주류 형태의 계층 / 수직적 체계가 강제한 제국일본의 모순 / 부조리를 들춰내고 학문적으로 조명한다는 점이다. 주지하다시피 제국일본의 대륙진출과 식민지 정책은 강제된 일방적인 '빼앗음'의 역사였다. 잡지 『青丘』의 특집주제인 「쌓여있는 전후책임」(6), 「태평양전쟁과 조선」(10), 「지금 왜 전후보상인가?」(19)를 비롯해서 개별적인 형태의 「'쇼와'와 오사카성・귀 무덤」(1), 「쇼와의 황민화 정책」(1), 「오키나와전沖縄戦에서 죽은 조선인」(2), 「강제연행 기록의 여행 1~8」(7~14), 「조선인 강제연행의 기업 책임」(16), 「한국에서의 '위안부'문제」(16), 「전후보상 문제의 전개와 과제」(17), 「종군위안부 문제」(21)와 같은 연구주제는 그러한 '빼앗음'의 역사적 실체를 확인하는 작업이다. 특히 '종군위안부' 문제를 공론화하고 문제해결을 위해 지속적으로 노력했음은 주목할 필요가 있다. 이처럼 『青丘』에서 확인 되는 제국일본의 역사적 모순 / 부조리에 대한 학문적 접근은 글로벌 시대의 탈식민Post Colonial적 보편성과 공생을 위한 인문학적 안티테제Antithese로 기능한다는 점에서 특별한 의미를 지닌다.

셋째는 재일코리안 사회가 지난했던 한일양국의 과거사를 극복하고 글로벌 시대의 동반자 관계를 구축하는데 실질적인 '가교'역을 담당하며 공존공생의 매시지를 담아낸다는 점이다. 실제로 자민족주의가 강조되던 냉전기는 물론 최근에 이르기까지 재일코리안 사회는 '반쪽바리' '이방인' '박쥐' 등과 같은 수식어를 동반하며 부정적으로 해석된 측면이 적지 않았다. 하지만 최근의 글로벌 시대는 고유 / 주체성을 근간으로 한 글로컬리즘과 월경越境의 관점에서 '경계인'의 중층적 이미지가 '혼종성 Hybridity' '가교' '내부의 타자'라는 형태로 긍정적으로 수용되고 있는 것도 사실이다. 예컨대『靑丘』는『三千里』처럼 '가교架け橋란[11]을 포함해서 「가교를 지향하며」(8), 「이웃을 향한 따뜻한 표정」(8), 「선린관계 구축을 위하여」(12), 「서울·도쿄·평양」(12), 「함께 배우고, 함께 살아간다」(10), 「내일을 향해서」(10), 「함께 살아가는 지역사회를 향해서」(15), 「일본영화 속의 조선인」(18), 「나와 이웃나라」(18), 「네이밍은 '지구촌'」(24)과 같은 학문적 접근과 대담 「선린우호의 역사를 말한다」, 「21세기를 향해서」(25)의 형식을 통해 '경계인'의 긍정적 역할론을 피력하고 있다. 덧붙이자면 2000년대에 발간된 잡지『架橋』도 소수자 / 경계인, 디아스포라로 표상되는 재일코리안 문학의 중층성에 내재된 긍정적 이미지를 살린 예라 할 수 있다.

넷째는 재일코리안 사회가 안고 있는 핵심 쟁점들을 끊임없이 공론화하면서 문제해결을 위해 노력한다는 점이다. 잡지『靑丘』는 1996년까지 총25권이 발간되었고 각호마다 특집주제를 꾸몄는데 그중 8번에 걸쳐 '재일코리안 사회'를 다루었다. 특히 1992년부터 1996년까지 발간된『靑丘』(13, 15, 18, 20~24)는 재일코리안 사회의 현재적 지점을 집중적으로 다루면서 문제해결을 위해 목소리를 높였다. 「재일한국·조선인」, 「재일조선인 문학의 현재」, 「지역에서 살아가는 한국·조선인」, 「전환

---

11 잡지『靑丘』는 제9호부터 '가교(架け橋)'란을 마련했고 참고로『三千里』는 창간호부터 마지막 종간까지 '가교(架橋)'란을 개설해 한일 양국의 상호이해와 우호증진에 부합되는 글을 소개하였다.

기의 재일한국 · 조선인」, 「'재일' 50년」(1~4)과 같은 특집주제를 비롯해서 개별적인 형태의 「재일조선인 운동사 ①~⑦」, 「교과서 속의 조선 ①~⑨」, 「지문거부운동과 재류권」, 「재일의 아이덴티티를 찾아서」(15), 「정주외국인의 법적지위」, 「지금, 재일은」(2~8), 르포 형식의 「재일을 살아간다」과 같은 주제는 잡지 『靑丘』의 발간목적과 지향점을 명확히 보여주는 것이라 할 수 있다.

다섯째는 남북 간의 이데올로기적 반목 / 대립을 넘어서 통일조국을 실현해야 한다는 목소리이다. 사실 『靑丘』는 「창간사」에서 일찌감치 『三千里』에서 내세웠던 "통일조선을 향한 절실한 염원"을 계승하면서 "남북대화와 서로간의 대화에 의한 통일을 염원"[12]한다고 선언했다. 『靑丘』의 특집주제인 「움직이기 시작한 조선반도」(7), 「8 · 15해방과 분단」(17)을 비롯해 정담鼎談 「냉전체재붕괴와 조선반도」(7), 개별적인 연구주제인 「남북조선과 '양안' 관계」(8), 「남북관계 · 새로운 단계로」(9), 「国連가맹 후의 남북회담」(10), 「『남북합의』 그리고 새로운 해」(11), 「소련연방붕괴 후의 조선반도」(12), 「두만강 하류의 경제권」(12), 「민족 공생 교육을 지향한다」(21), 「통일문제와 시민의 논리」(22), 「8 · 15해방 50주년을 생각하며」(23), 「하나가 되자」(23)와 같은 연구는 '통일조국'을 바라는 지식인들의 "절실한 염원"의 목소리에 다름 아니다.

여섯째는 잡지 『靑丘』가 구소련권의 고려인들과 중국의 조선족에 대하여 구체적인 학문적 접근을 시도했다는 점이다. 사실 동북아지역의 해

---

12 「創刊のことば」, 『三千里』, 1987.여름, 1쪽.

외 코리안은 태생적으로 구한말의 생활고와 일제강점기의 '강제성'에서 비롯된 '디아스포라'적 성격을 강하게 내포한다. 따라서 동북아 지역에 흩어진 해외 코리안들의 역사 / 사회 / 문화적인 지점을 연계해 검토하는 작업은 지극히 당연하면서도 중요한 일이다. 『青丘』에서 특집으로 꾸민 「중국·소련의 조선족」(3)을 비롯해서 개별적인 형태의 「연변조선족의 말과 교육」(3), 「알마아타의 '고려사람'들」(3), 「그 후의 사할린 잔류문제」(8), 「소련 조선인문단의 변천」(8), 「구소련에서 만난 조선인」(11), 「극동으로부터의 조선인 강제이주」(15), 「사할린 문학기행」(15), 「지금, 구소련 연방의 조선인은」(16), 「자료로 본 사할린 기민(棄民) 1~3」(14~16), 「구소련의 조선인 지식인의 고뇌」(19), 「구소련 중앙아시아의 조선인 사회」(19), 「카자흐스탄의 고려인들」(19), 「블라디보스톡의 별견(瞥見)」(19), 「사할린 잔류조선인의 지금」(21), 「내몽고 자치구의 조선인」(22), 「'개혁·개방' 속의 중국조선족 1~3」(23~25), 「중국조선족의 민족교육」(23)과 같은 주제는 동북아 지역의 역사 / 시대성에 대한 공유 / 재발견이라는 점에서 간과할 수 없는 지점이다. 예컨대 브라질에서 발간된 문예잡지 『열대문화』에 한국과 해외에 거주하는 학자들의 글을 소개하거나[13] 북미지역 코리안문학을 「재미 문인 작품집」[14] 형태로 꾸미는 작업도 같은 맥락의 소통 / 교류로 이해할 수 있다.

일곱째는 탈경계적인 문학 / 예술적인 소통을 통해 한일양국 사이에

---

13 열대문화에는 브라질에 거주하는 코리안뿐만이 아닌 한국의 전경수 「한국이민의 남미사회 적응 문제」(제6호), 권영민 「남북분단과 현대문학」(제6호), 최일남 「문학과 언어의 땅」(제8호), LA 거주 인익환의 「마음의 고향」(제9호), 독일거주 류종구의 「브라질을 다녀와서」(제9호) 등도 함께 소개된다.
14 『열대문화』 제7호, 열대문화동인회, 1990, 5~68쪽.

형성된 간극을 매우고 재일코리안 사회의 보편성과 열린 세계관을 보여주는다는 점이다. 문학 '특집'으로 기획된 「재일문학을 읽는다」(19),[15] 「조선문단 안팎」, 「페미니즘과 조선 序~6」(15~20), 「근대조선시선」을 비롯해서 문학관련 대담·좌담, 개별적인 「'재일문학' 20년의 인상」, 「루쉰·조선인·「루쉰일기」」(3), 「소련조선인 문단의 변천」(8), 「임진왜란과 역사소설」(11), 「조선민주주의인민공화국의 영화」(15), 「식민지문학에서 재일문학으로」(22) 등에 이르기까지 『青丘』는 많은 지면을 문학 장르로 채우고 있다. 특히 탈경계적인 월경 / 이동의 관점에서 한국문학(소설, 시, 민화, 동화)과 중국의 조선족 문학(소설)을 일본어로 번역해 소개하고 동북아시아(조선·구소련·중국·일본)의 문학 / 예술적 교류지점을 구체적으로 짚었다는 점은 평가할 만하다.

여덟째는 해방직후의 한반도 정세와 '제주도 4·3사건'에 대한 학문적인 접근을 지속적으로 전개했다는 점이다. 재일코리안 사회는 태생적으로 해방직후 격동기 한반도의 정치이념적인 갈등 / 대립고도와 직간접적으로 관계를 맺을 수밖에 없었고, 실제로 '제주도 4·3사건'은 해방조국의 이데올로기적 혼란상을 표상하는 비극적인 역사의 한 지점임에 틀림없다. 이는 해방직후 재일코리안의 잔류(귀국포기)문제를 포함해서 '재일조선인연맹'과 '재일한국인거류민단'의 출범과정에서도 분명히 읽

---

15 1994년 2월(春)에 발간된 『青丘』(19호)에는 '在日朝鮮人文學の現在'라는 특집이 기획되었고 실린 내용은 「在日朝鮮人文学とは何か」(川村湊), 「第一世代の文学略図」(磯貝治良), 「季録＝みる・きく・よむ」(中村輝子), '在日文学を読む' : 「鄭承博・ものがたりの原点」(金重明), 「金鶴泳と在日三世の私と」(文真弓), 「李恢成文学の今日」(鄭閏熙), 「梁石日の『狂躁曲』を読む」(沈光子), 「For Yangji」(元秀一), 「李良枝のこと」(金英姫), 「在日一世の詩人とわたし」(李美子)이다.

을 수 있다. 잡지 『青丘』의 「빨치산 소설과 실록(상, 하)」,(4, 6), 「실록 제주도 소년 빨치산(1~3)」,(5, 6, 8), 「빨치산 총사령관総帥 · 이상현」,(5), 「해방정국과 제주도 4 · 3사건」(17) 등과 같은 주제가 대표적이다. 물론 '제주도 4 · 3사건'을 둘러싼 학문적 접근은 잡지 『三千里』에서도 비중 있게 다루었다.(「제주도 반란(上, 中, 下)」, 「4 · 3 제주도봉기」 등) 특히 이러한 격동기의 '제주도'를 둘러싼 학문적 접근은 '안'이 아닌 '바깥', '중심'이 아닌 '주변', 타자화 된 공간 / 장소에서 구체적으로 진행되었다는 점에서 주목할 필요가 있다.

그밖에도 잡지 『青丘』는 매호마다 '書架'란을 통해 재일코리안 사회와 한일양국과 관련된 주제를 구체적으로 조명한 서적들을 소개한다. 『해방 후 재일조선인 운동사』를 비롯해서 『조선여성운동과 일본』, 『여성들의 이카이노』 등 정치경제, 사회문화, 문학과 예체능에 이르기까지 관련 서적 일체를 대상으로 삼았다. 그리고 재일코리안 사회를 대표하는 지식인 / 학자들의 대담 · 좌담 · 정담의 공간을 통해 일본의 역사인식과 재일코리안 사회를 둘러싼 현안들을 "재일의 자기 주체성의 다양화"[16]란 관점에서 심층적으로 파헤치고 문제해결을 모색했다는 점도 특징적이다. 대담 「쇼와昭和를 말한다」(旗田巍 · 幼方直吉, 1), 「일본의 전후책임을 생각한다」(旗田巍 · 大沼保昭, 4), 연속좌담회 「'재일' 50년을 말한다 1~4」(21~24),[17] 「오늘날 조선반도와 일본」(강재언 · 小林慶二 · 이진희, 25), 「21세

---

16 김태영, 「에스닉미디어에 나타나는 자기정체성의 전개」, 『한국민족문화』 30, 부산대 한국민족문화연구소, 2007, 214쪽.

17 연속좌담회 「'재일' 50년을 말한다」는 총4번에 걸쳐 진행된다. 제1회 좌담회(제21호)는 김달수, 박경식, 양영순, 이진희, 제2회는 강재언, 박경식, 양영순, 제3회는 김덕환, 배중도, 문경수, 제4

기를 향해서」(강재언·문경수, 25) 등이 대표적이다. 또한『靑丘』가「일본계 아메리카인의 강제수용」(4), 김 게르만의「지금, 재소련 조선인은」(10), 「독일의 전후처리를 둘러싸고」(14), 「중국에서 본 조선전쟁」(16), 「미일(米日) 마이너리티 회의會議로부터」와 같이 한일과 남북, 재일코리안 사회를 벗어난 지점에서 일제강점기와 마이너리티의 문제를 천착한다는 점도 간과할 수 없다. 최근 학문연구에서 융·복합적 현상과 국제공동연구가 활성화된다는 점을 감안하면 국가(대륙)를 넘나드는『靑丘』의 기획이야말로 실질적이면서도 신선한 담론공간이었다고 할 수 있다.

아무튼『靑丘』의 다양한 학문적 접근은 한일관계와 남북문제에 새로운 길을 모색함과 동시에 재일코리안 사회의 실질적인 지위를 확보하는 데 크게 기여하게 된다. 이러한『靑丘』의 학문적 담론공간은 1970년, 80년대에 발간된『三千里』(1975~1987)와는 또 다른 차원에서 시대사회성의 표상이며 재일코리안 사회의 학문적 거점 구축과 지적인 선도라는 점에서 의미가 크다. 두 잡지의 차이를 굳이 언급하자면『三千里』가 다양한 연구관점을 통해 '통일조선'과 한일 양국의 역사적 반목을 넘어선 자기 정체성 확립과 '상호이해'에 방점을 두었던 것에 비해,『靑丘』(1987~1996)는 전후 재일코리안 사회의 현재적 지점을 통해 실질적인 권익과 지위를 확보하면서 탈경계적 교류와 공생에 방점을 두었다고 할 수 있다.

회는 김경득, 양징자, 윤조자, 강상중이 참가했다.

3. 재일코리안 문학과 『靑丘』

1) 『靑丘』에 실린 문학텍스트

잡지 『靑丘』는 총25권이 발간된 만큼 비교적 많은 창작소설과 평론
이 수록된다. 매호마다 수필과 서평을 실었고 가끔씩 대담형식을 취한
문학 이야기도 포함하고 있다. 그리고 무엇보다도 한국 작가의 시, 민화,
동화를 일본어로 번역해 싣고 있다는 점이 주목된다. 먼저 잡지 『靑
丘』에 수록된 창작소설을 비롯해서 평론, 번역, 대담, 수필, 서평의 내용
을 소개해 보면 다음과 같다.

〈표 1〉

장르구분	수록내용(창간호-제25호)
소설	산사전기(김중명 · 9), 쓰시마에서(村松武司 · 14), 어두운 봄(양석일 · 17), 제주의 여름(원수일 · 24)
평론	유희(由熙)-빛 속으로(1), '재일문학' 20년의 인상(1), '자살(自死)'을 넘어서(2), 문학자의 복권(2), 루쉰[魯迅] · 조선인과 「루쉰일기」(3), '쇼와'의 문학이란(3), 해방 후의 김사량(3), 빨치산 소설과 실록(상하 · 4, 6), 와쓰지[和辻] · 기노시타[木下] · 하나무라[花村](4), 잡지로 보는 '재일'의 현재(4), 비극의 「북한의 시인」(5), 소련조선인문단의 변천(8), 조선시대의 아베 요시시게(朝鮮時代の安部能成, 9), 쓰다 젠[津田仙]과 두 명의 조선인(9), 소가노야고로 극(劇)의 「조선인」(9), '재일'세대와 시(9), 조선문단 안팎 1~6(10~12, 15, 16, 18), 쇼센쿄[昇仙峽]에 남긴 유길준의 묵서(10), 임진왜란과 역사소설(11), 일본으로 건너간 조선의 서적(11), 풍토의 변용이라는 것(11), 시인 윤동주의 동반자 · 송몽규(12), 식민지 시대의 재일조선인 문학(13), '재일'문학의 변용과 계승(13), 추모-이양지 소론(13), 소설 속의 '종군위안부'(13), 이백년의 기록-박지원의 '실학'(14), 조선민주주의인민공화국의 영화(15), 페미니즘과 조선序~6(15~20), 전후책임을 추궁하는 문학(15), 사할린 문학기행(15), 그려진 강제연행 · 군대 '위안부'(17), 승전(承前) · 나의 문학과 생활(17~25),[18] 새로운 문학세대와 '재일'(18), 재일조선인 문학이란 무엇인가(19), 제1세대의 문학약도(19), 『민주조선』검열상황(19), '특집'-재일문학을 읽는다.(정승박 · 이야기의 원점. 김학영과 재일 3세인 '나'. 이회성 문학의 오늘. 양석일의 「광조곡」을 읽는다. For YangJi. 이양지에 관한 것. 재일 1세의 시인과 나. 러시아문학의 다민족적 세계. 지금 한 번의 계기-조선. 일본에게 조선어는 무엇이었나, 문학으로 보는 히데요시[秀吉]의 침략(19), 미스터리와 조선 · 한국(21), 환상(幻)의 이태준 구출작전(상, 하, 補遺 · 21, 22, 25), 방랑시인 · 김삿갓

	(金笠)의 시와 생애(21), 胡風과 장혁주(상하 · 22, 23), 식민지문학에서 재일문학으로(22), 佐木隆三와 조선(22), 고려인에서 코리안으로(23), 무라마쓰 쇼휘(村松梢風)와 『조선여행기』(상하 · 24, 25), 조선한국을 그리는 현재, 순문학에서 대중문학으로(24), 한국의 본해(本解)와 일본의 본지(本地) 이야기(物語)(25), 고다 아야(小田実)의 조선 · 외1편(25), 자유시에서 정형시로(25)
수필[19]	다치하라 마사아키와 조선(10), 「표해록」(14), 작품의 모티브(16), 다치하라 마사아키와 고향(16), 일본영화 속의 조선인(18), 『슬픈 섬 사할린』 집필을 끝내며(19), 『페미니즘과 조선』 집필을 끝내며(21), 조선에서 발행된 잡지(24)
번역 (시 · 소설 · 민화[20] · 동화)	소설[21] : 상장(임원춘 · 1), 이런 여자가 있었다(김학철 · 2), 재수 없는 남자(우광훈 · 3), 녹슨 철길(문순태 · 4), 활어조에서(최학 · 6), 껍질과 속살(현길언 · 8), 덕흥 나그네(정창윤 · 12), 근대조선시선(1~9, 11),[22] 민화 – 단 한번의 기회(1), 이상한 맷돌(2), 깨진 거울(3), 선인의 세계(4), 잉어공주(5), 정이 깊은 형제(6), 동화 – 귀옛말(14)[23]
대담좌담	잡지 『조선인』 21년(9), 『三千里』와 『青丘』 20년(20)
서평[24]	아리랑 고개의 여행자들(안우식 번역, 1), 여자들의 이카이노(1), 서울의 우수(2), 시카고 복만(大村益夫 번역, 2),[25] 아시아의 교과서에 기록된 일본의 전쟁(4), 환상의 대국수(8), 우리 조국(8), 제3세계 문학으로의 초대(11), 아들에게 보내는 편지(11), 남부군(안우식 번역,12), 사랑하는 대륙이여(12), 현해탄은 알고 있다(13), 우리들의 일그러진 영웅(藤本敏和 번역,13), 전후 일본문학 속의 조선한국(14), 두둥실 달이 뜬다면(14), 봉선화의 노래(15), 정승박저작집(17), 넘지 못한 해협(20)

소설과, 평론, 수필 등 작품명 뒤의 괄호 안 숫자는 『青丘』의 발행호수를 표기한 것임 – 필자

---

18 김달수는 「私の文学と生活」란 시리즈를 통해 자신의 문학 인생과 문학관을 밝혔다.

19 『青丘』의 '수필'란에 총122편, '가교'에 43편, '나의 주장'란에 13편이 소개된다. 여기서는 작가 / 작품과 직접 관련이 있다고 생각되는 수필만 소개했다.

20 한국 민화의 소개 작품과 번역자는 다음과 같다. 「단 한번의 기회(たった一回の機会)」(高島淑郎 역, 저본 : 이원수 · 손동인 편, 『한국전래동화집』, 창작과비평사, 1984); 「이상한 맷돌(ふしぎなひき臼)」과 「깨진 거울(割れた鏡)」(有吉登美子 역, 저본 : 김영일, 『한국전래동화집』, 육민사, 1971); 「선인의 세계(仙人の世界)」(有吉登美子 역, 저본 : 이원수 『한국전래동화집』, 계몽사, 1971); 「잉어공주(鯉の姫さま)」와 「정이 깊은 형제(情の深い兄弟)」(有吉登美子 역, 저본 : 이원수 · 손동인 편, 『한국전래동화집』 2, 창작과비평사, 1980).

21 한국 소설은 「상장」을 비롯한 총7편의 소설이 오무라 마스오(大村益夫)에 의해 번역되었다.

22 오무라 마스오는 한국의 시를 선별해 총10회에 걸쳐 번역 소개했다. 창간호(임화 「한잔 포도주를」 외2편), 제2호(김용제의 「슬픈 과실」 외2편), 제3호(윤일주의 「민들레 피리」, 외2편, 윤광주의 「명령장」 외2편, 윤동주의 「고향집」 외2편), 제4호(김달진의 「체념」 외5편), 제5호(김조규의 「해안촌의 기억」 외2편), 제6호(박세영의 「나에게 대답하라」, 외1편), 제7호(백석의 「흰 밥」 외3편), 제8호(이하윤의 「동포여 다 함께 새 아침을 맞자」 외3편), 제9호(윤곤강의 「변해(弁解)」 외4편), 제11호(이용악의 「검은 구름이 모여든다」 외1편).

23 동화 「귀옛말(内緒ばなし)」은 이미자의 번역으로 소개된다.(저본 : 『한국전래동화집』 4, 창작과비평사, 1990)

〈표 1〉에서 확인할 수 있듯이 『靑丘』에는 많지는 않지만 창작소설, 평론, 대담, 번역 등이 수록되어 있다. 이들 문학텍스트를 검토해 보면 다음과 같은 몇 가지 사실을 알 수 있다. 먼저 창작소설은 양석일의 「어두운 봄暗い春」, 김중명의 「산사전기算士傳奇」, 원수일의 「제주의 여름チュジュの夏」, 무라마쓰 다케시村松武司의 「쓰시마에서対馬にて」가 전부이다. 이 4편의 단편소설 내용을 개략적으로 짚어보면 역시 조국과 민족의식을 천착하면서도 재일코리안의 현재적 지점에 집중한다는 점에서 주목된다. 조선시대 산학자들의 산학에 대한 집념을 통해 조선의 전통적 이미지를 형상화한 김중명의 소설, 이카이노大阪猪飼野의 재일코리안 사회를 일상화된 제주도와 연계시켜 서사화 한 원수일의 소설, 토지수탈정책이 본격화된 일제강점기를 배경으로 제주 해녀들의 간고한 삶과 조선의 전통적 이미지(유교식 혼례)를 묘사한 양석일의 소설, 한일 양국의 역사적 소통공간인 쓰시마를 조선총독부로부터 추방당한 아라이 도루新井徹의 정신을 통해 묘사하는 무라마쓰 다케시의 소설은 정치 / 이념, 역사 / 민족의 논리를 천착하면서도 한층 다변 / 다층화 된 형태의 시대정신을 담아내기 때문이다. 특히 김중명의 「산사전기」에서는 조선시대의 역사, 전통문화와 민속의 이미지를 살리면서 궁극적으로는 동아시아의 평화적 공존과 보편성을 피력한다는 점에서 주목된다.

---

24 『靑丘』의 '서평(書架)'란은 번역본을 포함해서 총67권(번역본 포함)에 대한 서평을 실었는데 여기에서는 문학 관련 자료만 소개했다. 서평에서 거론한 일본어 작품명은 「アリラン峠の旅人たち」, 「女たちの猪飼野」, 「ソウルの憂愁」, 「シカゴ福万」, 「幻の大国手」, 「わが祖国」, 「息子への手紙」, 「愛する大陸よ」, 「ポッカリ月がでました」, 「鳳仙花のうた」 등이다.

25 소설집 『시카고 복만(福万)』은 중국의 조선족 작가 장지민의 작품(大村益夫 역, 「시카고 복만이」)을 비롯해서 총13명 작가의 중 · 단편소설로 구성되어 있다.

평론은 다양한 관점에서 한일 양국의 문학적 교류지점(고대에서 현대까지), 역사와 문학의 연계성(임진왜란, 일제강점기 등), 재일코리안 문학에 대해 고찰하고 있다. 예컨대 역사적인 인물(박지원, 김삿갓, 윤동주, 이태준, 아베 요시시게安部能成, 소가노야 고로曽我廼家五郎, 쓰다 젠津田仙 등), 역사적인 사건(임진왜란, 위안부문제, 전후책임 등), 사상 / 이념(페미니즘, 민족주의 등)과 문학이라는 관점과 '탈경계'적 세계관과 보편성을 천착한 비평적 지점이라는 점에서 그러하다. 특히 재일코리안 문학 관련의 평론은 문학사적 변용, 개별적인 작가 / 작품론, 타자와의 교류 / 소통, 미래지향적 가치관, 글로컬리즘과 같은 관점에서 접근하고 있음을 알 수 있다. 그리고 글로벌 시대의 세계관과 디아스포라의 관점에서 구소련권의 고려인 문학, 중국의 조선족 문학, 사할린 문학과 동시에 재일코리안 문학을 조명한다는 점도 주목된다. 태생적으로 정치 / 역사, 사회문화적인 변용지점을 공유할 수밖에 없는 코리안 디아스포라의 역사 / 사상적 공통분모가 존재함을 보여준 것으로 이해할 수 있다. 한편 가와무라 미나토川村湊의 비평적 시좌(「식민지문학에서 재일문학으로」, 「고려인에서 코리안으로」, 「순문학에서 대중문학으로」, 「자유시에서 정형시로」)는 세계문학과 보편성을 천착한 문학의 확장·공유라는 점에서 평가할 수 있다.

수필은 총 178편으로 '수필'란에 122편, '가교'에 43편, '나의 주장'에 13편이 게재되었다. 내용은 대체적으로 한일 양국의 역사문제, 남북한 문제, 재일코리안 사회의 일상에 이르기까지 개별적인 감상과 주장이 그 중심을 이루고 있다. 그 중에서 문학적인 주제를 다룬 것은 「다치하라 마사아키立原正秋와 조선」, 「표해록」, 「작품의 모티브」, 「다치하라 마사아키와 고향」, 「일본영화 속의 조선인」, 「『슬픈 섬 사할린』 집필을 끝내며」, 「「페미니즘과 조선」 집필을 끝내며」, 「조선에서 발행된 잡지」 등을 들 수 있다. 수필은 문학적인 관점으로 접근하기엔 분명히 한계가 있으나 발전적인 한일관계, 조국의 통일, 재일코리안의 반듯한 자리매김을 위한 지식인들의 진솔한 목소리라는 점에서 의의가 있다.

번역은 한국의 시, 소설, 민화, 동화가 주로 번역되었음을 확인할 수 있다. 번역된 소설 작품[26]은 임원춘의 「상장賞狀」, 김학철의 「이런 여자가 있었다こんな女がいた」, 우광훈의 「재수 없는 남자運のない男」, 문순태의 「녹슨 철길」, 최학의 「활어조에서生け簀にて」, 현길언의 「껍질과 속살」, 정창윤의 「덕홍 나그네」이다. 여기에서 주목할 점은 번역된 작품이 한국 작가와 중국 조선족 작가들의 작품이라는 사실이다. 특히 격동기 근현대사의 비극의 중심지였던 제주도를 문학적으로 형상화 한 현길언의 소설과 일제강점기의 시대적 상황 속에서 고뇌했던 지식인 / 민중을 천착한 중국 조선족 작가들(임원춘, 김학철, 우광훈)의 작품은 디아스포라의 관점에서 조국 / 민족, 역사 / 이념의 변용지점을 형상화 했다는 점에서 특기할 만하다. 또한 한국의 전통과 역사 / 민속의 이미지를 묘사한 문순태와 정창윤의 소설과 번역시, 번역민화, 번역동화는 한국적인 요소와 교훈성을 피력한다는 점에서 재일코리안 사회의 아이덴티티 문제와도 무관하지 않다.

문학관련 대담과 좌담은 두 번에 걸쳐 소개된다. 「잡지『조선인』 21년」과 「『三千里』와『青丘』 20년」이 그것이다. 전자는 21년간 발간되었

---

26 소설의 번역은 오무라 마스오〔大村益夫〕에 의해 이루어졌고 번역자는 간략하게 각 번역 작품에 대한 저자와 저본으로 삼은 텍스트 등에 대해 소개했다.

던 잡지 『조선인』이 종간을 맞으면서 하타다 다카시旗田巍와 쓰루미 준스케鶴見俊輔가 나누는 대담이고, 후자는『三千里』부터『靑丘』까지 20년 동안 편집위원으로 활동해온 김달수 · 강재언 · 이진희의 좌담이다. 쓰루미 준스케는 「잡지 『조선인』 21년」에서 1969년에 창간된 잡지 『조선인』은 오무라大村수용소의 폐지운동과의 관련이 깊고 "김동희 구원운동이 재일조선인 문제에 대한 일본인의 시민운동으로서는 선구"[27]적이었다는 점, 베트남전쟁의 반대, 야나기 무네요시柳宗悅와의 만남, 국제화를 향한 지표로서 '재일조선인'의 위치 등을 진솔하게 피력했다. 그리고 강재언, 이진희, 김달수는 「『三千里』와『靑丘』 20년」에서 '7 · 4남북공동성명'의 취지를 잡지편집의 기본으로 삼았다는 점, 북한의 핵문제에 대한 냉정한 대처, 잡지의 긍정적인 역할들(재일조선인의 문제를 국제적인 시선과 일본 / 일본인 자신들의 문제로 인식), 기업인들의 문화사업 지원(한창우와 서채원), 재일코리안 사회의 주체성 등을 강조하였다.[28]『靑丘』에 실린 한일양국의 지식인 대담은 결국 재일코리안이 안고 있는 핵심 현안들을 이슈화하고 해당 당사자들이 이러한 문제에 주체적으로 접근하기까지 잡지(『조선인』 21년,『三千里』와『靑丘』 20년)의 역할이 컸음을 밝히고 있다.

서평은 재일코리안 작가의 작품집을 비롯해서 한국의 문학작품과 중국 조선족 작가의 작품을 번역한 단행본에 이르기까지 다양하게 이루어진다. 먼저 재일코리안 작가인 정승박(『정승박저작집』), 김중명(「환상의 대

---

27 旗田巍 · 쓰루미 준스케 대담, 「잡지 『조선인』 21년」,『靑丘』 제9호, 1991.가을, 67쪽.
28 김달수 · 강재언 · 이진희 좌담, 「『三千里』와『靑丘』 20년」,『靑丘』 제20호, 1994.여름, 68~77쪽 참조.

국수』), 김재남(『봉선화의 노래』) 등의 작품집을 확인할 수 있고, 안우식(뿌리깊은 나무의『아리랑 고개의 여행자들』, 이태의『남부군』), 오무라 마스오(장지민의『시카고 복만이』), 후지모토 도시카즈藤本敏和(이문열의『우리들의 일그러진 영웅』)에 의해 한국문학과 중국의 조선족 문학이 일본어로 번역 소개된다. 그 밖에도 가와무라 미나토(『서울의 우수』), 이소가이 지로(『전후 일본문학 속의 조선한국』)의 평론집 등 비록 전체를 언급은 못했지만『재일외국인』,『창씨개명』,『조선인 여성이 본 '위안부문제'』,『조선예능사』와 같은 일제강점기와 재일코리안 사회의 현재적 지점을 다룬 단행본도 포함된다. 그야말로『靑丘』의 '서평'란은 지식장의 확장과 공유라는 차원에서 국가와 민족, 역사와 이념의 경계를 자유롭게 넘나들며 소통을 이끌어내는 소중한 문화지점이라 할 수 있다.

2)『靑丘』의 문학사적 의미

『靑丘』(창간호~제25호)에 소개된 문학텍스트는 소설(단편)을 비롯해서 평론과 수필, 시, 소설, 동화, 민화가 포함된다. 창작소설(단편)은 단 4편이며 대부분의 시, 소설, 동화는 한국작품을 일본어로 번역해 소개했고 평론과 수필은 비교적 많은 분량이 실린다. 특히 소개된 문학작품(창작)이 지극히 적은 것은 작가의 인지도와 작품의 완성도와 상관없이 이들 작품이 재일코리안 문학사에서 제한적으로 조명될 수밖에 없음을 의미한다. 재일코리안 문학사를 논할 때 세대론의 관점이든 작품내용 중심의 관점이든 작가의식과 내용상의 독창성을 거론하기 위해서는 확장된 형태의 양·질적 측면이 담보되어야 하기 때문이다.

그럼에도 불구하고 소개된 문학텍스트(창작소설, 번역소설, 평론과 수필 등)에 대한 문학적 평가는 결코 과소평가될 수 없을 것이다. 창작소설의 경우만 하더라도 탈민족적 글쓰기 측면에서 개별적인 작가 / 작품의 독창성과 재일코리안 문학사의 변용지점으로 거론되는 다양 / 중층적인 이미지, 세계문학의 관점이 분명히 드러난다. 특히 양석일 소설은 조국 / 민족, 역사 / 이념적인 굴레를 천착하면서도 "질주감 넘치는 경쾌한 세계"[29]를 풍부한 엔터테인먼트적 요소를 살려 표현하였고, 김중명의 소설은 조선의 장기, 바둑, 산학자 등 역사적인 전통의 이미지를 서사화 하면서 궁극적으로는 수평적 개념의 "동아시아의 공동 공간"[30]을 피력하였다. 또한 원수일의 소설은 재일코리안 사회의 고향인 이카이노를 무대로 '조선적인 정서'와 사회문화적 크레올 현상을 일상생활과 연계시켜 서사화 했다. 각자의 위치에서 재일코리안 특유의 장소 / 공간의 이미지를 천착하고 독창적인 문학세계를 보여주고 있다는 점에서 주목하기에 충분하다. 물론 대중적인 인기 소설가의 작품이 독자들에게 처음 소개되고 작품성을 평가받는다는 점도 간과될 수 없다.

한편 재일코리안 문학사에서 『靑丘』에 소개된 평론과 수필은 양적으

---

29 양석일 소설은 '부'의 역사적 지점을 "오직 무겁고 괴로운 형태의 이야기"가 아닌 "유머러스한 홍소(哄笑)로 가득한 세계", "질주감 넘치는 경쾌한 세계", "오탁(汚濁) 자체가 광채로 승화되는 세계"로 그려낸다.(高橋敏夫, 「槪説-やんちゃんな創造的錯乱者」, 『'在日'文学全集』, 勉誠出版, 2006, 374쪽)

30 磯貝治良, 「金重明」, 『新日本文学-'在日'作家の全貌-94人全紹介』, 新日本文学会, 2003(5·6合併号), 65쪽.

로도 적지 않지만 질적으로도 지극히 소중한 지점을 차지한다. 글로컬리즘의 관점에서 코리안디아스포라의 태생적인 공통분모에 천착하면서 동북아지역(구소련권, 중국 조선족, 사할린)의 코리안 문학을 통시적으로 조망하고, 타자의 시선(통일독일, 일본계 아메리카인, 미일 마이너리티)을 통해 당사자(국)의 현재적 지점을 조명하고자 하는 노력이 돋보인다. 그리고 앞서 언급했듯이 평론가로서 당대를 대표하는 가와무라 미나토, 안우식, 이소가이 지로磯貝治良의 평론세계는『青丘』의 문학적 지향점을 명확히 함과 동시에 재일코리안 문학의 전체지형을 재조명한다는 점에서 의미가 크다. 수필 역시 문학과 관련된 글을 포함해서 한편으로 한일관계, 남북문제, 재일코리안의 현재적 지점을 동아시아의 공존과 평화, 실생활과 현실주의라는 관점 하에 소통을 강조한다는 점에서 그 중요성을 간과할 수 없다.

그리고『青丘』는 재일코리안 문학에 한정해 거론하기엔 무리가 있지만 창작소설, 한국소설의 일본어 번역과 같은 형식을 통해 코리안디아스포라 차원의 문학적 인식을 이끌어내고 동아시아지역의 공동체 정신을 모색했다는 점에서도 주목된다. 예컨대 창작 작품집과 비평서가 서평을 통해 소개되고 독자층을 확대해 가면서 자연스럽게 일본문학에서 재일코리안 문학, 한국문학에서 재일코리안 문학이라는 관점을 확보하고 문학적 확장을 이끌어낸다는 것이다. 이는 창작과 비평적 세계가 국가 / 민족주의, 속문주의를 넘어서 문학적 보편성에 근거한 세계 문학적 차원의 접근을 이루었다는 점에서 또 다른 형태의 글로컬리즘적 시좌로 이해할 수 있다. 득히 '88서울올림픽'을 통해 한국사회가 국제사회에서 경쟁력을 확보하고 그를 바탕으로 한층 월경적인 글로컬리즘의 시좌를 확보한다는 점에서 그러하다.

그밖에『靑丘』는 한일관계, 남북문제, 재일코리안 사회의 현재적 지점을『靑丘』이전과 이후의 잡지 사이에서 비교 검토할 수 있는 시각을 제시하고 있다. 예컨대 1970년대에 간행되었던『마당』,『삼천리』,『잔소리』에서 강조되었던 담론지점(조국 / 민족주의, 역사와 이념)과 1990년대에 간행된『호르몬 문화』,『아리랑』의 문제의식(탈식민주의, 세계주의)의 중간지점에서『靑丘』는 당대의 실질적인 시대 / 사회성이 어떻게 공유되고 분화해 갔는지를 짚고 있다. 그리고『靑丘』는 같은 1990년대에 간행된『민도』,『우리생활』,『제주도』와 동일선상에 놓고 비교 검토할 수 있다는 점에서도 유효하다. 일종의 글로벌리즘의 도래와 함께 디아스포라의 마이너스적 이미지에서 벗어나 플러스적 가치가 조명되기 시작하는 시점의 인문학적 담론구조를 여기에서 엿볼 수 있을 것이다.

4. 나오는 말

본고는 글로컬리즘의 관점에서 잡지『靑丘』를 주목하고, 재일코리안 사회와『靑丘』의 자기정체성 문제를 고찰하였다. 특히『靑丘』의 '특집주제'와 개별적인 연구논문을 통해 재일코리안 사회의 자화상, 재일코리안을 향한 주류 / 중심사회의 시선을 짚었다. 개략적이지만『靑丘』에서는 한국의 역사 / 전통의식과 양국의 역사적 교류지점을 통해 재일코리안의 아이덴티티를 분명히 하고자 했고, 제국일본의 모순 / 부조리를 학문적으로 들춰내고 조명하고 있음을 확인할 수 있다. 『青丘』는 재일코리안의 실질적인 '가교' 역을 하며, 재일코리안 사회의 현재적 지점에 대한 검토와 해결책을 모색하고, 통일조국의 실현을 위한 목소리를 내었다. 또한 탈경계적 문학 / 예술의 소통 차원의 코리안디아스포라 문학에 대한 조명, '제주도 4·3사건'에 대한 학문적인 접근을 보여주기도 하였다. 그밖에도 『青丘』에서는 다양한 장르의 단행본 소개, 양국 지식인 / 학자들의 대담·좌담·정담을 통해 한일관계, 남북문제, 재일코리안 사회의 현실적인 문제를 풀어내고자 노력한다. 이러한 『青丘』의 담론공간은 1970년, 80년대에 발간된 『三千里』(1975~1987), 동시대에 발간된 『민도』, 1990년대 후반에 발간된 『호르몬 문화』와 차별된 관점에서 시대정서를 표상한 문화지점이라 할 수 있다.

『青丘』에 게재된 문학텍스트(소설, 평론 등)는 비록 양·질적으로 풍성하지는 못했지만 재일코리안 문학사에서 간과할 수 없는 지점이라 할 수 있다. 여기에 소개된 양석일, 김중명, 원수일이라는 작가가 재일코리안 문학에서 차지하는 비중도 있겠지만, 그들의 창작소설이 재일코리안 문학의 다양 / 중층성 차원에서 작가적 아이덴티티를 보여주기에 충분한 작품이기 때문이다. 특히 글로컬리즘의 관점과 탈민족적 글쓰기 차원에서 조국 / 민족, 정치 / 이념에서 한발자국 벗어난 지점에서 형상화 되는 양석일의 엔터테인먼트 요소, 김중명의 '조선적인 전통과 미'를 천착한 역사소설의 형식, 원수일의 이카이노 코리안 타운의 흥미진진한 일상

생활 속의 현실주의는 재일코리안 문학에서 놓칠 수 없는 소중한 지점이다. 물론 통시적인 관점의 문학적 평가와 함께 미시적 관점의 평론을 선보인 가와무라 미나토, 안우식, 이소가이 지로의 평론활동과 한국문학의 일본어 번역도 재일코리안 문학사에서 소중한 지점이라 할 수 있다.

참고문헌

김태영, 「에스닉미디어에 나타나는 자기정체성의 전개」, 『한국민족문화』 30, 부산대
　　　한국민족문화연구소, 2007.

김환기, 『재일디아스포라 문학』, 새미, 2007.

_____, 「재일디아스포라 문학의 '혼종성'과 세계문학으로서의 가치」, 『日本學報』第
　　　78輯, 한국일본학회, 2009.

나승희, 「재일한인 잡지의 변화의 양상과 『靑丘』의 역할」, 『일어일문학』 제36집, 한
　　　국일어일문학회, 2007.

이영미, 『한인문화와 트랜스네이션』, 한국문화사, 2009.

최강민, 『탈식민과 디아스포라 문학』, 제이엔씨, 2009.

피터 버크, 강상우 역, 『문화 혼종성』, 이음, 2012.

『三千里』(第1号~第50号), 三千里社, 1975~1987.

『靑丘』(第1号~第25号), 靑丘文化社, 1989~1996.

『열대문화』(제1호~제12호), 열대문화동인회, 1986~2012

高橋敏夫, 「概說―やんちゃんな創造的錯乱者」, 『'在日'文学全集』, 勉誠出版, 2006.

礒貝治良, 「金重明」, 『新日本文学―'在日'作家の全貌―94人全紹介』, 新日本文学会,
　　　2003.

礒貝治郎, 『'在日'文学全集』, 勉誠出版, 2006.

이 글은 『일본연구』 제22집(고려대 일본학연구센터, 2014)에 수록된 「『靑丘』와
재일코리안의 자기(민족)정체성」의 글을 가필·수정했음을 밝혀둔다.

재일문예지 『민도民涛』의 기획과
재일문화의 향방

서지적 고찰을 중심으로

신승모

1. 들어가며

재일문학자 주체의 문예지 『민도民涛』는 1987년 11월에 창간되어 1990년 3월 제10호까지 발행("제1기 종간")된 계간지(2, 5, 8, 11월 발행)로, '민중民의 물결涛'이라는 그 제명에서 표방하고 있듯이 창간부터 종간까지 줄곧 재일일반대중들의 '민중문예운동'의 실천과 "재일자를 위한 문예광장"[1]을 마련한다는 잡지의 지향성을 고수하고자 했다. 대표인 이회성을 비롯해서 편집위원 7인, 그 외 편집부 스태프로 구성된[2] 『민

---

1 「編集後記」, 『民涛』 2号, 民涛社, 1988.2, 316쪽.
2 편집위원의 내역은 다음과 같다. 배종진(裵鐘眞), 조선문학 연구자 이승옥(李丞玉), 민중예술 운동가 양민기(梁民基), 소설가 박중호(朴重鎬), 소설가 종추월(宗秋月), 논픽션 작가 김찬정(金贊汀), 하이진(俳人) 강기동(姜琪東) 이상 7인으로 시작되었는데, 3호(1988년 5월 발행)부터는 강

도』의 지면에는 재일조선인 / 한국인뿐만 아니라, 한국·북한의 학자, 문학자를 포함해서 일본, 중국, 사할린, 미국, 독일(서독), 팔레스타인 작가, 학자 등에 이르기까지 실로 다양한 국적을 지닌 필자진들의 글이 게재되었다. 이는 특정한 정치단체나 종교에 속하지 않는 분위기 속에서 "자유로운 민중문예지"를 지향하고자 한 편집진의 의도가 반영되어 이루어진 것이라 할 수 있는데, 단순히 필자진의 다양성뿐만 아니라 그 지면을 통해서는 '재일코리안'[3]의 새로운 아이덴티티 모색을 둘러싼 다채로운 의견이 개진되고 있음을 알 수 있다.

『민도』를 발행한 민도사民涛社는 본래 시인 강순姜舜, 작가 김태생金泰生이 고문을 맡았던 「재일조선인 문학자 유지의 모임在日朝鮮人文学者有志の会」이 모태가 되어 결성되었다.[4] 1987년 2월, 이 모임은 발전적으로 해체되고, 해체와 동시에 재일문예지『민도』발간을 결정했는데[5], 잡지의 내용 구성과 편집 방침 등에 대해서는 창간 4~5년 전부터 준비를 해왔고 처음부터 제1기, 10호까지 발행할 예정임을 밝히고 있다.[6] 해방 이후『민도』

기동이 빠지고, 이후 6호(1989년 2월 발행)부터 영화감독이자 각본가인 김수길(金秀吉)이 편집위원에 가세해서 종간에 이르고 있다. 강기동의 탈퇴이유에 대해서는 따로 설명하고 있지 않다. 또한 종간호인 10호의 판권장을 보면 박중호 대신 소설가 김창생(金蒼生)의 이름이 올라 있다. 덧붙여 편집부의 실무 스테프로는 이강언(李康彦), 김신야(金迅野), 양윤(梁潤) 등의 이름이 명기되어 있다.

3 이 글에서는 한반도에 민족적 유래를 지닌 재일조선인 / 한국인, 한국·조선계 일본인을 포괄하는 명칭으로서 '재일코리안'을 사용하고자 한다.

4 창간호의 편집후기에는 『민도』가 탄생하기까지의 경위가 간략하게 설명되어 있다. 그에 따르면 1983년 여름에 아시아 각국의 문학자들이 히로시마에 모였을 때, 재일조선인 문학자 유지가 7~8명 합류했는데, 그 때의 만남이 『민도』를 만드는 계기가 되었다고 한다. 「編集後記」, 『民涛』 創刊号, 民涛社, 1987.11, 334쪽.

5 「李恢成 年譜」, 『'在日'文学全集 第4巻 李恢成』, 勉誠出版, 2006, 417쪽.

6 「巻頭言」, 『民涛』 創刊号, 1쪽; 「編集後記」, 『民涛』 創刊号, 334쪽 참조.

창간 이전에 발행된 재일조선인 주체의 (문예)잡지로는 주지하듯이 김달수를 중심으로 '민주주의 문학'의 확립을 기치로 내건 『민주조선民主朝鮮』(1946~50)을 시작으로, 시인 김시종을 포함한 오사카 조선시인모임이 발행한 기관지 『진달래チンダレ』(1953~58), 문예지 『계림鷄林』(1958~59), 양석일, 정인 등이 편집한 시와 에세이 동인지 『가리온カリオン』(1959~63), 『한양漢陽』(1962~84), 『일본 속의 조선문화日本の中の朝鮮文化』(1969~81), 『계간 삼천리季刊三千里』(1975~87), 『계간 잔소리季刊ちゃんそり』(1979~81) 등에 이르기까지 다수가 존재했다. 이 중 1970년대 중반부터 '재일조선인' 담론을 형성하는 대표적인 중심 매체였던 『계간 삼천리』는 1987년 여름 제50호로 종간을 맞이했다. 그 종간에 대해 조관자는 재일조선인 1~2세대에 해당하는 편집위원들의 고령화에 수반된 자연적 흐름이라 설명하면서, 이후 일본사회의 글로벌화와 3~4세대 '자이니치'의 출현은 재일조선인의 문화 및 담론 형성에서 새로운 지각 변동을 초래하였다고 지적한 바 있다.[7] 시기적으로는 『계간 삼천리』의 뒤를 이어 1987년 11월에 창간된 『민도』는 재일조선인 / 한국인과 한반도를 둘러싼 담론의 변용, 그리고 1989년의 동유럽 혁명과 동서 냉전 이데올로기의 해체라는 세계사의 큰 변화 속에서, 재일 3세대의 등장을 중심으로 새로운 '재일의 독자성'을 부각시키고자 했고, 또 지식인들만이 향유하기 쉬운 담론공간을 넘어서 '민중문예'를 중시하고 이를 적극적으로 조명하고자 하는 활동을 실천하고 있어 주목된다.

---

7   조관자, 「'민족주체'를 호출하는 '재일조선인'」, 『日本學』 제32집, 동국대문화학술원 일본학연구소, 2011.5, 204~205쪽.

하지만 지금까지『민도』에 관한 연구는 한일 양국에서 거의 찾아볼 수 없다. 필자가 조사한 바로는『민도』에 대한 심도 있는 논의는 차치하고서라도 이 잡지의 서지적 사항조차 제대로 검토되지 못한 상태라고 할 수 있다. 이 같은 상황에는 우선『민도』가 재일조선인이 발행한 잡지의 계보 속에서 마이너리티에 위치하는데서 오는 제약— 일차적으로 잡지 입수의 어려움 — 도 개재해 있을 것이다. 최근 한국의 학계에서는 재일조선인 문학의 연구영역이 기존의 작품 중심에서 재일미디어로까지 확대되면서『계간 삼천리』,『한양』,『청구青丘』(1989~95) 등을 중심으로 재일조선인 주체의 잡지에 대한 연구가 활발해지고 있고, 또한 지금까지 비교적 주목받지 못했던 재일한인의 에스닉 잡지에 대해서도 관심을 가지고 그 연구의 범위가 차츰 확장되어 가는 움직임을 보이고 있다. 이 같은 연구의 흐름 속에서 이 글에서는 재일문예지에 관한 연구의 외연을 확장시키고,『민도』를 통해서 읽어낼 수 있는 재일코리안의 아이덴티티와 그 변용과정의 일단을 살펴보고자 한다. 다만 현재『민도』에 관한 선행연구가 전무한 상태에서 이 글도 우선 이 잡지에 대한 서지적인 고찰을 중심으로 잡지의 내용적 특징과 그 지향성을 전체적으로 살피는 정도의 시론에 그칠 수밖에 없는 한계를 안고 있다. 그렇더라도『민도』의 편집 방향과 그 장에서 펼쳐진 재일코리안을 둘러싼 담론의 특징을 살핌으로써, 이 테마에 관한 연구를 보완하고 연구의 다양성에 기여하고자 한다. 이하에서는『민도』의 편집 방침과 특집기획, 민중문화운동, 수록 문학작품 등을 살핌으로써『민도』가 재일문학과 문화의 어떤 측면을 구체적으로 부각시키려고 했는지를 규명하고, 이를 통해『민도』가 지향한 재일문화의 방향성이 무엇인지를 파악하고자 한다.

2.『민도』의 편집 방침과 특집기획

『민도』의 창간사에 해당하는 창간호의 「권두언」에서는 1945년 해방 이후 관제문화를 넘어선, 재일하는 자의 실재實在를 전하는 민중문예지, 문예종합지는 단 한 번도 없었다는 점을 강조하면서, 『민도』가 그 역할을 자임하겠다는 포부를 밝히고 있다.[8] 그러면서 『민도』가 지향하는 "자유로운 민중문예지"의 개념은 언어표현에 있어서 금기taboo를 가지지 않을 것, 전통적인 유교적 사고에 얽매이지 않을 것,[9] 스스로의 열린 문화적 아이덴티티를 추구하는 장으로서 정리하고 있다. "이 민중문예운동이 한반도와 일본열도 사이에서 독자적이고 이질적인 문화공간을 어떻게 만들어나갈 것인가"[10]라는 제언에서도 볼 수 있듯이, 『민도』는 민중문예지로서 조선민족에 뿌리 깊은 유교적 사고의 속박에서 탈피하여 자유로

---

8 「卷頭言」, 『民涛』 創刊号, 1쪽.
9 이 방침은 가령 『민도』 4호에 실린 좌담회 「여성에게 있어서의 재일동포사회」 등에서 전개되고 있는데, 이 좌담회는 조선의 유교사상에 내재한 봉건성과 지금까지 남성중심사회였던 재일사회의 문제점을 자각한 위에서 젊은 재일코리안 여성들의 발언과 고민을 듣고자 기획되었다. "시대, 세대의 변화를 모두 느끼고 있다"는 여성 출석자들의 공감대를 통해서도 권위적인 아버지, 남성지배적이던 재일 1, 2세대의 부부관계, 가정환경에서 탈피해서 '가정 내의 민주화'와 평등한 부부관계로 나아가는 재일사회 내 변화의 일단을 볼 수 있다. 「座談会 女性にとっての在日同胞社会」, 『民涛』 4号, 民涛社, 1988.9.
10 「卷頭言」, 『民涛』 創刊号, 1쪽.

운 민중적 상상력의 세계를 펼치고, '재일하는 자'가 창조할 수 있는 혼종적인 문화운동을 지향하고 있다.

이 같은 편집 방침 하에 『민도』는 매호마다 특정한 주제를 담은 특집기획을 의욕적으로 마련해서 게재하고 있는데, 우선 『민도』 창간호의 첫 특집기획은 조선인 혁명가 김산金山(본명 張志樂 : 1905~1938)의 생애를 그린 저서 『아리랑의 노래The Song of Ariran』(1941, 뉴욕 존데이John Day사 발행)의 저자인 님 웨일스Nym Wales[11] 여사를 방문해서 취재한 인터뷰 기사가 차지하고 있어 주목된다. 이 인터뷰는 1987년 8월 20일부터 4일간에 걸쳐 『민도』 대표 이회성과 편집위원 박중호가 미국 코네티컷주 메디슨에 위치한 여사의 집을 직접 방문해 이루어졌는데, 이에 앞서 1987년 2월부터 왕복서간을 통한 수차례에 걸친 취재 요청과 타진을 거쳐 어렵게 성사되었고 이회성을 비롯한 편집진들이 이 인터뷰에 상당한 의욕과 공을 들였음을 문면 여기저기에서 확인할 수 있다. 이 인터뷰에서 님 웨일스는 『아리랑의 노래』에 대해 "이것은 그(김산)가 나에게 이야기해준 구술 자서전"[12]이라 정의하고 있는데, 짐작컨대 이 특집기획은 사회주의 혁

---

11 님 웨일스는 필명이고, 본명 헬렌 포스터 스노(Helen Foster Snow, 1907~1997) 여사는 미국의 저널리스트로 남편인 에드거 스노와 함께 1930년대 격동기의 중국 혁명가들을 현지에서 취재하여 저서를 남겼으며, 특히 예안(延安)에서 조선인 독립운동가 김산을 취재하여 기록한 『아리랑의 노래』로 알려져 있다. 이 책은 일본에서는 『アリランの歌 ある朝鮮人革命家の生涯』(岩波書店, 1953)로, 한국에서는 『아리랑』(동녘사, 1984)이라는 제명으로 첫 출판되었다. 님 웨일스는 중국에 체재한 1931년부터 41년까지의 시기를 회상한 『나의 중국시절』이라는 제명의 에세이를 1984년에 출판했으며, 1981, 82년에는 두 번에 걸쳐 노벨평화상에 노미네이트되기도 했다. 님 웨일스의 연보적인 사항은 『민도』에 게재된 인터뷰 기사의 각주 등에서 정리했다.

12 「特別インタビュー―ニム・ウェールズ(ヘレン・フォスター・スノ)「アリランの歌」と私の生涯」, 『民涛』 創刊号, 14쪽.

명가이자 항일독립투사였던 김산[13]의 생애를 재조명하는 작업을 통해, 조선민족의 역사적 고난 속에서 이뤄진 젊은 조선인 청년의 순수한 열정과 정의로운 저항을 부각시킴으로서 우선 민족적 주체의 정신을 재확인하고자 하는 편집부 측의 의도가 반영된 것으로 보인다. "국가와 민족과 혁명이라는 문제를 한 조선인 혁명가의 삶을 통해 보여주는 책"[14]이라는 한 편집위원의 평가를 통해서도 이 인터뷰의 기획 의도를 유추해볼 수 있다. 이 특별인터뷰는 『민도』3호까지 그 전문이 연재되었고, 이후에도 『민도』 지면을 통해 김산의 소설을 비롯하여 그(의 작품)와 관련된 평론, 기사를 지속적으로 게재했으며, 중국으로 김산의 유가족을 방문한 르포르타주, 김산과 관련된 님 웨일스의 또 다른 저서를 일본어로 번역해서 출판하는 등 지속적이고도 꾸준한 관심과 활동을 전개해나갔음을 알 수 있다. 김산, 님 웨일스와 관련하여 전개된 민도사 및 이회성의 활동을 정리하면 다음과 같다.

그런데 이 3회에 걸쳐 게재된 님 웨일스 여사와의 인터뷰를 보면, 『민도』 측(이회성·박중호)의 의중과 웨일스 여사의 발언 사이에 미묘한 온도

---

13 김산의 본명은 장지락으로 1905년 평안북도 용천 출생. 일본을 거쳐 1921년 중국으로 건너간 뒤로는 주로 중국에서 활동했고, 1936년 7월에 상하이에서 조선민족해방동맹을 창설, 8월에는 조선혁명가 대표로 선발되었다. 하지만 1938년 일제의 스파이라는 누명을 쓰고 중국공산당 당국에 의해 처형당했다. 이후 1983년에 중국공산당 중앙위원회 조직국을 통해 공식적으로 명예가 회복되었고, 대한민국 정부는 2005년에 건국훈장을 추서하였다. 김산의 연보적인 사항은 『민도』의 해설과 「李恢成 年譜」, 앞의 책 내용에서 정리했다.
14 金贊汀, 「『アリランの歌』が聴こえてくる」, 『民涛』 6号, 民涛社, 1989.2, 322쪽.

장르	필자	제명	게재호 및 면수	비고
인터뷰	ニム・ウェールズ 聞き手 李恢成・朴重鎬	「特別インタビュー ニム・ウェールズ(ヘレン・フォスター・スノー)「アリランの歌」と私の生涯」	『民涛』1号 1987.11 2〜41쪽.	
	ニム・ウェールズ 聞き手 李恢成・朴重鎬	「特別インタビュー(中)ニム・ウェールズ(ヘレン・フォスター・スノー)「私の中国時代」と合作社」	『民涛』2号 1988.2 8〜47쪽.	
	ニム・ウェールズ 聞き手 李恢成・朴重鎬	「特別インタビュー(下)ニム・ウェールズ(ヘレン・フォスター・スノー)「朝鮮の中立化と文明論」	『民涛』3号 1988.5 198〜222쪽.	
평론 및 해설	ジョージ・O・トッテン	「割引かれるべき死因」	『民涛』2号 1988.2 48〜49쪽.	『アリランの歌』론
	ブルース・カミングス	「ある共産主義者の生涯」	『民涛』2号 1988.2 50〜59쪽.	『アリランの歌』론
	藤田省三	「金山叙事詩序曲について―その一解釈―」	『民涛』3号 1988.5 223〜229쪽.	
	水野直樹	「キム・サンの小説「奇妙な武器」について」	『民涛』10号 1990.3 348〜351쪽.	
시	ニム・ウェールズ, 釜屋修訳	「古き北京」	『民涛』3号 1988.5 230〜233쪽.	중국의 『文藝報』(1987.5.30)에 게재된 작품을 일본어로 번역해서 전재.
소설	炎光(キム・サン), 蒲豊彦訳	「奇妙な武器」	『民涛』10号 1990.3 328〜347쪽.	김산의 유고 소설
르포르타주	金賛汀	「『アリランの歌』が聴こえてくる―中国に金山の遺家族を訪ねて―」	『民涛』6号 1989.1 322〜350쪽.	중국에 거주하는 김산의 아들 고영광(高永光)씨를 방문해서 취재한 글.
그외 활동	李恢成・水野直樹編	「『アリランの歌』覚書」	岩波書店 1991	다큐멘터리 작품. 1993년 한국 동녘사에서 『아리랑 그 후』로 개제해서 출판.
	1993년 6월, 이회성은 김산의 생애를 다큐멘터리화하기 위해 한국 MBC 취재반과 미국 및 중국을 여행함.			
	『セヌリ』20호(1994)의 김산 특집에서 이회성은 김산과 『아리랑의 노래』에 관한 글을 세 편 게재함.			
	1995년 9월, 이회성을 중심으로 님 웨일스 여사 표창건의문을 작성(미국, 일본, 한국의 학자, 문학자 15인에 의한 공동제안서)해서 김영삼 대통령에게 보냈으나 회답이 없음.			
	1997년 5월, 님 웨일스 여사 추도식에 참석하기 위해 이회성 미국 행.			
	2005년 8월, 김산과 님 웨일스를 노무현 정부가 서훈(敍勳)함.			

차가 발생하고 있어 흥미롭다. 『아리랑의 노래』는 1938년 중국 예안에서 김산과 조우하게 된 님 웨일스가 김산의 구술과 일기를 바탕으로 조선혁명의 성공과 조국의 독립을 위해 살아온 그의 삶의 궤적을 조명한 책인데, 이회성과의 인터뷰 당시 80세의 고령인 웨일스 여사의 회고에 따르면, 그녀의 김산에 대한 관심과 책을 쓰게 된 계기는 우선 그가 영어를 구사할 수 있었고, 무엇보다 그가 기독교(청교도)적인 소질을 가지고 있었기 때문이라고 한다. 그리고 김산의 인간성에 대해서는 전체적으로 높이 평가하면서도, 그가 중국공산당국으로부터 '일본의 스파이'라는 의심을 받고 있으면서도 오해를 살만한 발언을 서슴지 않고 자신의 고집을 굽히지 않는 등 외교적 처세감각이 부족했다고 지적하기도 한다. 그러면서 이에 비해 여사 자신은 높은 자기억제심과 정신력을 가지고 있다고 자부하는 데서도 볼 수 있듯이, 그녀의 발언 곳곳에서는 자신의 삶과 업적에 대한 자부심을 넘어 나르시시즘에 가까운 자만과 청교도적 정신론의 신봉, 그리고 '낙후'된 동양을 바라보는 서구의 오리엔탈리즘적 시선도 산견된다. 이 같은 발언에 대해 이회성 측도 인터뷰를 청한 입장 상 정면에서 반론하진 못하고 되도록 맞춰서 응수하다가 화제를 돌리는 방식으로 인터뷰를 진행하고 있다. 하지만 아시아의 봉건성에 대한 발언 중에서는 민족별로 그 속성을 단순하게 획일화해서 평가한다든지, 중국을 비롯한 타자는 뒤떨어져 있어 배울 것은 없다는 식의 오만함과 독선까지도 서슴지 않고 보이는데, 가령 '문명의 진보'를 강조하며 "미국은 훌륭한 나라라는 것을 알아주세요. 우리들은 사악한 일이나 유해한 행동은 하지 않습니다."[15]와 같은 그녀의 '순진한' 발언은 냉전체제 하에 자행된 미국의 각종 핵병기 실험과 베트남 전쟁에의 개입 등 몇 가지 역사적 사실만 떠올려보더라도 도저히 받아들이기 힘든 성격의 것이다.

『민도』 측은 '조선인 혁명가' 김산의 생애를 전면에 내세우면서 민족적 저항의 뿌리를 찾아 나름 야심차게 이 특집 인터뷰를 기획, 실행했을 터이지만, 이처럼 실제 인터뷰에서는 김산을 둘러싼 평가의 온도차와 더불어 상호간에 의견이 어긋나는 장면도 곳곳에서 연출되곤 한다. 그렇더라도 이회성 측은 여사가 전전의 중국과 전후의 미국에서 일관되게 추진한 협동조합운동을 민중해방의 이념으로 해석하면서 이 같은 어긋남을 무마하고, 김산에 관한 저술을 중심으로 님 웨일스의 업적을 높게 평가하는 태도를 견지한다. 위의 〈표 1〉에서도 볼 수 있듯이, 민도사와 이회성은 『민도』 종간 이후에도 님 웨일스 여사의 서훈을 한국정부에 건의해서 2005년에 표창이 성사되는 등 그녀의 업적에 대해 나름 최선의 경의를 표하려고 했음을 볼 수 있다.

이어서 창간호의 또 다른 특집기획으로 「재일조선인 문학의 오늘과 내일在日朝鮮人文学の今日と明日」이라는 주제로 좌담회와 세편의 평론이 게재되었다. 좌담회 「재일문학은 이대로 좋은가在日文学はこれでいいのか」는 편집위원 배종진의 사회 하에 재일 2, 3세로 구성된 참석자 6명[16]이 새로운 세대들이 생각하는 재일문학의 과제에 대해 얘기를 나누고 있다. 이들은

---

15 「特別インタビュー(下) ニム・ウェールズ(ヘレン・フォスター・スノ) 朝鮮の中立化と文明論」, 『民涛』 3号, 民涛社, 1988.5, 202쪽.

16 참석자의 면면은 다음과 같다. 정윤희(鄭閏熙, 「동인 나그네」 회원), 조박(趙博, 칸사이(關西)대학 인권문제연구실 연구원), 채효(蔡孝, 「ノリパンの会」 회원), 김창생, 강나미(姜奈美, 나라(奈良)교육대 대학원 미술전공), 정대성(鄭大成, 와세다대 제2문학부 학생).

이양지와 이기승 등 1980년대가 되어 발표된 새로운 문학작품을 중심으로 "재일조선인 문학의 민족성과 저항성의 전통을 계승하면서도 새로운 재일 상황 속에서의 민족과제를 어떻게 문학적으로 표현해나갈 것인지"[17]를 고민한다. 출석자들이 "재일조선인이라는 부가가치로 승부"(60)하려는 재일작가들의 태도에는 거부감을 가지면서, 다양한 '개個의 현실'을 묘사하는 작품을 긍정적으로 평가하는 데서도 알 수 있듯이, 재일코리안 구성의 다양화와 다원화를 반영한 새로운 세대의 존재방식을 형상화한 문학을 선호하고 있음을 알 수 있다. 덧붙여『민도』 2호의 권두언에서 이회성은 이 젊은 세대들이 저항감 없이 사용하는 '재일'이라는 표현이 '조국'에 대한 대립개념으로서 파생되어 "'재일'이라는 입장을 절대화할 위험성을 품고 있다"[18]고 우려를 표명하면서도, 그것이 만약 "출생지 일본을 고향으로 삼으면서 조국 통일의 가교가 될 존재라는 의미를 담고 있다"(7)면 이 표현은 이미 '탈태환골'된 것이며, 새로운 흐름으로 나아갈 것이라고 기대를 비치기도 한다. 나아가 "새로운 세대의 인생감각을 소중히 하고 싶다"[19]는 이회성 및『민도』의 편집 방침은「민민도도民々涛々」를 비롯하여『민도』의 여러 코너를 통해 꾸준히 확인할 수 있는데, 이『민도』 2호에서도 특집으로 신인 작가들의 단편소설 5편을 실으면서, 재일신진작가를 적극적으로 발굴하려는 의지를 보여준다.

이상 특집기획을 중심으로 우선『민도』의 편집 방침과 그 방향성을

---

17 「座談会 在日文学はこれでいいのか」,『民涛』創刊号, 59쪽. 이하 인용은 괄호 안에 쪽수만 표기함.
18 「巻頭言「在日」という革袋」,『民涛』2号, 7쪽. 이하 인용은 괄호 안에 쪽수만 표기함.
19 「座談会 民族文学と在日文学をめぐって」,『民涛』3号, 1988.5, 39쪽.

어림잡아 보았는데, 다음 장에서는 『민도』가 일관되게 표방한 '민중문화 (문예)운동'의 내역을 파악해보고자 한다.

3. '민중문화운동'에의 지향과 재일문화

『민도』 2호의 특집기획은 '민중문화운동의 현재'라는 주제 하에 「마 당극이란 무엇인가?マダンクッとは何か」를 비롯하여, 총 6편의 평론, 기사가 게재되어 있다. 이처럼 『민도』 지상에는 조선민족의 마당극, 사물놀이, 전통무용(탈춤), 민중미술 등 조선의 민중문화와 예술을 적극적으로 소 개하고 조명하는 기획이 많다. 가령 한반도의 전통 가면극과 탈춤을 소 개하면서 실제로 가면을 만드는 방법과 놀이방법까지 사진과 도해를 첨 부해서 상세히 설명하는 교재[20]에서부터, '민족문화패 한마당民族文化牌ハ ンマダン(교토)', '재일동포문화패 하누리在日同胞文化牌ハヌリ(도쿄)', '마당극 의 모임マダン劇の会(오사카)' 등 재일코리안이 결성한 극단, 사물놀이패와 개인으로 활동하는 예술가를 취재하여 그라비어 사진과 함께 소개하는 기사, 공연행사 취재기, 마당극 대본에 이르기까지 다채로운데, 그 내역 은 다음과 같다.

---

20 ウリ文化研究所＋高圭美, 「仮面づくりと仮面戯—民衆文化運動のための教材—」, 『民涛』 8号, 民涛社, 1989.9.

<표 2> 재일민중문화운동 관련 『민도』 기사 목록

장르	필자	제명	게재호	비고
그라비어 사진・기사	朴實	民衆文化運動の新しいうねり 民族文化牌 한마당^{ハンマダン} 民族文化牌 한마당^{ハンマダン} 撮影記	『民涛』1号 1987.11	
연극평	黒川創	もっと批評を 在日同胞文化牌ハヌリ公演 マダン劇「済州ハルマン」	『民涛』1号 1987.11	
평론	梁民基	いま、なにが起こっているか		
평론	沈雨晟	マダンクッとは何か		
평론	楠瀬佳子	アフリカ人の民衆演劇運動	『民涛』2号 1988.2	특집기획〈民衆 文化運動の現在〉
평론	人見承門	民衆美術運動のうねり		
기사	趙喜珠	ハヌリにかかわって		
기사	中村優子	ハヌリについて		
르포르타주	金迅野	部署を捨てる──第五回生野民族文化祭ルポ		
그라비어	李朋彦	一人芝居『火の鳥』と高圭美	『民涛』3号 1988.5	
그라비어	裵昭	鄭義信 飄々と喜劇を生きる男	『民涛』4号 1988.9	
그라비어	裵昭	李愛珠　統一を舞う	『民涛』5号 1988.11	
인터뷰	ききて　梁民基	李愛珠　統一を舞う		
마당극 대본		一人芝居　ウリ ハラボジ		
그라비어	裵昭	黄佑哲　はたらき、うたう。	『民涛』6号 1989.2	
그라비어		高麗美術館開館		
에세이	壽岳章子	鄭詔文さんの美術館		
그라비어	裵昭	金洪才　同胞愛を奏でる		
추도문	金時鐘	鄭詔文　白磁の骨壷		
인터뷰	ラディ・シェハーデ /ジャマル・ゴーシェ, ききて芝生瑞和	演劇は根源的な要求 インテイファーダとパレスチナ人のたたかい	『民涛』7号 1989.6	
그라비어 에세이	南賢	同胞愛を奏でる 金洪才、その音楽世界		
교재	ウリ文化研究所＋ 高圭美	仮面づくりと仮面戯 民衆文化運動のための教材	『民涛』8号 1989.9	
마당극 대본	ハンマダン共同作	土地^{タン}プリ	『民涛』10号 1990.3	

이 같은 기획은 우선 한반도 전래의 문화예술, 조선민족의 민중적 놀

이문화와의 연계를 중시하고자 하는 편집부의 의도가 반영된 것일 터인

데, 이는 또한 동시대 한국에서 전개되고 있는 민중문화운동과의 연대도 염두에 두고 진행되고 있다. 가령『민도』창간호부터 6회에 걸쳐 연재된 「한국문화통신」[21] 시리즈는 민중 해방을 위한 한국의 문화운동을 소개하고, 민중문예・문화를 축으로 한국과 재일코리안의 유대, 연대를 도모하고자 기획된 것이다. 그 내용은 주로 현재 한국에서 전개되고 있는 민주화 운동과 투쟁 상황, 통일과 관련된 문예, 예술운동의 현장을 전하고 있다. 문예면에서도 특집기획을 통해 한국의 고은, 백낙청, 황석영 등을 초청하여 좌담회, 인터뷰를 가지면서 한국의 민중문학과 재일문학의 관계를 점검한다든지,[22] 한국에서는 '재일문학'을 어떻게 읽고 있는지를 파악하고,[23] 한국의 민중문학뿐만 아니라 북한의 문학작품도 번역, 소개[24]하는 등의 활동을 전개하고 있는데, 이 같은 활동을 통해서도 민중문예문화운동을 둘러싼『민도』의 '조국' 지향을 볼 수 있다.

그런데 여기서 주목하고자 하는 것은『민도』는 '조국'과의 연계, 연대를 중시하면서도, 그와 동시에 한편으로는 재일코리안 나름의 독자적인 문화도 찾고 모색하고자 했다는 사실이다. 시대적으로 "70년대에 들어서 재일한국・조선인사회에서는 남북조국의 대립 격화와 두 국가체

---

21 연재된 내역은 다음과 같다. 李起亮, 「韓国文化通信① かけちがえたボタンの意味」, 『民涛』創刊号; 李起亮, 「韓国文化通信② 民主化への産みの苦しみ」, 『民涛』2号; 朴仁培・金明仁, 「韓国文化通信③ 転機をむかえた芸術運動」, 『民涛』4号; 李在賢, 「韓国文化通信④ 文芸統一戦線と文芸大衆化を目指して」, 『民涛』5号; 朴仁培, 「韓国文化通信④ 民族芸術運動の体系の変化」, 『民涛』5号; 任軒永, 「韓国文化通信⑤ 天皇はなにを'象徴'しているか」, 『民涛』7号; 具仲書, 「韓国文化通信⑥ 民族文学史復元の課題ー北韓文学に対する南韓文壇の受容と批判ー」, 『民涛』8号.

22 「特集 民族文学の可能性」, 『民涛』3号, 1988.5.

23 「特集 韓国では「在日文学」をどう読んでいるのか」, 『民涛』8号, 民涛社, 1989.9.

24 「特集 共和国では文学はどうなっているのか」, 『民涛』9号, 民涛社, 1989.12.

제에 대한 실망이 강해지는 속에서, 조국에 추종하는 지금까지의 태도에서 재일자의 입장을 살리고자 하는 목소리가 일어나기 시작했"[25]고, 80년대 후반에는 이미 식민지 지배의 체험이 없고 전후 일본사회의 영향을 강하게 받은 재일코리안 3세대가 등장하면서 이들을 중심으로 젊은 세대들의 '조선인' 규정문제, 아이덴티티에도 변용이 일기 시작했다.[26] 『민도』편집부 측은 '조국' 지향의 민족의식에서 차츰 멀어져가는 젊은 세대의 의식을 경계하면서도 어쩔 수 없는 자연스러운 흐름으로 이해하고, 이제 '인간'이라는 보편적 차원에서 재일코리안의 존재성과 문화를 바라보고 새롭게 정위하고자 하는 논조를 보인다.

가령 『민도』 3호에는 백낙청을 맞이해서 가진 좌담회의 기록이 실려 있는데, 여기서 이회성은 한국과의 연대를 중시하면서도 재일의 독자적인 역할론을 전개하고 있다. 그는 우선 '재일문학'과 '민중문화예술운동'을 동일시하면서, 재일문학이 "일본문학은 아니지만, 또한 본국의 문학과도 어딘가 다른, 존재 그 자체에서 그러한 것이 되어가는, 독자의 영역을 지닌 문학이 될 것"[27]이라는 견해를 피력한다. 이회성 자신, 『민도』를 발행할 당시의 상황과 자신의 문학을 회고한 한 인터뷰에서 "이쪽은 인간이라는 것을 추구하고 있"고, "작품 밑바탕에 흐르고 있는 보편적인 진실"[28]을 추구했다고 피력한 바 있는데, 이 같은 인간이라는 차원에서의

---

25 「卷頭言 '在日'という革袋」, 『民涛』 2号, 6쪽.
26 이 같은 발언은 『민도』에서는 젊은 재일세대들을 중심으로 재일사회의 변화와 풍속의 추이를 전하고 있는 「민민도도(民々涛々)」라는 고정코너란을 통해서 꾸준히 확인할 수 있다.
27 「座談会 民族文学と在日文学をめぐって」, 『民涛』 3号, 1988.5, 42쪽.
28 李恢成, 聞き手・河合修, 「インタビュー時代のなかの「在日」文学」, 『社会文学』 第26号, 日本社会文学会, 2007, 22쪽.

보편성 추구는 『민도』 지상에서 태국, 타이완, 카자흐스탄, 팔레스타인, 아프리카 등 이른바 제3세계의 예술가, 문학자들과의 활발한 교류와 연대로서 전개되기도 한다. 창간호의 권두언에서 이미 "국제주의 정신을 사랑하고, 특히 제3세계 민중과의 유대를 깊게 해가자"[29]고 제창하고 있지만, 위의 〈표 2〉에서도 아프리카계의 민중예술운동을 조명한 기사와 반 이스라엘 저항운동과 민중연극운동을 전개하고 있는 팔레스타인 연극인들의 인터뷰를 확인할 수 있다.[30] 이 같은 제3세계 민중문화운동에 대한 관심과 조명도 세계사적으로 보편적인 민중 차원에서 재일문화의 존재성을 가늠하고 그 방향성을 새롭게 찾고자 하는 편집부의 기획의도에서 전개된 것으로 볼 수 있을 것이다.

4. 『민도』 수록 문학작품과 재일문학의 독자성

『민도』 지면에 수록된 문학작품은 총 80편으로, 이 중 시는 16편, 소설은 52편, 단가短歌 7편, 시나리오(마당극 대본 포함) 3편, 극화 2편으로 구성되어 있다. 필자수는 총 56명으로 기성작가, 신인작가를 포함하여 재일코리안 작가의 작품이 역시 다수를 차지하고, 고은, 박노해, 이산하

---

29 「卷頭言」, 『民涛』 創刊號, 1쪽.
30 덧붙여 『민도』에서는 이스라엘 점령하의 팔레스타인의 상황과 투쟁을 소개하고 알리는 기사와 인터뷰가 다수 게재되어 있다.

등 한국 민중문학자의 작품, 북한작가의 작품, 재미코리안의 작품 등도 일본어로 번역되어 실려 있다. 또한 귀화한 한국・조선계 작가와 일본인 작가의 작품도 수록하고 있어 "새로운 민중문예의 물결을 만들어내는 작품"[31]이라면 국적에 상관없이 폭넓게 받아들이고자 했음을 알 수 있다. 한편 한국작가의 작품 수록과는 별도로 고은, 황석영 등 한국문인들에 대한 한국정부의 탄압에 관한 기사를 꾸준히 게재하면서, 정부의 탄압으로 투옥 중인 김남주, 이산하의 석방운동에 동참하고 있다. 이 같은 활동을 통해서도 민중문예를 축으로 한반도의 민주화와 통일을 지향하고 한국문학자와의 연대를 중시하는 모습을 볼 수 있다.

특집기획에서는 앞서 언급했듯이 2호에서 재일신인작가 특집을 마련해서 단편소설을 모아서 게재하고, 이후에도 이들에게 작품 발표의 지면을 제공하는 등 신진작가를 적극적으로 발굴해서 육성하려는 의도를 보여준다. 5호에서는 「재일아동문학의 지금在日児童文学のいま」이라는 특집기획을 마련해서 재일문학자의 아동문학작품과 수기, 작문집, 연극대본, 남북한의 아동문학작품 등을 게재하고 있다. 편집부는 재일조선인 문학 속에서 아동문학이 지닌 역할이 큰 비중을 차지하기 시작했다는 사실에 주목하면서, "세대교체가 진행되는 속에서 앞으로 성장해갈 아이들에게 풍부한 서정성과 세계관을 가져오는 일이 소중하다"[32]고 말한다. 이어서 "재일자의 아동문학이 현대 민중의 시점에서 창조의 방법론을 깊게 해갈

---

31 『民涛』 創刊号의 원고모집 광고란. 173쪽.
32 「特集 在日児童文学のいま」, 『民涛』 5号, 民涛社, 1988.11, 8쪽. 이하 인용은 괄호 안에 쪽수만 표기함.

때, 새로운 아동문학의 가능성이 기대된다"(9)고 기획의도에서 밝히고
있듯이, 『민도』편집부는 '세대교체'와 '민중의 시점'을 염두에 두고 재
일아동문학의 활성화와 발전을 도모하고자 했다. 『민도』에 수록된 문학
작품의 목록은 다음과 같다.

〈표 3〉『민도』수록 문학작품 목록

필자	작품명	장르	권호 및 면수	비고
金時鐘	秋二題	시	창간호(1987.11), 174~177쪽	
崔龍源	宙―光州異聞	시	창간호(1987.11), 178~181쪽	
姜舜	白の代価	시	창간호(1987.11), 182~184쪽	
宗秋月	猪飼野のんき眼鏡	소설	창간호(1987.11), 210~242쪽	
朴重鎬	回帰	소설	창간호(1987.11), 244~333쪽	제22회 홋카이도신문 문학상 수상
梁淳祐	追憶とともに	단편소설	2호(1988.2), 258~268쪽	재일신인작가 작품 게재
曺圭佑	約束	단편소설	2호(1988.2), 269~271쪽	
小村たか子	スンナミさん	단편소설	2호(1988.2), 272~278쪽	
金秀吉	ブルガサリ	단편소설	2호(1988.2), 279~295쪽	
金鍾伯	文字盤のない時計	단편소설	2호(1988.2), 296~305쪽	
崔碩義	夢幻泡影	長編譚詩	2호(1988.2), 182~196쪽	
イーサナ	漢挐山	장편시	3호(1988.5), 102~120쪽	한국시인 이산하 작, 梁潤 역
李希淑	家族	시	3호(1988.5), 185~187쪽	
金潤	故郷	시	3호(1988.5), 188~189쪽	
分妙達	慟哭	시	3호(1988.5), 190~193쪽	
李正子	呪文	短歌	3호(1988.5), 194쪽	
金夏日	寒鴨	短歌	3호(1988.5), 195쪽	
崔龍源	無窮花	短歌	3호(1988.5), 196쪽	
申英愛	風樹	短歌	3호(1988.5), 197쪽	
ニム・ウェールズ	古き北京	시	3호(1988.5), 230~233쪽	釜屋修 역
金蒼生	赤い実	소설	3호(1988.5), 256~276쪽	
鄭閏熙	真夏の夢	소설	3호(1988.5), 278~298쪽	
鄭道相	十五号房にて	소설	3호(1988.5), 300~319쪽	李淳木 역
朴ノへ	貸し腹打令	소설	3호(1988.5), 320~325쪽	梁民基 역
高良勉	越える	시	4호(1988.9), 62~65쪽	
申有人	「仮面劇」のバラード	시	4호(1988.9), 124~128쪽	

林忠赫	東京貧乏物語	극화	4호(1988.9), 177~188쪽	
尹静慕	ニム	소설	4호(1988.9), 292~325쪽	현대한국소설 崔暎夏 역
曺圭佑	丘に集う人びと	소설	4호(1988.9), 326~329쪽	신인소설
高甲淳	ひよこ	아동문학	5호(1988.11), 10~13쪽	
尹正淑	ハラボジのふで	아동문학	5호(1988.11), 13~17쪽	
梁裕子	ベランダの花畑	아동문학	5호(1988.11), 17~18쪽	
	一人芝居　ウリ ハラボジ	마당극 대본	5호(1988.11), 38~42쪽	
高銀	野菊	시	5호(1988.11), 92~97쪽	金潤 역
林忠赫	東京貧乏物語	극화	5호(1988.11), 157~167쪽	
尹静慕	ニム	소설	5호(1988.11), 268~309쪽	현대한국소설 崔暎夏 역
玉代勢章	瑠璃子ちゃんがいなくなって	소설	6호(1989.2), 8~21쪽	소설특집
朴重鎬	犬の鑑札	소설	6호(1989.2), 22~53쪽	
桐山襲	リトゥル・ペク	소설	6호(1989.2), 54~64쪽	
元秀一	発病	소설	6호(1989.2), 66~79쪽	
立松和平	かたつむり	소설	6호(1989.2), 80~90쪽	
金在南	暗渠の中から	소설	6호(1989.2), 92~161쪽	
崔碩義	泗川風景	소설	6호(1989.2), 162~188쪽	
李恢成	夾竹桃(連載第一回)	소설	6호(1989.2), 190~203쪽	
李正子	胸灯り	短歌	7호(1989.6), 127쪽	
井上とし枝	二人の死	短歌	7호(1989.6), 128쪽	
申英愛	未生の夢	短歌	7호(1989.6), 129쪽	
金在南	暗やみの夕顔	소설	7호(1989.6), 250~275쪽	
曺圭佑	海峡を渡る人びと	소설	7호(1989.6), 276~281쪽	
李恢成	夾竹桃(連載第二回)	소설	7호(1989.6), 282~301쪽	
江馬修	血の九月(上)	소설	7호(1989.6), 302~345쪽	해설 永平和雄
趙南斗	遠くにありて、思うもの	소설	8호(1989.9), 8~42쪽	
滝沢秀樹	かちそり	소설	8호(1989.9), 44~81쪽	
申明均	金先生と呼ばれた男	소설	8호(1989.9), 82~104쪽	
高井有一	六角堂海岸	소설	8호(1989.9), 106~117쪽	
金南柱	朝鮮の娘(外6編)	시	8호(1989.9), 284~295쪽	梁民基 역
朴ノヘ	わしの目に土がかぶさる前には(外4編)	시	8호(1989.9), 296~306쪽	梁民基 역
江馬修	血の九月(下)	소설	8호(1989.9), 330~379쪽	
趙南斗	遠来の客	소설	9호(1989.12), 44~73쪽	
中里喜昭	草と塩のすえ	소설	9호(1989.12), 74~98쪽	
李恢成	夾竹桃(連載第三回)	소설	9호(1989.12), 100~111쪽	
キム・ヒョンジ	澄んだ水	소설	9호(1989.12), 208~225쪽	북한소설 편집부 역

ペク・ナムニョン	生命	소설	9호(1989.12), 226~241쪽	북한소설 山口明子 역
ユ・ジュニル	初めての絵	소설	9호(1989.12), 242~252쪽	북한소설 黃英姬 역
宗秋月	華火	소설	10호(1990.3), 64~77쪽	
金蒼生	三姉妹	소설	10호(1990.3), 78~95쪽	
樋口今日子	栄誉の日	소설	10호(1990.3), 96~119쪽	
イー・カンオン	夜の方舟	소설	10호(1990.3), 120~139쪽	
李恢成	夾竹桃(連載第四回)	소설	10호(1990.3), 140~154쪽	
金秀吉	絆	시나리오	10호(1990.3), 156~191쪽	
ハンマダン共同作	土地プリ	마당극 대본	10호(1990.3), 192~215쪽	
金潤	追悼 丞玉兄	시	10호(1990.3), 219~222쪽	李淳木 역
宗秋月	ニムに	시	10호(1990.3), 223~225쪽	
炎光(キム・サン)	奇妙な武器	소설	10호(1990.3), 328~347쪽	蒲豊彦 역
表文台	死と生を繋ぐ久遠の罪状たちよ	시	10호(1990.3), 360~364쪽	金炳三 역
分妙達	天馬ペガサス	시	10호(1990.3), 365~367쪽	
崔龍源	水	시	10호(1990.3), 368~369쪽	
金末子	お経	시	10호(1990.3), 370~371쪽	
吳英基	僕はここにいるヨ	시	10호(1990.3), 372~373쪽	
ポール李	祈る人	시	10호(1990.3), 374~375쪽	李鳳宇 역

이 중 장르 면에서 이채를 띠는 것은 재일조선인에 의한 단가短歌 창작이라 하겠다. 주지하듯이 일본의 전통시가인 단가의 형식을 사용해서 재일조선인이 표현하고 있다는 점에서 다양한 형태의 표현활동을 시도하고 있음을 알 수 있는데, 그 내용은 주로 재일조선인의 생활과 조국, 제주도 4·3사건, 금강산 등 재일과 한반도와 관련된 사항과 감성이 표현되고 있다. 가령 김하일의 연작 단가 「겨울오리寒鴨」을 보자.

재일의 민주문예 만들고자 모였다 나조차 마음은 불타오르고
「민도」 발간을 축하하는 모임에 나도 있어서 재일문예를 뜨겁게 얘기하고

대한항공기 추락의 슬픔 가슴에 묻고 입식 파티에 참가했다.

눈 먼 나는 입식 파티 자리에 있으면서 식탁에는 스스로 손대지 않고 있었다.

사물놀이의 연주가 시작되고 춤추자고 친구 달려와서 내 팔을 잡는다.

50년 이국에 있으면서 우리조국의 사물놀이 춤을 잊고 있었다.

내 집 근처에 자위대의 숙사 있어 소등 나팔이 어둠에 울린다.

군국주의 구 일본의 군대를 상기시키는 소등 나팔은

구 일본군 기관총 울리면서 국경 넘어온 그 날이 눈에 보인다.

이치가야 역 홈에 나 서있으니 참호에서 우물거리는 겨울오리의 울음소리[33]

『민도』 발간 축하연에 참석한 필자의 감회와 전전의 전시상황을 전후의 소등 나팔과 오리의 울음소리를 통해 청각적으로 재현하고 있는 이 단가의 정경에는, 1939년에 일본으로 건너와 한센병과 시각 장애라는 지병을 안고서 가혹한 시대와 운명을 살아온 가인 김하일의 반생이 아로 새겨져 있다. 단가라는 가장 '일본적'인 표현형식을 빌려 재일조선인의 얘기를 하고 있다는 점에서 이 같은 현상은 '재일'이라는 혼효적인 존재의 표현장소를 보여주는 한 가지 사례라고 할 수 있을 것이다.

한편 『민도』에서 문학과 관련된 활동 중 주목하고자 하는 것은 태국,

---

33 원문은 다음과 같다. 在日の民主文芸創らむと集へりわれさへ心は燃えて / '民涛' 発刊を祝ふ集ひにわれもゐつ在日文芸熱く語りて / 大韓機墜落の悲しみ胸に秘め立食パーティーに参加をしたり / 盲われ立食パーティーの席にゐて食卓に自らは手を出さざりき / サムノリの演奏始まり踊らむと友走り来てわが腕を取る / 五十年異国にありてわが祖国のサムノリの踊り忘れてゐたり / わが宿の近くに自衛隊の宿舎あり消燈ラッパが闇に響かう / 軍国主義旧日本の軍隊を思ひ出さしむ消燈ラッパは / 旧日本軍機関銃轟かせつつ国境越え来しその日が目に見ゆ / 市ヶ谷駅の朝のホームにわが立てば濠にくぐもる寒鴨の声. 金夏日, 「寒鴨」, 『民涛』 3号, 1988.5, 195쪽.

독일(서독), 요르단 등 외국의 민중문학자 혹은 디아스포라 작가들과 적극적으로 대담을 가져서 그들의 얘기를 듣고 공감대와 연대를 도모하고 있는 점이다. 가령『민도』4호에는 서독 여성작가 리브쉐 모니코바Libuše Moniková와 이회성의 대담이 실려 있는데, 그녀는 체코 프라하 출신으로 1968년 '프라하의 봄' 사건이 자신의 문학적 원점이 되었다고 말한다. 1971년 서독에 사는 남편을 따라 이주(망명)한 후, 두 개의 문화와 언어 사이에서 흔들리는 아이덴티티의 위기를 문학적으로 표현했고, 체코어가 모국어이지만 그녀의 작품은 모두 독일어로 쓰여 있다. 이에 대해 그녀는 독일어는 모국어가 아니기 때문에 자신의 직접적인 감정에서 거리를 두고 객관화할 수 있기 때문이라고 밝히고 있다.[34] 대담의 제명인 「두 개의 문화와 언어 사이에서—왜 외국어로 우리들은 쓰는가」에도 잘 드러나듯이, 이회성은 '조선' 출신이면서 일본어로 문학창작을 하는 재일 문학자들의 아이덴티티와 그 의미성을, 역사적 문맥은 다르지만 자국에 대한 탄압과 타국에서 외국어로 창작한다는 경험을 공유한 여성작가와의 대담을 통해 모색하고 있음을 알 수 있다.『죽은 왕녀를 위한 파반느 Pavane für eine verstorbene Infantin』(1983)를 비롯하여 리브쉐의 작품을 관통하는 주제가 "이문화의 세계에서 살아가는, 이문화의 사이에서 글을 쓰는 인간의 문제"(258)였고, 독일어라는 '필터'를 통해 사물로부터 거리를 두고 객관적이고 정확하게 표현할 수 있다는 그녀의 문학적 방법은 일본에서 태어나서 일본어로밖에 표현수단을 지니지 못한 이회성과는 차이가

---

34 リブシェ・モニコーヴァ, 李恢成, 「対談 二つの文化と言語のはざまで—なぜ外国語で私たちは書くか」,『民涛』4号, 民涛社, 1988.9, 253~260쪽 참조. 이하 인용은 괄호 안에 쪽수만 표기함.

있으나, 적어도 재일조선인으로서의 일본어, 즉 "새로운 생명을 만들어 내기 위해서 환골탈태한", "표현상 일본인과 다른 일본어를 발견한다는 노력"(259)에 경주하는 재일문학자들에게 분명 시사하는 바가 있는 것이다.

그리고 『민도』 발간과 병행하여 재일문학의 방향성과 관련된 이회성의 사상에도 결정적인 변용이 보인다. 1972년 6월, 이회성은 한국일보사의 초청으로 한국을 방문했을 때 통일이 되면 재일문학은 궁극적으로 사라질 것이라는 전망을 피력했는데, 이는 통일이 되고나서는 재일문학 자체도 조선민족의 문학으로 흡수될 터이고, 일본에 남는 문학은 귀화자 문학으로 변해갈 것이라는 판단에서 나온 것이었다.[35] 하지만 그로부터 십 수 년이 경과하여 『민도』를 발행하는 시점에 와서는 당시의 자신의 사고가 완전히 잘못되었음을 통감한다고 하면서, 재일문학이 "일본문학은 아니지만, 또한 본국의 문학과도 어딘가 다른, 존재 그 자체에서 그러한 것이 되어가는, 독자의 영역을 지닌 문학이 될 것"[36]이라고 강조한다. 그리고 자신은 "재일하는 독자성을 살린 일본어를 사용하는 조선인작가"[37]로서 민중성을 바탕으로 한 창작활동을 전개해나갈 것임을 토로하는데, 이 같은 입장은 이후 1990년대를 거쳐 2000년대에 들어서도 계속 유지되고 있다. 2007년에 가진 한 인터뷰에서 이회성은 "'재일'문학이라는 것은 세계문학이 될 스케일을 내재시켜갈 것"이며, "지역성은 있지

---

35 「座談会 民族文学と在日文学をめぐって」, 『民涛』 3号, 1988.5, 42쪽 참조.
36 「座談会 民族文学と在日文学をめぐって」, 『民涛』 3号, 1988.5, 42쪽.
37 リブシェ・モニコーヴァ, 李恢成, 「対談 二つの文化と言語のはざまで―なぜ外国語で私たちは書くか」, 『民涛』 4号, 260쪽.

만 세계문학화해가는, 복잡하게 뒤얽힌 것이 되어 갈 것"[38]이라고 전망했는데, 이는 재일문학이 다양화해감과 동시에 '세계문학'으로서의 보편적 가치를 추구하는 방향으로 전개되리라고 내다본 것이다. 이 같은 문학관이 구체적으로 형성되었던 장이 『민도』였고, 재일코리안의 다양한 문화와 아이덴티티가 모색되는 가운데 『민도』는 독자적이면서도 보편적 가치를 추구하는 민중문예로서의 재일문학을 실천하는 '마당'이었던 것이다.

5. 나오며

이상 『민도』의 편집방침과 특집기획, 수록 문학작품 등을 살피면서, 이 문예지가 지향한 재일문예, 문화의 방향성을 파악해보았다. 예컨대 1970년대 중반부터 재일조선인 담론을 형성하는 대표적인 중심 매체였던 『계간 삼천리』의 경우, 그 성격이 재일지식인들의 담론의 장으로서 어디까지나 재일사회의 오피니언 리더로서의 위치를 고수한데 비해, 『민도』는 민중문예운동의 실천과 재일 3세대의 등장을 중심으로 새로운 '재일의 독자성'을 찾고자 한 점에서, 이후 전개되는 재일코리안의 다양한 문화변용을 선취해서 보여주는 문예지로서 자리매김할 수 있을 것이

---

38 李恢成, 聞き手・河合修, 「インタビュー―時代のなかの'在日'文学」, 앞의 책, 22~23쪽.

다. 덧붙여 『민도』의 지면에는 이 글에서는 다루지 못한 기획과 평론이 다수 존재한다. 가령 재사할린 조선인의 생활과 문화를 소개하는 다수의 글과 기행문, 르포르타주, 좌담회 등이 그것이다. 그리고 매호마다 게재된 에세이란 「자유종自由鐘」이나 「민민도도民々涛々」와 같은 고정 코너란, 개별적인 평론에 대해서도 아직 논의해야 할 사항들이 남아있다. 향후 이런 내용에 대한 논의와 함께 『민도』에 수록된 문학작품을 구체적으로 검토하는 작업을 해나가고자 한다.

참고문헌

김태영, 「에스닉미디어에 나타나는 자기정체성의 전개-季刊誌『三千里』·『靑丘』를 중심으로 한 재일한인의 민족적 성격의 변화」『韓國民族文化』30, 부산대 한국민족문화연구소, 2007.

나승희, 「재일한인 잡지의 변화의 양상과 『청구』의 역할」, 『日語日文學』 제36집, 대한일어일문학회, 2007.

박광현, 「재일한국인·조선인의 정체성에 관한 연구」, 『日本硏究』 제13집, 고려대 일본학연구센터, 2010.

조관자, 「'민족주체'를 호출하는 '재일조선인'」, 『日本學』 제32집, 동국대 문화학술원 일본학연구소, 2011.

최범순, 「『계간 삼천리(季刊三千里)』의 민족정체성과 이산적 상상력」, 『日本語文學』 제41집, 일본어문학회, 2009.

李恢成, 聞き手 河合修, 「インタビュー 時代のなかの「在日」文学」, 『社会文学』第26号, 日本社会文学会, 2007.

李恢成·水野直樹編, 『「アリランの歌」覚書』, 岩波書店, 1991.

『'在日'文学全集 第4卷 李恢成』, 勉誠出版, 2006.

『セヌリ』20号, セヌリ文化情報センター出版局.

『民涛』1~10号, 民涛社, 1987~1990.

李孝德, 「ポストコロニアルの政治と「在日」文学」, 『現代思想』(臨時増刊号), 青土社, 2001.7.

〈표 4〉『민도』의 특집기획 목록

특집기획명	구성 기사의 제명	필자	게재호
特別インタビュー	二ム・ウェールズ(上)「アリランの歌」と私の生涯	二ム・ウェールズ, 聞き手 李恢成・朴重鎬	『民涛』1号, 1987.11.
在日朝鮮人文学の今日と明日	座談会 在日文学はこれでいいのか	金蒼生 / 趙博 / 蔡孝 / 姜奈美 / 鄭閏熙 / 鄭大成 / 司会 裵鐘眞	
	在日朝鮮人文学の現在	黒古一夫	
	「私」的体験から歴史意識へ 金泰生論	林浩治	
	＜在日＞する＜場＞の意味 金鶴泳論	北田幸恵	
特別インタビュー	二ム・ウェールズ(中)「私の中国時代」と合作社	二ム・ウェールズ, 聞き手 李恢成・朴重鎬	
民衆文化運動の現在	いま、なにが起っているか	梁民基	『民涛』2号, 1988.2.
	マダングッとは何か	沈雨晟	
	アフリカ人の民衆演劇運動	楠瀬佳子	
	民衆美術運動のうねり	人見承門	
	在日民族文化牌「ハヌリ」のこと	趙喜珠 / 仲村優子	
	生野民族文化ルポ 部署を捨てる	金迅野	
新人短篇小説	追憶とともに	梁淳祐	
	約束	曺圭佑	
	スンナミさん	小村たか子	
	プルガサリ	金秀吉	
	文字盤のない時計	金鐘伯	
民族文学の可能性	座談会 民族文学と在日文学をめぐって	白楽晴 / 李恢成 / 梁民基	『民涛』3号, 1988.5
	韓国の民衆文学と民族文学	白楽晴	
	最近の私の詩作について	高銀	
	民衆・民族と日本文学の現在	伊藤成彦	
済州島「四・三事件」四〇周年	インタビュー	ききて 李承玉	
	四・三事件、その前後の証言	李益雨	
	済州島、隠された血の歴史	金奉鉉	
	長編詩「漢拏山」	作 イーサナ / 訳 梁潤	
	詩人イーサナを養護する	高銀 訳 山下英愛	
特別インタビュー(下)	朝鮮の中立化と文明論	二ム・ウェールズ, 聞き手 李恢成・朴重鎬	
在日児童文学のいま	在日者の児童文学作品 ひよこ / ハラボジのふで / ベランダの花畑	高甲淳 / 尹正淑 / 梁裕子	『民涛』5号, 1988.11
	手記 こどもたちのまわりには、何が必要なんや	朴清子	
	こどもとおとなの作文集	趙三奈 / 新本純子 / 崔隆照 / 李美子 / 宮里幸雄 / 赤峰美鈴	
	一人芝居 ウリ ハラボジ		
	アジアの子どもをつなぐ児童文学を	菅野圭昭	
	ほろびた国は、ほろび去ったのか	しかたしん	
	朝鮮児童文学事始	仲村修	

	アメリカ黒人児童文学の現在	山田裕康	
	南北朝鮮の児童文学作品 普通生の子(北朝鮮)	カン・ジョングク　李明子訳	
	南北朝鮮の児童文学作品 木綿のチョゴリとオンマ(韓国)	クォン・ジョンセン　河村光雅訳	
小説特集	瑠璃子ちゃんがいなくなつて	玉代勢章	『民涛』6号, 1989.1
	犬の鑑札	朴重鎬	
	リトゥル・ペク	桐山襲	
	発病	元秀一	
	かたつむり	立松和平	
	暗渠の中から	金在南	
	泗川風景	崔碩義	
	夾竹桃(連載第一回)	李恢成	
アジア・朝鮮・天皇	東アジアにおける王制の廃絶について	金静美	『民涛』7号, 1989.6
	天皇制と文学	磯貝治良	
	私にとって天皇とは何か	新崎盛暉 / 李明 / モーリス・フレイザー・ロウ / ダグラス・ラミス / ゲプハルト・ヒールシャー / 小川早苗	
	読者アンケート 若い世代にとっての天皇制		
	対談 朝鮮と日本　同時代を生きて	申鴻湜／埴谷雄高	
	日本天皇制下の私の体験	高峻石	
	それでも朝は来る	申有人	
	ルポルタージュ 朕未タ謝罪セズ	金賛汀	
	「同化」に関する一考察	趙博	
韓国では「在日文学」をどう読んでいるのか	座談会　現代史を背景にした政治小説について	キム・ジェヨン／チョン・ミン／チン・ヒョンジュン／ファン・ジウ	『民涛』8号, 1989.9
	金石範『火山島』個人的倫理と自意識の克服問題	ソ・ギョンソク	
	李恢成『禁断の地』歴史の政治的地平	ソン・ジテ	
共和国では文学はどうなっているのか	小説　澄んだ水	キム・ヒョンジ　編集部訳	『民涛』9号, 1989.12
	小説　生命	ペク・ナムニョン　山口明子訳	
	小説　初めての絵	ユ・ジュニル　黄英姫訳	

이 글은 2014년『日本學研究』43집에 게재한 논문을 수정·보완한 것임을 밝혀둔다.

『땅에서 배를 저어라地に舟をこげ』에 관한 고찰

'재일'여성문예지로서의 역할을 중심으로

마경옥

1. 서론

2012년 2월 일본 법무성발표에 따르면 2011년 연말 현재 일본 내에서 재일[1]의 인구는 54만 5천명이고 중국적은 67만 4천여 명으로 '재일'은 이제 외국적 2위가 되었다. 획일화와 동질화를 강제하는 폐쇄적인 일

---

1 미야우치히로시〔宮内洋〕(1999)는 「나는 당신들을 어떻게 부르면 좋을까?」라는 논문에서 모든 사람에게 '바른 호칭' 따위는 존재하지 않으며, 그것이 에스닉에 얽힌 '호칭'이라면 당해시점에 있어서 '부르는 자'와 '불리는 자'와의 관계성 및 국가, 미디어, 아카데미라고 하는 권력의 관여 등이 농후하게 반영되기 때문에, '호칭'에 얽힌 문제는 답이 없다고 결론짓는다. 필자 또한 학제 간의 통합도 없으며, '부르는 자'와 '불리는 자' 사이에 논란의 여지가 많으며, 뉘앙스의 차이가 많은 '재일동포' '재일교포' '재일한국인' '재일조선인' '재일코리언'이라는 호칭보다는 『땅에서 배를 저어라』에서 그녀들의 루트가 한반도라는 것을 총칭하는 '재일'이라는 명칭을 사용하려한다. 단 인용문의 저자에 따라서는 각자의 역사적인 의미와 관계성을 고려한 호칭을 사용하기 때문에 통일된 용어를 사용할 수 없다는 것을 일러둔다.

본사회에서 동화와 이화,[2] 또는 귀화와 일본인과의 결혼 증가라는 내적인 현실은 재일 2, 3세가 직면하고 있는 문제이며, 언젠가는 '재일' 자체가 사라질지도 모른다는 우려처럼 이것은 점점 현실화되어가고 있으며 이러한 문제는 그대로 '재일'의 표현세계에 반영된다. 오늘날 '재일'을 규정하는 방식을 민족이나 국적만으로는 단정 할 수 없으며, 분단된 한반도와 무국적인 채로의 '조선', 또한 귀화한 일본인이거나, 모친이나 부친이 일본인인 경우 등을 동시에 고려해야 할 것이다.

2006년 재일 2세 시인인 고영리高英梨의 사재로 50대에서 80대까지 재일 2세 여성 6명이 모여서 국적에 관계없이, 어떠한 형태로든 한반도와 뿌리를 공유한 여성들이 만든 잡지가 재일 여성문예지『땅에서 배를 저어라地に舟をこげ』이다. 고영리는 창간사에서 "자신을 포함한 1세와 2세 여성이 고생한 모습을 재일 여성의 눈높이에서 기록"하는 작업이 필요하며, 일본근대사에서 '재일'이 갖는 의미와 재일 여성의 입장을 망각에서 벗어나 기록해 놓고 싶다고 했다. 치장 없는 언어로 마이너리티의 관점에서 일본과 조선반도의 현대사를 추궁하겠다는 창간메시지라 할 수 있겠다.

지금까지 일본에는 수많은 재일잡지가 있었고 현재도 계속 발행과 폐간이 이어지고 있다. 그러나 전원 여성 편집위원과 표현자만으로 꾸민

---

2 후쿠오카야스노리〔福岡安則〕는 재일들의 '동화'와 '이화'의 현상을 다음과 같이 설명하고 있다. 일본의 식민지정책은 '창씨개명'과 일본어 사용 등 '동화정책'이었다. 그렇기 때문에 재일 1세들에게 '동화'란 민족적 가치관에서는 허용될 수 없었다. 그러나 일본어를 모어로 사용하게 되는 재일 2세에서부터 현재의 젊은 재일 3, 4세는, 좋든 싫든 일본인과 같은 생활양식을 갖게 된 '동화된 자기'를 발견하거나, 또는 주위의 일본인과는 다른 이질성을 갖는 '이화된 자기'라는 이중적 방향성을 갖게 된다.(1994)

잡지는 『봉선화』[3]라는 동인지는 있지만, 종합잡지로서는 『땅에서 배를 저어라』가 유일하다.

엄격한 남북대립을 반영한 정치적 미디어 시대와 함께 1970년대는 『계간 삼천리季刊三千里』[4] 『계간 잔소리季刊ちゃんそり』[5] 『계간 마당季刊まだん』[6] 이 있었고, 1980년대는 『계간 청구季刊青丘』[7] 『계간 재일문예 민도季刊在日文芸民涛』[8] 1990년대는 무크지 『호르몬문화ほるもん文化』[9] 등, 재일을 출발점

---

3 재일 여성지로 1991년 오문자에 의해서 창간됐으며 2011년 현재 25호까지 발행되었다.

4 1975년 2월 봄에 창간한 『季刊三千里』는 햇수로 13년을 이어오다가 1987년 5월 50호를 끝으로 폐간한다. 편집인 이진희(李進熙)를 중심으로 편집위원회는 강재언(姜在彦), 김달수(金達壽), 김석범(金石範, 중간에 바뀜), 박경식(朴慶植, 중간에 바뀜), 윤학준(尹學準, 중간에 바뀜), 이진희(李進熙), 이철(李哲), 서동호(徐東湖), 사토우 노부유키(佐藤信行), 위양복(魏良福) 등이고, 발행은 삼천리사이다.

5 1979년 9월 편집위원은 귀화한 야마구치 후미코(山口文子), 다케다 세이시(竹田青嗣)와 재일 2세와 결혼한 일본인 미무로 이사무(三室勇), 오덕수(吳德洙), 김두년(金斗年), 이정차(李定次), 박용복(朴容福)에 의해서 '재일을 사는 사람들로부터'라는 48쪽의 얇은 『季刊ちゃんそり』이 창간되었다. 1981년 8호로 폐간되게 된다.

6 재일조선인의 한국인 광장이라고 자칭한 『季刊まだん』은 1973년 10월에 창간하여, 1975년 여름 6호로 폐간한다. 발행자는 김우태(金宇泰), 박병채(朴柄采), 윤영기(尹榮基)이고, 편집 담당자는 김우태(金宇泰), 김양기(金兩基), 김승옥(金丞玉), 오병학(吳炳學)으로 소키보신샤(創紀房新社)에 의해서 발행되었다.

7 『季刊三千里』의 후속지라로 할 수 있는 『季刊青丘』는 1989년 가을 이진희를 대표로 하여 창간한다. 편집위원회는 강재언, 강상중(姜尚中), 김달수, 안우식(安宇植), 이진희, 문경수(文京洙), 위양복(魏良福) 등, 『季刊三千里』의 편집인과 함께 젊은 재일 2세 편집위원을 새롭게 보강하여 창간된다. 이후 1996년 7년간 25호로 폐간된다.

8 1987년 11월 본격적인 재일문예지 『季刊在日文芸 民涛』가 이회성(李灰成)을 대표로 창간되어 (처음부터 제1기는 10호까지만 발행할 예정으로 되어 있었다), 1990년 10호까지 민도사에 의해서 발행된다. 편집위원으로는 배종진(裵鐘眞), 이승옥(李丞玉), 양민기(梁民基), 박중호(朴重鎬), 종추월(宗秋月), 김찬정(金贊汀), 강기동(姜琪東, 2호까지). 김수길(金秀吉, 6호 이후) 등이 있다.

9 무크지인 『ほるもん文化』는 1990년 9월 『冊まるごと在日朝鮮人』이라는 타이틀로 시작해서 2000년 9월까지 10년간 9권의 책을 발간한다. 창간 당시 10호를 목표로 부정기 간행잡지로서 출발했지만 9호까지만 이어졌다. 신선한 주제로 재일조선인의 문제를 다각적이고 심층적으로 고민하려했다. 편집인은 정아영(鄭雅英, 4호부터는 김영으로 바뀜)이고, 편집위원은 『청구』의 편집인이었던 강상중(2호까지), 문경수와, 더불어 김중명(金重明), 박일(朴一), 정아영, 조경달(趙景達, 5호까지), 김선길(金宣吉, 4호부터), 김영(金榮, 4호부터), 김조설(金무雪, 4호부터) 등이 있다. 신간사

으로 한 재일 에스닉 잡지의 세계가 성립되어왔다. 그리고 최근에는 취직 정보에서 재일문화에 이르기까지 다양한 잡지가 생겨났는데, 이들 잡지의 주요한 테마와 논점은 '재일'로서의 아이덴티티의 확립문제였다.

2000년대의 재일 여성 문학문예지『땅에서 배를 저어라』는 '재일' 잡지 역사 안에서 어떠한 역할을 담당하고 있으며, 그 안에 표현된 재일 여성의 현재는 어떠한 것일까.『땅에서 배를 저어라』를 무대로 활동하는 작가들의 앙케트,『상. 땅에서 배를 저어라』수상작품들의 의미를 분석하면서『땅에서 배를 저어라』의 역할과 재일 여성의 현재를 살펴보려한다.

2.『땅에서 배를 저어라』의 구성

교육의 기회가 늘어난 재일 2, 3세 여성도 이제 세상 밖으로 나와서 일본사회에서 자신의 모습을 돌아보게 되었고 표현자로서도 활동하게 되었다. 창간호에서 고영리(2006)는

이제까지 우리들의 존재는 '분열'과 '분단'이라고 하는 말로 파악되는 경우가 많았고, 그 때문에 우리들의 삶의 가능성이 좁혀지고 괴로웠던 적도 있었습니다. 그러나 이 시련은 우리들에게 다각적으로 사물을 보는 시

(新幹社)에 의해서 발행되었다.

점을 갖게 했으며 그것은 오늘날에는 귀중한 자산이 되었다고 생각합니다. 이 색다른 위치를 의식하면서 여러 처지의 여성이 참가해서 '재일'의 다양성을 표현했으면 합니다. 재일 여성의 실존을 일본열도와 재일사회에만 가둬두고 싶지는 않습니다.

라고 하는 포부를 밝히며, '재일여성문예협회'를 창설하여 재일 여성 문예잡지『땅에서 배를 저어라』를 발간한다. 편집인으로는 오문자吳文子, 야마구치 후미코山口文子, 이광애李光江 이미자李美子 박화미朴和美 박민선朴民宣 고영리高英梨 등 재일 여성들로서 구성되어 있다.

편집위원인 이광애는 "특정 신념의 강요없이 자유롭게 열린 표현의 장"으로, 일러스트레이터인 박민선은 각자의 정체성과 프로세스의 형태는 전혀 다르지만 "다양한 재일 여성"들의 만남의 장으로, 에세이 작가이며『봉선화』의 전 대표인 오문자는 " 글을 쓰는 수련과 단련의 장"으로, 야마구치 후미코(필명 후카사와 카이)[10]는 "여성들이 우선 자신의 목소리를 내면서"(『민단신문』, 2007.2.21 기사 참조) 재일 여성의 다양하면서도 함께 힘을 모을 수 있는 장소이기를 기대하면서 척박한 일본 땅에서 그녀들의 배는 출항했다.『땅에서 배를 저어라』는 내용적으로는 그동안의 재일잡지와는 다르게 정치적이고 민족적인 문제와는 어느 정도 선을 긋고 있다. 큰 구성으로는 특집, 대담, 소설, 수필, 평론 및 소론, 기행문, 동화, 시, 단가, 하이쿠, 인터뷰, 포토갤러리, 칼럼 등으로 이루어져 있다.

---

10 야마구치 후미코〔山口文子〕는『季刊ちゃんそり』등 편집인위원으로 활동했으며, 필명은 후카사와 카이〔深沢夏衣〕로 활동하는 소설가이다.

계몽적 민족사상 고취와 한반도의 통일문제 및 정치적인 현안을 다루었던『삼천리』와『청구』, 재일조선 문예지를 표방한『민도』와는 또 다르게 한국문학에도 그리 큰 관심을 나타내고 있지 않으며, 오로지 재일여성 문제를 마이너리티로 부각시키는데 역점을 두고 있다. '재일'로서의 자각을 주요 테마로 했던『잔소리』,『마당』,『호르몬문화』와는 비슷하다고는 할 수 있지만, 2000년대 후반이라는 시대적 상황과 재일 여성의 자각 등이 부각되면서 전원 여성이 표현자로 나서고 있다는 것이 가장 큰 특징 중의 하나이다.[11]

『땅에서 배를 저어라』에서 특히 눈에 띄는 편집 및 구성은 단가와 하이쿠의 비율이 다른 잡지에 비해 월등히 높다는 것이다. 재일문예지인『민도』에는 전10호 발간 중, 단가로는 3호(1988)에서 이정자李正子, 김하일金夏日, 최용원崔龍源, 신영애申英愛, 7호(1989)에서는 이정자, 이노우에 도시에井上とし枝, 신영애 정도의 작품만 보이고 있다. 반면『땅에서 배를 저어라』에서는 단가로는 고영리가 6회,『민도』에서도 활약하며 일본 평단에서 높은 평가를 받고 있는 이정자가 2회, 곽절자郭節子, 에노모토 하츠코榎本初子가 각각 1회를 실었고, 하이쿠에서는 이광애가 5회, 현재『봉선화』대표로 활동하고 있는 조영순趙榮順이 3회, 김리혜金利惠가 1회를 실고 있다. 그동안 민족적 반감에 의해서 재일남성작가들은 단가나 하이쿠와는 일정한 거리를 두고 있었다고 보여 진다. 그러나 이소가이 지로磯貝

---

11 그동안 국내에서도 '한인 에스닉 미디어'의 계보 및 현황에 대한 연구가 있었지만, 80년대 후반이나 90년대 초까지 만을 연구대상으로 하여 2000년대 이후의 연구는 충분하다고 할 수 없기 때문에 이 부분은 차후 심도 있는 논의와 연구가 필요하다고 생각된다.

治良(1991)는 이정자의 단가를

　　'단시적 서정'이라고 하는 말이 있는 것처럼, 일본적 표현 양식의 전
　　형으로 보이는 단가에 의해서 '재일'의 신세를 노래하는 것 자체가 이 시
　　인에게는 전장에 임하는 것이라고 할 수 있다.

고 하는 것처럼, 일본의 전형적인 음률로 '재일의 신세'를 노래하는 시인
이라고 할 수 있다. 또한 마경옥(2011)은 『땅에서 배를 저어라』 2호에 실
린 이정자의 단가인 「하얀 도라지꽃이 필 때」에서 불쑥불쑥 보이는 한글
문자를

　　일본의 현대시가 보지 못하는 사회, 느끼지 못했던 감상과 다다르지
　　못했던 의미들을 표출하는 방법으로 표준일본어가 아닌 조선의 정서를
　　나타낸 표기가 새로운 시의 세계를 창조하고 있다.

라며, 「저항담론으로의 '재일' 일본어」라고 설명하고 있는 것처럼, '재
일'의 새로운 표현 양식으로 해석하고 있다.
　　다음으로 소론들의 내용을 살펴보면, 「재일 1세의 요양문제」(오문자
창간호), 「재일한국조선인 고령자 연금재판 ― 이대로는 죽을 수 없다」(이
문자李文子 2호) 「재일조선인 여성과 한센병」(김기분金貴粉 5호) 등에서는 재
일 여성의 연금, 요양문제, 재일이라는 차별에 더해진 한센병문제 등 일
본사회 안에서 점점 저소득층으로 소외되어가는 재일 1세와 1세와 가까

운 고령의 2세 여성들이 처한 상황을 심층적으로 다루고 있다.

「여자와 가족과 일 上. 下」(박화미 4. 6호)에서 박화미는 재일 2세 여성들의 유교적 가족제도 안에서 젠더로서의 자각과 자립을 위한 방안 및 저항, 「'그후'의 그후―영화『백드롭 쿠르디스탄』를 보고」에서는 크르드족과 디아스포라의 문제를 다루면서 민족주의는 결국 탈식민주의의 방해가 된다는 입장을 표명하고 있다. 박화미는 그동안 재일잡지와 현장에서 꾸준히 활동을 해온 재일 2세 페미니스트로 여성의 문제는 한 개인의 문제가 아니라 실은 "사회·정치·경제·문화적인 배경을 갖고 있는 문제"이기 때문에 "개인이 문제로서 나타나는 현상만을 보지 말고, 그 배후에 있는 구조적인 문제로"볼것을 요구한다.(박화미 : 2000)

지금까지 '재일' 가족문제가 남성작가들의 시점에 의해서 고정화되었다면,『땅에서배를 저어라』는 여성작가에 의해서 자신과 어머니의 이야기를 젠더적 입장에서 보고 있는데 작품들은 다음과 같다.

창간호에는 「돼지새끼」(김창생金蒼生) 「연가」(후카사와 카이), 2호에서는 「검은감」(김유정金由汀), 3호에서는 「땅」(이우란李優蘭), 「파랑새」(후카사와 카이), 4호에서는 「나중에 노여움이 생겨서」(묘혜妙惠), 「꿈의 연못 前」(김유정), 6호에서는 「꿈보다 깊은 각성」(후카사와 카이), 「꿈의 연못 中」(김유정) 등이 있다.[12]

이들 작품은 후카사와 카이의 「꿈보다 깊은 각성」을 빼면 모두 재일

---

[12] 「상 땅에서 배를 저어라」의 수상작인 「나에게는 아사다 선생님이 있었다」(강영자 2호), 「나무를 심으러 간 이야기」(이정순 5호), 「어머니의 타향살이」(박정자 5호), 「아령타령」(양유하 6호)은 제3장 「상. 땅에서 배를 저어라」의 의미에서 따로 다루기로 하겠다.

여성들이 주인공으로 되어있다. 김유정은 「검은 감」에서 오사카 조선시장의 재일 1세 여성들의 고단한 삶을 기록하고 있으며, 연재로 실린 장편 「꿈의 연못」은 1903년부터 시작해서, 무녀 민숙의 셋 딸들의 파란만장한 이야기로 재일 1세 여성의 대서사소설이다. 김창생의 「돼지새끼」는 유교적 가부장적 가족제도에서 신음하면서도 묵묵히 참아왔던 딸들의 기록으로, 한 가족이 서로 다른 국적을 갖으면서 겪게 되는 고통의 역사를 재현하고 있다. 후카사와 카이의 「연가」와 묘혜의 「나중에 노여움이 생겨서」, 이우란의 「땅」에서는 재일 2세 여성으로 재일가족제도 안에서의 여성의 위치, 어린 시절 일본인 급우에게 받았던 차별, 지금도 메꿀 수 없는 일본인과의 거리감, 재일이라는 중압감에 방황하는 모습 등이 그려지고 있다. 「연가」에서는 재일 여성과 일본인 여성과의 우정, 일본인 남성과의 사랑 등을 그리고 있는데, 그들의 우정과 사랑이 아무리 견고하고 아름다워도 그들 사이의 설명할 수 없는 '내적국경'이 있다는 근원적인 슬픔과 절망을 묘사하고 있다. 또한 「파랑새」에서는 북한에 있는 친오빠 가족을 만나고 온 사촌언니 복자를 통해서 북한의 납치문제에 대한 들끓는 일본여론 속에서 더욱더 입지가 좁혀진 '재일'의 민족문제와 가족의 의미를 살피고 있다.

김마스미金真須美처럼 '재일'의 귀화문제를 「로스앤젤리스 오미코시 북」에서 전면으로 들고 나오기도 한다든지, 이우란의 「땅」에서처럼 일본사회로의 동화과정을 묘사하기도 한다. 「땅」에서 주인공은 차별이라는 치욕과 수치를 트라우마로 갖고 있는 재일 2세가 취직자리를 찾을 수 없는 상황에서 불고기집이라는 자영업을 하면서 착실한 납세자로 살아가지만 재일이라는 이유로 은행에서는 융자조차도 거부당한다. 그러나 따뜻한 이웃과의 교류를 통해서 일본사회와 화해하는 과정을 그리고 있다.

재일 2세이며 법정통역가인 노계순盧桂順의 「사할린으로의 여행−카레이스키 3세를 양자로 맞이하고」라는 기행문에서는 카레이스키 3세를 입양하는 과정을 이야기 하고 있는데, 타자화 된 디아스포라들의 주변화 된 특수한 삶을 함께 사는 공동체로 만들려는 노력처럼,『땅에서 배를 저어라』는 다양한 재일 여성들이 모여서 진지한 모색과 힘을 모으고 있다.

3. 재일 여성의 현재

일본에서 취업, 공영주택 입거문제, 연금문제, 전후보상 등, 재일민족철폐운동은 현재도 진행형인 것처럼, 민족적 차별이 많이 사라졌다고는 하지만 현재도 일본의 정치가의 발언이나 매스컴의 논조에서 재일차별은 계속 이어지고 있다. 동화와 이화라는 협곡 사이에서 재일문예 여성잡지로서『땅에서 배를 저어라』는 두 번의 앙케트가 있었다. 하나는 한일병탄 100년을 맞이하여 제한된 숫자이지만 25세 이상의 재일 3세부터 81세 이하의 재일 2세 독자에게 물어보는 것이었고, 또 하나는『땅에서 배를 저어라』에 작품을 게재하고 있는 재일 여성작가들의 현재와 희망을 묻는 앙케트였다. 이 둘을 살펴보면서 현재 독자인 재일 여성의 상황에서 여성작가들은 무엇을 표현하려고 하는지를 살펴보기로 하겠다.

역사적인 인식에 대한 질문으로 "2010년 한국이 일본에 병합된 지 100년이 되는데 어떤 감상을 갖고 있는가?"에 그녀들은 "역사를 뒤돌아 볼 기회"가 되었지만, "재일교포의 역사를 생각하면 피가 끓는다."하면서 '재일'로서의 강한 역사의식을 느끼고 있었다.

민족적 의식과 교육에 대한 질문으로, 민족교육을 받은 적이 있었는지, 한국어를 구사할 수 있는지, 또는 현재 배우고 싶은가 하는 질문에는, 민족교육경험의 유무에 따라 한국어 구사 능력이 다르고, 일본어라는 '모어'와 한국어라는 '모국어'의 협곡에서 고민하고는 있지만, 젊은 재일 3세들에게 모국어는 더 이상의 속박은 아니었다.

특히 일본의 식민지정책, '조선총독부' '토지조사사업' '창씨개명' '강제연행'등에 대해서 양친이나 조부모에게 듣는다든지 하는 가족 내에서 민족교육은 거의 찾아보기 어려운 상황이며, 재일 1세들의 금과옥조였던 같은 민족 간의 결혼은 이제 옛이야기가 되었다. 그렇다고 차별문제에 대해서 "어떤 종류의 차별을 느끼기는 하지만, 일본에 살고 있는 외국인의 일원으로서 미래를"보고 있을 뿐이라고 하는 어떤 응답자의 말처럼 차별을 인정하지만 민족적 운동성은 결여되고 있는 상황을 여실히 나타내고 있다.

여성과 가족제도에 대한 질문으로는 제사문제를 어떻게 생각하는지, 지금까지 성장과정 중 집안에서 남녀차별을 받았는가 하는 질문에는 당연한 결과이지만 연령에 따라 다른 대답이 돌아왔다. 많은 재일 3세들은 "자신의 인생은 자신의 의지로 결정"하며, 남녀차별을 실감하지 못했으며, 제사문제도 여성을 구속한다는 관점보다는 현대사회의 가족을 결속시킬 수 있는 모임이라는 의미에서 가족 화목의 수단으로 생각하고 있다. 그러나 "어머니의 삶은 당신에게 어떤 영향을 주었습니까?"라든지 "당신 주위에 '자신도 저 사람처럼 되고 싶다'라고 생각한 재일 여성은 있습니까?" 하는 질문에는 많은 사람이 답변을 주저했다. 재일 2, 3세의 많은 여성에게 롤 모델이 되는 재일 여성이 없거나 어머니는 새로운 세대가 넘어야 할 과제였다.

남북관계 및 정치에 관한 것으로는 한국 혹은 북한을 방문해 본적이 있는가? 가족 중에 북한으로의 '귀국자'가 있는가? 가족끼리 한국과 북한에 관하여 어떤 주제로 대화를 하는가 하는 질문이 있었다. 그 중에서 '귀국자'의 역사도 시간이 흐름에 따라 많이 아물게 되었고, 남북이라는 "양자택일이 없는 '재일'만의 독자적인 문화를 지향해야 한다"는 대답이 눈에 띄었다. 재일 1세에게 있어서 고향은 노스탤지어였으며 희망이었다. 현재 재일 여성들에게 고향은 무엇일까? "당신에게 '고향'이란 어디입니까?"라는 질문은 역시 세대별로 다른 대답을 받게 된다. 1세에게는 언젠가는 돌아 갈 곳인 원체험이 있는 조국의 그곳이지만, 조국에서의 원체험이 없는 2세 이후는 단지 부모의 고향일 뿐이다. 2세들에게 '고향'이라는 질문은 "글쎄 어디가 고향일까요?"라며 되묻게 된다. 양친의 고향을 동경했지만, 이제는 고향은 지리적인 고향과 마음의 고향이라는 두 곳으로 양분화 되어 단지 마음에 있을 뿐이라고 설명한다.

다음에는 2008년 3호에 「창작활동(시인 소설가 동화작가 등)을 하는 재일 여성들을 상대로 한 앙케트─왜 그녀들은 쓰는가?」를 살펴보기로 하

자. 그녀들이 산다는 것은, 쓴다는 것은 무엇을 의미할까? 세계화라고 하는 대변동의 파고 속에서 다양화 되어가는 재일의 자세는 무엇이며 작품에는 어떠한 영향을 주었는가? 그들은 무엇을 고민하고 망설이고 있으며 어떠한 것에 의미를 찾아내고 있는가? 또한 이제부터 재일문학은 무엇을 표현해 가야한다고 생각하고 있는가? 라는 다양한 질문에 세대별로 다르기는 하지만 탈 중심화 되어 가는 움직임, '재일'이라는 특수성에서 보편성을 찾으려는 노력과 다양성과 혼종성을 인정하려는 공동체에 대한 열망을 엿볼 수 있었다.

질문은 총 13개 문항으로 다음과 같다.

1.처음으로 쓴 작품은 무엇인가? 그 작품을 쓴 이유는? / 2.영향 받은 작가와 시인은 있는가? 그 사람의 작품에서 어떤 점이 좋았고 끌렸던 것은 무엇인가? / 3.펜네임을 갖고 있다면 그 유래는 무엇인가? / 4.일과 생활 속에서 집필시간은 어떻게 짜내고 있는가? / 5.어디에서 집필하고 있는가? 그 장소를 선택한 이유는? / 6.집필은 컴퓨터인가 자필원고인가? / 7.자신의 작품을 누가 읽었으면 하는가? 재일독자를 의식하는가? / 8.일본어로 집필하는 것을 어떻게 생각하는가? / 9.표현활동에 있어서 여성과 재일이라는 것은 어떠한 의미가 있는가? (플러스인가 마이너스인가) / 10.기존의 민족조직을 어떻게 생각하고 있는가? / 11.다양화되어가는 재일의 모습은 작품에 어떠한 영향을 주고 있는가? / 12.슬럼프에 빠졌을 때 특효약은 무엇인가? 어떻게 창작의욕을 되살리고 있는가? / 13.앞으로의 재일문학은 무엇을 표현해야 한다고 생각하는가? 당신은 무엇을 표현하고 싶은가? 질문에 답한 작가는 소설가 김창생 (2세),

시인 나카무라준中村純(3세, 어머니가 일본인), 시인 이명숙李明淑(2세, 귀화), 시인 박경미ばくきょんみ(2세), 시인 전미혜全美惠(2세, 귀화), 소설가 후카사와 카이(2세, 귀화), 시인 하기루이코萩ルイ子(2세, 어머니가 일본인), 소설가 이우란(2세), 시인 김리자キムリジャ(2세), 제1회 「상 땅에서 배를 저어라」의 수상자 강영자康玲子(2세), 소설가 김유정(2세), 시인 이미자(2세, 어머니가 일본인), 소설가 김마스미金真須美(3세, 일본인과 결혼), 동화작가 윤정숙尹正淑(2세) 등 총 14명이다.

거의 많은 여성작가는 문학적인 소질은 있었으나 전문적인 문학수업을 받지 못했다. 발표의 장이 없어서 나이 40이 지나서 늦게 등단하거나 작품을 쓰기 시작한 그녀들은 일본작가와 세계문학에 많은 영향을 받고 작가로서의 정체성을 확립하는 계기가 되었지만, 재일문학자인 김시종이나 김석범의 영향으로 '재일'이라는 역사적 인식과 민중적 삶을 배우게 된다.

펜네임을 갖고 있다면 그 유래는 무엇인가? 라는 질문에 전미혜와 같이 귀화를 했거나 통명을 사용하고 있을 경우, 본명을 펜네임으로 사용함으로서 '재일'로서의 아이덴티티를 갖는 경우가 많았다. 또한 박경미ばくきょんみ, 김리자キムリジャ처럼 자신의 이름을 표기할 때, 한자가 아닌 한국어 음을 히라가나나 가타가나로 표기함으로서 '재일'로서의 표의를 나타내는 경우도 있다. 한국어라는 모국어가 아닌 모어인 일본어로 집필하는 것에 대한 질문에는, 이미자처럼 민족교육을 받았거나 나이가 많은 작가일수록 콤플렉스를 느끼고 있는 작가도 있었지만, 대부분 모어는 일본어이기 때문에 어쩔 수 없다는 대답이 많았다. 박경미 시인은 "일본어

밖에 사용 할 수 없기 때문에 자연스럽고, 일본어로 집필하고 있는 것에 자랑스럽다"라고도 말하고 있다. 자신의 작품의 독자는 누구이기를 바라는가, 재일독자를 의식하면서 집필하는가 하는 질문에, 김창생처럼 재일이나 재일부모세대 또는 일본인으로 한정짓기는 했지만 후카사와 카이처럼 특정국적의 독자라는 제한을 두지 않는다는 답변도 있었다. 재일문학은 이제 국적을 넘는 보편성을 갖는 문학이라는 자부심과 희망을 엿볼 수 있는 대목이라 하겠다.

　대부분의 작가들은 전업 작가로만 생활할 수 없는 경제적 환경으로, 가사와 일 사이에 틈틈이 시간을 내어서 집필하고 있으며, 자신의 방과 책상을 갖지 못한 경우도 있었다. 표현활동에 있어서 여성과 재일이라는 것은 어떠한 의미가 있는 걸까? 플러스인가? 마이너스인가? 많은 작가들이 플러스라고 답하고 있지만, 마이너스라고 한 것도 의미는 같다고 생각된다. 단 별 의미가 없다고 답한 김유정, 김마스미, 윤정숙의 경우는 나카무라쥰과 같이 스테레오 타입으로 재일과 여성을 보는 질문자체를 우려하고 있다.

　또한 거의 모든 작가들은 기존의 민족조직에 대한 대답을 회피하고 있지만, 민족교육을 받았거나 조직 활동을 경험한 작가는 조직의 당위성과 역사적 의미를 인정하고 있다. 윤정숙은

　　역사적으로 조직은 민족교육과 재일권익을 지켜왔지만, 점점 변질되어서 기존의 조직에 희망을 갖고 있지 않다. 더구나 재일의 존재양상도 다양화됨에 따라 전원 결집은 어렵게 되었고 개인적으로 활동하고 활동

목적에 따라 서로 단결하게 되었다. 각 그룹별 연대가 필요한 시대가 되었다.(윤정숙, 2008)

라고 하면서, 그룹별 사안에 따른 연대를 제시하고 있다.

다양화되어가는 재일의 모습은 작품에 어떠한 영향을 주고 있으며, 앞으로의 재일문학은 무엇을 표현해야 하는가? 후카사와 카이는 "1970년 이후 '재일' '재일을 살다' '공생'이라는 의식은 생겼지만 지금까지 실태는 전혀 바뀐 것은 없다. 다양화가 아니라 혼미를 거듭하고" 있을 뿐이다. 이명숙은 "다양화는 되었지만 근본적으로는 바뀐 것은 없다"거나, 박경미처럼 "특별한 영향은 없다"라며 다양화가 되어간다는 재일의 모습에 부정적인 견해가 있었다. 강영자의 "다양화된 현실을 외면할 수 없다", 김유정의 "'재일'뿐 아니라 세계는 다양화되어가고 있기 때문에", 이미자는 "재일 1세대들이 지켜온 것이 흔적 없이 사라지고 있고, '재일'도 사라질 것이다. 그렇기 때문에 기억과 세세한 사실을 발굴해가고 싶다"라며 재일의 다양화에서 오는 '이화'를 염려하고 있다.

나카무라준은 "재일 3, 4세대들의 삶은 일본인과 똑같은 삶 속에서 자신은 누구인가를 되짚어 보는 솔직한 모습"이 될 것이며, 윤정숙은 "다양한 재일이 존재하는 만큼 다양한 작품이 나올 것이다. 확실히 볼 수 없는 혼돈으로서 당분간은 그것이 재일의 모습일지도 모른다"라고 했다. 김창생은 이러한 혼돈과 솔직한 모습을 쓰고 싶다는 포부를 밝히고 있다. 그녀들에게 있어서 표현의 실현은 "인간 본래의 다양한 테마"(전미혜)이며, "재일을 넘는 전형이 되는 작품"과 "나 자신만이 묘사 할 수 있는 세계"(김유정)를 만드는 것이다. 때로는 "보편성과 필연성, 그리고 인간이란 무엇인가?"(하기루미코)를 묻는 행위로, "자유롭게 쓰고 싶은 것을 쓰면서(김마스미), "사회 저변에 있는 인간심리를 묘사하여, 역사를 일본독자에게 전하는"(이우란) 것이 자신들의 직업이라고 설명하고 있다.

단, 김리자는 "재일이 일본에서 살고 있는 고민 등을 일본인 사회에 어필"한다든지 "일본인 어머니가 본 나의 가족과 재일동포의 이야기"(이미자)를 "재일이라는 존재 의식과 사회적 제도적 차별"문제(이명숙) 따위를 소재로 해서 재일의 현실을 전하고 싶어한다.

후카사와 카이의

재일문학은 재일이 경험하고 체득한 것을 표현한 것이라면 무엇이든 써도 좋다고 생각한다. '우리들은 누구인가'를 말하기 위해서 가장 중요한 것은 나를 아는 것이다. 그렇기 때문에 다양한 입장의 표현자의 자유로운 발언과 표현이 필요하다. (후카사와 카이 2008)

라고 하는 발언은 윤정숙의

개개인이 여러 가지 틀에 사로잡히지 않고 표현해 간다면 재일이라는 틀도 벗어나 인간으로서 무엇을 표현하고 싶은가라는 근원적인 문제에 닿을 것이다. 다양한 재일은 다양한 작품을 낳고 그 모든 것이 재일문학을 형성해 가는 것이라고 생각한다. 재일은 작품의 장식도 장사도 아닌 생활 그 자체이기 때문에 무한한 가능성이 있다. 나의 주변인물, 나에게 영향을 준 사람들은 재일로서 그들은 친구이고 가족이며 산자와 죽은 자, 그리고 자신의 마음속에 있는 자들로서 그들을 쓰고 싶다.

라고 하는 기대와 같은 맥락으로 이해된다. 역사적, 사회적, 정치적, 문화적으로 받아왔던 한과 상실감을 '문학적 상상력'의 장에서 풀어내기 위해서 재일 여성들이 힘을 합해서 만든 것이 「상. 땅에서 배를 저어라」이다. 다음은 이들 수상작품들을 구체적으로 살펴보면서 재일 여성 문예지로서의 『땅에서 배를 저어라』의 역할을 규명하려 한다.

4. 「상. 땅에서 배를 저어라」의 의미

『땅에서 배를 저어라』에서 「상. 땅에서 배를 저어라」를 제정한 이유는 그동안 발표의 장을 얻지 못한 "묻혀있는 재능"을 발굴하여 "함께 수련하고 서로 격려하여 재일 여성문화의 힘"을 키우려는 의도였다.

수상작으로는 제1회는 강영자康玲子의 「나에게는 아사다 선생님이 있었다」(2호 2007), 2. 3회에는 수장작품이 없었고, 제4회는 두 작품이 선정되었는데, 이정순李貞順의 「나무를 심으러 갔던 이야기」와 박정자ばく ちょんじゃ의 「어머니의 타향살이母の他郷暮らし」(5호 2010), 제5회는 양유하 梁裕河의 「아령타령アリョン打令」(6호 2011) 등 지금까지 4편이 있었다.

이들 작품은 시대별로 구분할 수 있는데, 우선 양유하의 「아령타령」

과 박정자의 「어머니의 타향살이」가 해방 전의 재일 1세 여성에 관한 처절한 역사적 기록이라면, 강영자의 「나에게는 아사다 선생님이 있었다」와 이정순의 「나무를 심으러 갔던 이야기」는 해방 이후 재일 2세 여성들의 재일로서의 자각의 기록이라고 할 수 있겠다.

1) 재일 1세 여성의 기록

박정자의 「어머니의 타향살이」와, 양유하의 「아령타령」에서는 재일 조선인 여성 1세의 빈곤과 국가에 의한 억압과 유교적인 가부장제의 현실에서 자신을 적응시키며 살아갈 수밖에 없었던 어머니들의 기록이다. 1954년생의 박정자(2011)는 「어머니의 타향살이」의 의의를 다음과 같이 말하고 있다.

나는 어머니를 통해서 당시 사람들의 피해와 분노, 슬픔을 잊지 않고 기억해두고 싶다. 그리고 과거를 결코 애매하게 끝내는 것이 아니고, 항상 피해회복을 요구하는 사람들의 측에서 내가 할 수 있는 것을 하고 싶다. 재일 2세로서 어머니의 삶을 다음 세대에 이어줄 시대적 역할이 나에게 있다. "두 번 다시 나와 같은 피해자가 나오지 않도록"이라는 소리에 응답하기 위해서, 이제부터 쓰는 것을 포함해서 자신이 할 수 있는 일을 하려고 한다.

박정자의 부모는 해방 후 조국으로 돌아가 생활하던 중 남편은 생활고에 다시 일본으로 돌아가게 되고, 어머니도 남편을 찾아서 어린 두 아이를 데리고 밀항선으로 일본으로 재입국 하게 된다. 우여곡절 끝에 남편을 만나지만 어느 정도 생활고가 해결될 쯤 남편은 37살이라는 젊은 나이에 병사하게 된다. 문맹인 30살의 젊은 어머니는 평생 혼자 살면서 행상과 막노동으로 세 아이를 키운다. 이후 오사카 재일동포 집단거주인 '치로린 마을チロリン村13에서 30여년을 노동자의 인력시장이라는 치열한 노동을 하면서 여생을 보내왔다.

빈곤과 타국 일본에서 받은 차별, 해방 후 귀국, 밀항선에 의한 남편의 일본행, 뒤이어 혼자 남은 부인이 어린 자녀를 데리고 일본으로 밀항한다는 이야기는 양유하梁裕河의 「아령타령」에서도 겹쳐지는 이야기이다. 재일 2세로 어머니가 일본인인 양유하는 『무사시노시 여성사』의 편집위원으로 활동하면서 재일 1세 여성은 물론이고, 1세에 가까운 2세들도 점점 사라지고 있는 현실에서 이들의 기억과 증언을 기록으로 남기려 노력하고 있다. 이것은 "자신의 루트를 확인"하는 작업이며, 역사적이고 사회적인 시점에서 자신의 정체성을 찾는 실마리라고 역설한다. 100여년이라는 재일의 역사에서 이미 4. 5세까지 이어지는 재일에게는 빈곤, 민족적 차별, 가부장제 같은 수식어는 이제 공통되지 않을 단어일

---

13 오사카시 히가시요도카와구[東淀川区]에 위치한 치로린 마을[チロリン村]은 엔하라 창고[延原倉庫]의 2.5미터의 벽과 JR 죠우토 화물선(城東貨物線) 선로 제방사이에 낀 JR소유의 폭 15미터, 길이 400미터의 골목 빈 땅에 생긴 조선인 집단촌을 말한다. 1960년대 경, 10채의 판자촌에서 토목업을 시작하면서 시작된 치로린 마을은 70년도쯤에는 최종 50여 채가 자치회를 결성하면서 주거환경을 개선하였으나, 결국 JR소유 토지의 불법점거라는 판결로 2009년 전부 철거된다.

지도 모른다. 그러나 양유하는 재일 1세 여성과 1세에 가까운 2세들의 '이야기'를 '증언'과 '기억'이라고 하는 의미의 '타령'을 계속 기록하겠다는 포부를 밝힌다. 그녀가 듣는 재일의 증언자들은 "특별한 재능과 사회적 공헌 등이 있는 사람들이 아니고 '재일'의 '서민'으로서" 단지 주어진 운명을 열심히 살아온 사람들의 타령으로, 아직도 '무연금자' '생활보호 수급자' '전쟁보상 제외자' '북조선 귀국가족' 등이 그들의 현실이기 때문이다.

「아령타령」은 문학적으로도 완성도 높은 작품으로 모녀의 대화라는 큰 얼개로 어머니와 딸이 걸어온 파란만장한 역사와 에피소드가 기록되어 있다. 단 근대적 교육을 받은 딸 겸년이의 지나치게 순종적인 삶과, 재일 여성의 전형적인 삶을 자주 에피소드로 투입시킨 것은 글의 흥미를 떨어트리는 부분이라 하겠다.

분단된 조국을 갖은 재일동포들에게 남북대립에서 오는 고난과 갈등은, 어떠한 기록이나 문학적 표현에서도 겹쳐지는 부분이 많은 사안인데, 「아령타령」에서는 6·25전쟁 중 의용병으로 참가한 재일청년들의 이야기는 새롭고 다양한 비극을 또 만들어내고 있다.

청렴하고 학식이 높았던 양반출신의 아버지는 일본인의 계략으로 결국 일본으로 쫓기듯 오게 되고, 딸들에게도 고등교육을 시키지만 유교적인 결혼관을 뛰어넘을 수는 없는 봉건적 한계를 갖은 사람이었다. 부모의 선택으로 얼굴도 모르는 남편과 결혼하지만 교양이 없는 시부모와 무능한 남편으로 인해 힘든 결혼생활을 하던 중, 남편은 시아버지의 강요에 못 이겨 재일학도병으로 6·25전쟁에 참전하게 된다.

한국전쟁에 의용병으로 참가한 그들은 전쟁이 끝난 뒤, 주일 영사관도 미군도 민단도, 제대로 지원 및 원조도 하지 않았기 때문에 가족이 있는 일본에 돌아올 수 없게 되어 그대로 많은 사람이 한국에 남겨졌다. 한국의 구석에서 잊혀 진 존재로서 냉대를 받아온 의용군들이 '북송선'이 실행될 때 쯤, 다시 한국정부에 의해서 주목을 받게 되고, '필요할 때만 이용되는' 말 그대로 쓰고 버려지는 운명이었다.(양유하, 2011)

연락이 끊긴 남편이 전사했다는 통지에 주인공 겸년이는 어린 아들을 데리고 다른 남성과 재혼을 하게 되지만, 전남편은 한국정부의 스파이가 되어 다시 돌아오고, 이것을 알게 된 현재 남편과의 갈등과 폭력으로 불행한 결혼생활을 보낸다. 결국 남편은 자신과의 사이에서 낳은 딸 셋 만을 데리고 북송선을 타게 된다.

84세인 현재에도 북한에 살아있는 딸의 원조를 위해서 병원의 간병인 일을 하고 있다. 마지막으로 어머니와의 대화에서 겸년이는 사막과 같은 일본 땅에서 필사적인 노력으로 자신의 삶을 살면서 스스로도 감동하게 되는 가련한 꽃을 피어왔다고 하면서 자신의 타령을 마친다.

재일 1세 여성들에게는 빈곤과 종군위안부를 피해 부모의 권유로 조혼을 하게 되고, 남편 뒤를 쫓아서 일본으로 오게 되지만, 일본에서도 가난은 별반차이가 없었으며, 온갖 노동과 남편의 폭력에 시달린다는 비슷한 경우의 이야기가 많다. 그러나 남성 표현자가 아닌 여성들이 스스로 자신과 부모, 그리고 젠더로서 자각하면서, '모성신화'의 어머니가 아닌 한 인간으로서의 개인적인 체험을 깊게 응시한다면, 재일의 고단한 역사

속을 살아온 인간의 보편적인 모습으로 자리매김이 될 것이다.

애통한 체험을 한 인생의 선배들이 점점 이 세상을 사라지고 누군가 가 기록하지 않으면 안 된다. 그 사람이 살아온 궤적, 괴로움, 기쁨, 눈물 이 영원히 사라진다. 개인의 체험을 감싸듯이 한일병합의 역사, 일본에서 의 차별, 남북대립의 균열 등 큰상황이 선명하게 보인다. 개인의 기록은 역사를 만들어 가는데 뺄 수 없는 한 장면인 것이다.(사와치히사에 沢地 久枝, 2009)

이러한 의미에서 「어머니의 타향살이」와 「아령타령」은 분명 재일 1 세 여성의 보편적인 삶의 기록이며 역사라 할 수 있겠다.

2) 재일 2세 여성의 기록

해방 후의 재일 여성을 주재로 한 작품은 강영자[14]의 「나에게는 아사 다선생님이 있었다」와 이정순의 「나무를 심으로 갔던 이야기」인데, 이 두 여성은 모두 고학력의 엘리트 여성이다. 우선 강영자의 「나에게는 아 사다 선생님이 있었다」를 살펴보기로 하겠다.

재일의 은폐된 부정적 역사와 이항 대립적 문화의 굴레는 1972년 봄

---

14 재일 2.5세인 강영자는 1956년생으로 교토대 대학원에서 박사과정까지 마친 인텔리 여성으로 현재 초등학교 강사로 있으면서, 교토시 인권문화추진감담회 회원 및 메아리회(교토 재일조선인 보호자 유지회) 회장 등 왕성한 사회활동을 하고 있디.

부터 76년 3월까지를 배경으로 하고 있는 강 영자의 「나에게는 아사다 선생님이 있었다」에서 극명하게 나타난다. 강영자는 15살 고등학교 2학년 때 아사다 선생님에게 받은 첫 번째 질문은 지금까지 어떤 일본인 선생님들에게도 들어 본 적이 없는 "다니야마는, 왜 본명으로 학교에 다니지 않는 거니?"였다. 이후 재일로서 자신을 자각하게 되면서 '강영자'라는 본명을 선언하게 된다. 당시 아사다 선생님은 33세로 본인도 장애자로서 부당함에 맞설 뿐 아니라, 재일조선 학생과 피차별 부락출신 학생에게 따뜻한 시선을 주면서도 시종일관 일정한 거리를 두고 학생을 지켜주고 있다. 다니야마는 일본에서 자라 일본식 교육을 받고 일본식 사고를 한다고 믿었지만 실은 일본인이 아니었다는 것을 인식하게 된다. 아사다 선생님은 '뻔뻔한 인간' '비겁한 인간'이라고 자신을 자책하는 제자에게 학생의 자주성과 변화를 자연스럽고 끈기 있게 지켜보면서, 생각하기, 책 읽기, 도망가지 않기 등으로 스스로의 해결의 길을 열어준다.

재일 2.5세인 그녀는 유치원 때부터 다니야마라는 통명을 사용했는데, 부모는 물론이고 문패도 통명으로 내걸고 있었다. 그녀가 어렸을 때 이웃 친구들에게 "나는 조선인이다"라고 하자, 어머니는 낯빛이 변하며 어린 딸을 매섭게 혼냈다. "우리가 조선인이라는 거, 절대로 밖에서 말하면 안 돼. 그런 거 말하면, 아무도 놀아주지 않게 돼" 그 후 자신이 조선인이라는 것을 밝혀서는 안 된다는 자기검열과 동시에 조선인이라는 사실을 봉인하며 살아간다. "조선인이라는 고민은 학교에 가져갈 수 있는 것은 아니었다. 나는 학교에 갈 때는 확실히 일본인이라는 가면을 쓰고, 주위에 적당히 맞춰가는 것에 적응되어 있었다." 지금까지의 선생님들은 모두 그녀를 일본인인 다니야마레이코谷山玲子로 불러줬고 그녀 또한 너무나 당연하다고 생각했다. 그녀는 이런 현실에 저항하기보다 그 현실을 수긍하고 있었는데, 본명을 밝히기 전까지의 그녀의 기록은 철저하게 식민화된 그녀의 무의식에 대한 적나라한 기록이다. 특히 초. 중학교까지 우등생이었던 그녀는 운동회 같은 행사에서는 "선생님에게 지도받은 대로 일장기 우러러보기, 일본국가 부르기, 직립부동의 자세"로 임했다. 일본에서 일본역사만을 배우고 일본어를 통해 사유하고, 일본의 '시선'을 내면화 하고, 자기 자신을 일본인과의 동일시를 통해서, 자신의 정체성을 구성해왔던 것이다. 일본의 '시선'을 통해 자신을 본다는 것은 모든 가치판단의 기준이 일본의 기준에 종속됨을 의미한다. 문명과 야만의 척도는 물론이요. 진리와 거짓, 선악과 미추에 대한 판단까지도 일본의 '시선'에 종속된다. 자신이 조선인이라고 밝히면 자신은 거짓이 되며, 악이 되고 추가 된다. 그래서 친구들은 자신을 떠날 것이며, 일본에 있게 해줄 수 없게 된다는 공포심이 그중에서 가장 큰 것이었다.

그러던 그녀가 자신의 정체성을 찾으며 고등학교 동아리 '일조연日朝研'에서 조선의 근대역사를 읽고 공부하면서 "일장기 아래서 너무나 많은 조선인이 인간성을 빼앗기고 죽음에 몰렸다."는 것을 알게 되었다. 한일 근대역사라는 사실 앞에서 부모의 반대를 무릅쓰고 같은 반 친구에게 처음으로 본명을 선언한다. 단지 자신이 조선인인 것을 숨긴 것이 부끄럽다고 생각해서 어렵게 한 고백이지만, 주인공 스스로도 '다니야마레이코'에서 '강영자'로 불리는 것이 낯설고 적응할 수 없는 문제였다.

조선인으로 태어나서 좋았다고 생각한 적은 한 번도 없었다. 나는 조선인이니까 조선 문학 연구를 해야 되고, 본명을 말해야 하기 때문에 여러 가지 시도해보았지만 지금까지 자신이 조선인이라는 것을 진심으로 기쁘게 생각한 적은 없었다. 어디까지나 사실을 솔직하게 받아드렸을 뿐이다. 그렇기 때문에 일본인이었으면 좋았을 텐데 라고 생각할 때가 자주 있었다……그래서 더욱 나는 화가 났다.(강영자 2007)

14세 때 외국인 등록증을 만들고 지문을 찍은 날, 다니야먀레이코가 결석한 이유를 담임선생님은 애매하게 얼버무렸던 기억을 떠올리며 '재일'이라는 위화감, 이질적 존재, 이단이라는 의문과 불의에 대한 자각과 아픔을 깨닫게 된다.

다음은 제5회 수상작인 재일 2.5세인 이정순李 貞順[15]의 「나무를 심으러 갔던 이야기」를 살펴보자. 강영자의 「나에게는 아사다 선생님이 있었다」가 1972년부터 1976년까지의 기록이었다면 1979년 일본에서 취직의 장벽을 넘을 수 없어서 과학자인 남편과 함께 미국으로 건너가서 현재 67세의 이정순이 현재까지 30여 년간 미국에서 살아온 기록이다. 이정순은 1985년 미시간 주립대학교에서 박사학위를 받고, 1991년까지 일리노이대학에서 연구원으로 연구 활동을 하며 현재는 워싱턴에서 살고 있다. 이정순은 고학력의 유복한 경제적인 조건을 갖고 있었지만, 그녀의 기록에서도 재일이라는 민족적인 차별과 사회폐쇄적인 분위기는

---

15   1942년생인 이정순은 리츠메이칸대 졸업 후 오사카대 대학원 공학부에서 수사과정을 마쳤다. 1976년 「우리 집 3대기」가 『계간 삼천리』 제1회 입선, 1979년에는 『계간 삼천리』에 「25년째의 고향」이 거재된다.

계층을 넘어서 존재하고 있었음을 확인할 수 있다.

언젠가는 우수한 과학자가 되어 조국건설과 발전을 위해서 일하고 싶다는 것은 60, 70년대의 젊은 재일 공학계열의 학생과 연구자들의 공통된 꿈과 기대였다. 그러나 일본의 어떤 대학들도 이들 재일연구자들을 쉽게 받아주지 않았다. 취업을 위해서 미국으로 건너가지만 정착하기까지의 어려움, 특별영주권 때문에 1년에 한번은 재입국을 해야 하는 문제 등, 재일 여성으로는 보기 드문 재미경험의 기록이다. 이정순은 수상소감에서 "재일이 공통으로 경험한 시대체험 외에, '재일' 개개인이 갖는 특수한 체험"으로서 "1세가 남긴 슬픈 기록에 더해서 2세, 3세, 4세의 꿈과 노력의 체험"으로, 재일의 역사를 기록하고, 일본사회의 현대사로서 자리매김을 하고 싶다고 소원한다.

이정순의 기록에서도 재일 1세의 기록과 겹치는 부분이 많다. 양친은 어렸을 때 조부모와 함께 일본에 와서 현장노동자로서 일했고, 해방 후 조국으로 돌아갔지만 황폐해진 고국에서 다시 일본으로 오게 된다. 어머니는 어린 이정순을 데리고 남편을 찾아서 밀항선에 몸을 맡겨 일본에 오게 되지만, 선주에게 속아서 대마도에 내리게 되고, 남편과 재회하는 데 3년이나 걸렸다. 이후 사업에 성공한 아버지는 남북한에 대한 동시 경제지원 때문에 한국에서 납치가 되는 사건은, 분단된 조국을 갖은 슬픈 재일역사의 한 페이지였다. '재일'이기 때문에 일본에서 취직할 수 없었던 남편과 미국이라는 또 다른 타향에서의 재일의 삶의 기록이지만, 재일로서 민족적 자각을 하게 되는 16살 소녀 강영자가 대학을 졸업 했을 때 당해야 하는 일본사회 안의 불우한 '재일'의 미래였다.

5. 결론

획일화와 동질화를 강제하는 폐쇄적인 일본사회에서 '동화'와 '이화'는 재일 2. 3세가 직면하는 문제이며, 이러한 문제는 그대로 '재일'의 표현세계에 반영된다. 재일을 규정하는 방식을 민족이나 국적만으로는 단정 할 수 없으며, 분단된 한반도와 무국적인 채로의 조선, 또한 귀화한 일본인이거나, 어머니나 아버지가 일본인 경우 등을 동시에 고려하여 해야 할 것이다.

지금까지 일본에는 수많은 '재일' 잡지가 있었고 현재도 계속 발행과 폐간이 이어지고 있으나, 국적에 관계없이 어떠한 형태로든 한반도와 뿌리를 공유한 전원 여성편집위원 재일 2세 여성 6명과 재일 여성 표현자들이 모여서 만든 잡지가 재일 여성 문예지 『땅에서 배를 저어라』이다.

일본근대사에서 재일이 갖는 의미와 재일 여성의 입장을 망각에서 벗어나 기록하고 마이너리티의 관점에서 일본과 한반도의 현대사를 추궁하려 하는 것이 『땅에서 배를 저어라』가 갖는 역할일 것이다. 즉 그동안 봉인된 재일 여성 개인의 체험과 역사를 기록함으로서 재일의 고단한 역사 속을 살아온 인간의 보편적인 모습을 역사에 남기는 작업이다.

재일 1세의 여성들이 국가에 의한 억압과 민족적인 가부장제 그리고 빈곤한 생활 속에서도 현실에 순응하면서 꿋꿋하게 살아온 삶이었다면, 재일 2세 여성들은 자신의 정체성과 존재확인을 하는 작업으로 치열하게 삶을 영위해 왔다. 본명선언을 하는 재일소녀의 체험이나, 고학력의 과학자 부부가 취직의 벽에 부딪혀 미국에 살게 되는 재일 2세의 이야기는 개인적인 체험이지만, 이것 또한 고스란히 재일의 역사가 된다.

　언젠가 재일 여성의 역사는 마이너리티의 관점에서 일본과 한국의 현대사를 보강해야하며, "일본사회에 작은 돌을 던지는 정도의 파문"일 수도 있지만, 언젠가는 어렵게 배를 저어간다면 그 배는 바다로 나아 갈 수 있으리라는 믿음이 재일 여성 문예지 『땅에서 배를 저어라』의 역할이었다고 할 수 있겠다.

참고문헌

마경옥, 「저항담론으로서의 '재일일본어－재일 여성 문예지『땅에서 배를 저어라』를 중심으로」, 『일본언어문화』 제19집(483), 한국일본언어문화학회, 2011.

_____, 「재일 여성 문예지『땅에서 배를 저어라』에 관한 연구1－포스트콜로니얼리즘을 중심으로」, 『일어일문학연구』 제78집 2권 297, 한국일어일문학회, 2011.

磯貝治良, 『在日文学論』 163, 新幹社, 2004.

李正子, 『鳳仙花の歌』 160, 影書房, 2003.

朴和美, 「在日女語り」, 『コリアン．マイノリテイ 研究』 7-9, 新幹社, 2000.

宮内洋, 「私はあなた方のことをどう呼べばよいだろうか?」, 『コリアン．マイノリテイ 研究』 18-19, 新幹社, 1999.

金重明, 「在日コリアン関西パワ」, 『ホルモン文化』 7(273), 新幹社, 1997.

福岡安則, 『同化と異化のはざまで―在日若者世代のアイデンティティの葛藤』 10-13新幹社, 1994.

磯貝治良, 「在日世代と詩」, 『季刊青丘』 9号 163, 青丘文化社, 1991.

在日女性文芸誌『地に舟をこげ』 創刊号―6号, 2006~2011.

「재일 여성 문예지 '땅에서 노를 저어라'」, 『민단신문』, 2007.2.21.

156 日本, 『文化研究』 第43輯, 2012.

재일한인 에스닉 미디어의 계보와 현황

에스닉 잡지를 중심으로

소명선

1. 들어가기

식민지 지배가 끝난 후에도 식민지 종주국에서 생활해 온 재일한인[1]
의 역사는 일본사회의 차별과 억압 속에서 끊임없이 역사의식과 민족의
식, 민족적 아이덴티티 문제로 고민하지 않으면 안 되는 것이었다. 그리
고 그 흔적은 광복 직후부터 이들이 주축이 되어 발행해 온 다양한 종류
의 에스닉 미디어[2]를 통해 잘 드러나고 있다. 탈식민지주의적 사유의 확

---

1 본 논문에서는 일본에 거주 혹은 영주하고 있는 한국 국적인 자와 조선민주주의인민공화국 국적
   을 가진 자를 통틀어 '재일한인'이라 지칭한다. 관련 문헌 속에 '재일조선인'이란 용어가 사용되어
   진 경우는 인용부호로 처리하여 구분하고 있다.
2 에스닉(ethnic)이란 '민족의', '인종의', '민족특유의'라는 의미이고, 본 논문에서 에스닉 미디어
   (ethnic media)는 일본에 영주 혹은 정주하고 있는 외국인을 대상으로 발행되어지고 있는 인쇄
   매체, 즉 신문, 잡지 등은 물론이고, 텔레비전, 라디오, 인터넷 등의 매체를 가리키는 용어로 사용

산은 일본내에서도 구식민지출신 재일한인에 대한 시각에 변화를 초래
했다. 재일한인과 그들 사회가 가진 문화의 고유성을 인정하고 재일한인
사회의 문화적 특수성에 관심을 보이기 시작했다. 그중 재일한인 작가가
일본의 문단에서 주목받으면서 문학 영역에서의 연구는 가장 활발히 이
루어져왔고, 문학 외에도 재일한인의 생활, 문화, 역사, 교육 등 각각의
세부 영역에서의 연구는 축적되어 왔다. 그러나 재일한인사회 전체를 아
우를 수 있는 종합적인 연구, 특히 머조리티사회의 미디어 환경 속에서
재일한인이 생산·소비해 온 에크리튀르 미디어인 잡지와 신문에 관한
체계적인 연구는 찾아볼 수 없다.

본 연구는 식민지역사와 함께 시작된 우리의 근대사, 근대와 근대성,
탈식민지주의의 과제를 생각할 때 중요한 위치에 있는 재일한인에 관한
연구로 특히 그들이 발간해 온 에스닉 미디어(잡지)를 중심으로 한 연구
이다. 본고에서는 재일한인 에스닉 미디어에 관한 체계적인 연구의 토대
를 마련하기 위해 먼저 재일한인에 의한 에스닉 미디어 현황을 한눈에
파악할 수 있도록 그 계보를 작성하고 재일한인의 미디어 역사를 정리한
다. 해방이후 재일한인에 의해 간행되고 읽혀져 온 에스닉 미디어에는
어떤 것들이 있는가? 재일한인 에스닉 잡지는 일본사회 속에서 어떠한
식으로 이해되고 수용되어 왔는가? 1980년대 후반부터 일본으로 이동
하는 외국인 수의 증가와 국적의 다양화, 그리고 그들의 다문화 속에서
재일한인 에스닉 미디어는 어떻게 변화해 왔으며, 금후 어떤 전개가 예

한다.

상이 되는가? 일본 사회 내의 재일한인 에스닉 미디어와 재일외국인 에스닉 미디어, 그리고 일본 내의 보수계 미디어의 전체적인 구도는 어떤 것인가? 등과 같은 문제의식을 가지고 고찰해 나가고자 한다.

해방 이후 재일한인에 의해 간행되고 읽혀져 온 잡지 미디어에 관한 연구는 역사연구와는 또 다른 측면에서 우리의 과거사를 재인식할 수 있는 중요한 자료가 될 것이며, 재일한인 외의 재일외국인에 의한 에스닉 미디어 발행 현황과 일본의 보수계 미디어와의 상관관계에 대한 고찰을 통해서는 포스트 콜로니얼 시대의 문학과 정치, 민족과 국가 문제에 대한 하나의 해석을 제시할 수 있을 것으로 기대된다.

2. 재일한인 에스닉 잡지의 시대별 발행 현황

식민지 해방 후 현재에 이르기까지 일본에서 재일한인에 의한 에스닉 미디어는 문학이라는 영역에 한정하지 않고 볼 때 그 수는 방대하다. 1970년대와 1980년대에 재일한인 작가가 일본의 문단에서 존재감을 드러내자 일본사회의 재일한인에 대한 관심도 높아져, 재일한인뿐만 아니라 한국의 역사와 한글을 배우자는 취지하에 일본인들에 의해서도 에스닉 성격을 가진 간행물이 발행되기도 했다. 이들 간행물은 고대 조선과 일본의 관계사, 식문화, 조선민중운동사, 조선가요 등 여러 분야에 걸쳐, 그리고 아마추어적인 접근에서 학문적인 연구성과에 이르기까지 실로 다양한 형태로 나타나고 있다.

본장에서는 먼저, 지금까지의 조사를 통해 발견된 재일한인에 의해 발행된 간행물을 크게 (1)1945년 해방부터 1960년 이전까지, (2)1960년대에서 1970년대까지, 그리고 (3)1980년대 이후 오늘날까지라는 세 시기로 나누어 살펴보기로 하겠다.

1) 해방이후부터 1960년대 이전까지

1938년 국가총동원법에 근거하여 이듬해부터 실시된 노무동원계획의 일환으로 강제 연행된 당시의 조선인 중에는 해방이 되자 곧 조국으로 귀환했으나 여러 가지 이유에 의해 식민지 종주국에 머무르게 된 이들도 있었다. 해방부터 한국전쟁이 발발하기까지의 시기는 국내는 물론 재일한인들 사이에도 사상과 이념의 차이로 인한 대립과 갈등이 격심했다. 해방 직후 재일한인사회에 형성된 대표적인 단체로는 1945년 10월 15일에 결성된 재일조선인연맹朝聯과 산하단체들, 그리고 1945년 11월 16일에 결성된 조선건국촉진청년동맹建靑를 들 수 있다. 이들 단체들은 조국통일이라는 공통된 과제 외에 재일한인에 대한 차별과 맞서 그들의 인권·생활권 보호를 위해 투쟁했고, 그 일환으로 그들의 주장과 입장을 전달하기 위한 신문·잡지 간행에 힘썼다. 일본 내의 신문용지 사정의 악화와 한인단체들의 경제적 기반 부족에도 불구하고 1946년 당시 전국지와 지방지를 합하면 재일한인에 의해 발행된 신문은 170종 이상에 달했다.[3] 그러나 발행 주체인들 간의 입장 차이로 인한 이산과 경영기반의 취약성 등으로 지속적인 간행이 불가능했다. 또한 첫 발행 당시에는 조선어(한국어) 등사판이 대부분이었으나, 점차 조선어와 일본어의 병용에서 일본어로 바뀌어 가는 현상을 보였다. 아래의 표는 해방직후부터 1960년까지 재일한인에 의해 발행된 신문 목록이다.

〈표 1〉 해방이후 1960년 이전까지 발행된 신문 목록[4]

잡지명	출판사	창간	비고
민중신문(民衆新聞)	民衆新聞社	1945.10.10	재일본조선인총연합회(조선총련)의 기관지. 『朝鮮新報』의 전신. 이후 『解放新聞』, 『朝鮮民報』로 개칭, 1961년 1월에 『朝鮮新報』로 개칭한 것이 현재에 이르고 있음
조선신문(朝鮮新聞)	朝鮮建国促進青年同盟	1946.3.10	조선건국촉진청년동맹(약칭-건청)의 기관지. 이후 『신조선신문』, 『민단신문』, 『민주신문』, 『한국신문』 등으로 명칭이 변경되어오다가, 1996년 5월 1일 창립 50주년을 기점으로 『민단신문』으로 개칭하여 현재에 이르고 있음
동양경제신문 (東洋経済新聞)	東洋経済日報社	1946.4	주간지
조선인생활권옹호 위원회뉴스 (朝鮮人生活権擁護委員会ニュース)	朝鮮人生活権擁護委員会	1946.11.29	조선총련이 1946년 11월 10일에 결성한 재일조선인생활권옹호위원회의 기관지
조선경제신문 (朝鮮経済新聞)	朝鮮経済新聞社	1947.5	종간 불명. 旬刊
민청시보(民青時報)	在日本朝鮮民主青年同盟総本部	1947.7.5	1949년 7월 종간. 旬刊. 재일본조선민주청년동맹 중앙기관지
상공회의(商工會議)	在日本朝鮮人商工会連合本部	1947.7	재일본조선인상공회연합본부의 기관지
자유조선(自由朝鮮)	同友社	1947.7	1950년 종간
문교신문(文教新聞)	朝鮮文化教育会本部	1947.9.15	매주 월요일 발행. 박경식(朴慶植)이 발행과 집필에 관여한 신문
여맹시보(女盟時報)	在日本朝鮮女性同盟 中央本部文化部	1947.12	16호로 종간된 월간신문. 1949년 7월 종간.
민청뉴스 (民青ニュース)	在日本朝鮮民主青年同盟兵庫県本部	1948.5.28	재일본조선민주청년동맹 효고현 본부 특별호

3　「解放5年, 同胞新聞事情－⑤170種の在日同胞新聞」, 『朝鮮新報』, 2006.4.11.

조선상공시보 (朝鮮商工時報)	関東朝鮮人商工会	1948.6.1	창간호는 旬刊, 이후 월간 간행. 1957년 1월에 『朝鮮商工新聞』으로 개칭하면서 旬刊
조선인경제시보 (朝鮮人經濟時報)	東京朝鮮人商工連合会	1948.6.15	동경조선인상공연합회의 기관지. 旬刊
후카가와투쟁뉴스 (深川闘争ニュース)	深川不当弾圧反対闘争委員会	1949.4.19	1949년 4월 6일에 발생한 후카가와사건(深川事 件)을 계기로 결성된 반대투쟁위원회가 사건 발생에서 활동 내용 등을 기록
조선신문(朝鮮新聞)	朝鮮新報社	1951.9.7	在日本朝鮮民主統一戰線(약칭-民戰) 중앙 기 관지
조선총련(朝鮮総連)	朝鮮新報社	1956.12	1960년 종간. 후속지로서『朝鮮時報』가 1961년 1월부터 발행
통일일보(統一報)	統一日報社	1959.1	재일한인 사회, 남북한정세 등. 주5회. 발행부 수는 20만부
동화신문(東和新聞)	東和新聞社	1959	2756호(1993년)로 종간. 주간 일본어 신문.『産 業貿易新聞』을 1959년『東和新聞』으로 개칭
조선시보(朝鮮時報)	朝鮮新報社	1961.1	『朝鮮総連』의 후속지. 3157호(2005.9.16)로 폐 간
조선신보(朝鮮新報)	朝鮮新報社	1961.1.2	재일본조선인총연합회(조선총련) 중앙상임위 원회의 기관지. 1945년 10월에 창간한『民衆新 聞』이 개칭된 신문. 격일로 간행되다가, 1961년 9월부터 일간지로 간행

한편, 잡지 발행 사정도 다를 바 없었다. 이 시기에 발행된 잡지 중 주
목할 만한 것은 1946년 4월 창간부터 33호로 종간하기까지 4년간 발행
을 계속해 온『민주조선民主朝鮮』과 한국어와 일본어 두 개 국어로의 간행
을 시도했으나 불과 1여 년만에 종간하고만『조선문예朝鮮文藝』이다.『민

---

4 해방 직후 많은 신문들이 발행되고 종간되었는데, 현재에 발행부수가 많은 신문으로는『조선신보
(朝鮮新報)』,『민단신문(民団新聞)』,『통일일보(統一日報)』가 있다. 이념을 달리하는 재일본조선
인연맹에 대하여 1946년 10월 3일 재일본조선거류민단으로서 결성된 것이 오늘날의 재일본대
한민국민단(민단)이다. 재일본조선인연맹은 현재의 재일본조선인총연합회(총련)로 대표적 기관
지가『조선신보』이다.『조선신보』는 1945년 10월에 창간되어 현재에도 계속 간행중이다. 한편,
『민단신문』은 재일본대한민국민단(민단)의 대표적 기관지이다.『민단신문』은『민주신문(民主新
聞)』(민주신문사, 창간년도 불명)이 1962년 종간되면서 후속지로 명칭을『한국신문(韓國新
聞)』(한국신문사, 1962.1.24 창간)으로 바꾼 후 발행을 계속해 오다가, 1996년 5월 1일『민단
신문』(민단신문사)으로 개칭하면서 오늘날에 이르고 있다. 그리고 총련과 민단의 양 진영의 중간
적 입장으로 보이는 것이『통일일보』(통일일보사, 1973.9.15 창간)가 현재 간행 중이다.

주조선』은 조진남, 장두식, 김원기, 원용덕, 김달수 5명에 의해 시작된 잡지이다. 창간호의 편집인은 김원기로 되어 있고, 2호부터는 김달수가 편집을 맡고 있다. 그리고 25호부터는 윤병옥이 새로이 편집인으로 참가하고 있다. 창간호에는 11명의 필자명이 명기되어 있으나 백인, 박영태, 김문수, 손인장은 모두 김달수의 필명이고, 김철과 임훈은 원용덕의 필명으로,[5] 결국 실제 집필인은 5명인 셈으로, 잡지의 전지면(51쪽)은 김달수와 원용덕 두 사람에 의해 대부분 채워졌다고 할 수 있다. 창간사에서 원용덕은 잡지 발행의 취지를 다음과 같이 밝히고 있다.

> 여기서 우리들은 우리들이 나아가야 할 길을 세계에 표명함과 동시에 과거 36년이라는 긴 시간으로 왜곡된 조선의 역사, 문화, 전통 등에 대한 일본인의 인식을 바르게 하고, 이제부터 전개되려고 하는 정치, 경제, 사회의 건설에 대한 우리들의 구상을 이 소책자에 의해 조선인을 이해하려고 하는 강호의 모든 현자에게 그 자료로서 제공하고자 하는 것이다.[6]

이처럼 "조선의 문화를 일본인에게 소개하는 것으로 조선·조선인에 대한 편견에 가득 찬 인식을 바로 한다는 문제의식"[7]을 가지고 의욕적으로 시작한『민주조선』은 점차 집필자의 범위를 확대하여 재일조선인 뿐 아니라 본국인, 일본인, 그리고 러시아인까지도 참가하고 있다. 내용면에서 볼

5　金達寿, 「雑誌『民主朝鮮』のころ」, 『季刊三千里』48号, 1986.11, 100쪽.
6　「創刊の辞」, 『民主朝鮮』創刊号, 1946.4, 2쪽.
7　金達寿, 「雑誌『民主朝鮮』のころ」, 『季刊三千里』48号, 1986.11, 99쪽.

때는 문학이 지면을 차지하는 비율이 가장 높고 정치, 경제, 문화 방면의 논문도 다수 게재되어 있다. 33호를 마지막으로 종간하기까지 특집으로 다루고 있는 내용을 보면, 먼저 3·1운동을 두 차례 특집하고 있고(1947.3.4, 1949.3.4), 「북조선의 교육과 문화에 대해」(1948.4), 「조선의 현재 정세와 그 전망」(1948.5), 「중국문제」(1949.5), 「남한 정부1주년」(1949.8), 「조련·민청[8]해방」(1950.5), 「대일강화문제·재일조선인문제」(1950.7) 등의 특집호를 발행했다.

『민주조선』이 발간되던 1946년 4월부터 1950년 7월 사이의 한반도의 정세는 새 정부 수립과 이데올로기 대립 등으로 대단히 혼란스러운 시기였다. 또한 일본 내에서는 경제적인 문제뿐 아니라 GHQ(연합국총사령부)의 검열을 피할 수 없는 시기이기도 했다. 「재일조선인교육문제」를 특집으로 준비하고 있었던 1948년 6월호 『민주조선』의 발행이 금지되어, 7월호까지 휴간으로 이어졌다. 1948년 1월 일본정부가 내놓은 학교교육법에서 민족교육을 행하는 민족학교를 인정하지 않는다는 조항이 나와, 각지에서 항의투쟁이 일기도 했었다.[9] 이러한 일련의 투쟁은 대중매체의 치안문제를 중요시했던 일본정부와의 사이에 유혈사태(4·24 교육투쟁)를 낳았고, 결국 발행금지 조치 사태까지 발생한 것이다. GHQ의 검열은 1948년 7월 15일 사전검열을 폐지하고 사후검열체제로 바뀌었으나 조련계 간행물에 대한 검열의 강도는 여전히 낮추지 않았다. GHQ

---

8   민청(民靑)은 재일본조선민주청년동맹의 약칭으로 1947년 3월 6일에 결성된 재일조선인연맹(朝聯)의 산하단체이다.

9   中島智子, 「四·二四教育闘争関連記事について」, 『復刻 『民主朝鮮』 前篇 『民主朝鮮』 本誌別巻』, 明石書店, 1993.5, 77~79쪽.

의 지시를 받은 일본 법무성에 의해 1949년 9월 8일 조련의 강제해산 처분이 내려진 후에도『민주조선』의 발행은 계속되었으나 1년도 채 못 되어 종간되고 만다. 이러한『민주조선』은 "당시의 재일조선인에 대해 강요되었던 차별적 지위와 재일조선인운동에 가해진 부당한 탄압을 정확하게 파악하고, 그 역사적 의미를 현재에도 뿌리 깊게 남은 차별과 편견, 법적 지위의 불안정함과 관련시켜 읽을 수 있는 것"[10]으로 그 의의가 평가되고 있다.

『조선문예』는『민주조선』이 14호를 간행하고 15호를 준비하던 시기인 1947년 10월에 창간되었다. 발행인 및 편집인이 박삼문으로 되어 있고, 집필진에는 김달수, 이은직, 허남기, 장두식 등 해방 전부터 활동해오던 문인들로『민주조선』에서도 활동을 한 멤버들이다. 그러나 잡지명이 시사하는 것처럼 잡지의 구성은 시, 수필, 창작(소설), 연구(평론), 문예시평 등으로 이루어져 있어,『민주조선』에 비해 문학잡지로서의 성격을 확고히 하고 있다.

『민주조선』과『조선문예』가 간행이 되던 시기는 일본문단에서도 제2차 세계대전으로 중단되었던 잡지들이 다시 간행되기 시작했고 또한 새로운 잡지들(대표적인 것이『신일본문학(新日本文學)』과『근대문학(近代文學)』)이 창간되었다.『민주조선』과『조선문예』에서 활동하던 김달수의 경우『신일본문학』의 회원으로도 활동했다.『조선문예』가 간행되던 당시에는 그들의 창작활동에 대해 '조선민족문학'이란 용어를 사용하고 있

---

10 金日康, 「『民主朝鮮』と在日朝鮮人の地位」, 『復刻『民主朝鮮』 前篇『民主朝鮮』本誌別卷』, 明石書店, 1993.5, 45쪽.

었고, 『조선문예』의 동인들은 어디까지나 '조선작가'라는 확고한 아이덴티티를 제시하고 있었다. 『조선문예』는 생명이 짧았던 만큼 전6호 중, 특집을 다루고 있는 것은 1948년 4월호가 유일하며, 문학잡지답게 「용어문제에 대해」를 특집하고 있다. 「조선인인 나는 왜 일본어로 쓰는가」(이은직), 「일본어에 의한 조선문학에 대해」(어당), 「일본어의 적극적 이용」(도쿠나가 스나오), 「하나의 가능성」(김달수) 등의 글이 보이고, 민족문학의 계승과 고취라는 잡지의 취지 면에서 볼 때 그들의 언어문제에 대한 고민의 흔적을 엿볼 수 있다.

〈표 2〉 해방이후 1960년 이전까지 발행된 잡지 목록

잡지명	출판사	창간	비고
고려문예 (高麗文藝)	高麗文芸社	1945.11	등사판 한글 잡지. 편집 겸 발행인은 허종진(許宗軫). 5호로 폐간된 것으로 알려졌으나 프랑게문고에 9·10호(1946.7)가 소장되어 있음
조선시 (朝鮮詩)	祖國文學社關東本社	1946.2 (추정)	한글 잡지. 1권 2호 발행일이 1946년 3월이고, 월1회 발행 잡지인 점으로 미루어 1946년 2월경에 창간된 시지(詩誌)로 추정. 편집인은 길원성(吉元成)
청년	青年雜誌社	1946.1 (추정)	한글 잡지. 조선건국촉진청년동맹(朝鮮建国促進青年同盟, 약칭 建青)의 기관지. 프랑게문고 소장
조선시 (朝鮮詩)	祖國文學社關東本社	1946.1	한글 잡지. 2호 발행일은 1946년 3월. 길원성(吉元成)이 편집을 담당한 시지(詩誌)
경제문화 (経済文化)	大阪朝鮮人商工会	1946.3	경제관련 일본어 잡지. 프랑게문고 소장
신조선	建同中央総本部	1946.4	한글 잡지. 신조선건설동맹(新朝鮮建設同盟, 약칭ー建同)의 기관지. 프랑게문고 소장
민주조선 (民主朝鮮)	朝鮮新報社	1946.4	33호(1950.7)로 종간. 10호(1947.5)에 한해서 『文化朝鮮』으로 개제, 출판사명도 文化朝鮮社로 개칭
조련문화 (朝連文化)	在日本朝鮮人連盟中央総本部文化部	1946.4	한글 잡지. 2호(1946.10)로 종간. 재일본조선인총연합회 기관지
문화평론 (文化評論)	文化評論社	1946.6 (추정)	14호(1947.7)로 종간
십자가	朝鮮基督教東京協会 青年会	1946.6	한글 잡지. 종교 잡지. 편집인은 김경윤(金景潤). 프랑게문고 소장
자유론전	自由論戦社	1946.6	편집 겸 발행인은 이의영(李義榮)

(自由論戦)			
어린이통신	朝連総本部	1946.7	한글 어린이 잡지. 프랑게문고 소장
국제문학 (国際文学)	極東出版社	1946.8	편집 및 발행인은 길원성(吉元成). 1945년 7월경 창간한 『국제(国際)』(極東出版社)의 후계지로 추정. 프랑게문 고 소장
아침(朝)	「朝」出版社	1946.12	프랑게문고 소장
조선신민보 (朝鮮新民報)	新朝鮮出版社	1946.12	프랑게문고 소장
조선청년 (朝鮮青年)	朝鮮青年同盟大阪本部	1946.12	조선청년동맹오사카본부의 기관지. 프랑게문고 소장
권투스포츠 (拳闘スポーツ)	国際文化出版社	1947.2 (추정)	재일조선인에 의한 유일한 스포츠 잡지. 프랑게문고 소 장
별나라	国際児童文化協会	1947.4	한글 잡지. 재일조선인 어린이들의 계몽을 목적으로 발 행된 어린이 잡지. 편집 겸 발행인은 김성규(金星圭). 프 랑게문고 소장
건국 (建国)	朝鮮青年同盟中 央総本部	1947.4	조선청년동맹(약칭-青同)중앙총본부의 기관지. 프 랑게문고 소장
민주청년 (民主青年)	民青東京本部文化部	1947.4 (추정)	한글판과 일본어판 각각 발행
시조 (時潮)	建青港支部 (朝鮮世紀社)	1947.4 (추정)	한글 잡지. 조선건국촉진청년동맹(약칭-建青) 미나 토(港)지부 기관지. 프랑게문고 소장
자유조선 (自由朝鮮)	同友社	1947.7	1950년 종간. 민단계 잡지. 프랑게문고 소장
조선문예 (朝鮮文藝)	朝鮮文藝社	1947.10	2권4호(1948.11)로 종간. 재일본조선문학회 기관지. 편 집 겸 발행인은 박삼문(朴三文). 1948년 3월에는 한글판 도 발행.
우리 동무	우리동무社	1947.10 (추정)	한글 어린이 잡지. 프랑게문고 소장
백민 (白民)	白民社	1947년경 (추정)	김경식(金慶植), 강면성(姜冕星), 박희성(朴熙盛), 정달 현(鄭達鉉), 허남기(許南麒)의 동인지. 식민지주의의 잔재를 부정하고 젊은 세대의 조선인에 의한 문학활동 양성을 목적으로 창간. 프랑게문고 소장
Boy's Life	朝鮮少年生活社	1947.12	한글 어린이 잡지. 발행주체는 국제소년단조선총연맹 일본중앙총본부. 프랑게문고 소장
역사 (歷史)	史学社	1947.12	과학, 철학, 문학, 예술의 역사를 다룬 본격 학술지. 프 랑게문고 소장
풍차 (風車)	極東出版社	1947.12	모험탐정소설, 연애탐정소설, 미국생활 등에 관한 내용 으로 구성된 오락잡지. King Features Syndicate에서 출판 된 미국 잡지 *Windmill*의 일본어판. 프랑게문고 소장
세계인 (世界人)	世界人社	1948.4	同志社大学에 재학 중이던 조선인 학생들에 의해 발행 된 학술지. 프랑게문고 소장
문총월보 (文總月報)	在日本朝鮮民主化團體 總連盟	1948.5.10	재일본조선민주화단체총연맹(약칭-文總)의 기관지

우리문학	在日本朝鮮文學會	1948.8	한글 잡지. 재일조선문학회 기관지. 편집인은 어당(魚塘), 발행인은 이은직(李殷直)
청년회담 (靑年会談)	在日本朝鮮民主靑年同盟総本部文化部	1948.9	재일본조선민주청년동맹(약칭-民靑) 중앙기관지. 해산 처분이 내려지기 직전 8호(1949.8)까지 발행
봉화	在日本朝鮮文学会	1949.6	한글 잡지. 편집 겸 발행인은 이은직(李殷直). 프랑게문고 소장
조선학보 (朝鮮学報)	朝鮮学会	1951.5	4집부터 天理대학출판부에서 출판
군중 (群衆)	군중편집부	1951.11	한글 잡지. 조선문학회 기관지
조선평론 (朝鮮評論)	大阪朝鮮人文化協会	1951.12	9호(1954.8)로 종간. 오사카조선인문화협회의 기관지. 창간호와 2호의 편집 겸 발행인은 김석범(金石範). 창간호에서 33호(1950.7)로 종간된『民主朝鮮』의 계승지임을 표명
새싹	새싹편집부	1952.3	한글 어린이 대상 잡지. 재일조선인교육자동맹의 기관지
평화와 교육 (平和と教育)	平和と教育社	1952.8	재일본조선인학교 P.T.A전국연합회의 기관지. 창간호의 발행은 在日朝鮮人学校全国連合会, 2호부터 平和と教育社로 바뀜
진달래 (ヂンダレ)	大阪朝鮮詩人集団진달래編集所	1953.2	20호(1958.10)로 종간. 大阪조선시인집단 기관지. 후계지는『カリオン』
문학보 (文學報)	在日朝鮮文學會	1953.3 (추정)	재일조선문학회 기관지. 4호(1953.8)를 보면 편집 겸 발행인은 김달수, 편집후기는 김석범이 작성
진달래통신 (ヂンダレ通信)	大阪朝鮮詩人集団「ヂンダレ」編集部	1954.3.26	『ヂンダレ』에 대한 독자평과 합평회 기사 등을 게재한 소식지
조선문학	해방신문사	1954.3	한글 잡지. 재일조선문학회 기관지. 편집인은 남시우
시정원 (詩庭園)	中央朝鮮師範学校詩人集団	1954.8	중앙조선사범학교 시인집단의 기관지. 편집겸 발행인은 김윤호(金允浩). 2호(1954.9)까지 발행
새 조선 (新しい朝鮮)	新朝鮮社	1954.11	재일본조선민주통일전선(약칭-民戰)중앙의 기관지. 8호(1955.9)부터 김달수가 편집겸 발행을 맡고 있고, 잡지명도『新朝鮮』으로 개제
지하수 (地下水)	朝鮮文学会大阪支部	1955.4	재일조선문학회 大阪지부 기관지
코리아평론 (コリア評論)	コリア評論社	1957.10	32권 324호(1989.6)로 종간
친화 (親和)	日韓親和会	1953.11	286호(1977.11)로 종간
불씨	불씨동인회	1957.1	한글 잡지. 시 및 시론. 편집 발행인은 김동일(金棟日). 3호(1957.11)는 일본어판
조선문제연구 (朝鮮問題研究)	朝鮮問題研究所	1957	7권 1호(1968)로 종간
오무라문학 (大村文学)	大村朝鮮文学会	1957.7	오무라수용소 내의 오무라조선문학회에 의한 문학동인지
백엽 (白葉)	白葉同人会	1957.10	월간 종합문화지. 27호(1964.12)로 종간. 민단계 문화단체 백엽동인회의 동인지. 편집 겸 발행인은 최선(崔鮮)

학지광 (学之光)	法政大学朝鮮文化研究会	1957.11	호세이대학(法政大学)조선문화연구회 회보. 편집책임자는 현광수(玄光洙), 편집위원으로는 윤학준(尹學準), 남주희(南珠熙), 임전혜(任展慧), 박기철(朴琪喆)
약인 (若人)	在日本大韓青年団中央総本部	1958	
계림 (鶏林)	鶏林社	1958.11	2년 4호(1959.12)로 종간. 편집겸 발행인은 장두식(張斗植)
가리온 (カリオン)	カリオンの会	1959.6	3호(1963.2)로 종간. 『ヂンダレ』의 후계지
조선문예	文藝同神奈川支部	1959.12	한글 잡지. 재일조선인 문학예술가동맹(약칭―文藝同) 가나가와지부 기관지

2) 1960년대에서 1970년대까지

1960년대에서 1970년대 사이에 간행된 대표적 잡지로는 『한양漢陽』, 『일본 속의 조선문화日本のなかの朝鮮文化』, 『계간 삼천리季刊三千里』, 『계간 마당季刊まだん』, 『계간 잔소리季刊ちゃんそり』 등을 들 수 있다.

본 연구에서 가장 주목하고 있는 잡지 『한양』은 1962년 3월에 창간되어 1984년 3월에 종간한 것으로 추정되는 비교적 발행 기간이 길었던 한글 잡지이다.[11] 성격상 순문학 잡지라고는 볼 수 없지만, 지금까지 확인된 그 어느 잡지에 비해 시, 소설, 수필 등 문학에 그 비중이 높다. 잡지는 편집 멤버에 따라 그 성격과 색채가 달라지지만, 『한양』은 전국 각지의 재일한인 독자를 대상으로 하면서도 발행지가 일본이라는 지역적 특성과 일본·일본인에 대한 타자의식을 그다지 강하게 드러내지 않는 잡

---

11 이것에 대해서는 금후 연구를 통해 『한양』과 동시기에 간행된 다른 잡지, 특히 한글로 간행된 잡지가 존재한다면 그것과의 비교 검토가 필요하지만, 현재까지 조사된 바로는 1960년대에 발행된 한글 잡지는 『한양』이 유일하다.

지로 보인다. 이는『계간 삼천리』와『계간 청구』가 다루고 있는 내용과 비교하면 쉽게 알 수 있다.『계간 삼천리』와『계간 청구』는 매호마다 기획 특집으로 잡지를 발행하고 있는데, 두 잡지 모두 국제화와 해외 거주 한국인 문제, 조국 분단의 문제, 전후문제, 재일한국·조선인문제, 재일 한인문학, 역사와 교과서 문제, 정치문제 등 한일관계나 국제 정세의 흐름에 민감하게 반응하고 있으며 재일한인의 정치적 입장을 일본·일본 인에게 전달하려는 메시지성을 강하게 담고 있다.

『한양』의 경우,『계간 삼천리』와『계간 청구』와 마찬가지로 매년 8·15광복과 3·1만세운동을 기해서는 민족의식을 고취시키는 글들을 다수 게재하고 있다. 예를 들어 1964년 3월호의 권두언에는「3·1정신은 고발한다」, 같은 해 8월호에는「8·15여」(이태극),「8·15의 정상에서」(정종),「8·15전야」(김희명) 등의 글을 싣고 있는 것처럼, 잡지 간행 기간 중 3월호와 8월호에는 이와 비슷한 내용의 글이 발견되고 있다. 그러나 그들의 문제의식의 가장 큰 부분을 차지하고 있는 것은 조국 통일의 문제와 재일한인 자녀의 언어교육과 민족교육의 문제점을 포함한 교육문제(예를 들면, 김소운,「일본말과 민족감각」, 김창식,「우리 가정에서의 국어교육」, 함종덕,「교포 국어교육 실태와 문제점」, 김세민,「교포의 민족교육」, 장효,「교포 국어교육의 제 문제」,「왜 우리말을 배워야 하나」등)이다. 재일 2세대의 교육문제와 관련하여서는 한국의 문화유산과 고전·전설 등의 소개로 민족주체성을 심어주려는 노력이 엿보인다. 그밖에 한국문학과 재일한인의 역사(재일한인 부락을 그라비아 취재)를 되돌아보는 등의 글을 볼 수 있다.

그런데 이러한 내용은 재일한인이 식민지 종주국에서 차별받는 소수

집단으로서 민족의식을 잃지 않고 삶의 터전을 마련해 가려는 모습은 잘 반영하고 있지만, 한편으로는 폐쇄적인 성격을 띠고 있다. 다시 말해, 한글로 간행되고 있었다는 점에서 독자층이 재일한인에 한정이 되어있을 뿐 아니라 일본인들에게 그들의 입장과 현실을 전하려는 의도가 대단히 약한 것으로 보인다. 이것은『한양』에는 60년대와 70년대의 일본 사회의 변동에 대한 언급과 정치적인 언설이 배제되어 있다는 점에서도 잘 나타난다. 즉, 일본 사회의 60년 안보투쟁, 베트남 반전투쟁, 70년 안보투쟁, 60년대 말의 대학투쟁은 물론이고, 문학 잡지적 성격을 띠고 있음에도 불구하고, 66년 사르트르와 보봐르부인의 일본 방문, 68년 가와바타 야스나리의 노벨문학상 수상, 70년 미시마 유키오의 할복자살 등에 대한 언급은 찾아볼 수 없다. 한편 정치적인 면에서는, 65년 한국 정부의 베트남 지원부대 파견, 같은 해 재일한인의 법적 지위와 깊은 관련이 있는 한일국교정상화, 80년 박정희 대통령 암살과 광주사태, 그리고 전두환 대통령에 의한 제5공화국 출범 등과 같은 당시의 한국 정세에 대해서도 침묵을 지키고 있다. 또한 재일한인의 문제가 주축이 되어 있으면서도 일본사회 안의 재일한인 차별문제와 관련이 있는 1968년의 김희로 사건에 대한 언급도 보이지 않는다. 이처럼 잡지 미디어로서는 당시의 사회변동·국제정세 등에 대한 시사성을 찾아보기 힘든『한양』에 대해서는 정치적인 내용을 배제하려는 편집진의 방침에 의한 결과로 볼 수 있으나, 또 한편으로는 당시 재일한인사회를 압박하는 힘이 어떠한 형태로든 작용하고 있었을 가능성도 생각해 볼 수 있다.

『계간 삼천리』는 책임편집인 이진희를 중심으로 김달수, 윤학준, 강재언, 박경식, 김석범 등이 편집위원으로 참가한 종합잡지로 1975년 2월부터 1987년 5월까지 전 50호를 간행했다. 전체적인 구성은 대담, 시, 리포트, 가교架橋, 그라비아, 소설 등의 항목을 기본 틀로 하고 있다. 앞서도 언급했지만『계간 삼천리』는 '통일된 조선'을 실현하는 것을 잡지 창간의 가장 큰 의의로 두고 있고,[12] 이러한 염원을 실현하기 위해 재일한인 문학자와 연구자들은 물론이고 일본인 문학자와 연구자들과도 네트워크를 넓혀가고자 했으며, 또한 집필진으로부터의 일방적인 메시지 전달이 아니라 독자와의 커뮤니케이션의 장을 마련하려는 흔적이 엿보인다.

문학 영역에서는 김석범, 고사명, 김태생, 황영철, 김사량, 강양자, 정승박, 김원일, 김달수, 산대파, 원수일 등이 소설을 발표하고 있고, 김정한의「사하촌」이 번역 소개되어 있기도 하다. 시는 주로 이철의 작품이 가장 많고 그밖에 김시종과 황탁의 시도 보인다. 그리고 가지이 노보루梶井陟와 이소가이 지로磯貝治良와 같은 현재 재일한인문학연구자로서 유명한 연구가들이 연구 성과를 발표하고 있다. 이처럼『계간 삼천리』는 전체 지면 중 문학에 할애하는 비율이 비교적 컸던 잡지이다.[13] 매호마다 보이는 특집을 통해서는 재일한인의 아이덴티티, 문학, 법적 지위 문제, 일본의 전후책임 문제 등에 대해 고민한 흔적이 잘 나타나고 있다.

한편,『계간 삼천리』보다 반년 정도 먼저 간행을 시작해서 일본 내의 조선문화의 흔적을 발굴하고 조선인의 뿌리를 그 문화유산을 통해서 찾

---

12 「創刊のことば」,『季刊 三千里』創刊号, 1975.2.
13 『계간 삼천리』에는 연재소설도 그 게재 횟수로 넣으면 총 35작품의 소설이 보이나 그 후속지적 성격을 띠고 있는『계간 청구』의 경우 총8편의 소설 밖에 보이지 않는다.

아내며, 일본인에게 있어서는 조선과 조선인, 그리고 조선의 문화에 대한 올바른 이해를 촉구하고자 한 잡지가 『일본 속의 조선문화日本の中の朝鮮文化』이다. 『일본 속의 조선문화』는 정귀문, 정소문 두 형제가 도요토미 히데요시豊臣秀吉에 의해 끌려온 이참평 등이 일본에서 처음으로 도자기를 구웠다는 사가현 아리타시佐賀県 有田市를 방문한 것을 계기로 작가 김달수와 함께 잡지 간행을 시작하여, 1969년 3월부터 1981년 6월까지 전 50호를 발간했다. 『일본 속의 조선문화』에 게재된 좌담회 문장을 보면 작가 시바 료타로司馬遼太郎와 아베 도모지阿部知二, 역사가 우에다 마사아키上田正昭, 노벨상 수상자인 유카와 히데키湯川秀樹 외에도 각 지역의 역사가들이 참가하고 있는 것을 볼 수 있는데, 이는 조선문화에 대한 일본인 연구자에 의한 객관적인 시각을 잃지 않으려는 노력으로 보인다. 이후 『일본 속의 조선문화』는 1970년 12월부터 강담사講談社에서 시리즈로 단행본화해 나갔고, 2001년 6월에는 문고본화되어 나오기도 했다.

그밖에 『계간 마당季刊まだん』(創紀房新社, 1973.10~1975.6)와 『계간 잔소리季刊ちゃんそり』(ちゃんそり舍, 1979.9~1981.12)와 같이 각각 6호와 8호로 종간되고만 잡지도 있다.

지금까지 60년대와 70년대의 재일한인 에스닉 잡지를 중심으로 살펴보았는데, 이 시기의 잡지 간행에 있어 한 가지 주목할 점이 있다. 그것은 일본인 연구자들이 중심이 되어 한국의 문학을 이해하려는 움직임이 이미 70년대 초반에 나타나고 있다는 것이다. 『조선문학朝鮮文学』이 바로 그것인데, 『조선문학』은 오무라 마스오大村益夫, 다나카 아키라田中明 등을 중심으로 한 '조선문학 모임朝鮮文学の会'의 회원들에 의해 한국의 현대문학 전반은 물론이고, 아동문학, 동요, 동시에 이르기까지 다양한 분야에 걸쳐 번역·소개하고 있다. "하나의 나라, 하나의 민족을 올바르게 이해하기 위해"[14] 문학이라는 장르를 통해 접근하려 한 '조선문학 모임'은 남한과 북한으로 분단되기 이전의 하나 된 나라의 문학을 '조선문학'으로 보고 있다. 목차를 보면, 최인훈, 현진건, 이청준, 이상, 김성한 등의 소설과 김지하, 박두진, 조지훈 등의 시를 번역 소개하고 있다. 종간호까지 총 29편의 소설과 17명의 시인의 시, 그리고 7편의 동화가 소개되어 있다. 이 외에도 동요, 민요, 시조, 그리고 '조선문학'에 대한 자료와 평론 등도 게재하고 있어 특정 분야에 치우치지 않고 조선(한국)의 문학을 다양하게 읽고 이해하려는 의지가 잘 나타나는 잡지라 할 수 있다. 이러한 재일한인문학이 문단에 있어 주목을 받고 또한 연구의 대상으로 부각되는 것은 80년에 들어서면서부터이다.

〈표 3-1〉 1960년대에 발행된 잡지 목록

잡지명	출판사	창간	비고
문학예술	在日本朝鮮文学芸術家同盟中央本部	1960.1	한글 잡지. 재일본조선문학예술가동맹(약칭―文藝同) 중앙기관지
현해(玄海)	玄海社	1960.1	2호(1960.3)로 종간
새세대 (新しい世代)	朝鮮青年社	1960.2	425호(1996.7)로 종간. 후속잡지『새세대(セセデ)』가 현재 계속 간행
The People's Korea	朝鮮新報社	1961.1	주간지
월간조선자료 (月刊朝鮮資料)	朝鮮問題研究所	1961.2	39권 12호(1999.12)로 종간. 북한 뉴스, 남북관계 등
통일평론 (統一評論)	統一日報社	1961.4	월간지. 남북한에 관한 정치, 경제, 문화 정보 소개 및 평론. 판매부수는 1만부
조국의 통일을 위해 (祖国の統一のために)	祖国平和統一南北文化交流促進在日文化	1961.8	조국통일을 염원하는 재일조선문화인들에 의해 발행. 편집 실무는 김경식(金慶植), 김민(金

---

14 「創刊のことば」,『季刊朝鮮文学』創刊号, 1970.12, 2~3쪽.

	人会議		民), 정달현(鄭達鉉), 박수향(朴水鄕), 임경상(林炅相), 연우익(延禹益)
한국경제(韓国経済)	韓国経済社	1961.11	27호(1968.1)로 종간
조선통신자료 (朝鮮通信資料)	朝鮮通信社	1962.1	격월 간행. 6호로 종간
조선화보 (朝鮮画報)	朝鮮新報社	1962	계간. 북한 소식지. 421호(1997.겨울)로 종간
조선문화 (朝鮮文化)	朝鮮文化社	1962.7	1권 3호(1962.9)로 종간
한양	漢陽社	1962.3	비조총련계의 한글 잡지. 월간→1969년8·9월호부터 격월 간행. 1984년3월 종간
한국문예 (韓国文藝)	韓国文芸社	1962.11	3호(1963.11)로 종간. 민단계의 첫 순문학잡지
조양(朝陽)	リアリズム研究会	1963.1	격월 간행
세대(世代)	世代社	1963	월간
여명(黎明)	在日韓国学生同盟大阪本部	1963	
문학예술 (文学芸術)	在日本朝鮮文学芸術家同盟中央委員会	1963.9	한글잡지『문학예술』의 별책으로 일본어로 간행. 19호(1966.5)부터 재일본조선문학예술가동맹상임위원회로 출판사명 변경
군중문예	在日本朝鮮文学芸術家同盟東京本部	1964.5	한글 잡지. 재일본조선문학예술가동맹 기관지
조선과 문학 (朝鮮と文学)	朝鮮文学の会	1964	
과협통보	在日本朝鮮人科学者協会中央委員会	1964	한글 잡지. 격월 간행. 재일본조선인과학자협회중앙위원회 기관지
조선학술통보 (朝鮮学術通報)	在日本朝鮮人科学者協会	1964	부정기 간행. 31/33호(2004)로 종간. 20권 2호부터 在日本朝鮮人科学技術協会로 출판사명 변경
황야(曠野)	在日韓国人・青年文学芸術愛好倶楽部	1964.9	관동과 관서지역의 대학 및 대학원에 재학중인 재일 2세들이 모여 만든 황양동인회의 동인지. 편집책임자는 성화(聖化), 박방사(朴芳史), 강정기(姜禎基)
한국시사 (韓国時事)	韓国時事社	1965.5	72호(1975.2)로 종간
조선사연구회논문집 (朝鮮史研究会論文集)	朝鮮史研究会	1965.11	연간. 1집에서 30집(1992.10)까지를 조선사연구회에서 1988년에 사진제판
원점(原点)		1966.6	창간호로 종간. 작가 양석일(梁石日)의 개인지(誌)
황해(黄海)	黄海発行所	1967.8	창간호로 종간. 양석일 주재
The Free Life	(株)フリーライフ社	1968.5	15호(1970.2·3)로 종간. 일본인과 한국을 연결하는 정치, 경제 월간정보지
김희로공판대책위원회 뉴스	金嬉老公判対策委員会	1968.6	부정기 간행. 40호(1976.10)까지 발행

(金嬉老公判対策委員会 ニュース)			
벽-차별과 민족 (壁-差別と民族)	愛知県朝鮮人教育問 題研究会	1969	
일본 속의 조선문화 (日本の中の朝鮮文化)	朝鮮文化社	1969.3	정귀문(鄭貴文)과 정소문(鄭詔文) 형제가 朝鮮文化社를 설립과 함께 『日本の中の朝鮮文化』 간행 개시. 50호(1981.6)로 종간
조선문학(朝鮮文学)	新興書房・朝鮮文学 研究会	1969.6	10호(1971.1)로 종간. 창간호의 발행소는 박원준(朴元俊)이 설립한 新興書房으로 되어 있으나, 2호부터 조선문학연구회가 병기
조선인-오무라수용소를 폐지하기 위해 (朝鮮人-大村収容所を廃止するために)	朝鮮人社	1969.7	연간. 27호(1991.5)로 종간. 주된 내용은 오무라수용소 폐지를 위한 재일조선인의 대담

〈표 3-2〉 1970년대에 발행된 잡지 목록

잡지명	출판사	창간	비고
한국문예	小説文藝社	1970	1979년 8월 종간
봉선화문예 (鳳仙花文芸)	鳳仙花文芸同人会	1970	김석준(金石濬)이 주간한 봉선화문예동인회의 동인지
조선문학 소개와 연구 (朝鮮文学 紹介と研究)	朝鮮文学の会	1970.12	계간. 1974년 종간
무궁화(むくげ)	日本の学校に在籍する朝鮮人生徒の教育を考える会	1971.11	격월 발행. 공립학교에 재적하고 있는 조선인 아동의 교육을 생각하는 모임의 기관지
민족시보 (民族時報)	民族時報社	1972.11	월3회 발행. 한국의 민주화, 조국의 자주적 평화통일, 재일동포의 권익옹호, 한일 민중의 우호연대를 목표로 하는 한통련의 기관지
계간 마당 (季刊まだん)	創紀房新社	1973.10	6호(1975.6)로 종간
해협(海峡)	社会評論社	1974.12	계속 발행 중
계간 삼천리 (季刊三千里)	三千里社	1975. 봄	50호(1987. 여름)로 종간
월간 선구(月刊先駆)	先駆社	1975	계속 발행 중
민투련뉴스 (民闘連ニュース)	民族差別と闘う連絡協議会	1975	1995년 종간
코리아 투데이 (KOREA TODAY)	(株)アジアニュースセンター	1976.1	월간지. 한일과 재일의 정치, 경제, 사회, 문화, 스포츠 등을 다룬 종합잡지 현재 계속 발행
동화(とんふぁ)	「とんふぁ」の会	1976	
계간 통일로 (季刊統一路)	在日韓国青年同盟	1978. 봄	계간지

나무딸기(木苺)	在日朝鮮人生徒の教育を考える会	1978.4.28	월간. 제131호(2007.2.17)로 폐간. 재일조선인학생의 교육을 생각하는 모임의 기관지
계간 잔소리 (季刊ちゃんそり)	ちゃんそり舎	1979.9	제3권8호(1981.12)로 종간
재일조선인사연구 (在日朝鮮人史硏究)	在日朝鮮人運動社	1977.12	출판사 변경. 에버그린출판부를 거쳐 현재는 녹음서방에서 출판 중
조선사총 (朝鮮史叢)	青丘文庫	1979.6	7호(1983.6)로 종간. 후계지『조선민족운동사연구』
월간 한국문화 (月刊韓国文化)	自由社	1979.10	2004년12월 종간. 한국의 문화 전반을 소개하는 문화학술지

3) 1980년대 이후

1980년대의 재일한인 사회는 세대교체의 시기를 맞이했다. 한편, 일본의 문단에서는 순문학의 고갈이라는 위기상황 속에 신선한 충격을 주며 등장한 재일 2, 3세대 작가의 작품이 주목을 받으면서, '재일조선인 문학'이라는 독립된 영역으로 범주화하고 이에 대한 연구도 급속히 진행되어가던 시기이다. 에스닉 잡지의 발행 주체 또한 1세대에서 2, 3세대로 전환되어가고 있었는데, 이 시기를 대표하는 잡지가『계간 청구季刊靑丘』이다. 편집인은 이진희, 강재언, 강상중, 김달수, 안우식, 문경수, 위양복 등으로, 이들은 전 25호로 종간되기까지 집필진으로서도 활약했다.『계간 청구』는 재일 1세대가 주축이었던『계간 삼천리』의 후계지적 성격을 지니고 있으며 재일 2, 3세대를 위한 언론의 장이 되고 있어, 세대교체에 있어서의 가교역할을 한 잡지라 할 수 있다.

『계간 삼천리』의 '삼천리'가 '조선반도의 남북을 합한 하나의 조선'을 뜻하고 있는 것처럼 '청구' 또한 이를 계승한 '예로부터 조선을 가리키는 아호의 하나'를 의미한다. 이처럼 잡지명에 조국통일의 염원이 가장 드러나는 『계간 청구』는 "일본에 있어서 한국·조선 문제에 관한 여러 가지 일들을 기록, 증언"(안우식)하는 것을 목표로 "일본과 조선반도 그리고 재일을 엮어주는 매개자의 역할"(강상중)을 해 왔다고 밝히고 있다.[15]

잡지의 기본 구성은 대담·정담·좌담, 수필, 논고, 그라비아, 민화나 단편소설 번역 소개, 출판계 소식 등을 담고 있다. 그리고 구성상의 특징 또한 『계간 삼천리』와 마찬가지로 매호마다 특집을 다루고 있는데 예를 들면 「소화昭和를 생각하다」, 「요시노가리와 후지노키」, 「중국·소련의 조선족」, 「국제화와 정주 외국인」, 「냉전하의 분단 45년」, 「남겨진 전후책임」, 「움직이기 시작한 조선반도」, 「무로마치·에도기와 조선」, 「이웃 사랑의 일본인」, 「태평양전쟁과 조선」, 「임진왜란으로부터 4백 년」, 「지역에 살아가는 한국·조선인」, 「지금 한일조약을 생각하다」, 「8·15해방과 분단」, 「지금 왜 전후보상인가」, 「재일조선인 문학의 현재」, 「전형기의 재일한국·조선인」, 「'재일'의 50년」, 「조선관의 계보」 등이 그것이다. 다음 세대를 이어갈 재일한인과 일본인의 상호이해를 위해 고대사부터 현대사에 이르기까지의 그 역사를 재해석·재조명하고 있다. 그리고 국제정세에도 민감하게 반응하면서, 이민족 마이너리티의 입장에서 일본사회에 대한 문제를 제기하고 있음을 특집호의 제목만으로도 짐작할 수 있다.

또한, 『계간 청구』는 일본과 한반도와의 사이에 얽힌 다양한 문제들

---

15 「終刊に思う」, 『季刊 靑丘』 25(春), 1996.2, 215~216쪽.

을 풀어가고 상호 이해를 바탕으로 한 우호관계 구축을 위해, 재일한인 뿐 아니라 일본의 전후세대도 적극 참가하여 자유로이 의견을 교환하는 토론의 장이 되고 있다. 이를 통해서 일본인 젊은 세대에게는 한반도의 역사·문화·사회를 소개함으로써 한반도와 재일한인사회에 대한 이해의 폭을 넓히고, 세대교체 되어가는 재일한인들에게는 마이너리티로서 살아가는 그들의 삶의 방식과 사상에 대해 생각하게 하는 계기를 마련하고 있다고 할 수 있을 것이다. 이러한 마이너리티로서의 한인이라는 영역은 일본뿐 아니라, 중국, 러시아 등 세계 각 곳에 거주하는 한인들에까지 확대하여 그들의 정체성 문제를 고민하고 있는 흔적을 엿볼 수 있다.

그밖에 칼럼형식으로 소개되는 한국의 현재 모습, 일본에서 정치·경제·문화 등 다양한 방면에서 활약하고 있는 재일한인의 소개와 인터뷰, 역사기행 등의 읽을거리도 담겨 있어, 재일한인의 생활상을 많이 소개하고 있는 『한양』 등에 비하면 한국의 현재상을 적극 소개하고 있는 편이다.

『계간 민도季刊民涛』는 1987년 11월에 창간된 잡지이다. 「특집·재일조선인 문학의 오늘과 내일」(창간호 1987.11), 「특집·민족문학의 가능성」(제3호 1988.5), 「좌담회·재일문학과 일본문학을 둘러싸고」(제4호 1988.9), 「평론·재일조선인 문학의 아이덴티티」(제5호 1988.11) 등의 내용을 싣고 있는 것에서도 짐작할 수 있는 것처럼 창간 당시부터 종합문예잡지로서의 성격을 고수하고 있으며, 창간호부터 비교적 안정된 발행부수를 유지한 잡지이다. 여기에는 재일한인의 문학작품뿐 아니라 한국의 작품도 번역 소개하고 있고, 재일한인문학의 현재와 미래, 즉 금후 재일한인문학의 전개양상을 기록해 가는 장이 될 것으로 기대되었으나 1990년 3월에 10호를 마지막으로 종간되고 말았다.

1980년대 이후의 재일한인 에스닉 잡지 현황을 보면 전체적으로 1970년대 이전에 비해 그 수가 눈에 띄게 증가하고 있고, 그 안에는 동인지 성격의 잡지와 각종 생활정보지가 차지하는 비율이 높으며, 온라인지도 등장하고 있다. 이러한 1990년대는 세계의 지구규모화라는 글로버리제이션에 의해 국경을 초월한 이동인구가 증가하고 있으며 일본 내에서도 다국적, 다문화 현상이 강하게 나타났다. 재일외국인 에스닉 잡지에 관해서는 다음 장에서 다시 언급하기로 하겠다.

〈표 4-1〉 1980년대에 발행된 잡지 목록

잡지명	출판사	창간	비고
계간 재일동포 (季刊在日同胞)	韓国史料研究所	1980.3	
물레 모임 시리즈 (ムルレの会シリーズ)	調布・ムルレの会	1980	
가교(架橋)	在日朝鮮人作家を読む会	1980.1	
한청통신 (韓青通信)	在日韓国青年同盟	1981.4	격월 발행. 재일한국청년동맹 기관지
씨알의 힘-한 톨의 힘 (シアレヒム-一粒の力)	シアレヒム社	1981.5	
서당(書堂)	朝鮮アジア関係図書センター	1981.7	
계간 메아리 (季刊メアリ)	仲村修	1983	
나그네(ナグネ)	同人ナグネ	1983.12	
코리아연구 (コリア研究)	コリア研究所	1984.3	1986년1월 종간. 후속지는『계간코리아연구』
휴먼리포트 (ヒューマンレポート)	ヒューマンレポート社	1984	계속 발행 중
민중문화 (民衆文化)	民衆文化運動協議会	1985	
개나리 (けなり)		1985.여름	연2회. 조선의 역사, 문화 공부와 재일조선인 부인과의 교류를 기록한 보고서
코리아취직정보 (コリア就職情報)		1986	

민주여성 (民主女性)	在日韓国民主女性会	1986	격월 발행. 재일한국민주여성회 도쿄 지역 기관지
계간 코리아연구 (季刊コリア研究)	コリア研究所	1986.여름	1988년2월 종간. 후속지는 『코리아연 구』(1988년 11호에서 휴간)
힘(ヒム)	朝鮮文化研究会	1987	
보랏빛 (ポラッビ)	在日韓国民主女性会	1987.5	월간지. 재일한국민주여성회의 오사 카지역 기관지. 한국정세, 여성문제, 재일문제, 전후보상문제 등을 다룸
계간 민도 (季刊民涛)	民涛社	1987.11	10호(1990.3)로 종간
우리생활 (ウリ生活)	在日同胞の生活を考える会	1987.11	연2회 발행. 재일한인의 생활과 삶의 방식 모색, 생활체험 회상. 계속 발행 중
청학 재일코리언마이너리티 인권연구센터 기요 (青鶴－在日コリアンマイ ノリティ一人權研究センタ ー紀要)	在日コリアン・マイノリティ ー人權研究センター(KMJ)	1988	계속 발행 중
미래 (MILE)	パン・パブリシテイー	1988.6	월간 생활문화정보지. 후속 온라인지 『아시안 아이즈(ASIAN EYES)』
일본식민지연구 (日本植民地研究)	龍溪書舍	1988.11	출판사명 변경 : 용계서사 → 총화사 (6호) → 일본식민지연구회(14호)
제주도(済州島)	新幹社	1989.4	10호(2006)로 종간
계간 청구(季刊青丘)	青丘文化社	1989.가을	25호(1995.겨울)로 종간
월간 아시아(月刊 Asia)		1989	
나비야(ナビヤ)	シンクネット	1989.9	계간지. 공생, 공존을 목표로 하는 생 활정보지. 1990년 종간
새누리(セヌリ)	セヌリ文化情報センター	1989.11	연3회 발행. 재일한인 결혼, 생활문화 정보지
안녕(あんにょん)	在日本大韓民国青年会中央 本部	1989.12	연2회. 재일본대한민국청년회 회보지

〈표 4-2〉 1990년대 이후 발행된 잡지 목록

잡지명	출판사	창간	비고
한국인생활정보 (韓国人生活情報)	(株)剛一	1990.3	생활정보 월간지
호르몬문화 (ほるもん文化)	新幹社	1990.9	연1～2회 발행. 재일 2,3세대 중 심 잡지. 제9호(2000.9)로 종간
새 흐름(セフルム)	朝鮮奨学会	1990.12	조선장학회 장학생 소식지
봉선화(鳳仙花)	鳳仙花編集部	1991.1	첫 여성문학동인지. 27호(2013.9) 로 종간

한국의 소리 (韓国の声)	韓国問題研究所	1991.5	연5~6회 발행. 한국문제연구 소 기관지
계간 사이(Sai)	KMJ研究センター	1991.12	계간지. 재일한인을 위한 인권 정보지
월간아리랑 (MONTHLY MAGAZINE ARIRANG)	YE SOL	1992.3	한국어 월간 생활정보지
날개(ナルゲ)	ケイビーエス株式会社	1992	계속 발행 중
신동경 (SHINDONGKYUNG)	YG	1993.7	한국어 월간생활정보지
그루터기(クルトギ)	シーアンドエス	1993.7	한국어 월간 정보지
아리랑=아리랑 통신 (アリラン通信)	文化センター・アリラ ン	1993.8	
지구가족(地球家族)	地球家族	1994.4	월간지
한국의 바람 (韓の風)	玄海人クラブ	1994.7	월간지. 민간차원 한일교류 동 인지
우리(ウリ)	日韓合同授業研究会	1994.11	
무지개처럼 (虹のように)	「虹のように」 編集委員会	1994.12	연3회 발행. 정보교류지. 1998.12 종간
동경교차로 (東京交差路)	ナナ企画	1995.1	월2회 발행. 상품 매매 광고
윈도우 (ウインドゥ)	同胞学生生活情報セン ター「ヒム」	1996.4	연56회 발행. 재일코리안 학생 을 위한, 취직, 아르바이트, 이 벤트 정보지
이어(イオ)	朝鮮新報社	1996.6	월간지. 주로 30대의 재일 3, 4세 대를 중심으로 한 생활정보지
블루 버드 뉴스 다이제스트 (THE BLUE BIRD NEWS DIGEST)	ニュークリエイティブ	1996.10	월간지. 한일관계, 일본 문화· 습관 등 소개, 뉴커머들을 위한 정보지
앞으로21(アプロ21)	アプローツーワン	1997.1	
월간 해보자 (月刊 ヘボシャ)	ヘボシャ会	1997.1	
제민일보(済民日報)	済民日報社	1997.2	주간지. 한국제민도에 본사를 둔『제민일보』일본어판
한 타임즈 (韓タイムズ)	ニューコム	1997.2	한국과 일본의 정치, 경제, 비즈 니스 정보와 재일한국인의 생 활정보 월간지
아리랑시보 (アリラン時報)	在日コリアン科学的社 会主義者ネットワーク	1997.2	
월간 시나브로 (月刊シナブロ)	みらい通商	1997.7	생활정보 월간지
코리안·마이너리티연구 (コリアン・マイノリティ研究)	新幹社	1998.1	

창조의 아시아 (創造のアジア)	勉誠出版	1998.11	
바람의 소식 (風の便り)	風の会 /「風の便り」 編集委員会	1999.8	
월간 유학생 (月刊留學生)	大悟	1999	월간지. 한국인 유학생을 위한 일본에서의 생활문화정보를 중 심으로 하는 종합정보지

브라질 이민정책으로 일본을 떠났던 해외이주자(일본계 브라질인)들이 1980년대 이후 새로운 노동인구로서 본국에 재유입되는 현상이 생겼고, 이로 인해 세계 각국에 산재하는 일본인들에 대한 에스니틱한 관심이 서서히 일기 시작했다. 2002년에는 일본신문박물관 기획전으로 「『해외방자지海外邦字紙』와 일계인日系人사회」가 열리고 해외이주가 시작된 후, 각지에서 발행된 일본어 신문을 50여종 모아 전시하는 등, 일본 내에서도 에스닉 미디어에 관한 관심이 높아지고 있음을 알 수 있다. 이러한 속에 1997년 모리구치 히데시森口秀志가 일본에서 발행이 되고 있는 에스닉 잡지의 종류와 성격, 그리고 편집인들과의 직접 취재를 통해 상세히 소개하고 있는 저서를 출판하고 있다.(『에스닉 미디어 가이드エスニック・メディア・ガイド』(저팬머시니스트사, 1997.10) 이 책은 1990년대를 중심으로 한 재일한인 이외의 에스닉 잡지 상황을 파악하는데 도움이 되기는 하지만, 본격적인 연구서라기보다는 서브컬처적 성향이 강하고, 조사 대상이 주로 80년대와 90년대의 미디어에 편중되어 있다는 점이 아쉽다.

이 시기에는 인터넷 미디어(온라인지) 종류도 증가하고 있는데, 현재 조사된 바로는 『아리랑시보アリラン時報』1997년 2월 개설, 재일코리안 과학적사회주의자 네트워크(http://www02.so-net.or.jp/~democrat/), 『코리아

타운』 1996년 4월 개설(http://www.as-cnet.or.jp/koreatown/), 『한월드THE HAN WORLD』 1995년 9월 창간(http://www.han.org/), 『누리 네트워크』 1997년 7월 새누리문화센터(http://www.tcp-ip.or.jp/~axson/saenulee), 『반차별통신』 1997년 6월(http://www.asahi-net.or.jp/~bw2m-szt) 등이 있고, 재일한인들을 위한 커뮤니케이션 공간으로 'ch@eil.net'(http://www.chaeil.net/), '아시안 아이즈ASIANEYES'(http://www.PAN.co.jp), 『민단신문』(http://mindan.org/shin-bun/)과, 『민족시보』(http://www.korea-htr.com/), 『조선신보』(http://www.korea-np.co.jp) 등이 있다.

3. 재일외국인 에스닉 잡지 현황

1958년까지만 하더라도 외국인 등록자의 수는 약 67만 명이었고 대부분 식민지 종주국에 강제로 연행되었던 아시아인들이었다. 그러던 것이 1970년대 후반부터 외국인 노동자 수가 점차 증가해 왔고, 1990년을 전후로 해서는 브라질 국적의 외국인 수가 눈에 띄게 증가, 현재(1997년 말 통계 기준)의 외국인 등록자 수는 1958년의 약 2배에 달하며, 불법 체류자의 수까지 포함하면 약 180만 명에 이른다. 그 중 재일한인의 비율이 가장 높고, 이어서 중국, 필리핀, 미국, 페루, 타이 등의 순이다. 한인의 수가 전체의 43.5퍼센트를 차지하고 있는 만큼 에스닉 미디어의 수와 종류도 다양하다.

1980년대 후반부터 증가하기 시작한 외국인들에 대해서는 뉴커머 new comer라 지칭하여, 해방 전부터 일본에서 거주하고 있는 한인들올드커머, old comer과는 구분하고 있다. 재일외국인의 국적의 다양화에 따라 영어, 한국어, 중국어, 포르투갈어, 스페인어, 태국어, 미얀마어, 인도네시아어 등 언어매체도 대단히 다양하게 존재한다.

현재까지 확인된 재일외국인을 위한 에스닉 잡지의 종류와 성격은 다음과 같다.

1) 재일중국인 에스닉 미디어

〈표 5〉 중국(중국·대만·홍콩)인을 위한 에스닉 미디어

잡지명	출판사	창간	비고
화교보(華僑報)	東京華僑総会	1948	旬刊지
일본전망(日本展望)	(財)霞山会	1956	월간 정보지
자유신문(自由新聞)	自由新聞社	1962.9	월간 대만 뉴스
중화주보(中華週報)	中華週報社	1964.6	주간 종합정보지
유일학지(留日学誌)	中華民国留日同学会	1982	
유학생신문(留学生新聞)	アジア・パシフィック・コミュニケーション	1988.12	월 2회 발행
중화시보(中華時報)	中華時報	1989.2	『외국학생신문』의 후속지
신교류시보(新交流時報)	ニューコム	1991.7	월간지
중일신보(中日新報)	中日新報新社	1992.4	월간 신문
중문도보(中文導報)	中文産業	1992.9	주간 신문
반월문적(半月文摘)	(株)遠望	1993.4	월 2회 발행
일본생활(日本生活)	(株)興達	1993.8	월간 생활정보지
화인시보 (華人時報·THE CHINESE TIMES)	華人時報社	1993.10	월간신문. 1997년 5월 『연합신보』로 통합
초심(草心)	中国留学生後援協議会	1994.1	월간 정보지
동경지남(東京指南)	マスコット	1994.1	월간 생활정보지
애아강동(愛我江東)	江東区文化センター	1994.3	격월 간행

니하오(ニーハオー)	ニーハオー編集部	1994.4	월간 뉴스지
차이니즈 드래곤 (チャイニーズ・ドラゴン)	チャイニーズドラゴン新聞社	1994.11	주간 중국 정보지
동성・동기(同声・同気)	中国帰国者定着促進センター	1995.1	연간 3회 발행 정보지
중국연구(中国研究)	中国研究雑誌社	1995.4	월간 학술지
동방시보(東方時報)	東方インターナショナル	1995.5	월간 뉴스, 종합정보지
동해국제신문 (東海国際新聞)	中日国際交流事務局	1995.7	월간 신문
산해신문(山海新聞)	山海	1995.9	월간 신문
시보(時報)	日中通信社	1995.9	월간 뉴스, 정보
연취회회보(縁聚会会報)	縁聚社	1995.11	월간지
일본화보(日本華報)	中国留学生文庫・日本華報社	1996.1	
북진(北辰)	北辰社	1996.7	계간 문예동인지
구주화보(九州華報)	九州華報	1996.7	
일본교보(日本僑報)	中国留学生文庫・日本僑報社	1996.8	월간 정보지
월드TV투데이 (ワールドTVトゥデイ)	ワールドTVトゥデイ	1997	중국의 인기TV프로그램을 취재하여 편집한 비디오 매거진
신화교(新華僑)	新華僑雑誌社	1997.2	월간 취업, 직업정보지
연합신보(聯合新報)	聯合新報社	1997.5	『화인시보』, 『화성신문』, 『시대』, 『중화신문』이 병합하여 창간된 주간 신문
출국여취업 ASIA INFO (出国与就業 ASIA INFO)	株式会社アジアインフォ	2001.1	매월 10일 발행. 중국인 유학생을 위한 취업 및 생활 정보지
관서화문시보 (關西華文時報)	アカシア・コミュニケーションズ	2002.8	월 2회 발행 중국어신문. 관서, 중부지구 거주 중국인을 위한 정보지

중국인을 대상으로 한 온라인지로는 화성화어편집부 개설의 『화성
화어華声和語』(http://www.come.or.jp. 『화성화어』의 중국어판은『동북풍Dong
Bei Feng』), 『중화주보中華週報』(http://www.roctaiwan.or.jp)와 같이 중화민
국대만 주일사무처에서 개설한 재일대만인을 대상으로 한 일본어 뉴스 온
라인지가 있고, 『soyi/創意/chuang』(http://www.soyi.co.jp/), 『Hello-
navi』(http://www.hellonavi.com/) 등 재일화교를 대상으로 한 정보지류도
있다.

2) 재일구미인 에스닉 미디어

〈표 6〉 구미인(영어권) 외국인을 위한 잡지(영어 잡지)

잡지명	출판사	창간	비고
THE GAIJIN GLEANER	ロード・マック・パブリケーション	1994.6	생활정보
THE NIPPON VIEW	ビジネスワールド社	1989.4	종합정보
THE ALIEN MAGAZINE	エイリアン・ヘッドフイス	1992.10	종합정보
CHUBU WEEKLY	エイプリル・コミュニケイションズ	1995.2	종합정보
TOKYO CLASSIFIED	クリスクロス	1994	생활정보
TOKYO DAY & NIGHT	ビジネスワールド社	1974.5	생활정보
JAPAN ECHO	ジャパン・エコー社	1973.8	격월 발행. 일본의 신문 및 잡지에 게재된 논문 등을 소개. 영어 외 프랑스어와 스페인어판도 발행
TOKYO FINDER	ビジネスワールド社	1996.5	생활정보
나고야 캘린더 (ナゴヤ・カレンダー)	名古屋国際センター	1985.11	나고야지역국제교류
미니 월드(Mini-World)	構造システム ミニワールド事業部	1988.7	세계정보

3) 재일중남미인 에스닉 미디어

〈표 7〉 중남미인을 위한 에스닉 미디어(스페인어·포르투갈어)

잡지명	출판사	창간	비고
쿠아데르노스 드 하퐁 (CUADERONOS DE JAPON)	ジャパンエコー社	1973.8	포르투갈어. 계간 정보지
클루베 도 브라질 (CLUBE DO BRASIL)	クルーベ・ド・ブラジル	1986.6	포르투갈어. 브라질 음악, 축구 등 소개 재일브라인 생활정보지. 격월 간행
젠테(GENTE)	社団法人日系インフォメーションセンター	1991.1	스페인어 및 포르투갈어 생남미의 일계노동자를 위한 월간 생활 정보지
WAJI WAJUI TSUSHIN (ワジワジ通信)	ラテンアメリカ友好協会 (FALA)	1991.7	스페인어 및 포르투갈어. 격월 간행의 교류정보지. 이후 『FALA』로 개칭
볼페틴 쿄타이 (BOLETIN KYODAI)	日本系(ラテンアメリカ人) 連絡事務所	1992	스페인어. 월간 정보지

저널 투도 벰 (JORNAL TUDO BEM)	パトリモニオ・トーキョウ	1993.3	주간 포르투갈어 신문 브라질, 일본, 세계의 정치경제, 일반 스포츠 등 폭넓은 내용
인터네셔널 프레스 (INTERNATIONAL PRESS)	インターナショナル・プレス新聞社	1994.4	스페인어 및 포르투갈어. 중남미계 재일외국인을 위한 주간 신문
메르카도 라틴 (MERCADO LATIN)	松田ロベルト	1994.9	스페인어 및 포르투갈어. 관서지방의 중남미인을 위한 월간 정보지
노봐비조옹 (NOVA VISAO)	ノヴァ・ヴィゾオン新聞社	1995.10	포르투갈어. 브라질 노동자를 위한 주간 정보지. 현재 휴간 중
폴랴문디알 (FOLHA MUNDIAL)	ムンジアル新聞社	1995.10	포르투갈어. 최신 세계정보. 재일브라질인에 관계되는 사항 등. 주간 정보지

중남미인 대상의 온라인지로는 TERR가 1996년 1월에 개설한 『CIRA NDA』(http://www1.nisiq.net/~alisa/ciranda-jp.html), 1997년 2월에 개설된 『브라질 네트(BRASIL NET)』 개설(http://www.freepage.total.co.jp/Brasil/japao.html), 그리고 디지털브릿지커뮤니케인즈에서 2000년 7월에 개설한 '포케브라스(POKEBRAS)'(http://pokebras.com)와 같은 재일브라질인을 위한 종합정보 모바일 사이트가 있다.

4) 재일미얀마인 에스닉 미디어

〈표 8〉 미얀마인의 에스닉 미디어

잡지명	출판사	창간	비고
에라완 저널(THE ERAWAN JOURNAL)	エラワン・ジャーナル	1994.5	월간 정보지
보이스 오브 미얀마(Voice of Burma)	アウン・ブー	1995.10	주간지. 미얀마의 정세
미얀마 타임즈(MYANMAR TIMES)	ニューコム	1996.4	월간 정보지

미얀마인 대상의 온라인지에는 1997년 3월에 개설된 『ZAWZAWMM』(http://www.alpha-net.jp/users/zawzawmm/index.html)가 대표적이다.

5) 재일프랑스인 에스닉 미디어

〈표 9〉 프랑스인을 위한 에스닉 잡지

잡지명	출판사	창간	비고
FRANCE JAPON ECO	仏日フランス人商工会議所	1963	일본의 경제·사회 현상 소개
CAHIERA DU JAPON	ジャパン・エコー社	1973.8	영자지 『ジャパン・エコー』의 불어판
LES VOIX	レ・ヴォア編集室	1981.5	일·불교류

6) 재일필리핀인 에스닉 미디어

〈표 10〉 필리핀인을 위한 에스닉 잡지

잡지명	출판사	창간	비고
필리핀즈 투데이 (PHILIPPINES TODAY)	ナヨン	1989.9	월간. 정치, 경제, 스포츠 등을 포함한 생활정보지
카이비간(KAIBIGAN)	アドムーン	1991.3	월간. 재일필리핀인을 위한 타갈어 생활정보지
피노이(PINOY)	ピノイ編集室	1994.2	월간. 필리핀 정보를 포함한 각종 정보지
필리핀 다이제스트 (PHILIPPINE DIGEST)	増子総合企画	1995.1	월간. 필리핀 국내 뉴스와 문화전반에 관한 정보, 여행정보, 생활정보, 소설 등 다양한 내용의 영어 잡지
쿠무스타 (KUMUSTA)	クムスタ・コミュニケーションズ	1995.10	월간. 다문화가정을 위한 생활정보지. 2002년 9월 종간
바야니한 (BAYANIHAN)	バヤニハン事務局	1996.11	월간. 재일필리핀인을 위한 타갈어 생활정보지

영어로 발행되는 잡지는 특정 국적의 외국인만을 대상으로 하지 않고 영어에 관심이 있거나, 배우고자하는 일본인 그리고 세계 각국의 외국인을 대상으로 하고 있으며 일본의 사회, 문화, 경제, 역사, 기업, 비즈니스 등을 외국에 알리려는 다국적 커뮤니케이션지가 많다. 전 재일외국인을 대상독자로 하는 잡지에는 *THE GAIJIN GLEANER*(로드 맥 퍼블리케이션,

1994.6), *THE NEW OBSERVER*(전국일반노동조합동경남부, 1997.2), *CHUBU WEEKLY*(에이프릴 커뮤니케이션즈, 1995.2), *TOKYO NOTICE BOARD*(Tokyo Notice Board 편집실, 1996.2), *NAGOYA AVENUES*(Avenues, 1985.11), *HIRAGANA TIMES*(야크기획, 1986.10) 등이 있으며 온라인의 경우 *TOKYO TOKYO TOKYO*(1996.11 창간. http://www.asahi1-net.or.jp/~t×2hmtok/), *Japinforu*(1996년 창간. http://japinforu.chubu.enicom.co.jp/) 등이 있다.

그밖에 베트남어, 말레이시아어, 페르시아어(이란), 우르두어(파키스탄), 태국어, 인도네시아어로 된 잡지도 소수 존재한다. 베트남인을 위한 『고향의 울려 퍼지는 소리』는 1995년 12월에 창간된 잡지로 한신 대지진阪神大震災 당시 8만 명이 넘는 외국인 피해자가 언어 문제 등으로 보상 문제는 물론이고 정확한 정보 입수가 힘든 상태에 놓였던 상황을 돌이키며 모국인을 위해 시즈오카静岡시에서 선교활동을 하고 있었던 베트남인 신부에 의해 시작된 잡지이다. 베트남의 생활습관을 지키려는 1세대와 2세대와의 세대격차를 줄이기 위해 베트남의 역사와 문화를 전하고 있다. 그리고 말레이시아인을 위한 잡지는 1994년 7월에 창간되어 본국의 뉴스 및 일본에서의 생활정보를 담은 월간지 『말레이시아시보』가 있다. 『미디어 누안사 인도네시아』는 인도네시아 및 일본의 정치, 경제 비즈니스정보 등을 제공하고 그 교류를 촉진함과 동시에 기업 소개, 비즈니스 소개도 게재하고 있으며, 재일인도네시아인을 위한 주택, 생활, 교육, 의료, 오락 등의 생활정보를 담은 잡지이다. 페르시아어로 발간되는 『로샤나이 아프타프(태양의 빛)』은 1996년 창간된 주간지(비디오 매거진)로 일본에 있는 이란인에게 희망을 주고자하는 취지에서 이란의 뉴스 등의 정보를 제공하는 잡지이다. 출판사인 (주)월드 텔레비전 투데이에서는 페르시아어 외에도 한국어, 중국어, 포르투갈어, 스페인어, 필리핀어, 태국어로도 같은 취지의 잡지를 발간하고 있다.

4. 글로버리제이션과 에스닉 미디어

일본에서는 1980년대 후반, 특히 1990년대를 기점으로 글로버리제이션이라는 세계적인 기운을 내셔널리즘적 방향으로 전환해 가는 현상을 보이고 있다. 1980년대 이후, 세계경제의 융합과 연대 강화, 이문화異文化 교류의 기회 확대(국제적인 문화교류, 국외 이주자 증가), 정치체제의 다양화(비정부조직[NPO]조직 확대), 사회문제의 세계화(지구전체의 환경문제, 분쟁에 대한 세계적 관여) 등으로 세계는 글로벌화의 물결에 휩쓸려갔다. 제3장에서 살펴본 재일외국인에 의한 에스닉 미디어 현황은 바로 이 글로버리제이션 현상을 가장 잘 반영하고 있다고 할 수 있다. 1970년대까지만 해도 재일한인에 의한 에스닉 잡지 수가 압도적으로 많았던 것에 비해 1980년대에 들어가면서 보다 다양한 종류와 언어에 의한 잡지들이 창간되었다. 그리고 이 시기 재일한인사회의 구조도 크게 변화해 간다. 즉, 일본의 식민지 체제와 제2차 세계대전을 계기로 강제 연행되어 영주하고 있던 재일한인(올드커머) 사이에는 세대교체가 이루어지고 있었고, 이주 및 영주의 배경이 다른 뉴커머의 수가 늘어나고 있었던 것이다. 에스닉 잡지의 성격이 변화하는 것도 여기에 기인한다고 볼 수 있다. 이처럼 재일외국인의 국적의 다양화에 의한 다문화 속에서 일본의 보수진들 사이에는 내셔널리스틱한 불안의식이 확대되었다. 급속하게 글로벌화가 진행되고, 문화의 국경을 넘은 다국적·다문화 현상이 증대됨에 따라 1990년대 이후의 보수계 논단에서는 내셔널한 역사와 문화의 정통성을 회복, 재구축할 것을 주장하기 시작했다. 이는 내셔널리즘적 언설을 글로벌화라는 국제정세의 변화와 연결시키고 있는 것으로도 해석이 가능하다.

1980년대를 전환점으로 하여 일본의 보수진영은 전후민주주의와 평화주의에 대해 노골적으로 공격적인 언설을 쏟아놓고 있다. 이러한 움직임은 아시아 여러 나라에 대한 침략전쟁의 과거사를 은폐하고 자국중심의 역사 해석인 '자유주의사관'의 등장, 자학적인 역사교육('자학사관')을 지양하고 민족의식을 고취하는 역사교육의 필요성을 주장하는 '새로운 역사 만들기 모임'은 역사 교과서 문제, 제2차 세계대전에 대한 책임과 반성 없이 헌법 제9조를 개정하여 군사력을 강화해가려는 움직임 등으로 나타나고 있다.

여기서 주목할 것은 이러한 네오·내셔널리즘 경향에 일익을 담당하는 정도가 아니라 네오·내셔널리즘을 선두하고 있는 것이 잡지 미디어라는 사실이다. 그 대표적인 주자가 일본의 우익보수계 잡지로, 1969년에 창간된 『제군諸君!』, 1973년 창간의 『정론正論』, 1977년 창간의 『Voice』를 들 수 있다. 이들 잡지는 1960년대 말에서 1970년대 사이에 주로 창간된 것으로 현재까지도 지속적으로 발간되고 있다. 이러한 성향의 잡

지는 1970년대 이후에 더욱 증가하고 있는데 현재 확인된 것만으로도 『SAPIO』, 『산사라サンサーラ』, 『발언자発言者』, 『SPA!』, 『BRUTUS』, 『Tarzan』, 『Bart』, 『THIS IS 요미우리読売』, 『Views』 등이 있다. 이들이 특히 1990년대 이후 네오·내셔널리즘 부상에 일익을 담당하고 보수주의의 주요 매체로서 그 언설의 온상이 되어 온 것이다.

미디어를 통해서 유통되는 정보는 독자가 능동적으로 수용하든 피동적으로 수용하든 유통되는 정보에 의해 하나의 이데올로기적 상황을 구축해 간다. 『제군!』과 같은 잡지의 경우 1970년대까지는 교양주의적인 스타일로 일본의 문화와 일본열도의 성립 등을 소개하는 문화적인 측면이 강했으나 점차 일본 예찬론으로 변용되어가서 80년대를 기점으로 하여서는 전후민주주의에 대한 공격적인 성격을 띠기 시작했다. 1982년 중국 침략에 대한 역사교과서 기술에 관한 문제로 중국과의 마찰이 있자, 전후민주주의에 대한 공격적인 태도가 더욱 강경하게 나타났다고도 볼 수 있다.(이 문제는 2005년 현재에도 중국뿐 아니라 한국과도 심한 대립과 갈등 현상을 보이고 있다) 이러한 역사교과서 왜곡 문제의 배경에는 현재의 '새로운 역사 만들기 모임'의 원형이 되고 있는 것으로, 개헌파 문화인이나 재계인 등에 의해 1981년에 조직된 '일본을 지키는 국민회의'가 있었다.

우익계 잡지와 내셔널리즘의 양상을 분석한 요시미 슌야吉見俊哉에 의하면 이들 잡지는 우선 ① 90년대를 전후로 하여 창간된 것도 있으나, 대부분이 70년대 이후 창간되었고, ② 집필자의 보수계 논단인이 다른 우익계 잡지의 공통 집필자로 중복되는 경우가 많으며 ③ 독자로는 압도적으로 남성이 많고 기업 샐러리맨이 중심이라고 한다. ④ 독자층에 있어

잡지명	출판사	창간	비고
중앙공론(中央公論)	中央公論社	1949.9	1995년 종간.
주간 산케이(週刊サンケイ)	産業經濟新聞社	1952	후속잡지 『SPA!』
제군!(諸君!)	文芸春秋社	1969.7	발행부수 : 12만부. 35권 6호(2003.6)부터 출판사가 文藝春秋로 바뀜. 계속 간행
정론(正論)	産經新聞社	1973.11	발행부수 : 10만부. 계속 간행
Voice	PHP研究所	1978.1	발행부수 : 19만부. 계속 간행
SPA!	扶桑社	1988.6	『週刊サンケイ』의 후속지. 계속 간행
SAPIO	小學館	1989.6	발행부수 : 20만부. 계속 간행
디스 이즈 요미우리 (THIS IS 読売)	讀賣新聞社	1990.4	발행부수 : 10만부. 9권 12호(1999.3)로 종간
Bart	集英社	1991.5	발행부수 : 11만부. 8권 5호(1998.3.9)로 종간
Views	講談社	1991.11.13	발행부수 : 11만부. 계속 간행
BRUTUS	平凡出版	1980.5	그라비아지. 계속 간행
Tarzan	マガジンハウス	1986.4.5	그라비아지. 계속 간행
발언자(発言者)	西部邁事務所	1993.봄	신보수주의 잡지. 계속 간행
산사라(サンサーラ)	德間書店	1990.7	8권 4호(1997.4)로 종간
표현자(表現者)	イプシロン出版企画	2005.7	격월 간행 중

서는 어느 특정 세대에 치우치는 일 없이 고루 분포하고 있으며 ⑤ 발행 부수는 거의 10만부에서 20만부 사이라고 한다.[16]

잡지 미디어 전체로 보면 소수파에 지나지 않았던 우익계 잡지가 1990 년대 이후에는 잡지의 장정도 시각적으로 젊은이들의 시선을 끌기에 적합한 형태로 변화해 감으로써 독자층도 보수파 내부에서 보다 확대되어 갔다. 여기서 다시 한 번 재일한인 에스닉 잡지로 되돌아 올 필요가 있다. 즉, 이와 같은 보수계 잡지의 증대와 그들의 노골적인 네오·내셔널리즘 언설이 확대되어 가는 속에서 재일한인들에 의한 잡지 미디어는 어떠했는

---

16 小森陽一, 高橋哲哉 編, 『ナショナル·ヒストリーを超えて』, 東京大学出版会, 1999.1, 208쪽.

가 하는 것이다. 앞서 살펴본 것처럼 1980년대 이후, 특히 1990년대의 재일한인 에스닉 잡지는 대부분이 모국에 대한 정보와 일본 사회에서 살아가기 위한 지식을 습득하는 데 도움을 주는 생활, 문화 정보지적 성향이 강해졌고, 민족교육, 민족적 아이덴티티, 민족문학 등의 단어는 이미 살아져 가고 있음을 알 수 있었다. 이처럼 에스닉 미디어가 정보지로서의 역할을 하고 있는 것은 재일한인의 그것에만 한정되지 않는다. 한국어뿐 아니라, 중국어, 스페인어, 포르투갈어, 미얀마어, 대만어, 인도네시아어, 베트남어, 말레이시아어, 페르시아어(이란), 우르두어(파키스탄), 태국어 등 수많은 에스닉 미디어가 대등하게 발행되고 있는 일본의 미디어 환경은 이른바 다문화 공생多文化共生의 공간이라 할 수 있을 것이다. 그리고 이러한 다문화 공생적 환경 속에서 우익 보수계의 내셔널리즘적 언설은 더욱 증대해 갈 것으로 예상된다. 2005년 3월에는 '내일을 생각하는 방위정보지'로 『일본의 바람日本の風』(방위홍제회)과 같은 잡지가 창간되기도 했고, 『황실저널皇室ジャ─ナル』(황실저널사)과 같은 황실소식지가 여전히 환영을 받고 있다는 점을 보아도 쉽게 짐작할 수 있을 것이다.

5. 맺음말

이상, 일본에서 발행되고 있는 재일한인 에스닉 미디어에 관해 그 종류와 발행 현황을 살펴보았다. 해방직후 경제적 어려움과 GHQ의 검열체제,

그리고 사상과 이념의 대립으로 재일한인 사회가 양립되는 결과를 낳기도 했으나 조국 통일의 염원과 민족문화, 민족언어, 민족적 아이덴티티를 고수하려는 노력이 수많은 종류의 잡지와 신문을 통해서 표출되었다.

1960년대 이후 재일한인의 세대교체가 이루어지는 시기인 1970년대에는 잡지의 수가 비교적 줄어든 경향을 보였다. 그러다 1980년대부터 다시금 그 수가 증가하고 있는 것을 볼 수 있는데, 80년대 이후는 전반적으로 에스닉 미디어가 급증하는 시기이며 70년대를 전환점으로 하여 미디어의 성격도 변화해 갔다. 디아스포라적 상황과 단일 민족과 언어에 그 통일의 근거를 추구하는 근대적인 '국민국가'의 이념을 비판하고 나온 포스트 콜로니얼리즘, 그리고 재일한인 사회 내부에서도 재일 4, 5세대로 세대교체가 이루어짐에 따라 에스니시티ethnicity에 대한 시각에도 변화가 발생한 것으로 추정이 된다. 세계적으로 이민의 형태가 다양화되었고, 오랜 기간 정주하여 영주자의 지위를 획득하고는 있지만, 귀화를 원하지 않는 외국 국적의 시민을 일컬어 데니즌denizen이라 한다. 그들은 민족적 공동체, 혹은 국민국가의 국민과도 거리가 멀며 선거권을 갖지 못하므로 현재 살아가고 있는 곳의 시민과도 거리가 먼 존재이다. 그들은 다국적·다문화적 환경 속에서 다문화공생의 길을 모색하고 있다. 이러한 데니즌으로서의 재일한인 에스닉 잡지는 굳이 타 재일외국인 에스닉 잡지와의 차별화를 추구하지 않을 지도 모른다. 실제 1990년대 이후의 재일한인 에스닉 잡지가 다른 민족과 구별되는 에스니시티의 표출에 성공하고 있는 지에 대해서는 의문이다. 대부분의 미디어는 소자본 저널리즘으로 생활·문화 분야의 정보지로서의 기능이 강하고 이는 곧 에스니시티를 자극하는 내용을 상품화하고 있다는 해석도 가능하다. 또한 국내의 국제화라고도 표현할 수 있는 일본의 글로벌화 현상에 대해 네오·내셔널리즘적 언설이 증대하고 있고 재일한인 에스닉 미디어가 이에 대해 얼마나 대응해 나갈 지 또한 의문이다.

바야흐로 재일한인에 의한 에스닉 잡지는 60년대의 『한양』과 같은 한국어 문예지의 간행은 더 이상 기대하기 어렵다. 그러나 2006년 현재, 재일한인 역사상 최초의 여성종합문예지 『땅에 배를 저어라地に舟をこげ』(在日女性文芸協会)가 창간을 준비 중이다.[17] 사실상 재일한인의 문예지 역사는 종언되었다는 비관적인 전망이 압도적인 상태였던 만큼 『땅에 배를 저어라』가 어떤 역할을 해내는가에 따라 평가도 달라지겠지만, 금후 글로버리제이션 추세하의 에스닉 미디어 연구는 그 이전에 발행된 것과는 다른 접근 방법이 요구되리라 생각한다.

---

17 본 논문은 2006년 5월 「일어일문학」(30)에 발표한 논문으로, 총서로 발행하게 됨에 따라 논문에서 표로써 제시했던 각 시대별 잡지 현황 자료의 경우 대폭적인 수정·가필이 있었음을 밝혀둔다. 논문집필 당시에는 발행을 준비 중이던 『땅에 배를 저어라』는 2006년 11월에 창간호를 발행, 2012년 11월에 7호를 마지막으로 종간되었다.

참고문헌

エドワード・サイド, 稲垣雄三ほか監修, 『オリエンタリズム』, 平凡社, 1986.

小熊英二, 『'民主'と'愛国'—戦後日本のナショナリズムと公共性』, 新曜社, 2003.

川村湊ほか 編, 『「戦後」という制度—戦後社會の「起源」を求めて』インパクト, 出版會, 2002.

小森陽一ほか 遍, 『岩波講座 文学2 メディアの力学』, 岩波書店, 2002.

小森陽一, 高橋哲哉 編, 『ナショナル・ヒストリーを超えて』, 東京大学出版会, 1998.

情況出版編集部, 『ナショナリズムを読む』, 情況出版, 1998.

高崎隆治, 『戦時下の雑誌—その光と影』, 風媒社, 1976.

張錠壽, 『在日六〇年・自立と抵抗在日朝鮮人運動史への証言』, 社会評論社, 1989.

中村政則 編, 『年表昭和史 1926~2003』, 岩波書店, 2004.

朴慶植 編, 『在日朝鮮人関係資料集成'戦後編' 第8~10巻 朝鮮人刊行新聞・雑誌 ①~③』, 不二出版, 2001.

_____, 『朝鮮問題資料叢書 第9~10巻 解放後の在日朝鮮人運動』, アジア問題研究所, 1982.

_____, 『在日朝鮮人関係資料集成 第1~5巻』, 三一書房, 1975.

朴鐘鳴ほか, 『復刻『民主朝鮮』前篇『民主朝鮮』本誌別巻』, 明石書店, 1993.

福岡安則, 『在日韓国朝鮮人—若い世代のアイデンティティ』, 中央公論社, 1993.

ベネディクト・アンダーソン/白石さや・白石隆訳, 『増補版 想像の共同体』, NTT出版, 1997.

森口秀志, 『エスニック・メディア・ガイド』, ジャパンマシニスト社, 1997.

梁永厚, 『戦後・大阪の朝鮮人運動 1945~1965』, 岩波書店, 2004.

吉田俊哉, 『グローバル化の遠近法—新しい公共空間を求めて』, 岩波書店, 2004.

보론

김사량의 『노마만리』재론
서벌턴의 탐색에서 제국주의와 길항하기
유임하

김달수의 '방한'과 잡지 『문예』의 기행문
박광현

김사량의 『노마만리』 재론

서벌턴의 탐색에서 제국주의와 길항하기

유임하

1. 문제의 제기 —『노마만리』의 가치

'항일중국기행'이라는 표제가 달린, 김사량의 『노마만리』[1]는 해방 직전 중국 태항산에 있는 항일유격대 산채로 들어가는 도중의 소회와 견문, 그곳에서의 소감들을 기록한 산문 텍스트이다. 이 텍스트는 식민 내지에서 일본어로 문학활동을 시작했던 한 조선인작가가 제국 안에서 피식민 하위주체를 탐색해온 경로를 이탈하여, 중국대륙에서 제국과 길항하는

1 　인용된 텍스트는 이상경 편, 『노마만리』, 동광출판사, 1989이다. 이상경의 텍스트는 1947년 양 서각에 간행된 텍스트에 근거하고 있다. 서문만 가필한 것이 『김사량선집』(평양 : 국립출판사, 1955)에 수록된 『노마만리』이며, 김재용이 편주하여 2002년에 간행한 실천문학사본이 있다. 그 러나 이 글에서는 이상경의 텍스트에 의거하여 쪽수만 기재하며, 필요에 따라 실천문학사본의 내 용도 인용하기로 한다.

주체로 전환하는 변곡점을 이룬다는 점에서 흥미로운 사례가 아닐 수 없다. 그러한 측면에서 이 텍스트는, 1945년 직후에 창작된 문학작품들이 가진 함의, 곧 '해방공간(1945~1948)의 작품들이 그 이전의 작품들과 단절 또는 변화를 거친 것이라기보다는, 해방 전 작품들의 계급에 토대를 둔, 민족화된 그리고 범아시아화된 정체성들의 여러 형태로 구성된 공간들을 새롭게 재배치함으로써 해방의 의미를 표명하려 했다'는 관점[2]이나, "아직 만들어지지 않은 민족국가" 건설이라는 미래, "신생 조선의 기획에서는 만들어지지 않은 미래의 민족국가와 민족문화를 상상하면서, 그것이 식민지 이전에 존재했다고 가정되는 '민족적인 것'으로의 귀환을 통해 가능하다는 역설"[3]을 넘어서 있다는 점에서 더욱 문제적이다.

'식민통치에 저항하는 문학적 실천'을 보여준 『노마만리』라는 텍스트의 가치는 그의 문학적 이력을 살펴보아도 잘 확인된다. 곽형덕의 언급처럼, 1939년부터 1942년까지, 소위 '고메신테 시대'는 그의 문학에서도 특히 소설 창작이 가장 활발했다. 이 시기에 쓰여진 소설에서 그가 보여준 것은 재일조선인과 조선인들의 서발턴적 위치와 그 비참상이었다. 또한 이들 소설세계는 치밀한 사전답사에 해당하는 에세이로 쓰여진 뒤 작품화된, 철저하게 리얼리즘적 기법에 따른 것이었다. 김사량이 지향한 사실과 체험에 바탕을 둔 창작 방식[4]은 일제의 총력전체제의 등장

---

2   테어도르 휴즈, 「냉전세계질서 속에서의 '해방공간'」, 『한국문학연구』 28집, 동국대 한국문학연구소, 2005, 26쪽.
3   정종현, 『제국의 기억과 전유―1940년대 한국문학의 연속과 비연속』, 어문학사, 2012, 30쪽.
4   에세이 「북경왕래」(『박문』, 1939.8)나 일본어로 기술된 에세이 「에나멜 구두와 포로」(『문예수도』, 1939.9)가 그의 일본어소설 「향수」(『문예춘추』, 1941.7)에 수록되는 것도 그런 사례에 해당한다.

과 함께 벽에 부딪칠 수밖에 없는 상황에 처한다. 태평양전쟁 발발 이틀 후, 그는 예비검속과 함께 가마쿠라경찰서에 구금되었기 때문이다. 그는 일본인 지인들의 탄원에 힘입어 석방되지만, 황망히 일본 생활을 정리하고 평양으로 귀환하고 만다.[5] 이로써 식민내지 문단에서 정점을 찍은 김사량이 평양 귀환 이후 모색한 문학적 행로가 『노마만리』로 수렴되는 셈이다. 해방 이후 작가가 '조선어'로 된 희곡을 다수 창작한 점을 감안할 때, 이 텍스트는 일본어 창작에서 조선어 창작으로 이행하는 분기점을 이룬다고 할 만하다.[6]

『노마만리』가 본래 '해방 전에 기록해놓은 자료더미'에서 출발하지만, 그것이 해방 직후 발표되었다는 점에서 해방 이후 다시 쓰여진 텍스트이며, 전후 사정을 고려하면 미완의 텍스트라는 점을 감안하지 않으면 안된다.[7] 1947년 평양 양서각에서 간행된 판본이 가장 체계를 갖춘 것이긴 하지만 접할 수 없는 자료이고, 대부분의 출처는 1955년에 평양 국립출판사에서 간행한 『김사량선집』에 수록된 것이 저본이다. 이 저본에서

---

5 곽형덕은 그의 소설이 현실에서 멀어지는 행로를 밟는 것으로 본다. 이후에 창작된 소설은 장편 『태백산맥』(『국민문학』, 1943.2~10)과 『바다의 노래』(『매일신보』, 1943.12.14~1944.10.4)가 당대 현실의 문제에서 비껴나 있다는 점에서 그러하다. 곽형덕, 「김사량의 일본 문단 데뷔에서부터 '고메신테 시대'까지(1939~1942)」, 김재용·곽형덕 편역, 『김사량, 작품과 연구』 2, 역락, 2009, 656~657쪽 참조.

6 곽형덕, 「김사량과 1941년 도쿄」, 김재용 곽형덕 편역, 『김사량, 작품과 연구』 3, 역락, 2013, 421쪽; 이재명, 「김사량의 희극 '더벙이와 배뱅이' 연구」, 『현대문학의연구』 36호, 한국현대문학연구학회, 2008, 415쪽.

7 고인환은 김사량의 자전적 글쓰기 작업에서 『민성』(1946.1~1947.7)에 7회에 걸친 연재 중 첫째 연재분인 「연안망명기−산채기」에 문학적 자의식과 작가의 내밀한 욕망이 잘 드러나 있으나 이후 연재본에서부터는 그러한 경향이 축소되고 혁명의 길에 나선 작가의 면모가 강조되고 있다고 지적한다. 고인환, 「김사량의 '노마만리' 연구−텍스트에 반영된 현실 인식의 변모양상을 중심으로」, 『어문연구』 59호, 어문연구학회, 2009, 231~254쪽 참조.

김사량은 "일본이 투항하면서부터 장가구 승덕으로 삼천리를 등에 지니고 나온 이 기록의 뭉치 속에는 탈출 노상기를 비롯하여 산채 생활기며 귀국 일록 등이 들어 있"고, "여기에는 노상기만이 수록되었"기 때문에 상편에 해당한다고 부언하고 있다.[8] 이렇게 해서 『노마만리』는 상권에 해당하는 '탈출 노상기'만이 발표되고, 북한초기 문단에서 활약했던 그의 활동 때문에 미완의 텍스트로 남게 되었던 것이다.

1939년 시작된 김사량의 문학적 행로는 1950년 10월, 그가 원주 부근에서 낙오하여 생사불명되는 10년 내외의 기간 동안 『노마만리』를 전후로 많은 변화를 보인다. 무엇보다도 『노마만리』는 식민지 후반기에 기록되어 해방공간(1945~1948)에 다시 쓰여지지만, 탈식민의 시대적 특징을 선취한 매우 각별한 텍스트로 읽어볼 가치가 충분하다. '해방'이라는 시대의 분기分岐가 빚어낸 탈식민 이후의 정세는 상권 이후의 중국망명기를 더 이상 쓸 수 없는 상황으로 변해 버렸다는 게 좀 더 설득력 있는 추론일 것이다.[9] 그렇다고 해서 『노마만리』가 가진 가치가 훼손되는 것은 아니다. 해방을 전후로 한 시대의 분기에서 항일빨치산 본거지로 탈출한 작가의, 이 자전적 글쓰기는 근본적으로 '자아의 서사'라는 근대문학의 전통에 바탕을 두고 있으나 단순히 '연안탈출의 노상기'에 머무르는 것은 아니기 때문이다. 또한 이 텍스트에는 일본 제국과 각축하는 국민당정부와 중국공산당, 중국대륙에서 항일전선에 나선 조선의용군과

---

8 김사량, 김재용 편주, 『노마만리』, 실천문학사, 2002, 29쪽.
9 한반도에 세계냉전구도의 관철과 함께 자주적인 국민국가 수립이 남북으로 분립하는 상황에서 김사량은 자신의 마지막 꿈을 종군작가로 투신하며 「종군기」를 연재하던 도중 인민군의 후퇴행렬에서 낙오하여 생사불명의 상태로 빠지고 만다.

의 조우를 통해 제국의 경계 바깥에서 전개되는 복잡다단한 현실에 대한 이해와 각성, 지난 날 자신의 연약한 삶에 대한 고백과 성찰, 회상이 담겨 있기 때문이다. 텍스트의 이러한 국면을 동아시아라는 지평으로 좀 더 넓혀 탈식민적 맥락에서 읽어내는 독법이 가능하다는 것이 이 글의 전제이다.

이 글은 이처럼 다양한 의미를 가진 텍스트인『노마만리』를 대상으로 삼아 작가 자신의 실제 경험을 기록한 '자전적 글쓰기'가 가진 특징을 논의해 보고자 한다. 그런 다음, 자전적 산문이 가진 다층적인 측면에서도 특히 제국 일본의 경계를 벗어난 지역에서 사유되고 성찰되는 문화적 실천의 양상이 어떤 이야기의 문법을 가지고 있는지를 검토할 것이다. 이를 위해 정세와 하위주체로서의 인민의 범주에서 벗어나 저항의 전선에 나선 작가의 자기 정체성을 재구축하는 면모를 보여준 사례라는 점에서, 식민적 질서의 바깥을 경험한 자의 탈식민적 텍스트가 가진 기술상 특징과 가치를 논의해보고자 한다.

2. 『노마만리』와 '자전적 글쓰기'의 성격[10]

이제 와서 돌이켜 보면 이것도 옛날의 아련한 하나의 꿈결처럼밖에 생각되지 않는다. 딴은 그래도 내게 있어서는 생명을 바치자는 혁명에의 지향이며 출려였던 것이다.

도도한 탁류 속을 숨가삐 헤엄치던 생활이며 그야말로 도시 인텔리의 습속으로 무난한 살림살이에만 급급하려던 태도와 양심의 나래 아래 안한히 누워 있으려는, 그러쥐면 보스러질만치 연약함이 유리알 같은 정신…… 이런 것에 대한 내 자신의 결별을 의미함이었다.

말하자면 이 길이 내게 있어서 탈피의 길이며 비약의 길이기를 원했던 것이다.[11]

『노마만리』에서 중심을 이루는 '태항산'은 김사량의 문학에서 평양, 큐슈, 북경, 도쿄 등지와 함께 문학적으로 각별한 의미를 갖는 지리적 장소의 하나이다.[12] '태항산'은 "조국을 찾으려 싸우는 이 전쟁 마당에 연약한 몸을 던짐으로써 새로운 성장을 얻어 나라의 조그마한 초석이라도 되

---

10 이 글에서 '자전적 글쓰기'는 기행문으로서 '자아의 서사'인 통일성과 체계적인 '자서전'에는 이르지 못했으나, 자전적 요소에 바탕을 두고 있어서 허구적 산문인 '자전적 소설'와는 구별되는 의미로 사용하고자 한다.
11 김재용 편주, 『노마만리』, 실천문학사, 2002, 25쪽.
12 곽형덕에 따르면 김사량의 장소성이 각별한 의미를 갖는 것은 필드웍에 충실한 취재와 창작이 연관돼 있기 때문이다. 곽형덕, 앞의 글, 653쪽 참조. 장소성과 관련된 논의로는 다음의 논문도 참조 가능하다. 이정숙, 「김사량과 재일조선인의 문학적 거리」, 『국제한인문학연구』 창간호, 국제한인문학회, 2004; 이정숙, 「김사량문학과 평양의 문학적 거리」, 『국어국문학』 145호, 국어국문학회, 2007.

고자" 하는 결행의 공간, "해방구역내의 중국 농민의 생활이며 인민군대의 형편이며 신민주주의 문화의 건설면도 두루두루 관찰하여 나중에 돌아가는 날이 있다면 건국의 진향進向에 조금이라도 이바지함이 있으려는" 장소, "또 하나의 낭만으로는 이국 산지에서 조국의 광복을 위하여 적들과 싸워 나가는 동지들의 일을 기록하는 일에 작가로서의 의무와 정열"(『노마만리』, 265쪽)이 투사된 공간이다. 비록 해방을 두 달 앞둔 시점이긴 하지만, 이 경로는 김윤식의 지적처럼, 천태산인 김태준 부부의 연안행과 함께 식민지 시기 국내 지식인으로서는 정치적 망명에 성공한 희유한 사례에 해당한다.[13] 요컨대 『노마만리』는 제국 바깥으로 이탈하여 항일무력 투쟁의 대열에 합류했던 작가의 자전적인 글쓰기를 보여주는 텍스트이자 제국에 저항한 문화적 실천의 사례로 삼을 만한 주요 텍스트에 해당한다.

서문에 담긴 작자의 소회를 잘 살펴보면, 태항산행을 결행한 시기를 전후로 나누면서 부여하는 가치가 뚜렷하게 대비된다. 스스로 식민지 시기의 삶은 "도도한 탁류"를 거슬러 헤엄치는 도시 인텔리의 무난한, 그리고 양심에 따라 살고자 했던 삶이었고, 그러면서도 그 삶은 '유리알처럼 부서지기 쉬운 정신'으로 지탱되었음을 명시하고 있다. 식민지 시기의 삶이 연약하고 소시민적인 양심에 따라 살아간 굴곡없는 삶으로 전면화되었다면, 태항산행은 이런 연약한 삶과 결별한 결행이었음을 명시하고 있는 것이다. 이처럼 화자는 과거의 삶을 부정적인 것으로 처리하고 태

---

13 김윤식, 『해방공간 한국작가의 민족문학 글쓰기론』, 서울대 출판부, 2006, 76~87쪽 참조.

항산행을 전환점으로 삼아 '혁명을 지향한 비약'으로 표현하며 "스스로 자신의 신화를 만들어"[14] 간다. 그 결과 이야기의 행로는 태항산행 전후로 한 대비되면서 비밀공작원과 함께 노새를 타고 가는 태항산을 향한 모든 행로를 민족독립을 향한 제의의 국면으로 재구성한다. 그 제의성은, 자신의 연약한 과거와 단절하는 한편, 제국 일본, 국민당정부를 타자화하며 자신이 보고들은 모든 체험들을 민족과 새나라 건설에 바치겠다는 결의가 만들어낸 후광 효과이기도 하다.

이 자전적 이야기, 허구와는 구별되는 이야기의 가장 큰 특징은 "자기를 객관적으로 서술하고자 하는 '진실의 담론'과 자신이 옳았음을 증명하고자 하는 '정당화의 담론'"[15]이다. 그런 측면에서, 자신의 신화 만들기라는 특징이야말로 『노마만리』를 지배하는 이야기의 속성이라고 할 수 있다. 『노마만리』를 살펴보면 그 구성은 복마전으로 표현되는 북경호텔로부터 평한로를 거쳐 일본군에 봉쇄된 구역을 넘어 유격지구로 진입하는 시공간적으로 순차적인 방식을 취하고 있다.(1부 '탈출기'와 2부 '유격지구') 북경을 벗어나 일본군의 봉쇄선을 통과하면서 비밀공작원과 함께 거치는 관문은 피아가 대치하며 유격전을 벌이는 전투지역이다. 유격대 초소에서 소년병을 만나고 유격전이 펼쳐진 하룻밤을 보내는 등, 온갖 고초를 겪고 나서야 항일근거지로 접어들고 마침내 팔로군이 점령한 지역을 거쳐 태항산채에 이르게 된다.(3부 '항일근거지'와 4부 '노마 지지') 이같은 시공간적 순서는 '탈출 노상기'라는 제명에 걸맞는 구성을 이루지

---

14 유호식, 『자서전』, 민음사, 2015, 14쪽.
15 위의 책, 13쪽.

만 그 안에 담긴 내용까지도 순차적인 것만은 아니다.

텍스트에 등장하는 시공간은 개별적 시간을 역사화하면서 그 안에 담긴 인물과 사건을 허구가 아닌 '자아의 서사'로 재구성한다고 해도 그리 틀리지 않는다. 화자가 마주하는 것은, 북경에서 태항산 항일근거지로 탈출하는 과정에서 제국 일본과 맞선 중국대륙의 정세와, 당대 조선사회에서 지각하기 어려운 제국의 변경지대를 살아가는 인간군상이다. 소설이 '허구를 통한 진실'을 구조화한 것이라면, 이 자전적 글쓰기는 근대인의 자아가 추구하는 자기성찰을 바탕으로 자신의 정체성을 새로이 주조하는 면모를 띤다. 『노마만리』의 화자는, 무직자와 불량배, 고아와 같은 피카레스크소설의 주인공이 수행하는 '지상순례'에서 보는 공간들 — 병원과 감옥, 벽촌과 수도원, 인디언과 흑인들의 세계 — 과 마주서는 것처럼,[16] '복마전'으로 표현되는 북경반점에서, 화중, 화북의 여러 도시와 오지에서 찾아든 조선인들로 북적이는 모습을 면밀히 관찰한다. 화자가 관찰하고 있는 인간군상은 일본이 패전한다면 제국의 운명과 같이해야 할 "옆구리에 피묻은 돈이 수두룩한 사람들"(259쪽)이다. 이들은 배불뚝이 아편장수와 갈보장수와 송금브로커와 군 촉탁, 총독부 촉탁, 헌병대나 사령부 밀정 같은 특무 같은 온갖 종류의 인간들로, 거금을 들여 새로 사들인 호화로운 차에 기생을 태워 드라이브에 나서는 상해를 중심으로 활약하는 헌병대 밀정 짓이 아니면 엽색행각에 여념이 없다. 헌병보조원과 축첩으로 숙소를 옮기는 서주에서 온 곡물장수, 나날이 떨어지는 화폐가

---

16 티모시 브레넌, 류승구 역, 「형식을 향한 국가의 열망」, 호미 바바 편, 『국민과 서사』, 후마니타스, 2011, 101쪽.

치에 시계와 보석과 골동품 사들이기에 여념이 없는 남경에서 온 어떤 회장 등, 이들의 면면은 제국의 퇴락을 보여주는 말기적 증상을 은유적으로 재현하기에 충분하다. 이들은 현실에 불안해하면서도 축재와 축첩 등으로 각자도생各自圖生에 여념 없는 변방의 타자에 해당한다.

타자들을 타자화하는 주체, 이야기하는 주체인 화자의 시선에는 타자화된 존재들의 남루함, 제국의 변방에서 살아가며 제국의 패망과 함께 사라질 군상과 변별되는, 정당화의 논리를 은폐하고 있는 근대적 개인의 면모가 확연하게 드러난다. 화자는 10일 전, 서주와 남경에서 일본군의 지배에서 벗어나는 탈출계획이 좌절되었으나, 일본군대에 끌려간 학도병들의 연이은 탈출 분위기를 접하면서 자신도 일본의 지배권을 벗어나고자 시도하던 끝에 운 좋게도 비밀공작원을 만나 태항산으로 향하게 된 존재다. 화자는 이제 제국의 변방에서 각자도생에 여념 없는 타자들과 결별하며 제국의 변경에서 범람하는 새로운 풍정들에 눈돌리고 있다.

화자가 관망하는 중국대륙 정세는 '새로운 태양'(265쪽)으로 명명된 희망 찬 전망으로 가득하다. 중국공산당의 팔로군은 항일투쟁과 병행해서 장개석의 국민당정부와 맞서 싸우고 있으며, 그들이 점령하며 세운 인민정부는 속속 농민을 해방시키고 인민들을 도탄에서 구원하는 유력한 반제국적 세력이다. 더구나 이들에게는 이들을 조력하는 조선인 혁명가와 애국청년들이 있다. 이들이 싸우는 해방구역의 산채를 떠올리며 화자는 자신의 행로를 정의로운 길로 탈바꿈시키고 있다. 화자는 스스로 조국을 찾으려는 전쟁의 마당에 뛰어들어 나라에 초석을 놓겠다는 결의를 다지고 있다.(265쪽)

쓰시오, 쓰시오. 모두 기록으로 남겨 두시오. 이 화북 땅에도 조국을 찾기 위해 목숨을 바치고 피를 흘린 동무들이 있었다는 것을 때를 만나 돌아가거든 국내 동포들에게도 알려야지요. 이 관내의 중국땅에서는 그래 총을 들고 왜적과 싸우기는 우리들입니다. 중경서 영감쟁이들은 책상 머리에 대신(大臣) 말뚝이나 세워 놓고 서로 으르렁거리고 있군요. 일본이 망하면 돌아가서 한자리씩 해볼 궁리만 앞서지 왜놈들과 싸울 생각이야 날 뻔하오? 하기는 실지 공작을 하는 가운데서 동무로 더 절실한 기록을 쓰게 되리다.(333쪽)

화자는 항일유격대원들의 입을 빌려 세세한 시대의 풍정을 기록하는 '글쓰는 주체'가 가진 역사적 소명을 제시한다. 화자의 기록은 허구를 창조하는 작가의 몫이 아니라 역사의 진실을 전달하는 기록자의 소임이 분명하다. 기록자의 임무는 항일전선에 국한되는 것이 아니라 '때를 만나 귀환한 뒤 조국의 현실'에서 기여할 / 해야 할 부분까지 암시되어 있다.

제국주의가 쇠퇴하는 시대 변전 속에서 이 주체는 작가로서의 자신의 역할을 성찰한다. 이 과정에서 그는 일본 내지에서 재현했던 식민지의 하위주체들의 비참상을 다루었던 창작의 지평에서 벗어나, 중국대륙에서 펼쳐지는 반제국주의 전쟁에 동참하려는 자신의 행위를 민족과 새나라 건설에다 접합시키고 있다. 화자는 제국의 영토에서 탈출하여 제국과 맞서는 전선으로 향하며 보고 듣고 느끼는 체험들을 '역사적 시간으로 공간화하며'[17] '자아의 이야기'를 네이션-스테이트의 이야기로 전유해 나간다. 바로 이 지점이야말로 '해방'이라는 시대적 분기가 가진 역동성이자 선취된 미래가 작동하는 대목에 해당한다.

글쓰는 주체로서 화자가 응시하는 인민정부 수립의 새로운 역사는 곧바로 항일전선에 투신하여 '새로운 성장을 얻어 나라의 조그마한 초석'이 되는 값진 경험으로 바뀐다. 이러한 결의와 태도는 해방구 내 농민들의 생활과 인민군의 사정, 모택동 노선의 신민주주의 문화에서 건설적인 면을 관찰하여 새나라 건설에 기여하겠다는 의지(265쪽)와 결합되어 있다. 화자의 이러한 의지는, 해방구에서 목도한 새로운 기획을 면밀히 관찰하여 새로운 민족국가 건설에 기여하겠다는 민족을 표상하는 집단적 주체와 그리 차이나지 않는다. 화자 스스로 토로하는 '작가의 낭만'이라는 내면 문제는 "이국 산지에서 조국의 광복을 위하여 적들과 싸워나가는 동지들의 일을 기록하는 일에 작가로서의 의무와 정열"(265쪽)로 치환되고 있다. 이렇게 보면, '기록자로서의 작가적 의무감과 정열'이야말로 『노마만리』를 이끌어가는 이야기의 주된 동력에 해당한다.

화자는 중국의 혁명적 정세와 역사적 체험을 조선의 미래 현실로 대입시키고 있다. 그는 해방구역 산채마다 펄럭이는 '조국의 깃발'을 바라보며 미구未久에 올 독립의 현실을 꿈꾸고 있기 때문이다. 그러나 화자가 품는 소망은 이야기의 공시적 차원을 역사적 삶으로 비약시키는 면모이기도 하다. 여기에는 제국 일본의 봉쇄선을 돌파하면서 모험에 버금가는, '자기성찰과 구별되지 않는 정당화의 논리'[18]가 작동하고 있다.

---

17 위의 책, 462쪽.
18 위의 책, 13쪽.

3. 『노마만리』와 '자전적 이야기'의 문법

―정치적 망명과 주체의 자기성찰

일반적으로 정치적 망명과 관련된 어휘는 문학적 의미와 정치적 의미로 나누어진다. '유형流刑 대 국외추방, 망명자 대 이민자, 방랑객 대 피난민, 대이동 대 대탈출' 등, 문학과 정치의 대립적 도식 안에 감추어진 망명과 민족주의와 연관에는 '패자와 승자, 거절과 축하의 느낌'이 짙게 배어 있다.[19] 하지만 '정치적 망명과 저항적 주체의 자기성찰'을 담은 김사량의 『노마만리』에서 정치적 망명은 제국의 질서에서 벗어나 항일근거지로 탈출하는 과정에서 모두 '패자의 감정'과 '거절의 느낌'이 아닌, '승자의 감정'과 '축하의 느낌'으로 재구성된다. 무엇보다도 그것은 일본군대의 봉쇄선과 항일유격지구에서 벌어지는 격전에서 제국의 쇠퇴한 면모와 임박한 해방에 대한 예감, 자신의 나라와 언어와 문학적 정체성에 대한 자기발견을 가능하게 만든, 제국에서 이탈한 화자의, 저항적 주체로서의 자기 발견적 조건에서 연유한다.

유격지구에서 만난 항일혁명군들이 질문하는 식민지 조선의 상황에 대해, 화자는 살인적인 물가와 기아적인 임금, 강화되는 수탈로 인해 고조되는 반일 감정을 언급하고 있다. 또한 징용과 보국대로 노무를 강제 공출당하고 농민들은 노예와 같이 공장과 광산으로 붙들려 나가며 청년들은 징병으로 학병으로 전장에 내몰리며 깊은 산중에는 탈주병과 기피

---

19 티모시 브레넌, 앞의 책.

자들이 무리지어 다니는 형편에 대해서도 언급한다. 그런 다음 화자는 "국내 유격전의 전야"를 이루는 상황에서 "이러니만치 국외에서 있어서 무기를 들고 적에게 육박하는 반일혁명군의 존재는 국내 동포에게 커다란 희망과 용기와 자신감을 북돋아주는"(293쪽) 처지라고 기술한다. 이때 화자의 위치는 북경반점에서 태항산 항일근거지 산채에 이르는 제국의 경계 안팎에 걸쳐 있다. 그 위치는 제국의 수행자인 타자들로부터 제국에 맞서는 팔로군과 조선인 항일빨치산과 탈주한 학도병, 아들의 죽음으로 실성한 이름 없는 노파에 이르는 대항 주체들과 대면하는 경계의 지대, 제국의 변경에 해당한다.

화자는 '군복만 입지 않았으면 분명 여학생일 군복의 여병이 탁자 위에서 연설하는 모습'을 바라보며, 연방 팔로군과 모택동선생, 주덕 장군을 되뇌는 것이 정치연설이 아니면 시사해설임을 짐작하며, 청중들의 박수와 폭소에 "정말로 새로운 땅, 미지의 나라에 왔다는 느낌", "새로운 정의의 세계에 연결되는 이 땅이요, 새 시대의 올리닫는 역사와 결부되는 이 시간"(313쪽)을 절감한다. 이 시공간은 '국민국가의 시간'으로 확정된 세계가 아니라 '제국의 시간'과 '혁명의 시간'이 뒤섞인, 팔로군과 국민당군대, 일본군대와 조선인 항일유격대가 상호 연계된 혼성적 공간임을 말해준다.

『노마만리』의 화자는 혼성적 공간에서 일제의 군대가 저지른 만행과 그에 대비되는 중국공산당 팔로군의 규율에 감복한다. 화자의 세심한 관찰의 시선은 그들이 민가 부근에 숙영할 때 민폐를 삼가는 모습으로 모아진다. 그는 팔로군의 이런 군대규율을 "나라를 위해 목숨을 내건 이네들이 이렇게까지 돌봐주고 아끼니 인민이 이 군대를 아니 따르고 아니

받들 이유가 없을" "그들 자신이 인민"(325쪽)이라고 결론을 내린다. 그리하여 그는 "나라를 아끼고 평화를 사랑하는 노동자, 농민, 지식으로 이루어진 인민의 전위대, 중국 인민이 외적의 침략을 받고 있는 한, 봉건의 쇠사슬이 풀이지 않는 한, 제국주의의 착취가 없어지지 않는 한, 장개석의 독재자 무너지는 날까지 끊임없이 일어나고 또 일어나고 단결하여 영원히 저항하며 진격할 인민의 군대"(326쪽)로 인준하고 있다. 이같은 공감과 인준은 국제주의의 관점에서 제휴된 연대의식으로까지 고양된다.

단시일이나마 나는 벌써 여기서 새로운 세계를 보았으며 새로운 백성의 대지를 거닐고 있으며 새로운 사람들을 대하였으며 새로운 하늘을 우러러보고 있는 것이다. 원수를 물리치고 인민을 건지고자 다같이 일어나 우렁찬 혁명의 함성 속에 빛나는 새날을 맞이하는 세계였다. 그것은 가장 고귀한 정의와 진리의 힘이 밑바닥에 뿌리를 박고 인민을 키우는 대지였다. 그것은 피와 굶주림의 지루한 어둠 속을 지나왔기 때문에 새로 맞이하는 광명을 온 대지 위에 펼쳐 넓히기 위하여 싸울 줄을 알게 된 사람들이었다. 여기서 새 정신, 새 생활, 새 문화가 이룩되는 것이다. 그리고 그것은 진리의 별이 빛나고 자유의 깃발이 퍼득이는 세계의 6분지 1에 연달린 하늘이었다. / 인민의 최하층에서 일어난 혁명! / 최악의 조건과 환경속에서 키워진 싸움! / 이러하여 각고刻苦 반반 세기 동안 인민의 환호와 지지 아래 대하처럼 저지할 줄 모르고 외적의 철조망을 뚫고 전제계급과 군벌의 쇠사슬을 끊으며 나가는 힘! 드디어 중국인민은 일어난 것이다. (…중략…) 인민이 일어나 제 나라를 다시 차지하게 된 민족은 얼마나 행복스러운 것인가? 모름지기 이 중국의 혁명과정은 거의 같은 단계에 처해 있는 우리 조선에 무한한 경험과 교훈을 제공하는 바다. / 우리의 조국을 쇠사슬로 얽어맨 파쇼 일본의 팔죽지에서는 이미 맥박이 사라져가며, 우리 3천만의 가슴동아리를 내리 밟고 있는 놈들의 모진 흙발에서는 거의 기력이 잦아 가고 있지 않는가. / 일어나라 조국의 겨레여! / 동무들이여 앞으로 나서라!(365~366쪽, 강조―인용자)

『노마만리』에 기술되는 중국대륙은 '반제국' '탈봉건' '탈식민'이 힘차게 전개되는 장소이다. 이곳은 그가 본 '새로운 세계'일 뿐만 아니라 향후 건설돼야 할 조선의 진로이기도 하다. '거의 같은 단계에 처한 식민지조선에 필요한 경험과 교훈을 제공해준다는 것'은 국제주의적 연대 속에 이룩하는 중국의 혁명과정이 가진 저항의 가치와 정치적 실천방향을 함께 시사해주고 있다. 조국의 겨레를 향해 독려하는 외침[20]은 중국 인민과 조선인들이 연대, 결속하여, 오래지 않아 쟁취할 민족해방의 미래라는 확신에서 비롯된다. 이런 과정에서 화자가 미래를 끌어오는 의미론적 지평은 "유격전의 전야"에서 '해방의 혁명 전야'로 바꾸어놓으며 연이은 학병 탈출과 탈출학도병들의 무리가 항일근거지를 향하는 현실을 구체적인 징후들로 거론할 수 있게 만든다.[21]

---

20 이러한 자주적인 네이션-스테이트 수립에 대한 언급은 해방 이전에 발화된 영토 회복을 위한 저항이긴 하지만 해방 이후 전개된 남북의 체제수립 경합과정과 함께 고려해야 한다.
21 "우리 민족의 젊은 주인공들을 사지로 내보내는 가슴 아픔이 여간 아니었으나 그들에게 우리들의 기대하는 바도 또한 적지 않았었다. 이네들은 정녕 우리들의 기대를 저버리지 않았었다. 포악한 일본군대 안에서 업신여김을 받고 불의의 전지에서 아까운 피를 흘리는 가운데 나라 없는 설움을 더욱이 뼈아프게 느꼈을 것이다. / 싸움의 옳고 그름을 판연히 깨달았을 것이다. / 마침내 원수를

정치적 망명을 결행한 화자가 탈식민적 징후들을 선취하면서 서발턴을 역사적 주체로 인준하는 절차와 함께 내면에서 일어나는 사태는 바로 자기성찰이다. 거기에는 일본 내지에서 활동했던 자신의 문학적 이력에 대한 비판[22]에 대응하는 대목도 부가되어 있어서 자못 흥미롭다. 자전적 글쓰기 또는 자서전에서 '나는 누구인가'의 문제는 존재론적 질문이면서 동시에 자기 인식의 욕구에 대한 내밀한 근거를 찾으려는 욕망에 바탕을 두고 있다. 자전적 글쓰기의 주체는 자신의 과거를 적극 해명함으로써 자신의 정체성을 규명하는 한편, 실재했던 과거의 사건을 드러내는 것은 물론, 자신의 이상과 비전을 드러냄으로써 자기 삶의 일정한 의미와 방향을 제시하기도 한다.[23] 태평양전쟁 이튿날 예비검속으로 구금당한 적이 있었던 화자는 자신을 회유했던 제국의 수행자들로부터 받은 협박을 회상한다. 화자는 "남방군에 따라다니면서 '황군'을 노래하고 전첩을 보도할 결심만 한다면 당장이라도 풀어놓으리라"(294쪽)는 회유와 함께, 종군작가가 되라는 제안을 거절하면서 자신을 저항적 주체로 재배치하려는 욕망을 숨기지 않는다.

이처럼 자전적 글쓰기 주체인 화자가 자리한 문화적 위치는 민족주의적이면서 동시에 민족주의를 넘어서고 있는데, 이는 호미 바바가 언급한 것처럼 "역사성에 대한 것이라기보다는 시간성 주변을 둘러싸고 있는 삶

향하여 열명 스무 명씩 이렇게 일어나 싸움의 칼을 들기 시작하였다."(286쪽)

22 '지방의 현실에 대한 불평 — 그것을 흡사 중앙에 가서 읍소하고 있는, 그러한 일면이 있다'고 보았던 김종한의 비판적 관점(「新しい半島文壇の構想 座談會」, 『綠旗』 4~7, 1942.4; 곽형덕, 앞의 글, 423쪽 재인용)은 해방 이후 좌담회에서도 제기된 바 있다. 봉황각 좌담회(1946)에 관해서는 김윤식, 『한일문학의 관련양상』, 일지사, 1974 및 김윤식, 앞의 책 참조.

23 유호식, 앞의 책, 102쪽 참조.

의 한 형식"[24]에 가깝다. 그는 제국의 변방에서 만난 제국의 수행자들을 비롯한 수많은 타자들과 대치하는 혼종적인 지점에다 제국의 대항주체인 수많은 하위주체들을 배치한다. 항일유격지구에서 만난 유격대원들이 바로 이들이다. 이들은 유격지구로 찾아든 조선의 작가에게 쌀의 시세와 화폐의 가치를 묻기도 하고, 징병과 징용과 보국대의 형편이 어떤지, 떠날 때 어떤 꽃이 피었는지를 묻고 있다.(293쪽) 이들 하위주체들에게 식민지 조선이라는 조국은 제국의 경계를 넘어 존재하는 제국과 맞서는 삶을 이루는 질료, 일상적 감각을 투영한 재현된 세계의 일단에 가깝다. 화자를 향한 하위주체들의 질문공세는 제국의 경계 바깥에서 발화되는 서발턴의 소박한 세계, 저항의 주체들이 바라는 삶의 범속성을 환기하는 질료가 무엇인지를 확인시켜준다. 그것은 전시이든 평시이든 살아가야 할 삶의 방식과 토대에 해당하는 부분이다.

북경을 벗어나 일본군의 봉쇄선을 탈출하는 경로를 거쳐 항일유격대가 출몰하는 유격지대, 항일근거지를 거쳐 태항산 산채에 도착하기까지, 화자는 서발턴들과 함께 공유하며 회상하는 '과거'를 자기구원을 위한 질료로 삼는다. 글쓰는 주체인 화자는 이 질료들을 버무려 하위주체들을 '피식민적 서발턴'에서 '주체적인 인민'으로 재탄생시킨다. 화자는 태항산의 항일전선으로 향하는 길에서 접한 일본군의 온갖 만행들 — 투옥과 고문으로 죽은 아버지를 이야기하는 소년 유격대원, 일본군대 아들을 빼앗겨 실성한 배장수 노파의 슬픈 사연 등을 들으면서, 하위주체들의 역

---

24 호미 바바, 앞의 책, 455쪽.

사적 주체로 인준하며 더불어 자기구원을 위한 의식을 치르고 있는 셈이다. 자기 구원의 여정이 마무리되는 마지막 곳이 바로 태항산중에 있는 항일근거지이다.

　　침침한 이 거리를 지나 밭두렁길에 다시 올라서니까 우리들의 걸음발은 자연 빨라진다. 죄악과 허위와 노예의 세계를 두루 헤매기 30유여 년, 가슴이 술렁거렸다. 난만히 꽃을 피운 황하밭 가를 지나노라면 그윽한 향기가 바람결에 흐뭇이 퍼져 흐른다. 멀리서 우리 의용군의 나팔소리가 대기를 흔들며 유량히 들려온다. 수수밭 사이 밭두렁길을 농부들이 연장을 메고 집으로 돌아가며 노래를 부르고 황하밭 속에서는 젊은 아가씨가 한 아름 흰꽃을 안고 서서 우리 일행을 유심히 바라본다. 낙조가 물들기 시작한 전원에는 소리없이 저녁 안개가 내려 덮히고 있었다.(391~392쪽)

화자는 항일근거지 군정학교 대문이 마주보이는 곳에 숙소를 마련한다. 그런 다음 그는 무한한 감회 속에 자신이 탈출해온 어두운 거리와 '죄악과 허위와 노예의 세계'를 헤매인 30여 년의 과거와 결별한다. "이제 빛을 섬기는 싸움의 길을 찾아 머나먼 노정을 끝내고서 몽매간에도 그리던 곳에 당도"한 화자는 "형용할 수 없는 감회 속에" 강가의 밭과 꽃향기가 바람결에 흐르는 전원, 젊은 처녀가 꽃을 한껏 안고 노래 부르고 수수밭 밭두렁길을 농부가 연장을 메고 집으로 돌아가는 마을의 목가적인 풍경을 기술하고 있다.

이곳이야말로 대원들의 군사조련과 군가를 부르는 소리로 가득한 저항의 이상화된 장소이다. "왜놈들이 하나도 없는, 사철 꽃이 만발하고 땅은 기름지며 바다에는 굴, 조개, 고기 수북한 꿈 같은 섬"으로, "의인들이 많이 모여 나라를 찾으려고 무술을 닦고 있다는" 남풍도는 "다름아닌 태항산중"(387쪽)이다. 이상화된 구전 속의 '남풍도'가 '태항산중 본거지'로 대체되는 맥락은 에드워드 사이드의 표현으로는, '문화적 영토 회복의 노력'[25]의 일단이자 '저항의 문화적 실천'이 공간화된 것에 가깝다. 그 결과, 당산농장에서 이곳으로 들어선 노인의 행적이나『노마만리』의 글쓰기 주체는 자신의 정치적 망명을 패배자, 피억압자의 위치에서 승리와 축하의 의미로 역전시킬 수 있는 힘을 구비한다. 이들은 과거를 부활시켜 시간과 경험을 공유하면서, 무너진 고향과 뿌리 뽑힌 친족 공동체의 빈 공간을 '민족 해방'의 전망들로 채워나가기 때문이다. 그 거점이 바로 태항산중의 의용군 산채이다.

4. 탈식민의 저항적 주체와 문화적 실천

사이드는 제3세계의 탈제국주의 작가들에게는 '자신들의 가슴 속에 간직한 자신들의 과거' "그 과거는 굴욕적인 상처의 자국으로서, 탈식민지 미래를 향해 가는 잠재적으로 재수정된 과거의 비전으로서, 긴급하게

---

25 "탈식민화의 핵심인 느리면서 종종 격렬하게 논의되는 지리적 영토의 회복보다 ― 제국의 경우처럼 ― 문화적 영토 회복이 선행되는 작업이다." 에드워드 사이드, 김성곤·정정호 공역, 『문화와 제국주의』, 도서출판창, 1995, 369쪽.

재해석될 수 있는 경험 ─ 여기에서 그 전에는 침묵을 지키던 토착민들이 총체적인 저항 운동의 일부분으로서, 식민주의자에게서 반환된 영토 위에서 말하고 행동한다 ─ 으로 나타난다"[26]라고 언급한 바 있다.

『노마만리』에서 가장 인상적이고 아름다운 대목의 하나는 '4부 노마지지'의 1장 '어서 가자 나귀여!'에 서술되어 있는 어머니와 가족, 고향을 회상하는 장면이다. 칠순노모에 대한 걱정에서부터 생계잇기에 골몰하는 아내에 대한 염려를 뒤로 하고 떠난 화자 자신의 미안함이 서두에 배치된다. 그런 다음 화자는 어린 시절로 소급해서 고모네 집으로 놀러 간 추억들을 전경화한다. 나귀에 앉아 상념이 이끄는 어린 시절에 대한 회상은, 여름방학 때 두루섬에서 보낸 행복한 시간으로 향한다. 화자는 자연의 풍광과 고모집에서 보낸 고기잡이와 구운 감자를 먹던 시절을 떠올리면서 달도 없는 밤 고모의 무릎을 베고 누워 옛이야기 듣던 밤과, 살갑게 굴던 사촌누이, 수놓는 섬처녀애의 환대 속에 밤늦도록 수다를 떨며 까불어대던 변화한 광경 등등을 회상한다.(366~368쪽) 하지만, 그 어린 시절 두루섬에 대한 마음의 행로는 어린 장남을 섬에 두고 중국으로 떠났기 때문만은 아니다. 어린 시절의 고향에 대한 행복한 회상을 대체하는 것은 황량한 식민지조선의 현실에 대한 상념이다.

　　떠나기 얼마 전 나는 평양 길가에서 우연히 이 섬동네의 사촌누이를 만났었다. 때묻은 무명저고리를 후줄그레하니 걸친 채 등에는 어린애를

26　에드워드 사이드, 앞의 책, 373쪽.

업고 머리에는 짐을 잔뜩 이고 있었다. 그 옛날의 탐스럽게 빛나던 검은 머리는 흩어지고 호수처럼 맑기 바이없던 눈은 정기를 잃었으며 언제나 그칠 줄을 모르는 웃음이 터져나오려던 도톰한 입술이 핏기 하나 없었다. 화려하고도 슬기롭던 인상은 고생에 지치고 또 지치어 그 자취도 알아볼 길이 없었다. / 사랑하는 남편까지 일본의 어느 탄광으로 잡혀갔기 때문에 더욱이나 간고해진 살림살이를 꾸려 나가노라고 날마다 밤을 새워 가며 열두 새 무명을 짜가지고 나왔노라고 하였다. 눈에는 이슬이 방울방울 맺혔다. 벙어리 아빼네는 벌써 전에 만주로 떠났고 나를 놀려 주기 좋아하던 쌍겹눈의 색시는 남편을 공출놀음에 때워 놓고 고생한다고 하였다. 아―어째서 이런 일이 그대로 있어 될 것인가? 사촌누이의 얼굴 속에 또다시 어여쁜 웃음빛이 떠오르고 아빼네도 다시 제 고향으로 땅을 찾아 들어오는 날이 와야 할 것이다. 쌍겹눈의 색시의 남편도 감옥에서 나오고 누이의 사랑하는 이도 생지옥에서 솟아나올 날이 하루라도 빨리 와야 할 것이다. 오직 이 날을 맞이하기 위하여 살아 돌아갈 생각을 하느니 목숨을 바치고 싸워야 하리라. 싸우리라! 어서 가자 나귀여!(369쪽)

평양을 떠나기 얼마 전 거리에서 우연히 마주친 섬동네 사촌누이의 일화는 수탈적 식민체제가 빚어낸 하위주체들의 가난과 황량한 일상을 축약하고도 남는다. 섬동네 사촌누이의 남루한 행색에서 식민지 조선의 참혹한 고초가 '스스로 말할 수 없는' 하위주체들에게까지 스며든 현실을 절감한다. 그러한 현실 체감을 통해 화자는, 식민체제의 가혹한 권력 기제와 맞서 결의를 다지는 계기로 삼는다. 징용나간 남편 때문에 모진 생계살이에 밤새워 무명을 짜서 나온 사촌누이의 처지를 뒤늦게 알게 되고, 그녀의 남루한 행색을 바라보는 화자의 시선은 식민체제에 대한 공분과 하위주체들에 대한 연민으로 바뀐다. 그 연민은 만주로 이주한 벙어리 아빼네의 귀향과, 놓아준 쌍겹눈의 색시 남편의 무사귀환을 염원하며 '제 고향을 되찾는 그날'을 앞당기기 위해 싸우겠다는 결의로 변주되는 것이다.

화자의 내면에서 일어나는 회상과 대치된 식민지조선의 비참한 현실에 대한 상념은 '저항의 문화적 실천을 위한 문화의 영토화'에 해당한다. 사이드는 '외부 침입에 대항해서 싸우는 일차적인 저항의 시기를 거친 이후, 식민체제의 모든 억압에 저항하여 공동체 사회에 대한 감각과 의미를 구출해 내거나 회복하기 위해 해체된 공동사회를 재구성하려는 노력이, 이데올로기적 저항의 시기에 지도자, 시인 소설가, 예언자들, 역사가들을 비롯한 저항적인 지식인들에 의해 일어나는데, 이들은 개인적 과거에서 발견된 목가적인 세계만이 아니라 식민주의의 굴욕에 반응하며 이전에 알려진 것보다 더욱 광범위한 이데올로기적 토대를 찾아내야 할 필요성을 학습하며 자기의 것을 재발견하고 복구하려는 노력을 기울인다'라는 취지의 언급을 한 바 있다.[27] 이같은 언급은 수탈적 식민체제가 파괴한 공동체 사회의 복원을 위한 노력의 일단으로 개인의 과거를 활용한 저항텍스트로의 전유를 뜻하는 것이다. 이런 맥락에서 보면, 김사량의 『노마만리』는 식민체제의 수탈과 억압에 직접적으로 반응하며 개인

---

27 위의 책, 369쪽.

들의 과거로부터 그 수탈과 권력의 오남용에 고통받는 현실과, 저항하는 대륙의 현실을 서로 중첩시켜 식민체제와 저항하는 문화적 영토를 구축해나가고 있는 셈이다.

소환되는 과거가 수탈적 식민체제에 대한 공분과 해방을 위한 투쟁의 당위성을 재배치하는 질료에 해당한다면, 패색 짙은 일본군대의 현실을 기술하는 텍스트의 행로는 제국 일본군대의 잔혹성과 팔로군의 너그러운 포로 관리방식을 거쳐 교화된 포로들이 민주시민으로 거듭나리라는 소망과 기대 속에 이루어지는 문화적 실천을 보여주고 있어서 흥미롭다. 일본군 포로의 교화사업에 공들이는 팔로군의 정책을 바라보면서 화자는, "이네들도 굴개를 벗어 던지고 바른 정신이 든다면 머지않아 새 세계를 이룩할 역군이 될 것이며 민주일본 건설의 귀중한 주석이 될 것"(350쪽)이라고 생각한다. 하지만 이런 자신의 소망어린 의식을 두고, 화자는 '적에 대한 분개심을 넘어선 팔로군의 넉넉하고 우람한 사상 때문'(350쪽)이었는지를 되묻는다. 다음 대목을 보자.

허나 다음 순간엔 저도 모르게 혼자 소스라치게 놀라는 저 자신을 의식하였다. (…중략…) 30여 년간 우리의 기름진 국토를 타고 앉아 우리 겨레의 목줄기를 비틀며 사랑하는 부모형제를 감옥 속에서 썩이고 우리의 동생들을 총칼로 위협하여 죽음의 전쟁판으로 몰아내고 심지어는 어린애들의 소꿉노래까지 빼앗은 이놈들이다. 참지 못할 분노와 억제 못할 적개심의 전위로서 끊임없이 싸워 왔던가? / 조국의 깃발은 나의 가슴에 안기기 전에 나의 몸뚱이를 두드리며 묻는 것이다. 충실하였느냐 조국 앞에? 그동안 내가 찾아 헤매던 것이 무엇이냐? 안일이었다. 하찮은 자기변호의 그늘 밑이었다. 자포자기의 독배를 들며 나날이 여위어가는 팔다리를 주물던 일이 결코 자랑일 수 없으며 깊은 골짜기로 찾아들어가 삼간초옥에서 나물을 먹고 물 마시며 팔을 베고 도사인양 주경야독晝耕夜讀하며 누웠대서 결코 아름다울 수 없을 것이다. 아니 엄정히 말할진대 도리어 놈들의 총칼 앞에 무릎을 꿇기가 일쑤였던 치욕의 반평생 — 뉘우침이 스며들어 치가 떨렸다. 이러한 시기에 허구한 오랜 세월 총칼을 들고 이 나라 우수한 아들딸들은 적들과 죽기로 싸워 왔거늘. 적을 가장 옳게 미워할 줄 아는 사람이 제 나라를 가장 잘 사랑할 줄 아는 사람이다. 나는 무엇보다도 적을 좀 더 미워할 줄부터 배워야 할 것이다.(350쪽)

다소 긴 인용이지만, 이 대목에서는 "자신을 죄인처럼 제시하면서 스스로를 비난하고 죄의 고백을 통해 구원을 얻고자"[28] 하는 장면을 접할 수 있다. 미셸 푸코의 표현을 빌려 말하면, 이 장면은 '자기와 양심의 검토',[29] 자기에 대한 심문 장면에 해당한다. 마음의 법정에 선 '자기'라는 주체는 '모든 것을 수탈당한 적 앞에서 적개심의 전위로서 싸워왔는가'라는 물음을 통해 결여된 자신을 고백하고 참회한다. 자포자기와 은둔의 길이 결코 아름다운 것이 아니고, 자신의 모든 생이 총칼 앞에 무릎을 꿇은 "치욕의 반평생"으로 규정된다. 이제 고백과 참회를 거쳐 탄생한 자기라는 주체는, '적을 가장 옳게 미워할 줄 아는 사람, 제 나라를 가장 잘

---

28 유호식, 앞의 책, 104쪽.
29 미셸 푸코 외, 이희원 역, 『자기의 테크놀로지』, 동문선, 1997, 63쪽.

사랑할 줄 아는 사람이 되기 위해' '적을 좀 더 미워할 줄 하는 마음부터 배우리라' 다짐하는 존재이다. 인용에서 보듯, 이러한 고백과 참회, 다짐에 이르는 절차야말로 저항의 주체를 탄생시키는 자기심문의 인상적인 경로가 아닐 수 없다.

그러나 저항의 주체는 다시 국가가 호명하는 주체로 재탄생한다.

"여기에도 또한 우리 조국의 깃발이 있는 것이오."

대표 동지는 이렇게 부르짖었다.

"이 깃발을 우러러 멀리 조국으로부터, 적지구로부터 사선을 넘어 친애하는 이 동무들이 달려온 것이오, 우리의 깃발은 이렇게 외칩니다. 멀지 않아 내 조국의 강토 위에, 민중의 가슴 위에 퍼득이리라!"

소리 없이 나는 울고 또 울었다.(397쪽)

'조국의 깃발' 아래서 터져나오는 화자의 소리없는 울음은, 제국 일본이 일으킨 태평양전쟁과 중국대륙에서 치르는 전쟁을 "서양민족과 동양민족의 싸움"(348쪽)으로 분석하고 "우리 일본은 어디까지나 동양민족의 맹주로서 힘을 모아 백색종을 때려눕히자는 것"(348쪽)이라는 일본군 포로의 강변에 반응하는, 주체의 공분이나 적의와는 다른 맥락을 갖는다. 이 울음은 자기의 고해성사 끝에 탈식민 이후의 미래를 선취하는 저항세력의 본부에서 "조국의 강토"와 "민중의 가슴 위에" 펄럭일 독립의 징표인 국기 앞에 호명된 주체의 신체 반응이다. 조국의 깃발 앞에 터져나오는 울음은 고백과 참회에 그치는 것이 아니라 역사의 주체, 탈식민의 저항주체로서 문화적 실천을 감행하려는 역사적 개인의 내면의 응답인 셈이다. 또한 이는 피고인이자 판관으로 분리되지 않는 양심의 법정에 선 '자기'가 무의식적으로 반응한 신체적 표지에 해당한다.

사이드에 따르면, 탈식민지화하는 문화적 저항에는 세 가지 커다란 주제가 등장한다.[30] 첫째, 문화적 저항의 주제 하나는 제국에 침탈당한 공동사회의 역사를 전체적으로 일관성 있게 종합적으로 보는 권리에 대한 주장이고, 둘째, 저항이 제국주의에 대한 단순한 반동이 결코 아니고 인간의 역사를 생성하는 대안으로서의 방법이라는 생각이며, 인간의 공동 사회와 해방에 대한 좀 더 통합적인 견해를 지향하여 분리주의적 민족주의에서 개방되는 주제이다. 이 첫 번째 주제가 환기하는 것은, 베네딕트 앤더슨이 인쇄자본주의와 관련지은 민족어 개념과 민족문화에 대한 실천 문제와 직결된다. 요컨대 민족문화는 공동의 기억을 조작하고 지탱하는 데 활용되는 그것은 삶, 영웅, 여걸에 대한 복원된 방식을 활용함으로써 과거의 풍경을 되살려내고 또 이용하는 국면이며, 이를 통해 문화적 저항과 민족적 긍지의 표현과 정서를 구축해 나가는 주제들이다. 식민지조선인들의 비참상과 재일조선인과 같은 하위주체의 주변적인 위상에 대한 내러티브(이것은 김사량의 문학이 가진 특장이기도 한데), 자서전과 수감에 대한 회고록 등이 서구 열강들의 기념비적 역사나 공식적인 담론, 총괄적인 유사학문적 관점에 대한 대칭면을 형성한다는 것이 사이드의 탁견이다.

문화적 저항의 두 번째 주제는 인본주의라는 보편적 가치와 연관된

---

30 에드워드 사이드, 앞의 책, 379~381쪽 참조.

것으로 『노마만리』에서는 국제주의적 제휴와 연대를 통해 하위주체들이 정치적 시민으로 재탄생하는 것, 더 나아가 민족의 독립과 해방이 꿈꾸는 신생국가의 기획이 저변을 이루는 보편이념의 문제이다. 사이드는 이 주제가 대도시문화에 저항하는 글쓰기, 동양과 아프리카에 대한 유럽적인 내러티브를 교란하기, 그러한 것들을 좀 더 흥미 있게 좀 더 강력한 서술체로 대체하기 등등을 열거하고 있으나 유럽과 서구의 담론에 개입하고, 그것과 혼합하며 그것을 변형시키고, 주변화 되었거나 억압되었거나 망각되었던 역사를 알게 하려는 노력이라는 점에서, 사이드는 '안으로의 여행'(380쪽)이라 표현하고 있다. 문화적 실천의 세 번째 주제는 탈식민지화의 기간 동안 제국주의적 세계를 통해서 항거와 저항과 독립운동이 하나 또는 다른 민족주의에 의해서 점화된 것은 자명하나, 탈식민 이후 제국주의를 복제한 수탈적 정치체가 등장하는 것을 극복하는 문제와 연관된다. 김사량이 선택한 북한체제는 비교적 성공적인 토지개혁과 민주개혁 조치를 거쳐 정권을 수립한 이후부터 점차 국제주의적 연대와 제휴의 경험에서 이탈하여, 분리적 민족주의 성향이 강한 절대유일체제의 정치체로 퇴보하면서 그의 문학적 지향은 더 이상 설 자리를 잃고 말았다. 북한문학사에서는 하위주체들이 역사의 주역이 되는 인민의 국가건설과, 그것이 가진 혁명적이고 보편적인 가치를 모색한 『노마만리』의 의의를 봉인한 채 '양심적인 민족지식인 작가'라는 타이틀 안에서만 복권시킨 상태로 박제화하고 말았다.

5. 결론―탈식민적 저항 텍스트의 재발견

"모든 문화의 역사는 문화적 차용의 역사"[31]라는 사이드의 명제처럼, 『노마만리』에는 중국대륙에서 펼쳐진 항일무장투쟁이 상이한 문화들 사이에서 전용되고 공동 경험으로 치환되며 상호 의존하는 문화의 속성을 보여주는 생생한 현실이 드러나 있다. 그는 식민지조선 안에서는 일본어를 모국어에 가깝게 자연스럽게 구사할 수 있었던 몇 안되는 작가로서, 그만큼 일제 식민당국의 압력을 많이 받을 수밖에 없었다. 이 과정에서 그가 「해군행」과 같은 르포를 집필할 수밖에 없는 궁지에 몰리면서 정치적 망명을 선택했던 것이다.[32] 그가 결행한 정치적 망명이 패배자의 자장에서 벗어나 탈식민의 저항성을 확보할 수 있었던 것은, 제국의 하위주체들이었던 식민지조선의 민중과 재일조선인들의 세계를 내지문단에 소개하며 소극적으로 저항한 경로에서 축적된 현실주의적 태도와, 태평양전쟁 발발 이후 자신의 소극적인 문화적 저항마저 광포한 식민당국에 의해 봉쇄된 막다른 길목에서 결행한 낭만적 태도에서 연유한다. 중국 연안으로 탈출하는 계획을 실행에 옮긴 후 중국공산당이 추구했던 혁명의 생생한 현실과 마주한 김사량은 인민이 중심이 되는 공동 사회의 복원과정을 접할 수 있었고, 그러한 역사 발전에 동참하는 조선인 항일무장세력을 통해 식민지 조선에 임박한 해방의 전조를 간파할 수 있었다.

---

31 에드워드 사이드, 『문화와 제국주의』, 381쪽.

32 이러한 경과에 관해서는 김재용, 『협력과 저항―일제 말 사회와 문학』, 소명출판, 2004, 260~261쪽 참조.

『노마만리』에서 펼쳐지는 '자전적 글쓰기' 또는 '자아의 서사'는 궁극적으로 자기성찰과 자기정당성에 기반을 두고 있지만, 그 안에 담긴 '탈식민적 주체의 형성'과 '저항의 문화적 실천'이라는 맥락을 놓쳐서는 안 된다. 이 탈식민적 주제는 김사량 문학이 추구해온 서발턴들의 비참상에 주목했던 그간의 문학적 행로에서 확장된 일면을 지니면서도 다른 한편으로 탈식민의 지평으로 개방된 대단히 혼성적인 세계를 축조하고 있다는 점에서 특기할 만하다.

자전적 이야기의 성격과 자아의 이야기가 가진 문법을 논의하는 과정에서 누락되었던 논점들은 대부분 탈식민적 주제들이 가진 동아시아적 맥락에 속하는 문제들이다. 이런 역사의 경험은 북한 정권 수립 이후 동북지역 중심의 항일무장투쟁이 국가의 혁명전통으로 유통되면서 설 자리를 잃고 만다. 하지만『노마만리』처럼, 중국의 대장정의 역사나 1941년 5월 무정, 김두봉을 비롯한 화북독립동맹의용군이 일군의 포위망을 뚫고 구사일생으로 살아남은 태항산의 호가장전투, 3·1운동 직후부터 1931년 만주사변, 1937년 7·7사변을 거쳐 중국 내 한인들의 항일연합전선 결성체의 등장, 국공합작과 함께 전개된 항일전쟁 같은 중국 영내의 민족해방투쟁에 대한 이야기는 제국의 경계에서 축조된 탈식민의 저항 텍스트로서의 의의를 담고 있다고 할 만하다.

『노마만리』가 탈식민의 저항 텍스트로서 국경을 넘어선 인본주의의 보편적 이념을 고려하는 면모는 태항산 중의 어느 동네가 접한 아동극단이 누각 위에서 펼치는 공연을 보는 광경에서 잘 확인된다.(382쪽) 해방구 내에서 이루어지는 야외극을 통해서 화자는 봉건지주와 군벌의 억압

밑에 노예생활을 강요받던 이 농민대중이 바로 그 선전과 계몽의 대상이라는 점에 대해 깊은 인상을 받는다. 이들의 계몽된 삶은 팔로군 덕에 정치에도 참여하고 글도 배우고 생활수준도 날로 높아가고 있는 도상에 있다는 것을 절감하고 있다. 그런 까닭에서 김사량이 『노마만리』를 통해 출판물보다도 해설사업과 연예공작 같은 방법을 원용하여 선전과 계몽의 효과를 고려하는 모습(383)은 훗날 왕성한 희곡 창작의 계기를 마련할 수 있었음을 보여준다. 『노마만리』에서 김사량이 담아내고자 한 것은 탈식민의 문화적 실천을 위해 결행한 정치적 망명이었고, 이 과정에서 그는 서발턴의 재현에서 제국주의와의 대결로 선회하는 내면의 변곡점을 잘 보여주었다.

참고문헌

고인환, 「김사량의 '노마만리' 연구—텍스트에 반영된 현실 인식의 변모양상을 중심
　　　으로」, 『어문연구』 59호, 어문연구학회, 2009.

김사량, 『김사량선집』, 평양, 국립출판사, 1955.

김사량, 김재용 편주, 『노마만리』, 실천문학사, 2002.

김윤식, 『한일문학의 관련양상』, 일지사, 1974.

＿＿＿, 『해방공간 한국작가의 민족문학 글쓰기론』, 서울대 출판부, 2006.

김재용, 『협력과 저항』, 소명출판, 2004.

김재용 · 곽형덕 편역, 『김사량, 작품과 연구』 1, 역락, 2008.

＿＿＿＿＿＿＿＿＿, 『김사량, 작품과 연구』 2, 역락, 2009.

＿＿＿＿＿＿＿＿＿, 『김사량, 작품과 연구』 3, 역락, 2013.

김학철, 『최후의 분대장』, 문학과지성사, 1995.

김혜연, 「김사량과 북한문학의 정치적 거리」, 『한국학연구』 38호, 고려대 한국학연
　　　구소, 2011.

김환기 편, 『재일디아스포라 문학』, 새미, 2006.

안우식, 심원섭 역, 『김사량 평전』, 문학과지성사, 2000.

오태영, 「민족적 제의로서의 귀환—해방기 귀환서사 연구」, 『한국문학연구』 32집,
　　　동국대 한국문학연구소, 2007.

＿＿＿, 「제국—식민지 체제의 생명정치, 비체(卑體)의 표상들 : 김사량의 문학작품
　　　을 중심으로」, 『한국어문학연구』 61집, 한국어문학연구학회, 2013.

유임하, 「기억의 호명과 전유—김사량과 북한문학의 기억 정치」, 『한국어문학연구』
　　　53집, 한국어문학연구학회, 2009.

＿＿＿, 「사회주의적 근대 기획과 조국해방의 담론—해방 전후 김사량 문학의 도정」,
　　　『근대문학연구』 1권 2호, 한국근대문학회, 2000.

＿＿＿, 「해방 이후 김사량의 문학적 삶과 '칠현금' 읽기」, 『한국문학연구』 32집, 동

국대 한국문학연구소, 2007.

유호식, 『자서전』, 민음사, 2015.

이상경, 『노마만리』, 동광한국문학전집, 동광출판사, 1989.

이재명, 「김사량의 희곡 '더벙이와 배뱅이' 연구」, 『현대문학의연구』 36호, 한국현대
　　　문학연구학회, 2008.

이정숙, 「김사량과 재일조선인의 문학적 거리」, 『국제한인문학연구』 창간호, 국제한
　　　인문학회, 2004.

_____, 「김사량문학과 평양의 문학적 거리」, 『국어국문학』 145호, 국어국문학회,
　　　2007.

정종현, 「제국 / 민족 담론의 경계와 식민지적 주체－1940년대 이태준 '문학'에 나타
　　　난 혼종성」, 『상허학보』 13호, 상허학회, 2004.

_____, 『제국의 기억과 전유－1940년대 한국문학의 연속과 비연속』, 어문학사,
　　　2012.

차성연, 「1940년대의 수행적 민족 / 국가 구상－『노마만리』와 『항전별곡』에 나타난
　　　공동체 형상을 중심으로」, 국제어문학회 학술대회 자료집, 2014.

미셸 푸코 외, 이희원 역, 『자기의 테크놀로지』, 동문선, 1997.

에드워드 사이드, 김성곤·정정호 공역, 『문화와 제국주의』, 도서출판창, 1995.

테어도르 휴즈, 「냉전세계질서 속에서의 '해방공간'」, 『한국문학연구』 28집, 동국대
　　　한국문학연구소, 2005.

호미 바바 편, 류승구 역, 『국민과 서사』, 후마니타스, 2011.

김달수의 '방한訪韓'과
잡지『문예文藝』의 기행문

박광현

1. 들어가며 –「쓰시마까지対馬まで」로부터의 출발

김달수 문학에서 조국으로 향하는 의지는 역시 '밀항'의 상상력에 근거
한 것이었다. 밀항은 국가의 법체계와 질서를 통하지 않는 월경越境 방식이
다. 김달수는 그조차 상상력을 통해서만 작품에서 실현시켰다. 그의 초기
작품「8・15 이후八・一五以後」(1947) 등에서 시모노세키下関를 통해 조국으
로 향하는 조선인들의 모습을 그리다가, 1959년 이후 '조국귀환'(일명 '북
송')운동 때는『밀항자』(1958~1961) 등의 작품을 통해서는 니가타에서
떠나는 이들을 환송한다. 물론 그 자신은 떠나지 않는다. 떠나는 이들의
엄중한 삶의 기억에 대한 기록자로서의 자기를 분명히 위치 짓고 있다.
따라서 상상의 '밀항'은 남은 자이자 기록자로서의 월경 방법인 것이다.

그런 가운데 김달수는 1958년 『조선―민족·역사·문화』(이하 『조선』)의 출간 이후 '조국과 같은 존재였던' 조직(총련)과의 갈등으로 인해 남과 북 어디로도 갈 수 없는 처지에 놓이고 만다. 그는 조국의 이북에 대해 언급하는 것을 꺼리기 시작한다. 줄곧 조국과의 관계에서 자기 위치를 규정해오던 그에게 그것은 하나의 주저함이었다. 그럼에도 그의 조국으로 향하는 의지는 한층 강해진다. 특히 그의 작품에서 남한으로 떠나보냈던 인물들의 월경은 대개 '밀항'을 통한 것이었다.[1] 그런 '밀항'의 상상력이 종결되는 시점은 단편 「쓰시마까지」였다.

단편 「쓰시마까지」는 1975년 『문예文藝』(4월호)에 발표한 자전적 소설이다. 이 소설은 쓰시마에서 '현해탄' 너머의 부산을 건너보기 위해 떠난 여정을 그리고 있다. 김달수(나)과 함께 이진희李甲紀, 강재언安吉彦, 정소문丁正文 등이 동행한 실제 체험을 소설로 쓴 작품이다.[2] "북의 공화국도 그렇지만 이 사람들 모두 남쪽의 한국에 갔다 오거나 귀국해볼 수 없는"[3] 이들이었다. 그들은 쓰시마의 센뵤마키산千俵蒔山에 올라 부산 쪽을 건너볼 뿐이다.

"김 선생"하고 엄숙하게 나를 불렀다.

"국가니 민족이니 하는 게 도대체 뭘까?"

"그런 걸 어찌 알아"라며 나는 화난 듯 걸어갔다.

---

1 박광현, 「'밀항'의 상상력과 지도 위의 심상 '조국'―1963년 김달수의 소설을 중심으로」, 『일본학연구』 42집, 단국대 일본학연구소, 2014.5.

2 부기한 한자는 소설 속 등장인물의 이름이다. 김달수는 『文藝』에 연재한 기행문에서도 "대략 사실 그대로를 쓴 작품"(「軍事分界線まで」 2회차, 1981.8, 138쪽)이라며 소개하고 있다.

3 「対馬まで」, 『金達寿小説全集』(이하 『全集』) 3, 筑摩書房, 1980, 193쪽. 이후 전집의 인용 본문은 『全集』의 권수와 쪽수만 표기한다.

"알고 있다면 그것 때문에 지금 당신이 울었다는 거야."[4]

　국가니 민족이니 하는 것을 물을 수밖에 없는 장소, 그곳이 바로 '현해탄' 건너에 부산이 보이는 쓰시마다. 더 이상 조국으로 다가가지 못하는 이들에게 망향의 정념에서 일어나는 국가니 민족이니 하는 것에 대한 회의, 이는 부산과 쓰시마 사이의 '현해탄'이 재일조선인으로 살아가는 이들에게 임계임을 보여준다. 그 임계의 확인은 '밀항'의 상상력의 종결을 의미한다.

　1959년 12월 일명 '북송'이라 일컬어지는 귀국사업이 시작된 이후 1960년대의 '니가타'가 조국으로 향하는 항구였다면, 1975년의 쓰시마 여행은 김달수에게 남쪽을 향한 조국에의 새로운 정념으로부터 발생한 사건 중 하나였다고 하겠다. 또한 바로 그해는 『계간 삼천리』(이하, 『삼천리』)가 창간된 해이기도 했다. 1972년 7·4남북공동성명에 앞서 그해 8월에 열린 총련(재일본조선인총연합회) 제9기 제3차 중앙위에서 이미 김달수와 서채원 등은 '불평불만자', '변절자'라는 이유로 숙청되었다.[5] 그후 총련으로부터 거리를 두고 활동했던 그들은 '재일 및 한반도 관련 시사 문예종합지'로서 『삼천리』를 창간한 것이다. 편집인 이진희를 비롯해 강재언, 김달수, 김석범, 박경식, 윤학준, 이철 등의 창간호 편집진은 '조선' 국적을 유지하며 조직으로부터 자유로운 위치에서 주로 일본어로 창작과 학술 활동을 전개한 인물들이었다. 창간호의 「편집후기」에는 『삼천

4　『全集』 3, 216쪽.
5　"작가 이회성, 김달수 씨 등 13명 조총련 중앙위서 숙청", 「동아일보」, 1972.8.1.

리』의 발간에 있어 "이제부터도 여러 곤란이 예상된다. 그 경우 혹은 일보, 이보 후퇴할지도 모른다. 그때는 에헤라 에헤라라고 읊조리면서도 이것(발행)만은 반드시 이뤄낼 작정이다"라고 적고 있다.[6] 곤란, 후퇴, 하지만 그걸 "에헤라 에헤라" 하고 넘겨버릴 것이라는 태도는 다름 아닌 정신적 승리법이다. 『삼천리』가 "조선과 일본" 사이에서 진심으로 대화할 수 있는 잡지를 목적으로 삼았지만, 사실 그렇게 '북의 공화국'과 '조직'에 침묵하기도 했다. 그 창간호에 주목할 기사는 1974년 민청학련(전국민주청년학생총연맹) 사건으로 체포되어 긴급조치 4호 위반혐의로 사형을 선고받은 김지하의 '특집'과 레포트 '방한보고'이다.[7]

이 글은 그런 그들, 즉 김달수를 비롯해 서채원, 이진희, 강재언이 1981년 3월 방한한 사건과 김달수가 일본으로 돌아가 거의 40년만의 귀국 일정을 보고하는 형식으로 『문예』에 연재한 글을 분석하고자 한다. 윤건차는 최근 그의 저서에서 김달수의 방한을 두고 "조직과의 알력이나 개인생활의 문제와 관련이 있든지 내적인 갈등이 있었다 해도 너무 간단하게 개발독재의 남쪽으로 전환하고 말았다"고 평가하고 그것을 '전향'이라 했다. 그러면서 김달수가 사상 전환에 관해 설득적인 주장 내지 변명이 있었다고 생각하지 않는다고 했다.[8] 그렇다. 1958년에 출간한 『조선』에 대한 총련의 비난 캠페인 이후 1972년 조직에서의 숙청, 1975년

---

6 「편집후기」, 『季刊 三千里』(1975년 春 창간호), 1975.1, 214쪽.

7 「김지하 특집」에는 김지하의 시를 비롯해 村松武司의 평론 「黃土の金芝河」, 南坊義道의 「金芝河の抵抗」, 和田春樹의 「『金芝河らを助ける会』の意味」 등이 실려 있고, 그리고 「방한보고」에는 日高六郎의 「韓國から帰って」, 「咸錫憲氏, 代表團と語る」, 大島孝一의 「自己確認の旅」, ペギー・ダフ의 「第二次訪韓團報告」가 실려 있다.

8 尹健次, 『'在日'の精神史』 2, 岩波書店, 2015, 254・256쪽.

의 쓰시마 여행과 『삼천리』의 창간과 발행, 그리고 「비망록」(1979)의 발표와 방한(1981) 사건에 이르기까지 일련의 사건을 통해 그의 사상적 경사를 발견할 수 있으나, 그 경사의 과정에 대해서는 침묵에 가까운 태도를 취했다.

1959년 귀국사업 이전의 작품에서는 남한으로의 귀환이 '밀항'의 상상력으로만 가능한 것으로 그렸다. 그러나 김달수는 이북의 '공화국'이나 총련에 대해서는 말하기를 주저했다. 그 주저함은 「쓰시마까지」나 『삼천리』 이후 조금씩 균열을 보이기 시작했다. 1981년 '방한' 사건은 그런 상상력의 무기력함과 그 균열에서 비롯된 조직과의 '단절'의 결과라고 할 수 있다. 김달수가 사후 한일교류에 공헌한 바를 사서 남한 정부로부터 '은관문화훈장'을 수여한 것은 어쩌면 그의 사상적 경사의 끝이 만들어낸 결과가 아니었을까.

이글에서는 그의 '방한'을 화제로 삼아 조국에 대한 상상력의 문제를 논의하고자 한다. 특히 일본으로 돌아간 후 『문예』에 1981년 7월부터 이듬해 2월까지 7차례에 걸쳐 연재한 방한 기행문에 주목하고자 하는데,[9] 반년 이상의 연재 동안 일본 내 진보 사회나 총련 조직의 그를 향한 비판이 급등하면 할수록 점차 그의 조국에 대한 서사는 상상에서 실제로, 그리고는 다시 그 실제가 과잉의 상상을 초래했음을 발견하게 된다.

---

9 『文藝』에 발표된 사항을 보면 다음과 같다. ① 「「故國まで」三十七年」(1981.7) ② 「軍事分界線まで」
(1981.8) ③ 「百濟の公州・夫餘まで」(1981.9) ④ 「あの光州まで」(1981.11) ⑤ 「順天から故鄕ま
で」(1981.12) ⑥ 「新羅の慶州から釜山まで」(1982.1) ⑦ 「「旅」の終わりに」(1982.2). 그리고 이하
에서 언급하거나 인용할 때는 기행문이라 하고, 회차와 쪽수로 표기한다.

2. '비망록'으로 남긴 것

1959년 12월, 총련 주도로 이뤄진 '귀국사업' 때 김달수는 니가타新潟 항구로 향했다. 김달수는 니가타에서 출항하는 귀국선을 바라보며, '재일'의 위치에서 "이제야 겨우 자신의 고국으로 돌아가는" 그들이 품고 있는 '장한長恨의 역사'에 대한 작품을 쓸 것이며, "재일생활을 50년 이상, 또는 60년 이상 경험한 그들에게서 어떤 전형을 찾으려고" 노력하겠노라 마음을 다진다.[10] 그것이 다름 아닌 '남은 자' 혹은 '남겨진 자'의 몫이자 책임이라 생각했다. 그들은 자신들의 역사를 '이 땅=재일'에서 다시금 말하지 않을 것이기 때문이다. 그런 그가 니가타에서 쓰시마로 향한 것은 15년 후의 일이다. 일본에서 한반도를 육안으로 볼 수 있는 유일한 섬, 쓰시마까지 가서 '현해탄' 너머로 망향의 슬픔만을 전하며 돌아서야만 했던 김달수. 후배 작가 이회성이 조지 오웰의 저서명을 빌려 '북이든 남이든 나의 조국'이라고 했는데,[11] 김달수에게 조국은 니가타나 쓰시마에서 바라봐야만 하는 심상의 장소일 뿐이다. 하지만 소설 「쓰시마까지」의 발표까지 그가 조국을 상상하는 장소로서 북(니가타)에서 남(쓰시마)으로 15년에 걸쳐 이동하는 동안의 조국 상상의 경험이 의미하는 바는 매우 상징적이지 않을 수 없다.

1975년에 발간된 『삼천리』는 "조선과 일본" 사이에서 진심으로 대화할 수 있는 장을 마련하기 위한 것이라고 한다면, 과장된 추측일지 모르

---

10 「備忘錄」, 『全集』 3, 323쪽.
11 李恢成, 『北であれ南であれわが祖国』, 河出版社, 1974. 이 저서는 이회성이 1972년 방한 이후에 출간한 책이다.

지만 『삼천리』의 장場에서 '조선'은 적어도 15년 전 니가타에서 상상했던 그것과는 다른 것일 수밖에 없다.

1979년 『문예』 8월호에 게재한 중편소설 「비망록」은 그 15년 동안의 그의 사상적 경사나 행보에 대한 항변을 보여주는 작품이라 할 수 있다. 이 소설은 김달수가 방한 직전 총련과의 관계를 그린 것이기도 한데, 방한 기행문의 연재 때 첫 회(1981.7)에 소개한 작품이기도 하다. 그것은 10년 전 기타칸토北関東 지역의 A시에 강연 갔을 때 조직(총련)이 강연을 방해한 에피소드와 그때 만난 신석돌申石乭이라는 인물과의 인연을 회고하는 내용이다. 강원도 출신으로 강제 모집되어 후쿠시마福島의 죠반常磐 탄광으로 끌려 왔던 신돌석은 무학無學이지만 '야키니쿠 대동원焼肉 大同苑'을 경영하는 인물이며 당시 조직(=총련)의 "모범적 열성가"였다. 조직 산하의 문예련=文藝同(재일본문화예술인동맹)의 부위원장을 지냈던 '나'는 그날 강연에서 조직 A시 지부의 방해로 강연을 제대로 진행하지 못하는 불쾌한 경험을 한다. 소설은 그 배경을 설명하기 위해 조직의 역사를 개괄하며 '나'와 조직과의 갈등 사건들을 나열한다.

김달수는 소설 「비망록」에서 그 사업과 조직의 관계를 이렇게 평가하고 있다.

특히 1959년 12월부터 시작된 재일조선인의 민주주의인민공화국에의 귀국운동이 성공하고부터는 전련全連(총련을 가리킴 - 필자 주)과 공화국과의 연락은 한층 강화되어, 이른바 전련은 명실상부 공화국의 재외 대표부와 같은 존재가 되었다.[12]

김달수의 표현에 따르면, 조직은 재일조선인에게(물론 작가 자신에게
도) "일본에 있는 조국과 같은 것"[13]이었으며 "그 권위는 점차 더욱 강한
것"이 되었다. 그러면서 '민주중앙집권', '유일지도체제'를 주창한다. 실
제 이는 총련 이후 조직에 대한 김달수의 평가라 할 수 있다. 그리고 조직
은 문예동의 일부 작가들에게 작품의 사전 '지도'(실질적인 검열)를 강요
했다. 또한 그것을 거역하는 작가들에게는 '분파주의', '종파분자'로 낙
인찍어 조직적 차원에서 비판하였다. 그 비판의 표적이 된 '나'는 조직으
로부터 받은 탄압을 '비망록'에서 이렇게 기술하고 있다.

　　　우리들 재일조선인에게, 적어도 이른바 민주적인 입장에 선 자들에게
　　는 그 조직이 조국과 같은 것이었기 때문이다. 그런데 지금 나는 다름 아닌
　　그 '조국'으로부터 시위를 받고 생활권의 일부까지 파괴당하게 되었다.[14]

「비망록」은 이렇게 '나'와 조직 사이가 갈등과 파탄으로 치닫는 이야
기이다. 10년 전의 이야기를 회고하는 형식을 취하면서, 전위조직 '문예
동'의 부위원장까지 지낸 바 있는 '나'가 개인의 생활과 창작의 자유를
지키기 위해 조직을 결국 떠나고만 결과에 대한 이유서라고 할 수 있다.
아니, 떠났다기보다 숙청되어 이탈한 결과라고 하는 것이 옳을 것이다.
그렇다면 김달수가 '무엇을 잊지 않으려' 「비망록」을 왜 썼는가는 분명

12　「備忘錄」, 『全集』 3, 309쪽.
13　위의 책, 309쪽.
14　위의 책, 363쪽.

해진다. 다시 말해, 조직을 떠나 자신이 어떤 정치적 행위나 글쓰기를 한다고 한들 그것이 정당성을 지닐 수밖에 없음에 대한 항변일 것이다.

그런데 「비망록」에는 조직과의 갈등 과정뿐 아니라 조직의 "모범적 열성가"인 신석돌이라는 인물과 '나'의 인연, 그리고 '나'와 그 사이의 믿음에 관한 이야기도 중요한 줄거리이기도 하다. 따라서 그 '비망備忘'의 사실이 신석돌(과의 관계)의 이야기와 어떤 관련이 있는가도 살펴야 할 것이다. '민주중앙집권'이니 '유일지도체제'니 주창하는 조직에 대한 회의, '나'에 대해서 '종파주의자'나 '불만주의자'니 하는 조직의 비난에 대한 반발 등 '나'의 그런 불만을 신석돌은 그저 듣기만 한다. 조직의 "모범적 열성가"이지만 신석돌의 반발은 거의 없다. 그러면서 자신과 같이 무식자인 조부 말을 빌려 "나쁜 일이 있으면 좋은 일도 있지"[15]라며 조직도 언젠가는 바뀔 것이라는 믿음을 '나'에게 말한다.

그리고 언젠가, 신석돌을 처음 만났을 때도 그런 놀라운 말을 들은 적이 있었던 일을 상기했다.

"그러니까 그것이 나쁘다면 언젠가 바뀔 거예요. 자 그건 그렇고, 이제 나가지 않겠어요. 저에게는 그저 견물見物일지 모르지만 어찌 되었든 당신에게는 그것이 일이잖아요. 자 어서 일을 하지 않을 거예요?"

신석돌은 그렇게 말하고 웃으며 나를 재촉했다. 나는 아직 망연자실해 있었지만 이윽고 천천히 일어났다.[16]

---

15 위의 책, 340쪽.
16 위의 책, 365쪽.

「비망록」의 마지막 장면이다. A시에서의 강연이 파행된 후 뒤풀이 자리에서 '나'의 일본 내 조선문화 기행에의 동행을 약속했던 신석돌과 함께 나는 '일'을 나선다. 김달수가 인생의 후반기를 먼 과거, 특히 고대사로 회귀하는 선택에 대한 긍정이 그 안에 존재한다.[17] 이 장면은 더불어 '나'로 하여금 오히려 재일조선인 민중 즉 신석돌을 향한 믿음을 갖게 만드는 장면이기도 한 의미심장한 대목이 아닐 수 없다.

여기서 '나' 자신의 사상적 경사는 올바르다. 적어도 '나'와 신석돌에게 있어서는 그렇다. 그리고 '공화국'에 치우친 조직의 비난에 "민중의 입장에 선다는 사회주의를 잊은 적이 없다"[18]며 '나'는 항변하면서도 그 어떤 운동(대응)을 수반하지 않는 채 자신의 생각=사상을 내면화하고 있는 것이다.[19] 이 점에서 '나'는 자신이 일관된 사상을 견지하고 있음을 강조하지만, '조국과 같은' 조직에 대해서 비판하는 것조차 무의미한 것일 수밖에 없다. 그런 자신의 위치는 왜소할 뿐이다. 그래서 「비망록」은 더 이상 '말하지 않는' '나'의 침묵이 무엇을 의미하는지를 '비망'하기 위해 남긴 작품이라 할 수 있다. 이처럼, 1975년에 창간한 『삼천리』 이후에도 조직이 그들의 활동에 대해 '민족허무주의자'로 규정하고 비판했지

---

17 小田切秀雄는 김달수가 먼 과거, 특히 고대사로 회귀하는 선택을 가리켜, "악전고투 속에서 힘겹게 찾아낸 혈로(血路)"라고 했다.(小田切秀雄, '月報' 1「孤独な闘いのなかから」, 『全集』 6, 1980.4, 2쪽)

18 「備忘錄」, 『全集』 3, 334쪽.

19 전향의 유형이라는 측면에서 볼때도 이는 독특한 것이라 할 수 있다. 오야 소이치(大宅荘一)가 전향의 진폭을 중심으로 유형화한 ① 완전전향, ② 사상포기적인 전향, ③위장전향, ④ 몰락적인 전향, ⑤ 사보타주적인 전향의 어느 것에도 설명하기 곤란한 점이 있다. 송석원, 「일본에 있어서의 전향(轉向)의 정치학」, 『국제지역연구』 제11권 제2호, 2007, 682쪽 참조.

만,[20] "에헤라 에헤라라고 읊조리며" 그걸 그냥 넘겨버리는 정신적 승리법으로 대응하고 있었던 것이다.

3. '방한訪韓'과 그 후

쓰시마행과 『삼천리』 창간, 그리고 「비망록」의 믿음. 이것은 급격한 사상의 경사를 의미하며, 조국을 향한 새로운 상상력이 작동하여 결국 방한하는 계기들이었다. 1981년 3월 20일에 김포공항을 통해 들어온 『삼천리』의 편집자들에 대해, 그날 신문은 "조총련계 사학자 4명 입국",[21] "김달수 씨 등 40년만에 귀국"[22]이라는 타이틀로 일제히 보도했다. 여기서는 그날 「경향신문」의 기사 전문을 보자.

> 일본에서 발행되는 좌경사학자 잡지인 「삼천리」지 사장 서채원 씨 (60)·편집장 김달수 씨(62)·편집위원 이진희 씨(55)·강재언 씨(56) 등 4명이 20일 낮 12시 30분 대한항공 721편으로 입국했다.

---

20 『季刊 三千里』의 편집자진과 조총련 사이의 갈등의 내막을 밝히고, 또 그것을 근거로 조직의 비판에 대해 재비판한 「『민족허무주의의 소산』에 대해서」(金石範, 『'在日'の思想』, 筑摩書房, 1981)를 참조. 김석범도 1979년 「왕생이문(往生異聞)」(『すばる』, 8월호)이라는 작품을 통해 알콜중독과 정신병에 시달리다 한겨울에 객사한 활동가의 쓸쓸한 죽음을 소재로 한 조직(총련)의 문제를 다룬 바 있다. 두 작품을 비교해 읽는 것도 흥미로운 주제로 여겨진다.

21 『경향신문』, 1981.3.20.

22 『동아일보』, 1981.3.20.

전두환 대통령의 해외동포에 대한 대화합정책에 힘입어 40여 년만에 모국방문에 나선 이들 좌경사학자들은 오는 27일까지 8일간 한국에 머물면서 유적지 및 산업시설을 돌아볼 예정이다.

이들 좌경 사학자들은 한일간 사학계에 널리 알려진 사람들이다. 특히 이진희씨는 「광개토왕비연구」라는 저서를 통해 현재까지 우리 역사에 기록되어 전해져 오는 광개토왕비문 내용이 일본인에 의해 허위로 개작된 것이라고 주장하여 한일 사학계에 큰 관심을 불러일으키기도 했었다. 삼천리誌는 3개월마다 발간되는 사학계 잡지로 지난 75년 창간 이후 약 1만 3천부가 발행된다.[23]

이 기사에는 한국 사회가 그들에게 무엇을 원하는가 하는 점이 분명하게 드러나 있다. 우선 그들의 방한은 '전두환 대통령'(「경향신문」, 「동아일보」에서는 '정부'라고 표현)의 해외동포에 대한 대화합 정책에 힘입은 결과로서, 결국 '선처'에 따른 것이라고 명시하고 있다. 전두환 정권은 집권 1년차부터 "해외에 거주하는 교민들 중 친공親共분자 등을 제외하고 그들의 모국방문 금지 기준을 크게 완화"[24]할 것을 모색했다. 이는 '대북한 외교전 공세'의 일환이었다. 모국 방문에 대한 행정제재 조치를 받아온 1천 60여 명 중 "반정부활동 교포 등 860명 모국방문 허용"을 발표하는데, 여기서 '반정부 활동 교포'를 앞세운 것도 단지 선전전의 차원일 뿐이었다. 당시 보도에서 발표된 행정제재 해제 대상자를 보면, "▲ 과거

---

23 「경향신문」, 1981.3.20.
24 「경향신문」, 1980.10.23.

반정부 행위를 한 사람 2백 60명 중 개전의 정이 현저한 자, ▲ 관세사범 66명 중 범칙시가 1천만원 이하인 사람, ▲ 병무사범 2백 96명 중 만 30세 이상된 자, ▲ 해외근무지를 이탈한 공무원 및 회사원 등 3백 94명의 대부분, ▲ 여권 위조 등 여권법 위반자 44명 중 대부분"[25] 등으로 되어 있다. 이 중 첫 번째 사항에서 반정부활동 교포에 대한 해금의 근거는 대단히 자의적일 뿐 아니라, 그 2백 60명이라는 숫자도 그 근거가 불투명하다.[26] 그러니 김달수 등의 방한은 당시 정부가 발표한 해외동포 정책에 대한 후속 조치의 하나로 인식될만한 사건이었다. 당시 기사들에서 그들에게 '조총련계' 혹은 '좌경'이라는 레테르를 붙이거나 "해방 후 최근까지 좌경적인 언동으로 조국을 등지고 살아오던"[27] 사람들로 규정한 것은, 반공국가인 남한 사회에서 배제되고 또 부정의 존재일 수밖에 없음을 의미한다. 그런 이유는 두말할 것도 없이 박정희정권에 의해 수없이 조작이 반복된 '재일동포 간첩단 사건'으로 인한 남한 국민들에 각인된 그들의 '불온성' 때문일 것이다.

그런데 이 기사는 그들이 방한한 이유와 목적이 없다. 굳이 그것을 찾자면 국내 유적지와 산업시설에 대한 시찰 정도이다. 하지만 뜬금없다.

---

25 『동아일보』, 1980.11.11.
26 이런 '선처'는 1981년 1월 7일에 발표된 당시 집권당인 민정당의 기본정책 중 하나로 "해외동포와의 민족적 연대성을 군건히 하며 그들을 보호하고 지원하는 한편 조국발전에 참여할 수 있는 기회를 확대한다"는 정강으로도 발표되었다.(『경향신문』, 1981.1.7) 또한 12일에 전두환은 국정연설에서 김일성을 서울로 초청하는 톱 이슈와 함께 "정부는 과거 모국방문이 금지되었던 일부 해외동포들도 조국을 언제든지 자유롭게 방문할 수 있도록" 이미 조치를 취했음을 강조한다.(『동아일보』, 1981.1.12)
27 『동아일보』, 1981.3.31.

김달수 등이 앞서 언급한 행정제재를 받아온 반정부 활동 교포의 260명 중에 포함되어 있는지는 알 수 없다. 또한 '개전의 정이 현저한 자'인지도 알 수 없다. 다만, 분명한 것은 그들이 거의 40년간을 '조국을 등지고 살아'왔으며, '재일좌경'이라는 레테르를 붙이기에 적절하여 '대북한 외교전 공세'라는 대내적인 선전의 효과를 가져올 수 있는 존재라는 사실이다. 따라서 유적지와 산업시설의 시찰 등의 일정은 북한에 대한 체재의 우월을 선전하는 내치內治를 위한 차원에서 필요했던 것이다.

사실 이 기사가 직접 취재를 통해 씌어진 것이 아니라는 것은 쉽게 알 수 있다.[28] 우선 각 신문에 보도된 기사의 내용이 거의 동일할 뿐더러 『삼천리』를 '사학계 잡지'로, 김달수金達壽의 이름을 '金達洙'로 오기(「동아일보」)하는 등 직접 취재하였다면 있을 수 없는 오류를 범하고 있기 때문이다. '좌경사학자' 혹은 '좌경학자'이며 '조총련계'라고 지칭한 것도 '누구 혹은 어딘가'에 의한 의도된 오류라고 하겠다. 왜냐하면 앞서도 언급했지만 1972년 8월에 열린 총련 제9기 제3차 중앙위에서 이미 김달수와 서채원 등은 '불평불만자', '변절자'라는 이유로 숙청되었다고 국내 신문에서 보도된 바 있기 때문이다.[29]

이 보도에 따르면, 이들은 전두환 정권의 '선처', 해외교포 대화합의 차원으로 8일간의 고국을 방문한 것이 되는데, 그렇다면 그 이후 이들의 행적에 대한 보도는 어떻게 되었을까.

---

28 일본에서 『文藝』 7월호부터 연재하기 시작한 고국방문기에도 김포공항에 도착한 후 정보기관원의 저지로 기자들을 만나지 못했음을 밝히고 있다.(2회차, 140쪽)
29 "작가 이회성, 김달수 씨 등 13명 조총련 중앙위서 숙청", 『동아일보』, 1972.8.1.

동행 취재가 자유롭지 못하고 이들에 대한 보도는 제한적이었다. 이후 김달수가 일본으로 돌아가 연재한 '기행문'에서는 공항에 그들 일행을 마중 나온 것이 국사편찬위원회 위원장 최영희 외에 '그 계통의 인물' "その筋"らしい人이라고 적고 있다. 그리고 '그 계통의 인물', 즉 정보기관원은 그들 일행과 동행한다. 그들의 체류 기간 중의 행적에 대해 보도한 것은 두 차례이다. 그 두 차례 모두 좌담회 자리였다.

그 중 하나는 21일 오후 서울 남산 국사편찬위원회를 방문한 좌담회였다. 거기에는 이들 외에 국내사학자 최영희 씨(국사편찬위원장), 이기백(서강대 교수), 천관우(사학자), 최순우(국립박물관장), 강만길(전 고려대 교수), 이현종(국사편찬위원사실장), 신지현(조사실장), 임병태(숭전대교수) 등이 참석했다. 보도는 이들 3인이 역사에 관심을 갖게 된 계기를 밝히는 정도의 내용에 그쳤다.

다음으로는 27일 부산 서라벌호텔에서 마련된 출국 직전의 좌담회였다. 이들의 방한 일정 내내 동행했던 최영희 위원장이 배석해 비교적 넓은 지면을 할애해 그들이 이미 출국한 31일에 보도된 내용이다. 「일본 속의 한국사학」이라는 제목의 좌담 보도는 "재일 '좌경사학자'와의 대화"라는 부제를 달고 있다. 우선 표제만을 보자. "나라奈良 우리나라 고도古都 같은 인상"(김달수), "임나일본부 설치 정설로"(이진희), "일日학자들 고대사 잘못 각성"(김달수), "젊은이들 한국학연구 활발"(이진희), "문화재보호 보고 잠재력 확인"(김달수) 등의 주요 발언으로 진행되었다. 이 좌담 제목으로도 예상 가능한 내용의 발언 외에도 "짧은 시간에 너무 많은 것을 보았"다(이진희)는 발언을 통해 유적지 중심으로 짜여진 방문 코스를 짐작할 수 있다. 기사는 좌담의 일부를 발췌한 내용일테지만, 그 자리가 고대부터 근대에 이르기까지 시간(역사)의 네트워크라 할 만한 경험을 공유하고 있는 장이었음을 보여주고 있다. 한편, 그들은 "고속도로의 줄 이은 트럭행렬이 인상적"(이진희)이라는 말처럼, 자신들이 지나온 유적지와 유적지를 잇는 고속도로에서 산업화의 조국을 발견함으로써 숱한 고난을 극복한 한국(인)의 슬기와 생명력Vitality을 상상하고 경험한 시간이었음을 마지막으로 상기하고 있다.

두 번째 좌담회 기사도 그들이 이미 출국한 후의 것이지만, 그들에 관한 기사는 계속 이어진다. 그들의 입국 때 정보기관의 의도에 따른 기획기사의 성격이 짙었던 만큼, 언론의 그들에 대한 무지도 드러냈다. 하지만 점차 그들의 일본 내 위상과 활동에 대해 알아가기 시작하면서 기사의 양이 늘어나고 오히려 방한 목적과 함께 7박 8일 동안의 행적이 드러나기 시작한다. 아래는 출국 이후의 그들에 관한 기사들이다.

① "'37년만의 모국 엄청난 발전' 재일작가 김달수씨 日紙 회견"
　　(『동아일보』, 4.4)
② "재일작가 김달수 씨 방문 소감 '활기찬 조국 보고 미몽 벗어나"
　　(『경향신문』, 4.29)
③ "모국 재회……한 달이 돼도 꿈같기만 / 재일사학자 이진희 씨 서울에 보낸 편지"(『경향신문』, 5.11)
④ "고국을 보고 회한의 눈물/재일 '좌경' 문필가 이진희 씨"
　　(『동아일보』, 5.13)

⑤ "日의 「일본 속의 한국문화」 적자 거듭 50호로 곧 휴간"

(『동아일보』, 7.7)

⑥ "일교과서의 「한국 왜곡」 / 왜곡의 실상 / 한국측 대응"

(『동아일보』, 9.30)

①~④가 그들의 고국방문과 직접 관련 있는 기사이다. 그 안에는 일본 내 고국방문을 비판하는 세력에 대한 대응, 한국을 둘러싼 왜곡에 대한 대응 등을 통해 자신들의 과거 행보를 반성하는 내용이 담겨 있다. 앞서 살핀 바와 같이 한국 사회는 애초 그들에 대해 무지와 왜곡으로 맞았다. 그리고 일본에 돌아간 후 2개월에 걸쳐서 그들의 발언을 통해 방문 목적이 '재일교포 수형자에 대한 관용한 배려'를 청원하는 데 있음이 조금씩 드러나게 된다.[30] 사실 그들이 방한한 첫날, 1975년부터 시작된 총련계 동포의 고향방문단 사업의 일환으로 한식 성묘단 1진 193명이 3박 4일의 일정으로 서울에 도착한 날이었다.[31] 동일자 신문에 '조총련계'라는 재일조선인 관련 기사가 2면에 걸쳐 실린 것이다.[32] 이는 한국 언론 입

---

30 반면 ⑤와 ⑥은 방문과는 직접 관련이 없지만 그들의 유의미한 활동에 대한 기사라고 하겠다. 특히 ⑥은 일본의 중고교 역사교과서에서의 한국에 관한 부분을 분석하여 사실 왜곡과 형평 감각을 잃은 사례들을 예시한 그들의 책자를 소개한 기사에다, 같은 지면에 한국측의 대응 전략에 관한 기사가 실려 있다.

31 1975년부터 '재일동포 모국방문'이 추진되었다는 것은 추진위원회 위원장 文卞玉을 비롯해 간부 41명이 방한했을 때, "지난 75년 처음으로 조총련계 재일동포들이 모국을 방문하는 계기를 마련했던 이들은 대부분 조총련 간부출신으로 이번 방문에서 그동안 추진해온 모국방문의 성과 분석과 연수교육을 받을 예정이다"(『경향신문』, 1980.10.7)라는 기사에서 확인할 수 있다. 그러나 이 사업은 그보다 앞서도 진행된 바 있다. 다만, 이 기사에서 그렇게 쓴 것은 한국 정부나 정보기관의 기획적 차원에서 추진한 시점이 그때이기 때문일 것이다.

32 『동아일보』, 1981.3.31.

장(아니 한국 정보부의 입장이라 해야 옳다)에서 보면 김달수 일행의 방한의 성격이 특별했음을 의미한다. 그 보도 의도는 분명하다. 그로써 그들의 방한 서사가 한국 내에서 그 의미를 증폭시켜가게 된 것이다.

4. 김달수의 '기행문' 연재 – '구속적 관념'과 과거 자기 부정

김달수 일행의 방한 이후, 일본에서는 그들의 방문에 대한 비난이 총련뿐 아니라 일본 내 진보적 지식 사회로부터 쏟아지기 시작했다. 그들은 일본으로 돌아간 후 이에 대한 적극적인 대응을 준비한다. 그 중 하나가 바로 김달수가 『문예』에 연재한 '기행문'이다.

이 연재의 1회차가 발표된 것은 1981년 7월이다. 체류 일정에 따라 7차례에 걸쳐 연재되었는데, 이 글은 크게 ① 방문 목적과 경위, ② 일정 소개와 방문지 감상, ③ 방문에 대한 비판과 항변 등으로 구성되어 있다. 여기서는 이 세 가지를 중심으로 연재 글을 살펴보겠다.

앞서 남한에서의 보도 내용에 대해 살피며 이미 지적했듯이 그들은 전두환 정권에 이용당한 측면이 있다. 단순히 '재일좌경' 학자의 고국방문으로 보도하며 체제의 안정성과 북한에 대한 체제 우월성을 선전하는 데 이용되었던 것이다. 김달수 일행도 체류 기간 동안의 보도 내용을 읽고 있었기 때문에 그런 정권의 의도에 의해 자신들의 고국방문이 이용되었음을 부정하지는 않는다.

예를 들어 우리들이 한국에 도착하자 신문은 어느 것도 예외 없이 우리들을 "재일 좌경의 『삼천리』지 편집위원……"이라 쓰고, 이 '재일 좌경'이라는 말이 언제나 따라다녔다. 그래서 나는 "재일 좌경 김달수입니다"라며 명함을 건넸는데 하지만 그것은 '안내인'이 동행하는 일시적인 여행자였기 때문에 그냥 넘어간 것이지 그렇지 않았다면 설령 농담이었더라도 그냥 넘어갈 일이 아니었다.

그 같은 '재일 좌경'의 우리들에게 한국 정부는 어째서 입국을 허락했을까 하면 그것은 현 정권이 그 '재일 좌경'인 점에 있는 '이용가치'를 인정했기 때문임에 틀림없다. 그리고 우리들 또한 뒤에 보듯이 그 '이용가치'에 있는 '조건'을 걸고 이용한 것이 이번 방한이었는데 어쨌든 그때까지는 충분히 긴 세월이 걸렸던 것이다.[33]

김달수 일행은 체류 중에 한국 언론의 자신들에 관한 보도를 읽고 있었다. "'안내인'이 동행하는 일시적인 여행자"의 신분으로, 씌어진 대로 자신들이 '이야기되는' 대상이 된 채 매체를 통해 발언할 기회가 없는 상황에서 자신들의 '이용가치'가 '재일 좌경'에 있음을 인지하고 있었다. 한편, 그 '이용가치'인 '재일 좌경'이라는 정체성을 부정하지 않는다. 오히려 이를 이용하여 '재일(조선인 사회)'에 이로움을 취했다는 것이 바로 자신들의 항변이다. '안내인'이라는 함은 정보기관원임을 의미할텐데 굳이 이렇게 자기검열을 노출한 것은 남한 사회에서의 '재일 좌경'이라

---

33 1회차, 91쪽.

는 '불온성'의 부각뿐 아니라 자신들 방한의 '모험성'을 강조하기 위한 것이다.[34]

　김달수는 위의 인용문에 이어 남과 북으로부터 '거부당한' 자기상을 만들어내기 위해 전략적으로 글을 써내려 간다. 우선 이미 앞서 살편 소설 「비망록」을 인용하며 총련과 자신의 관계를 밝히며 북의 '유일지도체제', '권력세습'에 대해 비판한다.

　한편, 남한에 대해서는 이승만정권의 민중 탄압, '4·3봉기'와 빨치산 항쟁, '박정희 군사 쿠데타', '광주사건(학살)' 등의 역사적 진술을 통해 반민족·반민주성을 기술한다. 그러면서 "나는 자신이 사회주의자인지, 민주주의자인지는 알 수 없지만, 그건 어찌 되었든 나는 적어도 박정희정권에 이득이 되는 일은 하고 싶지 않았"[35]기 때문에 몇 차례 한국에 갈 기회가 있었지만 가지 않았음을 고백한다. 거기에 이어서 이 글은 우연하게 또한 부자연스럽게 '김지하의 석방'(1980.12.11), '김대중의 무기로의 감형'(1981.1.23) 등의 화제가 등장하더니, 와다 하루키和田春樹의 "김대중 씨는 구명되었지만 광주 3인의 사형수가 그 대신에 처형되지 않을까 그것이 걱정"[36]이라는 인터뷰 인용을 통해 남한 내 사형수의 문제로 화제가 확장된다. '광주 3인'이라 함은 육군계엄고등군법회의에서 내란 및 살인 살인미수죄 등으로 사형이 선고됐던 정동년, 배용주, 박노정 3

34　기행문이 연재된 지면에는 김달수, 이회성의 책을 비롯해 다수의 책이 광고되고 있는데, 1회차 본문에서 언급된 작품 「쓰시마까지」가 표제 작품이었던 단편집이 포함되어 있다. "사상 때문에 귀국할 수 없는 우리들은 해협을 사이에 두고 고국조선을 볼 수밖에 없다. 쓰시마'까지'밖에 갈 수 없는 것이다. 왜란 말인가!"(1회차, 105쪽)라고 적고 있다.

35　1회차, 96쪽.

36　1회차, 99쪽.

인을 가리킨다. 이는 이후 자신들의 방한이 "'광주사태'를 외면한 것"이라는 비판에 대해 오히려 거꾸로 "'광주사건'이야말로 동기"라는 식으로 항변하는 이유가 된다.[37]

얼마동안 얘기를 나누는 사이에 나는 갑자기 생각이 문득 떠올라 강재언, 이진희 씨 두 사람을 향해 이렇게 말했던 것이다.

"어떨까. 우리 세 사람이 한국에 가서 즉 이 시기에 우리들이 감으로써 그 (광주-인용자) 3인의 감형을 요구하면⋯⋯"[38] (강조-인용자)

이 인용문의 뒤를 이어 김달수는 '이 시기'를 설명하기 위해 일본 신문은 물론 민단계열의 신문『통일일보』과 총련 기관지『조선신보』를 인용한다. "초당파 내각 · 최대의 특사 / 정부 / '신시대' 출범으로 구상 / 국민화합, 활력 결집에"(『통일일보』, 2.17)라는 기사와 "재일 '정치범' / 1인도 사면되지 않아 / 촐일파 / 내외 기만하는 '완화' 포즈"(『조선신보』, 3.2)라는 기사(1회차, 101)가 눈에 띈다. 이는 민단과 총련을 등거리화하며 한반도의 정세를 객관적으로 바라보고 있음을 의식한 배치라고 할 수 있다. 이렇듯 남과 북 각각의 문제와 상황을 동일 지면에 등분하여 다룸으로써 양쪽으로부터 '거부당한' 자기상과 더불어 정치적 중립성을 드러내 보이려 했다. 김달수는 "추상적으로는 남북조선에서의 정세 변화, 특히 남의 한국사회가 보여준 격동이 우리들을 그렇게 (방한하도록-인용자) 만들었

---

37 2회차, 153쪽.
38 1회차, 99쪽.

다고 할 수 있을지 모르겠으나, 하지만 그 동기와 목적이란 너무도 구체적이고 절실한 것"[39]이라고 주장한다. 이렇게 해서 김달수의 글은 점차 방한 동기와 목적이 '재일교포 수형자들에 대한 관용'(이하 '청원')을 청원하기 위함이라는 데로 옮겨간다.

김달수 일행은 아래와 같은 합의 메모를 가지고 오사카에서 김포로 향하는 대한항공 721편에 몸을 실었던 것이다.

(1) 명칭 : 재일교포수형자들에 대한 관용을 청원하는 교포문필가들의 고국방문단

(2) 목적 : ① 일본의 문학계, 학계에서 활동하는 문필가로서 재일교포 수형자에 대한 관용어린 배려를 법무부장관에게 청원한다. ② 고국의 변모를 실견實見함과 함께 고대 유적을 견학하고 고향을 방문한다.

(3) 방문처·견학처 : ① 법부부장관 ② 당국이 허가하는 산업시설, 부여, 남원, 광주, 경주의 고대유적 및 문화시설 ③ 각자의 고향

(4) 비용 : 그 외 일체의 비용은 자비로 하고 고국에서의 행동은 공개한다. 정치적 문제에 대해서는 언급하지 않는다.(강조-인용자)[40]

'광주 3인'의 감형 청원에서 출발한 방한의 동기가 합의 메모처럼 재일교포 수형자에 대한 청원으로 전환되었다. 4월 10일『요미우리読売신

---

39 1회차, 97쪽.
40 1회차, 102~103쪽.

문』석간에 발표한 김달수의 고국방문기에 따르면, 그들은 법무부를 방문해 당시 법무장관 오탁근에게 청원서를 전달하는 것이 방한 첫 날의 일정이었다. 하지만 한국에서는 이 일정과 관련해 전혀 보도되지 않았다. 그들의 말에 따르면 방한 일정은 비밀리에 추진되었다며 일본으로 돌아와서야 비로소 그 메모를 공개한 것이다. 그러나 첫 날 방한 목적과 관련한 일정을 마친 그들은 사실상 견학과 시찰 일정을 시작하게 된 것만은 분명하다.

그래서 "순수하게 '조국의 변용과 산하를 직접 눈으로 목격하기 위해' 라고 솔직히 말하는 편이 옳지 않았는가, '도대체 무엇을 위해' 방한한 것인가"라는 '11·22 재일한국인 유학생·청년 부당체포자를 구원하는 모임'[41]의 사무국장인 구와바라 시게오桑原重夫 목사의 통렬한 비판에 궁색한 답변만을 할 수밖에 없던 것이다.[42]

그렇다면 김달수의 고국방문기를 통해 그들이 마이크로버스로 이동한 견학·시찰 일정을 정리해보면 표와 같다.

---

41 1975년의 재일유학생 간첩단에 대한 구제 운동을 펼친 일본 내 조직. 『경향일보』는 "정보부는 그간 일본 오사카를 중심으로 한 관서지방 일대에서 북괴의 대남공작 거점이 암약중이라는 단서를 포착 수사해오던 중 지난 10월 초 한국청년동맹 오사카 이쿠노지부 국어강사로 근무했고 현재는 오사카 한국청년회회소 공보위원직에 있는 간첩 白玉光이 청년회의소 회의 참석 명목으로 국내에 잠입, 암약중임을 인지, 검거함으로써 이들 간첩단을 일망타진"하였다고 보도했다. 그때 검거된 인물은 백옥광, 오청달, 김귀웅, 김동휘, 김종대, 최연숙, 강종건, 이원이, 장영식, 김삼랑 등이었다.(「정보부 발표 학원 침투 북괴 간첩단 타진」, 『경향신문』, 1975.11.22) 이들처럼 학원 침투 간첩단 사건의 '피해자'는 1990년까지 모두 109명에 이른다는 통계가 있다.(권혁태, 「'재일조선인'과 한국사회─한국사회는 재일조선인을 어떻게 '표상'해왔는가」, 『역사비평』, 2007.봄, 253쪽) 하지만 앞서 김달수 글의 인용문의 강조 부분에서 알 수 있듯이, 방한한 그들에게 이 유학생 간첩단 사건은 '정치적 문제'가 아닌 것이 되어버렸다.
42 1회차, 105~106쪽.

<표> 방한 일정표

날짜	발표 회차	행선도시(지역)	주요방문지	비고
20	1/2회차	서울	법무부	「비망록」 「대마도까지」 국사편찬위원회
21			국립묘지참배/군사 분계선/땅굴	가요〈임진강〉, 〈가거라 삼팔선〉
22	3회차	서울/공주/유성 경부고속도로	박물관	사간동하숙집(식민지기)
23	4회차	금강/익산/광주	미륵사지/박물관	신안해저문물/광주항쟁/광복절특사
24	5회차	남해고속도로 순천/섬진강/지리산/ 진주/마산/창원/경주	화엄사/박물관/촉 석루/창원공업단지	여순사건/빨치산/고향/「祖母の思い 出」
25	6회차	구마고속도로 경주/포항/울산	박물관/불국사/포 항제철/울산조선소	가요〈신라의 달밤〉,『태백산맥』/ "동경(憧憬)의 땅"
26	7회차	부산	자갈치시장	〈간담회〉[44]
27		부산/김해	김수로왕릉/귀지봉	오사카행(JAL968)

　　김달수의 기행문에 따르면, 공항에 도착한 직후 건네받은 방한 일정
은 일본에서 떠나기 전에 '법무부와 법무부장관 외에' 가고 싶거나 만나
고 싶은 사람들에 대해서 리스트를 작성해 달라는 요구에 따라 작성된
것이라고 한다.[43] 그들이 제출한 리스트 중 장소는 공주와 부여, 경주, 광
주 등이었으며 인물은 천관우, 강만길, 이우성, 최영희, 김정기(한국문화
재연구소), 이기백 등이었다.

　　그들의 기행 경로 중 장소를 보면 군사분계선과 국립묘지처럼 '반공'
을 대표하는 장소와 더불어 울산, 포항, 창원과 같은 경제성장의 징표로
대표되는 장소를 통해 남북의 체제 경쟁의 현장이 주를 이루고 있다. 남
한 정부와 정보기관에서 그들에게 보여주고자 했던 바가 무엇인지를 쉽

43　2회차, 136쪽.

게 짐작할 수 있는 경로인 것이다. 특히 방한 둘째 날(21일), 30여 년만의 방한이 휴전선으로부터 남하하는 일정으로 시작된다는 점은 아주 상징적이다. 그들이 분단의 북방한계선에 서면서 또 그곳을 출발점으로 남하하는 방한 일정을 수행함으로써 거기가 조국을 상상하는 회로의 종결점이 되어버리기 때문이다. 이로써 그들은 조국과 분단에 대한 상상지리가 획정되는 순간을 맞이한 것이다.[45]

김달수는 기행문에서 '구속적 관념'이라는 흥미로운 표현을 한다. 여기서 '구속적 관념'이란 남한(조국)의 실제에서 이반한 상상을 초래하는 관념을 일컫는 말로 사용된다. 따라서 그들의 방한은 남한의 실제를 확인하고 실감하는 순간이 되고 또 남한은 '구속적 관념'에서 벗어난 대상으로서 존재하게 된다. 그것은 **과거 자기**에 대한 부정이기도 하지만, 그들의 방한을 비난하는 재일(=총련) 사회에 대한 재비판을 위해 사용되기도 한다.

1981년에도 일본 내 진보 진영에서 일명 '광주사건'은 전두환 정권의 정당성을 부정하는 중요한 이유였다. 김달수 일행은 '광주사건'의 생생한 현장인 광주를 방문지로 요구했는데, 만약 광주가 안된다고 한다면, 광주박물관에 전시된 '신안해저유물'을 보고자 해서라는 이유를 둘러대려 했다고 한다. 방문지로 광주를 선택한 것은 광주학살을 통해 집

---

44 「재일 좌경사학자와의 대화 좌담 일본속의 한국사학」, 『동아일보』, 1981.3.31.

45 김달수 등이 일본으로 돌아온 후 행한 『삼천리』 지면의 좌담 「三月訪韓をめぐって」(『季刊三千里』, 1981.겨울)에서 이진희는 "한국계의 민단에서는 정치범의 구원문제는 타부였고 총련에선 정치적 규탄의 재료로서밖에 이용하지 않았다. 그런 사실도 있어서인지, 법무부의 검찰국장은 우리들의 청원에 대해서 처음에는 의아한 표정을 지었습니다"(173쪽)라고 하며, 제3지대적인 상상력을 말하지만 그것은 이미 자기 만족에 불과한 수사인 것이다.

권한 전두환정권의 공포성에 대한 '사사로운(?)' 저항이라는 항변인 것이다.[46] 하지만 한국 정부는 광주 방문을 허락한다. 김달수의 기억에 따르면 1965년 이후 박정희정권도 일시 귀국을 허가한다는 소식을 들었다고 하면서, 그는 "나는 적어도 박정희정권에 이득이 되는 일은 하고 싶지 않았다"[47]고 회고한다. 이렇게 과거 박정희독재정권에 대한 부정은 지속되지만, '청원'하는 입장에 서서는 '전두환 대통령'이라는 호칭을 사용하며 광주를 방문한 기행문 4회차에서는 광주(에 대한 인식)도 지난 '과거'의 이야기로 변화시킨다.

또한 기행문에서는 한국 정부가 강제한 방문 일정이나 의도와 다르게 그들 스스로 주체적으로 대응했음을 곳곳에서 밝히고 있다. 그런데 어디서 많이 본 듯한 이 경로는 그 유명한 가족코미디영화 〈팔도강산〉과 일치하는 지점이 많다. 이 영화는 서울에서 한약방을 하는 노부부가 환갑을 맞아 지방에 흩어져 사는 딸네들을 돌아 서울로 돌아오는 여정을 그린 일종의 로드무비이다. 영화의 여정은 '서울 → 청주(부여=백마강=백제, 유성온천) → 광주(내장산, 간척공사-지도변경, 댐, 남원=춘향전) → 제주 → 부산(수출) → 울산(불철주야 : 근면) → 경주(신라) → 속초(가난-갈등) → 휴전선(반공, 체제 경쟁) → 서울구경(회갑잔치)'이다. 1967년에 개봉한 이 영화 속 장소들의 이미지는 그것을 통해 세계를 해석하고 이해하고 구성하는 '제도화된 세계상'으로서의 풍경이다.[48] 이 영화의 속편들이

---

46 이러한 기술 태도는 인물 리스트에서도 나타나는데, 이우성과 강만길 두 사람은 박정희 암살 이후 민주화운동에 관련되어 대학에서 추방된 전(前) 대학교수라는 점을 밝힘으로써 광주를 방문지로 선택한 것과 마찬가지로 전두환 정권에 의해 부정된 자들에 대한 동의=동조를 표한다.

47 1회차, 96쪽.

드라마로까지 만들어지면서 〈팔도강산〉시리즈는 10년간 이어졌다. 그 중 하나가 영화 〈돌아온 팔도강산〉(1976)이다.[49] 이 영화의 제작은 1975년 시작된 총련계 재일조선인의 고향방문단과 무관하지 않다. 영화 속 재일조선인의 눈에 비친 풍요롭고 너그러운 대한민국에 대한 조국의 모습은 실은 대한민국의 자화자찬인 것이다. 국경 밖의 관광객들을 태우고 그들의 입장에서 구경하는 태도를 취하는 이 관광고속버스는 결국 국경 밖에서 국경을 그리는 역할을 하게 되는 것이다.[50]

앞서 일정표로 짐작되듯 김달수 일행도 〈팔도강산〉의 여정처럼 고대(유적)와 현대(산업／공업 현장)가 평면적으로 펼쳐지면서 시간성을 초월한 국민＝민족이라는 동일자를 자각하는 경험을 한다. 또한 전국화한 고속도로의 연결을 통해 균질화된 국토를 심상화한다.

다만, 김달수의 기행문에서 국토와 영화 〈팔도강산〉에서의 국토와의 차이에 대해서는 주목할 필요가 있다. 〈팔도강산〉처럼 스펙타클은 없지만, 기행문은 '백문이 불여일견'이라며 '구속적 관념'에서 탈각한 목하의

---

48 김홍중, 「문화사회학과 풍경(風景)의 문제－풍경 개념의 구성과 그 가능성에 대한 이론적 탐색」, 『사회와 이론』 제6집, 2005, 130쪽.

49 정소영 감독, 현석과 유지인 주연의 영화. 권혁태는 한국사회가 재일조선인에 대해 세 가지의 필터, 즉 민족, 냉전, 개발주의적 시각이라는 필터를 통해 표상해왔다고 주장하는 가운데, 그중 '냉전'＝반공이라는 필터에 관한 설명에서 일본과 반공을 잇는 매개체로 재일조선인을 등장시켰다고 한다.(권혁태, 앞의 글, 253쪽) 이 영화도 그들 사회 혹은 일본 사회 전체를 1959년부터 총련 주도로 개시된 이른바 '귀국사업'이라는 이념의 '현장'으로 상정한 결과로 박정희 정권이 시행한 '모국방문사업', '재일유학생 유치사업' 등 그들의 조국으로의 이동이 가능해진 환경에서 만들어진 것이라 할 수 있다.

50 김한상, 『조국근대화를 유람하기』, 한국영상자료원, 2007, 117쪽. 영화 〈돌아온 팔도강산〉(1976)이 그 점을 적나라하게 보여주고 있다. 〈돌아온 팔도강산〉에 관한 분석은 김태식의 논문 「누가 디아스포라를 필요로 하는가－영화 〈엑스포70 동경작전〉과 〈돌아온 팔도강산〉에 나타난 재일조선인 표상」, 『일본비평』 4, 2011 참조.

국토에 대한 환상을 고스란히 담고 있다. 그러면서 그 국토를 바라보는 인식의 시간적 지체time lag를 드러내는 동시에 식민지적 주체성의 구성을 위한 기획을 보여주고 있다. 우선 '그립고 가여운'(2회 138쪽) 존재라는 인식에서 출발한 국토 바라보기는 "그런 고국이나 민족의 중심점의 하나"라는 식의 37년 전 기억 속 서울(의 종로)과 현재의 조국을 항상 비교하는 시선으로 시간적 지체를 일으킨다. 또한 800만 대도시 서울을 "자동차의 혼잡함은 서미트Summit국가 일본의 그것과도 거의 같"[51]다는 식으로 일본과의 비교를 통해 피식민의 열등감을 감추고 식민 주체를 닮고자 하는 욕망을 드러내는 비교의 방식을 취한다. 이런 비교 방법은 유적지(특히 부여 등) 방문 때마다 더욱 노골적이다. 『일본사기』, 『고사기』, 『삼국사기』 등 고대문헌과 그것을 토대로 저술된 문장들로 지면을 할애하면서 '일본 속의 조선문화' 찾기라는 그 자신의 라이프워크가 한국 사회로 연장된다. 근대사의 콤플렉스를 고대사를 통해 극복하기 위한 방법을 취한다. 그것은 한반도의 고대사를 통한 일본 고대사의 왜곡에 대한 수정이라는 작업 자체가 본래 피식민의 열등감이 근저에 깔린 작업이기 때문이다.[52]

---

51 2회차, 141쪽.
52 〈팔도강산〉과 김달수의 기행문에서는 방문한 유적지와 연관된 (대중)가요가 삽입되어 있다. 우선 〈팔도강산〉에는 은방울자매의 〈목포의 눈물〉, 최숙자의 〈삼다도 소식〉, 현인의 〈신라의 달밤〉이 삽입되어 있고, 김달수의 기행문에는 〈가거라 삼팔선〉, 〈임진강〉(박세영 작사, 고종환 작곡, 1957년 북한 건국 10돌 기념음악회 발표), 〈낙화삼천〉, 〈신라의 달밤〉이 삽입되어 있다. 이처럼 〈신라의 달밤〉처럼 동일한 곡이 삽입되기도 했지만, 공교롭게도 동일한 방식을 취하고 있더라도 교묘하게 차이를 보인다. 〈팔도강산〉에서의 가요들은 차이나 균열 없는 동질적 국민의 감각을 만들어내기 위해 사용된 기호들이라면, 기행문에서 〈낙화삼천〉과 〈신라의 달밤〉이 시간을 초월한 민족의 동질성을 만들어내기 위한 기호로, 또 〈가거라 삼팔선〉과 〈임진강〉은 분단의 초월한 민족의 시간적, 공간적 동질성을 만들어내기 위한 기호로 사용된 것이다. 후자의 가사를 잠시 보자. "임진강 맑은 물은 흘러 흘러내리고 뭇새들 자유로이 넘나들며 날건만"(〈임진강〉, 2회차 147쪽)이라든가, "아

5. 결론을 대신하여

「쓰시마까지」 발표 이후 '방한' 사건까지는 김달수에게 조국과의 관계나 남북 관계를 통해 규정해오던 자기 정의의 해체와 재정립의 시기라고 할 수 있다. 1981년 '방한'은 그 절정에서 감행한 사건이었다. 또 그에 대한 일본 진보 사회 혹은 재일(주로 총련) 사회의 비판에 대한 항변의 일환으로 『문예』에 반년 이상에 걸쳐 연재한 기행문은 그의 사상적 경사의 종점이라고 하겠다. 『후예의 거리』에서 일제에 의한 식민지 상황의 조선을 그렸다면, 해방 이후부터 1956년 사이의 남한 내 작은 도시 K시를 배경으로 쓴 「박달의 재판」(1958)과 4·19혁명 이후의 서울을 배경으로 한 「서울의 해후」(1963)는 일본에서 미국으로 지배자만 바뀐 남한의 식민지 상황을 그리고 있다. 후자의 두 작품에서는 거의 20년이라는 시대적 배경의 차이가 존재함에 불구하고 남한 사회를 감시와 폭력이 지속하는 식민지로 그리고 있다.

하지만 「쓰시마까지」에서 넘어갈 수 없는 '현해탄' 너머의 조국은 그 어떤 모순이나 갈등도 초월하는 상상의 산물이었다. 한편, 한국 사회의 실제 체험 후의 기행문에서는 "도대체 언제 이렇게 변했을까"라며 경제 발전상을 나열하면서 총련이 그것을 부정하는 것은 **과거 자기**처럼 "어떤 구속적 관념"에 빠져 있기 때문이라고 한다.[53] 이미 「비망록」에서 총련에

~산이 막혀 못오시나요 아~물이 막혀 못오시나요……꿈마다 너를 찾아 삼팔선을 탄한다(〈가거라 삼팔선〉, 2회차 148쪽)라며 남북 분단으로 인한 이산의 정서를 주로 공유하는 방식을 취하고 있다.

53 6회차, 253쪽.

대해 비판하긴 했지만 '공화국'에 대해서는 그 어떤 언급도 없었다. 그러나 기행문을 보면, 김달수가 노골적으로 말하고 있지는 않더라도 그 '구속적 관념'의 배경이 이미 이북의 '공화국'과의 관계에서 비롯된 것임을 짐작케 하는 진술을 자주 한다.

김달수가 『문예』에 연재한 기행문은 「쓰시마까지」 발표 이후 6년간의 축약이라고 할 수 있다. 그가 한국의 실제를 목도한 것은 **과거 자기**의 '구속적 관념'에서 벗어나 **과거 자기**를 부정하는 계기고, 또 이는 이제까지 말하지 않았던 이북의 '공화국'에 대한 부정이었다. 방한 둘째 날(21일), 그는 분단의 북방한계선 앞에 섰다. 그로부터 더 이상 갈 수 없는 곳에 선 그는 남과 북의 사상의 경계, 더 이상 넘어설 수 없는 한계선에 선 것이나 마찬가지였다. 이미 그들에게 유신의 반민주와 광주학살로 대표되던 '남한상像'은 '과거'이고 재일유학생 간첩단 사건은 '비정치'적인 것이 되어 버렸다. 그래서 30여 년만의 방한에서 휴전선으로부터 남하하는 일정은 상징적이다. 그 일정 속에서 그들 일행은 직접 마주하는 남한의 현실을 보고 "놀랍구면" "대단하구면" 하며 흥분하는 자신들에 대해서 "우리들 하룻밤 지냈는데 이렇게 일찍 세뇌해 버렸다는 건가" 하는 식으로 스스로들에게 농담을 던진다.[54] 하지만 그것은 농담으로 그친 것이 아니라, "왠지 모를 풍요로운 기분."[55]으로 점점 감정을 증폭escalation시킨다. 하지만 그것은 방한 중의 감정이기도 할지 모르지만 좀더 정확히는 일본으로 돌아와 1981년 7월부터 이듬해 2월까지 기행문을 연재하

---

54 2회차, 141쪽.
55 3회차, 166쪽.

면서 7차례에 걸쳐 점차 만들어져간 확대 감정이라 해야 옳다.

이렇게 해서 7박 8일의 방한을 통해 목도한 남한(=조국)의 실제는 일본으로 돌아와서는 다시금 재일이라는 위치로부터의 **상상의 실제**로 바뀐다. 『문예』의 기행문에서 그 점을 읽어낼 수 있다. 우선 그에게 **상상의 실제** 속 조국은 남한으로 대표representation되며, 하네다羽田공항에서 비행기로 김포공항으로, 그리고 김해공항에서 오사카공항으로 이어지는 이동 가능한 장소가 되었다.[56] 그리고 군사분계선이라는 남북 경계의 임계에서 부산으로 남하하는 동안, 고속도로로 이어지는 공간적으로 균질화된 장소이자 고대부터 현대로 이어지는 시간적 연속성이 담지한 장소로서 조국을 상상한 것이다. 그로부터 발견한 새마을운동의 성공과 높은 농업 생산력 그리고 산업과 경제 발전 등의 현대성과 노스텔지어는 서로 다른 것이 아니다.

그는 한국 정부가 의도 혹은 강요한 '비정치의 정치성'("정치적 문제에 대해서는 언급하지 않는다"는 약속)에 대해서 순응했지만, 마지막에서 정치적 정당함을 강조한다. 그래서 "정권과 민족이 별개인 것처럼" "정권과 민중은 별개"라며, "이번 방한에서 얻은 가장 큰 것"은 '민중의 발견' 곧 민중의 생명력Vitality을 발견한 것이라고 말한다.[57] 즉 유한한 정권의 개별성과 무관하게 민중이라는 동일자의 연속성을 중심으로 남북의 경계를 넘어, 또 조국과 일본 사이의 경계를 넘어 조국을 상상하는 방법을 취했던 것이다.

---

56 김달수는 "(남한의 소식이─인용자)최근에는 대단히 가까운 것으로 생각된다"고 말하기도 했다. (座談, 「三月訪韓をめぐって」, 『三千里』, 1981.겨울, 180쪽)

57 7회차, 254쪽~255쪽.

참고문헌

권혁태, 「'재일조선인'과 한국사회-한국사회는 재일조선인을 어떻게 '표상'해왔는가」, 『역사비평』, 2007.봄.

김태식, 「누가 디아스포라를 필요로 하는가-영화 〈엑스포 70 동경작전〉과 〈돌아온 팔도강산〉에 나타난 재일조선인 표상」, 『일본비평』 4, 2011.

김한상, 『조국근대화를 유람하기』, 한국영상자료원, 2007.

김홍중, 「문화사회학과 풍경(風景)의 문제-풍경 개념의 구성과 그 가능성에 대한 이론적 탐색」, 『사회와 이론』 제6집, 2005.

박광현, 「'밀항'의 상상력과 지도 위의 심상 '조국'-1963년 김달수의 소설을 중심으로」, 『일본학연구』 42집, 2014.5.

李恢成, 『北であれ南であれわが祖国』, 河出出版社, 1974.

『季刊 三千里』(創刊號), 1975.1.

金達寿, 『金達寿小説全集』 3, 筑摩書房, 1980.

小田切秀雄, 「孤独な闘いのなかから」, 『金達寿小説全集』 6, 筑摩書房, 1980.

金石範, 「往生異聞」, 『すばる』, 1979.8.

_____, 『'在日'の思想』, 筑摩書房, 1981.

金達寿, 「「故國まで」三十七年」, 『文藝』, 1981.7.

_____, 「軍事分界線まで」, 『文藝』, 1981.8.

_____, 「百濟の公州・夫餘まで」, 『文藝』, 1981.9.

_____, 「あの光州まで」, 『文藝』, 1981.11.

_____, 「順天から故郷まで」, 『文藝』, 1981.12.

_____, 「新羅の慶州から釜山まで」, 『文藝』, 1982.1.

_____, 「'旅'の終わりに」, 『文藝』, 1982.2.

座談, 「三月訪韓をめぐって」, 『三千里』, 1981.겨울.

尹健次, 『'在日'の精神史』 2, 岩波書店, 2015.